那些家長

安黎 著

西安出版社

图书在版编目（C I P）数据

那些家长 / 安黎著. —西安：西安出版社，2020.11（2021.5 重印）
ISBN 978-7-5541-5010-8

Ⅰ. ①那… Ⅱ. ①安… Ⅲ. ①纪实文学—中国—当代
Ⅳ. ①I25

中国版本图书馆 CIP 数据核字（2020）第 224175 号

那些家长
NAXIE JIAZHANG

出 版 人：屈炳耀
著　　者：安　黎
责任编辑：李　鹏
出版发行：西安出版社
社　　址：西安市曲江新区雁南五路 1868 号影视演艺大厦 11 层
电　　话：（029）85253740
邮政编码：710061
印　　刷：永清县晔盛亚胶印有限公司
开　　本：787mm×1092mm　1/16
印　　张：21.25
字　　数：289 千
版　　次：2020 年 11 月第 1 版
印　　次：2021 年 5 月第 2 次印刷
书　　号：ISBN 978-7-5541-5010-8
定　　价：68.00 元

要教育孩子，先要教育家长；

欲救救孩子，先行救救家长。

——题记

内容提要

这是一部为中国特定的目标人群——在教育孩子方面存在问题的家长，量身定制的调查类纪实性长篇力作。取材对象为家长，阅读对象亦为家长。书中对事实的描述，刺痛人心；对事理的分析，振聋发聩。

历时一年有余，行程数千公里，曾身为教师，后写出并发表过百余篇涉及教育的一系列文章的作者，从上百个采访的样本中，遴选出了十四个最具代表性的典型案例，将其用文学的生动笔法，予以原态复原和逼真呈现，期许于能对担当现实教育之责，并深陷困惑和迷惘的所有家长，带来有益的警示和启示。**孩子所有的问题，都是家长的问题；没有不合格的孩子，只有教育方式不当的家长——这是这部书的核心要义之所在。**

作者数十年来，以既要拯救孩子，亦拯救家长的拳拳之心，持续不断地从事着公益性的心理辅导实践，接触到大量的问题少年和绝望家长，并成功地将诸多迷路的孩子引向正途，将家长与孩子的相处模式予以了重塑。基于与其施善一家，毋如普光天下的初衷和理想，作者殚精竭虑，不辞劳苦地书写出了这部惊世与惊魂之作。

十四个真实案例，十四个家庭的活画像。其中有成功的案例，亦有失败的案例，更有对每个案例的精到分析和诊断。就家长的类型而言，也丰富多样，几乎囊括了社会的各个阶层，其中有官员家长，有企业家家长，有知识分子家长，有普通市民家长，有打工者家长，有失足者家长等等。就教育孩子的方式而言，更是各具形态：有的是过度教育；有的是教育缺失；有的是放纵式的溺爱；有的是散养式的放任自流；有的是循循善诱；有的是暴力逼迫；有的是家庭成员关系的支离破碎导致孩子心灵的异化；有的是家长以自身言行的失当诱惑孩子走上犯错甚至犯罪的歧路……作者以现代文明为坐标，以人的成长规律为价值尺度，来审视当下家庭教育的得失和孩子成长的短长；用近似小说的无比生动的语言，用调查笔记体式不浮不夸的翔实而扎实的材料，用客观理性的描述，用鞭辟入里的解析，用妙笔生花的真知灼见，聚合成一部既具现实底色，又具思想光华，还具人性温度，更具艺术性与实用性的家庭教育启示录。

这部作品融文学性、纪实性和理论性为一体，一册在手，足以让人醍醐灌顶，云开雾散般地开启家庭教育的新模式。

孩子在成长途中若遇到问题，家长若想寻求解决之道，可扫如上二维码加关注，向本书作者直接咨询。

自序

讲给家长的真心话

我的人生阅历，算不上多么的五彩斑斓，但至少还不那么的单一：从事过教育，从事过新闻报道，并在文学创作的领域，迄今已厮混了近四十个春秋。职业的多重变化，与各色人等的交集交往，为我深度地洞悉世态人情，提供了多角度的瞭望窗口。作为一个基督教徒的儿子，受之于母亲博爱情怀地熏染，我始终难以从心灵深处潜伏的"拯救"情结中挣脱出来。见不得他人哭泣，容不得他人受难，为此而时常不请自到地多管闲事，其间耗费的时间和精力，不计其数。未曾谋取过一分钱的利益，甚至连企图获得回报的念头，都不曾在脑际闪现过。只要被"拯救"者步入正轨，踏上祥福之旅，他们即使十年八年，连一句问候的电话都不打，我也既不在乎，亦无埋怨。

就心理辅导和精神救助而论，我施之以实践，已长达三十余年。不少误入歧途的少年，像脱缰的野马，家长在无计可施的绝望里，将其领到我的面前，最终皆无一例外地回归人生的正途；不少反目成仇的夫妻，其婚姻仿佛奄奄一息的炭火，眼看就要灰飞烟灭，最终都烈焰重燃……加之因为要书写这部书，我更是不畏千里之远，先后踏足多个省市的上百个不同类型的家庭，采集到众多形态各异的案例样本。与诸多家长和学生掏心掏肺地交谈，我感触良多，感慨更多。其中，目睹过笑容，也目睹过愁容；旁观过圆满，也旁观过破碎；体味过幸福，也体味过伤痛……一声声深重的叹息，像鞭子一样地抽打着我的神经；一滴滴悲伤的浊泪，像冰雹一样砸在我的心上。从家长哀求的眼神里，我更意识到自己采写这部书籍的正确性和紧迫性——与其让自己唇焦舌燥地苦苦规劝，像蜡烛一样，照亮某些特定的个体，不如将其化为无主的路灯，照彻所有迷惘者前行的道路。

不是所有的栽培，都能结出预期的甜果；不是所有的航道，都能驶向铺有红地毯的天堂——方向一旦出错，越是起劲，距离目标就越是遥远。

在观察中，我看到不少家长，深陷教育孩子的误区却自以为是，因此我希望我的文字，能将他们真实的情状予以还原，以刺痛他们精神的麻木，疗治他们心智的病症，从而使他们能聆听到孩子的呻吟与诉求。

在寻访中，我看到不少家长与孩子陷入一种相当奇异的相处模式当中：彼此牵挂而又相互折磨，彼此深爱而又相互敌视。于是我希望我的点拨，能解开那些缠绕在家长与孩子彼此脖颈和心头的一圈圈绞索，让身体获得释放，让心灵得以舒展，让理性回归，让爱意复苏，以重塑父子及母子间其乐融融的家庭关系。

我调查与思考的结论是：孩子是果子，父母是树木。果子的问题，归根结底是树木的问题，当然也与土壤、气候等其他因素相关，但树木，要承担主体责任。也就是说，要教育孩子，先要教育父母；要救救孩子，先要救救家长；没有天生不合格的孩子，只有后天父母之爱严重缺失或严重不当造就的相对恶劣的成长环境，以及不懂得因材施教和因势利导的不合格家长，才是促成孩子思维偏移和行为脱轨的罪魁祸首。

于是家长的清醒与觉悟，显得迫切而重要。

孩子能否健康成长，关乎家庭的基业，关乎社会的兴衰。一个跌下悬崖的孩子——比如赌博、吸毒、敲诈、抢劫、打架斗殴等涉嫌犯罪——若得不到及时地矫正，毁灭的，不仅是他自己的人生，而且也能致其家人的生活于水深火热中。因此，不要遗弃任何一个孩子，犹如不能轻视任何一个建筑物上的砖块那样，因为哪怕一块砖的破损和摇晃，都有可能导致整座房屋的坍塌。

孩子的学业选择和职业规划，应契合于他的天分，适宜于他的个性，并能给他带来身心的愉悦，而不是相反。父母在孩子的成长中，最应扮演的是大朋友的角色，陪伴他，尊重他，引导他，鼓励他，而不是像暴君那样，号令他，威逼他，乃至于把自己的强力意志和未竟理想强加于他；更不能求全责备，以圣人的标准来苛求孩子。

他山之石，可以攻玉。我希望读到这部书的家长，能以书中的案例为镜鉴，既能从中汲取经验，也能从中吸取教训。我的书写，也许挂一漏万，既不完善，也不完美，但其出发点却是基于善念而毫无私欲的——我对孩子们的倾心之爱，对家长们的绝对真诚，天地良心，日月可鉴。

序 一

亲子关系大镜鉴，家庭教育真参考

西安市教育学会会长　安保仁

西安出版社精心组织，积极推送安黎的重磅新作《那些家长》，真是慧眼识珠，让人由衷地钦佩和赞赏！

说到安黎，我有一个强烈的感觉，他不愧为人们所称誉的实力派震撼作家，近些年来的作品跟下饺子似的一部接着一部，作品引起的强烈社会反响，一波未平一波又起。我记得的诸如《我是麻子村村民》《小人物》《时间的面孔》《石头发光的地方——回望耀州》等等。

前年末，一次聚会，他说一部名为《中国家长》的新作正在编排，即将出版。先听他介绍写作情况，后又读到作品简介和章节导读，以及部分章节内容，当时就已受到强烈震撼，曾写有一段表达感受的文字以作赞赏和推介，被出版社摘录刊用在该书的封底。那段原话是：

“著名作家安黎熔铸心力所完成的新作《中国家长》，以独特视域进行独特思考，以独特文笔透析独特的家庭教育命题。融文学性、纪实性与理论性于一炉。生花妙笔，洗炼文字，读之如临其境，如见其事，如睹其人，既不忍卒读，又不愿释手。作品充满人性温度，可见作家良苦用心和教育情怀。作品源于生活现实，客观描述，翔实具体，典型真实，触目惊心。作品以叙写案例为主，蕴含深刻哲思；及时穿插议论，直抒胸臆，激情洋溢，分析透彻，鞭辟入里，沉痛般切。如惊雷炸顶，似当头棒喝，有警示，有启迪，有期盼。作品准确描画了作为孩子第一所学校（家庭）的第一任教师（家长）的生动群像，表达了作家对中国家长现实状况的了解和认识，尤其是对中国家庭教育理想状态的构建。珠玑文字，饱含殷殷真情，深蕴真知灼见，闪耀思想光华，堪称前无古人勇开先河之力作，不愧家庭教育理想模式之镜鉴。认真读之，一定会有醍醐灌顶，豁然开朗之感觉。”

春节过后，一直牵挂着他的新书的面世。但由于众所周知的原因，新冠疫情肆虐，社会生活停摆，也不好过问。后来终于忍不住了，还是发微信打电话询问情况。他告诉我，除了新冠疫情影响，还有其他原因，致使出版进程延宕。好事多磨，终于在2020年年底，以《那些家长》新名出版发行，震撼面世。一时间，好评如潮，大受追捧，大有洛阳纸贵，一书难求之感。

安黎的作品，思想深邃，语言精彩，思想与语言相辅相成，相得益彰，称之为“思想的王国，语言的石匠”，的确是实至名归；安黎的作品，精神崇高，情怀浓郁，精神与情怀相互滋润，相映生辉。这些特征在《那些家长》得到了更充分的体现。《那些家长》之所以如此厚重，是因为他以浓重的笔墨文字，聚焦无比沉重的教育话题，回应天下父母的深重焦虑。

说到教育，一方面我们应看到国家教育投入逐年增大，对教育的重视程度在逐步提升，办学硬件条件在明显改善，设施设备在大幅度完善。但另一方面，国人的教育理念的滞后，尤其是相当多的学生家长科学教育理念的严重缺失，家长家庭教育方式的简单粗暴，教育目标的急功近利也日益凸显。用北京师范大学中国教育政策研究院执行院长张志勇的话说，“当下的中国教育，日益成为每个家庭头疼的事情、担忧的事情、焦虑的事情，已经成了影响国人幸福指数的一个重大民生问题”。复旦大学教授、教育部学部委员、全国政协常委葛剑雄说，中国的教育问题，确切一点说，应是教育的中国问题。因为“中国的教育问题”是发生在中国的，单纯是教育方面的问题；但“教育的中国问题”，就不单是教育的问题，而是在中国有关教育的各种问题。有关教育的各种问题中，首当其冲的就是家庭教育问题，父母教育理念问题，扩而大之就是整个社会乃至民族的教育素养问题。

教育本是社会公平的基石，让孩子接受良好的教育，寄托着每个家庭的希望！教育本来是让每个家庭充满希望和幸福的美好事业，无奈今天却让无数家庭陷入了日益严重的焦虑之中，几乎无一家庭能够得以幸免。对子女前途命运的焦虑，“择校”的焦虑上课外班的焦虑，日常考试的焦虑，家庭教育经济负担的焦虑，孩子负担过重的焦虑……教育，俨然已经成为影响全民身心健康、影响家庭和谐幸福的最大的民生问题。2017年12月发布的《中国中小学生写作业压力报告》显示，78%的家长每天陪孩子写作业。“陪写作业”已成为中国家长幸福感下降的主因之一，也成为亲子关系最大“杀手”，75.9%中国家长和孩子因写作业发生过矛盾。我作为一个长期从事基础教育的一线工作者，看到这些，听到这些，想到这些，如骨鲠在喉，咽不下吐不出，如磐石压胸，肩头沉重胸口憋闷，如烈火炙烤，焦心疾首，艰于呼吸。

教育焦虑，都是极端功利主义教育观惹的祸；教育焦虑，说到底，是对于孩子未来的前途和教育之路的特殊关切，带来的一种不确定性的情绪反应。导致这种生理性焦虑甚至病理性的焦虑的根本原因，说到底是家长对教育和教育规律的认知不科学。或许可以说，全国需要一场全民性的教育科学的启蒙！《华严经》讲：“不忘初心，方得始终。”我们要走出极端功利主义教育的陷阱，必须让教育回归初心，就是要回归教育本初的功能、价值和规律。

我知道，安黎上大学学的就是师范教育，毕业后作中学教师，在教学第一线，站立讲台六七年。后来尽管离开学校，但从未减弱过对教育的观察和思考。他在各类报刊，撰写过数以百计的有关教育的文章。加之，又业余时间从事公益性心理辅导，因此可以肯定地说，他对中国的教育形势和现状是了解的，对中国家长望子成龙的焦虑是洞悉的，对孩子们的压力和苦痛也是了然于胸的。安黎对教育有如此直接痛彻的感受，重要的是他能跳出教育看教育，站在更高处来观照这一民生大问题，因而看得更清更全更深刻。

有位伟人曾说过“文学就是人学”，那么文学家就应该是人学家。作为跳出教育而成为文学家的安黎，在《那些家长》中，正是立足人性本身，从正常人性和具体个性来思考教育问题。他在诸多家庭教育公益心理辅导的基础上，以强烈的悲悯情怀，勇敢的社会担当，蘸着和血含泪的墨汁，叙写一个个令人感叹唏嘘的亲子关系事件，直击家庭教育中问题的病灶，循循善诱热心提供救治良方。当然，在书中，安黎也叙写了和谐亲子关系成功家庭教育案例，虽然篇幅不多，但足以形成强烈鲜明的对比。

基于对教育的独到理解，在《那些家长》中，在叙述他人亲子事件的基础上，他系统地为父母们提出了九方面建议。我注意到，安黎无论在表达自己的教育理念也罢，还是为家长提供教育建议也罢，都不同于早前那些所谓的家庭教育专家们，或居高临下的理论阐述，或空洞枯燥的正面说教，或心灵鸡汤式的絮叨劝说。他以活生生触目惊心的实例来打动人，以隐藏浸润其中的深刻教育哲理来启示人，以情动人，以理服人，促人醒悟，帮人改变。从而形成了独具特色的安黎叙事风格，堪称“亲子关系大镜鉴，家庭教育真参考”。

比如，他说：孩子是果子，父母是树木。果子的问题，归根结底是树木的问题，当然也与土壤、气候等其他因素相关，但树木，要承担主体责任。也就是说，要教育孩子，先要教育父母；要救救孩子，先要救救家长；没有天生不合格的孩子，只有后天父母之爱严重缺失或严重不当造就的相对恶劣的成长环境，以及不懂得因材施教和因势利导的不合格家长，这些因素才是促成孩子思维偏移和行为脱轨的罪魁祸首。于是，家长的清醒与觉悟，显得迫切而重要。

又比如，他还说，诸多的家长，都是以圣人的标准来要求孩子的，力求于孩子的完美，容不得孩子有些许的短缺和犯错。为达到目的，相当多的家长，像初来乍到的饲养员那样，不管三七二十一，只是毫不间断地给孩子的嘴里填充饲料。给还在喝奶年龄的孩子，喂食柔韧筋道的面条；给还在喝粥年龄的孩子，喂养又肥又腻的肉食。其结果，要么喂养出一个与实际年龄不相符的臃肿不堪的胖子，要么会致使其消化不良疾病丛生。他认为，世界上没有一个坏孩子，只有教育方式不当的父母和老师，好孩子都是鼓励出来的。他很肯定地说，任何一个孩子精神世界的炎症，都是社会病症的投影；任何一个孩子的跌倒，都源于领路者的误导。孩子一经出现问题，既是家庭的不幸，也是社会的不幸，更是孩子自身的不幸。

安黎更进一步说，家长像赶牛一样地挥动鞭子，也不能全怪家长，与社会整体教育方向的位移，与社会浮躁的人心，与教育部门和学校教师，与教育框架和教学大纲的设计者，都密不可分。

对于他的这些真知灼见，我是高度的认同和赞赏。只是他以独有的文学语言表达，显得更加生动有力。这些浅显的道理，诸多的家长可偏偏就是不懂，这些顺理成章的应做的事，诸多的家长可偏偏就是不做；或者口头上说的好听，振振有词，头头是道，实际上另行一套，并且非常执着，还乐此不疲。面对《那些家长》中的那些家长，我们既哀其不幸，又悲其执迷，尤其为那些家庭的孩子的遭遇感到痛心。于是我深切地觉得，我们真的要像张志勇所说的那样，进行认真的实在的教育科学的启蒙。

在《那些家长》面世不到半年的时间里，安黎多次应邀参加这部作品的发布分享活动、家庭教育父母教育素养研讨会、家庭教育网络直播等公益活动，收到了众多学生家长的热烈反应，一些教育专业人士也撰文，予以高度评价。比如，一直从事中学语文教育工作的陕西省作协会员鹿丁联老师，连续撰写十余篇阅读随感文章，对安黎的强烈的教育情怀深表赞赏，对安黎的教育观点表达赞同和支持，对安黎所表达的家庭教育理念进一步宣讲解读。

正是基于此，我坚定地认为，《那些家长》堪称生动而有说服力的家庭教育教材和优质的父母培训资料，更堪担当家庭教育科学启蒙之重任；《那些家长》还可作为推动家校携手合作共育的重要参考，惠及更多的学校、教师、家长和学生，为学生的健康快乐成长发挥更大作用。

这次，西安出版社将《那些家长》修订重印，实在是一件适时而明智之举。

是为序。

2021 年 5 月

序二

救救孩子

西安出版社副总编　李宗保

我记得 102 年前，也就是在 1918 年 5 月，鲁迅在《新青年》杂志上发表了著名的小说《狂人日记》，在这篇文章的最后，鲁迅曾大声疾呼“救救孩子”。这是因为当时封建主义思想仍根深蒂固，面对落后和腐败，许多人麻木不仁，所以鲁迅认为这一代人若是没有指望，但下一代总还是有希望的吧。所以鲁迅的救孩子，一定不只是救孩子的命，而是要救孩子的精神，就是希望旧社会的腐朽思想不要再侵蚀到正蓬勃生长的青少年。

今天的中国早已经发生了翻天覆地的变化，中国也不再是那个任人宰割或摆布的中国，但作家安黎今天却又再次喊出了：救救孩子，也救救我们的家长！

我曾经在最初和安黎先生谈论此书的时候，知道安黎先生在做编辑前，曾经在铜川的某个学校做过多年的老师，正是这一段经历，让安黎先生对教育、对学生、对家长有深深的了解和思考。既为家长对孩子的爱之深、爱之切而感动，也为许多家长对孩子的盲目的爱而陷入歧途、失去自我而困惑。特别是他又从多次的家访中了解到一些深层次的东西，更是让安黎先生感到震惊。从那时起，安黎先生就自觉地开始了这方面的资料收集，细细观察那些家庭发生变故和那些变得不一样的学生。后来安黎先生又在编辑工作之余，义务地担任了学生家长和学生自己的心理咨询师，他总觉得有一种责任，有一种使命，要把自己内心的这种感觉整理归纳写出来，不吐不快，以期帮助那些家庭出现变故和那些受到伤害的家长或学生，而这也与出版社的使命和担当有了交集，于是也就有了这本书的出版。

这部书原名为《中国家长》，后来改为《那些家长》，从书名看，这是一本写给家长的书，它取材于家长，读者对象也是家长。

托尔斯泰在《安娜·卡列尼娜》的开篇语中这样讲道：幸福的家庭都是相似的，不幸的家庭各有各的不幸。对孩子来说，最好的家庭教育，不是父母有多大的成就，也不是给予孩子多少的金钱，而是有一个幸福的、温馨的家庭。可在我们身边却又常常听到这样或那样的让我们流泪、让我们难过的一个个让人触目惊心的案例，不由得引起我们思考。安黎先生正是通过自己对这些家庭的采访，用自己细腻入微的笔触，将十三个具有代表性家长的所作所为进行仔细地剖析，为我们梳理出了不同类型家庭的家长，在教育孩子方面存在的问题和不足，并分别为其提出了一些建议，那就是，最好的家庭教育，就是父母做好自己。这就是这部书出版的目的所在。

如何教育家长，安黎在对十三个案例的叙写中，也一一给予了不同的建议。他认为，在家庭中，每个家庭成员都是平等的，都有追求自己梦想的权利。父母不应该为了孩子牺牲自己的追求，放弃了自己的人生。当父母的生活没有自己的爱好和趣味，只围着孩子转，他们提供给孩子的，其实是一个活生生的索然无味的人生样本，在这样的家庭中长大的孩子，如何指望他有一个神采飞扬的人生？一个热爱阅读的妈妈，胜过整天逼着孩子读书的妈妈；一个积极努力的爸爸，胜过把人生希望都寄托在孩子身上的爸爸。当我们自己的生活充满了激情和乐趣，当我们以自身的生命向孩子展现出人生的丰富和辽阔，这就是最好的爱，最好的教育，从而彰显出“要救救孩子，先要救救家长”“世界上没有坏孩子，只有教育方式不当的家长”这个主命题；所以才会有众多教育专家呼吁：家长自身同样是社会问题的受害者，需要治疗和引导，拯救孩子应当从拯救家长开始。

仔细读完这一个个触目惊心的案例，我的心是沉重的；但想到安黎先生撰写的这部书，自己又是激动的。因为毕竟有人开始关注中国的家长，开始关注发生在我们家长身上的问题。中国的父母真的是世界上最好的父母，也是世界上最辛苦的父母。他们对孩子无限的期望，希望自己的孩子成龙成凤，出人头地。可有的时候却总是适得其反。正是出于一个作家的责任，出于一个父亲的责任，安黎先生以一个作家的良知，深剖缕析，向那些在教育孩子中无所适从的家长和在学习生活中不堪重负的孩子们奉献出自己的一片诚挚之心。

鲁迅曾在《中国人失掉自信力了吗》讲到：我们自古以来，就有埋头苦干的人，有拼命硬干的人，有为民请命的人，有舍身求法的人，……这就是中国的脊梁。安黎先生没有拿过枪，也没有万贯家产，但他十多年如一日，不辞辛苦地采访，不辞辛苦地义务担任心理疏导师，也深深道出了安黎先生作为一个时代人的担当和使命，因此，安黎先生也像无数的中国人一样，都是中国的脊梁！

目　录

第一章　我是照亮你的灯光，是陪衬你的绿叶……………………………… 1

好的家庭教育是形似的，不好的家庭教育各有各的不好。一个心理阳光、学习拔尖的学生，洞察其背后，一定站立着通情达理、深谙教育规律的家长。把高考状元的成长历程，以及他父母的所作所为，作为高悬的明鉴，供其他家长明察自己的短长与得失，是本期案例写作的初衷。

孩子的学习与成长，受之于父母的鼓励与陪伴，而不是逼迫与缺位。最好的父母，是润物细无声的雨露，是温暖明亮的阳光，是暗夜里的灯火，是跋涉中的相助，而不是咆哮的雷霆，不是暴怒的拳脚，更不是刻薄的言语否定或讥讽。

第二章　迷途的羔羊，和他束手无策的父母……………………………… 46

这是一个丑小鸭化身白天鹅的真实故事：一个聪颖而俊秀的小男孩，在初中阶段的叛逆期，因挥砖砸向老师的后脑勺而遭到学校开除，从此便被左邻右舍贴上“坏孩子”的标签。作为“坏孩子”的他，破罐子破摔，一副谁也管不了的架势，一步步地滑向深渊：他以一帮顽劣少年的盟主自居并自得，率领他们无事生非，并砍砍杀杀；他奋斗的终极目标，则是成为一个区域里令人闻风丧胆的黑社会老大。但后来，他却凤凰涅槃般地发生天翻地覆的变化，不但悬崖勒马，而且踏向人生的正途……他因何而变？答案就在文中。

第三章　一位钢琴师的讲述：一家两代人难圆的钢琴梦………………………… 60

这是一个未因材施教的典型样本：一个五岁的小女孩，父母把音乐的梦想嵌入她人生的规划蓝图。殷殷地憧憬与期待，很快就转化为严刑峻法的苛责和强迫。每天傍晚，她都像受难般地被父母拽住胳膊，强按在钢琴前的坐椅上枯燥地练习弹奏钢琴曲。五年过去，琴师换过好几任，父母花钱更是数以万计，但她却连一个简单的曲调都不会弹奏。可悲的是，父母从来没有思忖过孩子是否具有音乐天赋，是否能在音乐之路上行之千里，却执迷不悟地要给孩子施加更大的压力，其结果是父母痛苦不堪，孩子煎熬不已，致使相亲相爱的彼此，活生生地异化为相互折磨的源泉。

第四章　妈妈，你的勒绳太紧了，我行将窒息……………………………… 72

一个离异家庭的小女生，像一只颤抖的小鸡，被母亲关进了鸡笼子。母亲包揽了她的一切，也垄断了她的一切。在母亲的指挥棒下，她战战兢兢，强装欢颜，不敢越雷池一步：既不敢在学业上有丝毫的懈怠，又不敢和亲生父亲建立亲情联系，更不敢向自己暗恋的男生传递爱意。她废寝忘食地学习，连大年初一都不能随便踏出家门半步。她竭尽所能地尽善尽美，只是为讨得母亲的欢心……终于，她以优异的分数考进了顶级名校，母亲的脸上因此而熠熠生辉。但后来，因深陷精神的抑郁，她依靠跳楼来求得解脱。花落尘泥，梦断黄粱，她纵身一跃的弯姿，像一个巨大的问号，拷问着世道人心。

第五章　每月六七千元的伙食费，是成全，还是埋葬……………………… 95

童年时，因为他是独子，且是男孩，便被父母毫无节制地娇惯纵容；上初二时，父母甚至协助他亲吻邻居女孩的嘴；上大学后，作为暴发户的父亲，更是对他的各种物质要求极尽满足：每月给他提供高达七八千元的零花钱，致使他在花天酒地和受人簇拥的氛围里尽情地陶醉……父母的爱，宛若毒品，让他的心灵从小就染上了毒瘾。果然，当他走向社会，便变成了真实的瘾君子，并像掘墓者那样，将父亲数十年费尽心思打拼得来的家业，悉数葬埋。

第六章　聆听，需要正确的姿势……………………………………………… 113

聆听，就能带来改变。一个家庭，因为聆听而走向祥和，一个人因为聆听而走向优秀。智者之言，犹如种子，可以让荒蛮的大地翠绿蓬勃，花红叶绿。

第七章　笼子里的鸟儿惧怕蓝天，私塾里的孩子变成结巴………………… 141

一个无比自负的教师父亲，因对现代教育的弊端颇有怨言，便以打赌的方式，重拾私塾教育的衣钵，并在家里私设学堂，把自己无辜的儿子变成了试验品。在长达十余年里，儿子遭遇禁闭，与外界既无联系，又鲜有互动。好不容易被释放出来，孩子却难以与外部世界相融合：一见人就紧张得满头冒汗，一说话就结巴得前言不搭后语。没有沟通能力的他，走向职场，难免会屡屡碰壁；立足创业，无疑会路途泥泞……这则故事在提醒家长：如果家长执意要把自己的意志强加给孩子，可以肯定的是，最终结出的果实，十有八九不是甜果，而为苦果。

第八章　我抢劫，不是为获取钱财，而是怕你遗忘我……………………162

他是一个企业家的儿子，家里最不缺的恐怕就是金钱；但他却在上初中时屡屡逃学，与社会上的一帮不良少年厮混在一起，并参与了三起拦路抢劫的犯罪活动。等他的双手戴上手铐，其父母还深陷迷雾，百思不得其解：家里到处放有金钱，他为何还要去抢劫他人？诊断他的症状，他的确不缺金钱，但极度缺少爱与关怀。他以加入团伙的方式，来抵御自身的孤独和恐惧；他以犯罪的方式，抗议父母对自己的忽略与漠视。

第九章　妈妈领我出入赌场，我把人生变成赌场……………………179

动荡年月流行一句话，曰“老子英雄儿好汉”。这句话从遗传学的角度，当然毫无事实依据；但如果站在家风对人的塑造方面来审视，或许它也并非毫无道理。一个无所事事的母亲，在天上掉下馅饼的迷思与妄想里迷失了自我，以至于一脚踏入赌博的迷局就再也无法自拔。令人惊骇的是，她竟然带领自己年幼的孩子在内地与澳门的大小赌场出出进进，不但几近输光家产，而且也把孩子陶冶成疯狂的赌徒。在持续不断的赌博里，夫妻反目，家庭环境恶化，孩子未来的前景很是堪忧。

第十章　母亲是个教唆犯：一个女囚的忏悔录……………………224

一个女囚犯，当她享受自由时，最为崇拜的人是她母亲，并因此而对母亲的言行亦步亦趋地予以原样复制；但当她身陷囹圄时，她最为憎恨的人也是她母亲，在她的眼里，自己落得如此下场，皆是母亲教唆的结果。

母亲生于那个特殊的年代，其身上无不带有时代的烙印：她争强好斗，即使无理，也要理直气壮；她好占便宜，视贪吃多占为本事，不但自己时常顺手牵羊，而且鼓励孩子去偷去抢，最终将一个女儿驯化成江洋大盗，将一个女儿教化成泼皮无赖——她们前赴后继地奔向监狱，在涕泪涟涟的漫长刑期中，吞咽母亲和她们共同酿制的命运苦酒。

第十一章　心牢里的姐姐，囚牢里的弟弟……………………240

不负责任的父母，把悲惨的命运强加给自己尚且年幼的儿女。父亲醉酒而亡，母亲则因厌恶与婆婆的缠斗而跟人悄然地私奔。婆婆也因病去世，无人照管的姐弟，姐姐被人包养，弟弟则被人抢走，以充抵父亲生前欠下的赌债。后来姐姐雇人又将弟弟抢回，为怕人追踪，姐姐拉着弟弟的手，踏上千里万里的逃窜之路。一路饥寒与惊惧，四处漂泊与乞讨。陌生的环境，担惊受怕的生活，带给年幼的弟弟以极深的心理创伤和严重的心理扭曲，以至于他考取大学后，性格愈发地孤僻，竟至于对他人的欢笑与幸福，充满敌视。在受到同学微不足道的言辞挑衅后，自卑而又自尊的他，不惜挥刀杀人。

第十二章　一个轰动一时的典型案例，背后隐藏着怎样的真相…………………269

这是一个曾经轰动一时的杀人案件：一个音乐学院的学生，因一场车祸，用自己弹奏钢琴的纤细之手，朝着受害的中年妇女连砍八刀，在网络上激起汹涌的怒涛。当凶手伏法，付出生命的代价；当网络风平浪静，此事已被众多的网友淡忘，此时，再回眸事件的本身，并对其进行拆解和透析，我们就会发现杀死受害者的是那个凶犯，而杀死凶犯的除却法律之外，还有他的父母——是父母过度严厉的教育方式，让一个幼稚的孩子，在力图逃避父母的惩罚时，却得到了法律毁灭性的惩罚。

第十三章　你若是太阳，儿子就活得很有光芒………………………………………277

本章文字，是我与儿子在互动中的谈话实录，并非源于编撰和虚构。儿子从小到大，从未报考过辅导班，却以优异的成绩考取了重点大学。就其学习的扎实程度，远超大多数曾经在各类辅导班进出的孩子；在家里，儿子很少被批评，甚至我从未呵斥过他，但无论学习和生活，他都相当的自觉和自律。在循循善诱中，他的人格得以塑造，呈现出同龄人少有的精神品性：节俭、勤勉、宽厚、诚实，并富于爱心，懂得感恩。他究竟是如何成为这样的？也许从我平时与他聊天的内容中，就能看出端详。

第十四章　合格的家长，是灯火，亦是路标………………………………………298

天下的家长，无不疼爱自己的孩子，也无不希望自己的孩子木秀于林、凤鸣山巅。但如何才能促进孩子愉悦地成长？如何才能避免拔苗助长？如何才能做到植树树绿、栽花花艳，而不是事与愿违，结果与初衷背道而驰？诸如此类，之于家长，皆为一道道的考题。很多家长，不仅焦虑又焦躁，凭借感觉教育孩子，而且还盲目盲动，教育孩子跟风起哄，从未沿着科学有效的教育之道行进。鉴于此，在本章中，我经过深思熟虑，对家长提出九条建议，也可以视为九剂药方，寄望于能给家长们带来有益的启迪，并重新思量和定位家庭教育的模式。

附录：书评

一本双栖于教育与文学之间的开山力作

——安黎《那些家长》读后随感………………………………………………314

第一章

我是照亮你的灯光，是陪护你的绿叶

1

两度联系王昭若的父亲王子楷，他都以忙为借口，对采访之事予以婉拒。不过，在电话里，他的三言两语，还是值得人深思和回味：教育孩子，我也没啥诀窍，就平平常常，随其自然。说穿了，家长教育孩子和农民种庄稼是一个道理，遵循规律，不拔苗助长，不违逆季节，适当施肥，适当浇水，适当管护，庄稼就能长得旺盛——关键是要掌握好一个分寸。

王昭若是某年某省的高考状元，作为文科成绩第一名的他，把第二名甩出十分之远。在王昭若就读的中学里，很多老师一提及王昭若，都说那个孩子天分好，乍一看，他在学习上远不如其他学生用功，但一考试，却总能排位前列。重要的是，王昭若还是学校运动会的长跑冠军，以及小有名气的文史哲百科全书，其在这方面的知识储备，远超同级同龄的大多数文科生。

我见到王昭若时，发现这个孩子与别的孩子并无显著差别，甚至比其他孩子更为普通。在这所著名大学的校园里，他骑着一辆自行车来见我，装束极其普通，衣着都是那种像是从地摊上随手捡起的廉价货，脚上的运动鞋仿佛还隐隐地有所破裂。

他就是被传得神乎其神的王昭若？我心里很是生疑。

没有三头六臂，没有膀大腰圆，没有凌人的气势，也没有超凡的气质，更没有英俊的仪表和傲慢的神情，不起眼得就像小区里随处可遇的大男孩。然而一开口讲话，王昭若的眼睛里释放出的亮光，就能把自己和凡夫俗子，瞬间区别开来。那双目光是坚毅的、执着的，同时也是纯净的、温暖的。

王昭若找了一条树荫下的石凳，在上面铺上两张白纸，礼让我坐于其上；接着他从挎包里掏出一本杂志，将其铺于石凳，自己坐了上去。

我们的聊天先是从做饭开始的。王昭若一回忆起家乡的美食，就有点儿抑制不住地想流口水。他说他在一家餐馆打过工，端了一个月的盘子。这一个月，比他坐在教室里读一年的书，都更有收获。打工，让他目睹了餐饮行业员工的劳累，懂得了饭菜的来龙去脉，更体察到粮食的弥足珍贵。那家餐馆，楼上楼下两层，中等规模，算不上名店，属于城市白领最爱光顾又能消费得起的餐饮店。店里经营炒菜和面条，菜不贵，但面条却很讲究。店主是一对下岗的中年夫妇，很朴实，也很勤快，为节省开支，他们轮流收款，并把收款当休息，而另一个被腾出手的人，则要充当服务员，和其他服务员一样地扫地抹桌子，一样地端碗洗碟子。老板和员工，并无本质上的不同，只是分工和收益，有所区别罢了。员工早上八点半集合，一番打扫卫生后，九点整开门迎客。然而尽管门已敞开，但其实一切还处于筹备阶段：服务员摘菜洗菜，厨师或剁肉切肉，或和面揉面。十一点过后，客人逐渐增多，至十二点，店里已是爆棚客满。客人口味不一，需求各异，脾性又大为不同。于是此时的餐馆里，就进入一个白热化的氛围中。有的客人要面汤，有的客人要某种调料，喊的喊，叫的叫，脚步稍有缓慢，就会遭到呵斥。服务员像织布的梭子，端饭端菜，收拾残羹剩饭，给客人倒茶端水，脚底像抹了油一般地穿梭不息。这样的辛苦，历经午后的稍事缓冲，下午六七点，又会迎来新一波的高潮。至晚上十点关门歇业，每个人的脚，都宛若两个铅球般地沉重，而腰背，更像是一张木板，直挺挺地弯不下去。

王昭若说他干完第一天回到家，就打了退堂鼓，不想再去了。母亲心疼他，说你不想去就别去了，你尊重自己的感受即可。然而父亲却鼓励他干下去，干够他对餐馆承诺的一个月。承诺了，就要做到，这是对人家负责，也是对自己负责！君子嘴里无戏言，当你不把自己的话当回事的时候，别人也就更不会把你的话当回事——父亲如此忠告他。

第二天起床后，父亲与他对坐着吃早餐，告诉他说：孩子，哪怕再苦再累，你都要咬牙坚持，不能当逃兵！人生是由多种滋味构成的，缺一味，就不完整，就留有缺憾；人生也是由享受和苦累两种感受构成的，单有享受，人会变傻，不会真正地了解社会、了解世态，包括了解我们自己。苦累和享受，表面上是对立的，其实是有因果关联性的。苦累是为了享受，是为享受植树耕田。要住得舒适，就要筑屋；要吃得可口，就要烹饪。没有前期的苦累，就没有后期的享受；不经苦累，即使父母给你创造了优越的环境供你享受，享受不但不会持久，而且也领悟不到享受的真谛。就你而言，从学校到家庭，从家庭到学校，从书本到书本，从作业到作业，不缺吃穿，不愁学费，没有和社会上的各色人等有过真正意义上的接触，没有机会观察社会和洞悉世情，于是你的思维，就难以超越中学生的层面。你有必要知道的是，社会不是课堂那么单一，同事不是同学那么单纯，邻居不是你的亲人那么包容，但你将来，都要处理好与他们的关系，如此，仅靠中学生思维是远远不够的。中学生思维，对应一个复杂而纷纭的世界，难免要栽跟斗，要顾此失彼，甚至于步履维艰。你打工，实际上是完成另一份作业，交付另一份答卷。愚笨的人，把打工当作赚钱，盼星星盼月亮地等着发工资的那一天；但聪明的人，却会给打工赋予更多的内容，不会仅将其简化为一种谋生手段。聪明的人通过打工，一是磨砺坚毅的意志；二是借此观察世态人情；三是当作向社会学习的机会。学习，除学习某种技艺外，还应以所有人为师，发现每个人身上的长处并加以效之。很多打工者通过打工带来的成长，最后成了某个领域鸡立鹤群的领军人物，但更多的打工者，却是二十岁在打工，四十岁在打工，六十岁还在打工。优秀的人，你若仔细分析他，他身上一定具有常人不具备的精神要素，比如能吃苦、很执着、有责任心、坚守信用、有时时处处向他人学习和请教的胸怀、有抗击打的能力等等。我建议你继续打工，不要一遇困难就避让，那样你会养成心理惯性，今后凡遇到各种难题，首要选择的是后缩和逃避。

父亲停顿了一会儿，接着说：毫无疑问，你已完成了中学学业，考出了骄人的成绩，但不代表你在所有的领域，都可以傲视群雄。你有你的优势，也有你的弱项。高考成绩，只能证明你课业表现是出色的，但难以保证你在今后的人生长路上，依然会领跑。一个人要有所作为，要成为一个被人信赖和受人尊敬的人，守信是最为基本的底线。你答应人家要做一个月的短工，那就要履行诺言。一个人如果失信，他说多少话语，发多少誓言，在别人看来都是轻飘如烟的，将来他在社会上也很难立足，更很难取得相应的成就。

父亲的一席话，点亮了王昭若的心灯。王昭若吃完早餐，就挎上那个专为打工购买的帆布包，又一次出发赶往餐馆，此后他打工的信念，再也没有动摇过。

在接下来的日子里，王昭若的确是把打工当成了做作业，每一个细节都追求极致的完美，每一个步骤都完成得一丝不苟。抹桌子，他比其他人抹得更干净；端盘子，他比其他人的姿势更标准；对待每一位客人，哪怕是那些胡搅蛮缠的客人，他都是笑容可掬，轻声细语。与此同时，在大批量的客人蜂拥而至之前，当其他服务员坐在桌前打盹的时候，他还要钻进后厨去帮忙。他给刀工递菜，给擀面师傅揉面，给烹饪师傅当下手……短短几天后，他就成为这家餐馆最受欢迎的员工。重要的是，他从来都没有向人透露过，自己就是本省本年度文科的高考状元。

每天回到家中，无论多累，他都要记笔记——两年后，他通过回忆，对笔记进行了扩充，从而出版了一部在校园里颇受追捧的书籍，名曰《打工日记》——书的序言是父亲写的，母亲则为书写了寄语。

正如父亲告诉他的那样，别轻视一个小小的餐馆，它其实也是一个巨大的舞台，来了去了，哭了笑了，各色人情世故，各等人性善恶，皆隐匿其中。

就王昭若的观察以及在书中所写，那些打工者多为初中以下学历的年轻人，有男有女。这些孩子，大多来自偏远农村，家庭普遍比较贫困。但就情状而言，他们又情状各异：有的踏实，有的漂浮；有的清醒，有的迷糊；有的有既定的目标，有的今日有酒今日醉，能混一天算一天。后者的口袋里时常掏不出一元钱，却心飘天外，根本瞅不上端盘子的活计。端盘子，只是他们解决自己一时口腹之饱的权宜之计。他们早早地辍学，在吊儿郎当中，把青春化为了一根越抽越短的烟蒂，化为了一个越喝越空并且摔得满地玻璃碴的碎酒瓶。热衷于呼朋唤友，喜好于上网打游戏，身无一技，却又异想天开；不好好劳动，却又做着一夜发财的超级美梦。看到他们身处悬崖却满目的迷惘，王昭若看在眼里，急在心里，他曾不止一次苦口婆心地规劝过他们，但发现毫无效果。他们既分辨不来何为良言，何为毒语，又闭目塞听，耳孔里水泼不进去，针也戳不进去。他们聚在一起，最爱谈论的是陈安之等江湖骗子们胡编乱造的发财故事，并誓言要做未来中国的比尔·盖茨或巴菲特——最终，他们中的很多人，都走向了歧路，转化为传销和诈骗的后备力量。

这些孩子能在一家餐馆里坚守一周，就已算相当有耐性了。他们中的相当一部分人，为老板的一句责备，或为客人的出言不逊，以及或嫌累，或嫌烦琐，或嫌工资低等各种理由，仅毛手毛脚地干上三五天，就或装病不来，或拂袖而去，连工资都弃之不要。他们整日忙于找工作，而老板则成天忙着招员工。

尺寸大小的餐馆里，也不乏风雨，充斥着钩心斗角。有的服务员，在遭到客人的训斥后，为报复客人，就在端菜端饭时，朝菜里或饭里偷吐口水；有的服务员对自己的付出和报酬颇为不满，于是就暗中故意弄坏厨房的某个器具；还有两个厨师为盐轻盐重而打架的，还有员工朝自己的口袋里偷塞调料袋的。

王昭若始终很干净地从事着自己的工作，在别人都偷懒时，他却不嫌脏累。一月过后，他收获满满，其中最大的获益，就是学会了烧菜做饭。

讲到这里，王昭若笑了，说：我这个人嘴馋，很爱吃。

我说：爱吃说明你对生活怀有热情，算不上缺点。中国人过去说，人生在世，吃穿二字，说明吃既是人最基本的需要，也最能给人带来满足感和幸福感。

王昭若说：在餐馆打工，为我增添了一项业余爱好，那就是做饭。很多人也许不信，我若参加全国性的厨艺大赛，说不定还能抱个大奖回来。我只是不愿做肉食，觉得那样对待动物，过于残忍，但做起素食来，我绝对算得上一把好手。我能在萝卜上镂花，能在黄瓜上刻字，能把土豆丝切得细若丝线，能把面条切得像是压面机压出来的那样均匀。我做饭，一则想替母亲分担。父母为我做饭喂饭二十余年，该轮到我反哺他们的时候了；二则我也从做饭中获得休息和乐趣。一些人觉得做饭很麻烦，那是因为没有找到做饭的乐趣。做饭其实是很有意思的，物理学与统筹学等皆蕴涵其中，一种东西从这样变成那样，是很值得观赏和思忖的。再说了，我平时干的都是脑力劳动，做饭对于大脑，也是一种休息。当然，我追求做饭的精益求精，还有一个不怕你笑话的原因，那就是未雨绸缪，为将来组建家庭做准备。我希望我的爱人和孩子，能吃得更滋润一点，更科学一点。

王昭若说到这里，吐了一下舌头，脸上飘荡过几丝羞涩，一个大男孩的调皮与天真，暴露无遗。

2

王昭若的成功，与父母对他的教育方式，以及家人间的相处模式不无关系。

在很多人的评判里，王昭若的父亲堪比教育学家和心理学家，是他，一手塑造出了王昭若。但在我看来，没有王昭若母亲的有效配合，王昭若父亲即使心有所想，却也未必能达至所愿。这等状况，犹如大树和小树的关系。我们在赞美大树的时候，切莫忽略小树的贡献。是小树，低下身子，给大树预留下旺盛生长的空间；是小树，收缩根须，使大树才有可能吸收到土壤中更多的养分。

简单地说，王昭若的母亲杜可然，是一个相夫教子的典型。她出生于官宦世家，祖上曾经的荣耀，换来的，是后世的遭殃。她初涉人世，适逢世事跌宕，家庭破败而没落，昔日的一袭华屋，倒塌的倒塌，被占的被占，仅剩三间透风漏雨的土瓦房尚可苟且容身。年幼时她备受歧视和凌辱，从而性格变得既拘谨又内向。值得她欣慰的是，在家中排行不前不后位居第四的她，依然得到父母充足的关爱。他的父母，都接受过良好教育，懂得保护孩子尊严的重要性，也懂得公平对于孩子人格塑形的不可或缺。他们分配食物也好，分配玩具也罢，都是人人有份，且大小一模一样。在此基础上，父母提倡年龄大的要谦让年龄小的，身体强壮的要体恤体弱多病的，于是无论外面如何的风雪肆虐，家里却始终其乐融融。

令杜可然终生难忘的，就是父亲的每天一吻。这一吻，让她天大的委屈都能被风吹散；这一吻，让她被阴霾笼罩的心灵瞬间就能豁然晴朗。

每天起床，他的父亲，按照自己在英国留学时养成的习惯，都会轮流地吻他们。他们上学前，就像要完成一项固定的仪式似的，六个孩子，两男四女，按照大小个，从小往大地列队等候父亲亲吻自己。每个人都很享受父亲这抱头一吻，并且极其希望父亲的吻能在自己的额头多停留一会儿。父亲谦和地笑着，一个一个地告诉他们“你们是最棒的”！并拍着他们的小肩膀，叮咛他们无论遇到什么困难，都不用怕，有父母站在他们身后。

四十多年后，父亲早已魂归西去。兄弟姐妹每每相聚，都会回忆和谈论起父亲的亲吻。说着说着，便能引发一片哭声。父亲是何等的爱他们啊！而这种爱，转化为他们精神的动能和灯火，驱散他们的寂寞，消解他们的孤独，也策动着他们不敢懈怠，执着向前，最终个个都在各自的行业，拥有无比耀眼的表现——恢复高考后，杜可然姊妹六个全都考上了大学，大哥大姐现为大学教授，二姐移居国外，弟弟现为一家跨国公司的管理者，妹妹在某个机关当公务员。

与别的孩子不同，杜可然从小就接触到古诗文。他的父亲，除费尽心机地藏匿了多种古书，还每天都要手抄不少古书中的名言名句，下发给他们，让他们轮流阅读和抄写。冬天的晚上，父亲像一朵花的花蕊一样坐在一座热炕的中央，而他们，则像围绕花蕊的花瓣，拥被而坐，聆听父亲讲屈原、讲司马迁、讲唐明皇的爱情悲歌、讲洋务运动的前因后果、讲莎士比亚的博大精深和法国大革命的得失短长……很多历史和地理知识，并不是在课堂上学到的，而是在那座热炕上听来的。在诸多的女孩子沉溺和陶醉于针线的精巧和茶饭的花样百出时，杜可然满脑子装的都是三纲五常之类。她原先想做一个事业上的成功者，但自从生下儿子王昭若后，母爱淹没并软化了她一切的雄心壮志。对王昭若的怜惜和疼爱，最终促成她调转自己人生的追索方向，认为作为一个女性，当一个伟大的妻子和母亲，也许比一个公众眼里的女强人，更拥有实质性的收获和幸福。女强人很多都是在逢场作戏，那种“强”，只是一种展示给外人看的化妆油脂，其灿烂的笑容背后，所埋藏的，也许则为满腹的辛酸泪。从财经大学毕业的她，就事业而论，当然也算不上失败。尽管她努力地压缩着自己的工作宽度和厚度，卸掉了很多企业的兼职，但依旧坚守于某个银行高级经济分析师的岗位上。在单位，她是无声无息的；在家里，她也是无声无息的。她不像很多女人，在家里很强势，一副舍我其谁的架势，要当掌舵者，要主宰一切，要指手画脚，要大包大揽。她不这样，而是沿袭传统女性夫唱妇随的夫妻相处之道，总是把丈夫推在前列，充分地信任他，而自己则隐身其后，做他的帮手。即使丈夫有事与她协商，她也只是给出某种建议，从不妄自决断。她对自己在家庭中的职责异常清醒，自然也就从不疏忽与懈怠。她洗衣做饭，收拾屋子，把屋内屋外整理得井井有条，把板凳桌椅擦拭得一尘不染。她在王昭若的房间的墙壁上，贴满世界名画。在王昭若的成长中，她只陪护而不教育，把教育权拱手交付给丈夫，自己退而求其次地宁愿当个辅助性的配角。在她看来，丈夫的学业和专业，离教育贴得更近；丈夫的见识和阅历，比起自己来，都要略胜一筹。

王昭若的父亲王子楷毕业于某个大学的中文系，先是在中学当老师，后弃教从政，现在某个带有学术性质的单位当二把手。他本有机会当一把手的，但却坚辞不干，认为自己很不适合在权力的游戏场舞蹈和周旋，也不愿将大好的生命，空耗在迎来送往虚情假意的人际应酬上面。比起那些貌似风光的各等出头露面，他更愿意做一些案头的研究工作。

研究工作，是一根橡皮筋，可松可紧，亦可白昼可夜晚，这给他悉心陪护儿子的成长，提供了可能性。

说实话，王昭若降生后，由于脑部积水，几度昏迷，提心吊胆的夫妻俩，可没少在家庭和医院之间来回奔波。当别的一岁多的孩子能够稳步行走时，王昭若还被抱在母亲的怀里，像软骨症患儿那样，若无人搀扶，根本站立不住。两岁过后，王昭若才开始独立走路并开口呼喊妈妈。夫妻俩并没有急于把他往幼儿园里送，而是在家里和他做游戏，在游戏中穿插着给他灌输点滴的生活常识。五岁那年，在确信他的身体能够独自支撑之后，王子楷才联系到附近的一家幼儿园，让他尝试着融入群体。

也就是说，王昭若的幼儿园，仅上了短短的一年。那些所谓的胎教、早教之类，他从未涉及。即使是在家里，王子楷也叮嘱杜可然，不要过度给他读诗，也不要给他过度灌输英语。他经常强调的观点是，要因势利导，顺其自然。

那么，在王子楷上班之时，请假在家的杜可然，是如何和王昭若相依相伴的呢？答案是，以做游戏为主。杜可然把自己化为一个孩子，和王昭若一起随音乐跳舞，一起搭积木，一起捉迷藏，一起丢花包比赛输赢，一起比赛画画。与此同时，她带着王昭若到外面游玩，让他认识各类动物，识别各种植物，教给他走路要靠右边行走，遇到红灯要停住脚步，见到车辆要躲避，手取食物前要洗手，接受别人的礼物要道谢，并要远离一些危险之物和危险之地等，比如电、开水、窗台、烧火的灶台等。

四岁时，杜可然的一个亲戚来帮忙带孩子，但无论多忙，杜可然中午都要赶回去看望孩子，并与孩子互动。王昭若有时候要赖，啼哭不止，夫妇俩既不会呵斥他，也不会打他，只是在他恢复平静后，告诉他如何做才是对的，如何做肯定是错的。王子楷对杜可然说：要赖或哭嚎，是很正常的，孩子不要赖，不哭嚎，那就不是孩子了；与大人不同，孩子是用要赖来显示自己的存在，以提醒父母不要忽略他；用哭声来表达自己的诉求，以谋取自己想要得到的东西。

3

令人难以置信的是，从小到大，王昭若几乎没有上过校外的辅导班和补习班。在六岁那年，王子楷觉得他的身体有点儿羸弱，性格也不怎么开朗，于是在给他播放了一段时间的武术片后，极尽煽动地把他蛊惑进一个武术培训班。然而王昭若仅在里面比比画画了几个傍晚，就后缩着不愿再去。王子楷没有逼迫他按照自己的意志行事，而是遵从了他的意愿。王子楷说父母不能代替孩子去做决定，只能给孩子提出建议，分析利弊；强扭的瓜不甜，强迫的学习也难有成效。

在家里，杜可然总是默默地付出，早起做早点，晚上收拾碗筷并清洗衣物，很少过问王昭若的学习状况。当王子楷在餐桌上，对王昭若讲东讲西时，她也只是做一个听众，微笑着倾听。偶尔，她才插一句嘴，对王子楷意见的要点，予以强化：你爸爸说的是很有道理的；或者：你把你爸爸的话记在心里，对你的人生会有帮助的。

王昭若五六岁时，一度也很调皮，既扔篮球砸烂屋顶的灯罩，又吃完饭将饭碗摔碎在厕所。面对他的胡作非为，王子楷并没有严厉地惩罚他，只是把他叫到自己的面前，很谦和地告诉他：你弄坏的东西，你要负责修理；你摔烂的东西，你要做出赔偿；每个人，都要为自己行为的后果承担责任。

这样的难题，摆在小小的王昭若面前，形若泰山横阻眼前，让他难以翻越，远比忍受两个耳光的疼痛更为无法消解。无助的他，打电话给舅舅，给姑父，但他们都以腾不开身为由，婉拒了他的请求。无奈之下，他只好向妈妈打借条，自己去商场购买灯罩和瓷碗。买回来，王子楷说：你还得把灯罩安上去。他搬来凳子，自己站上去，却够不着屋顶，最终只剩下了哭啼。王子楷把他揽在怀里，对他说：你从这件事上，知道以后该怎么做了吧？王昭若点点头，说：不该损坏家里的物品。王子楷说：不单是不能损坏家里的物品，家以外的物品，也不能损坏，损坏了就得原样赔偿。你做事要处处留意，万般小心，这样对你和这个世界的和睦相处很重要；你打碎了家里的东西，作为你的父母，是可以原谅你的；但你如果打碎了人家的东西，人家就会对你进行不依不饶地追究。不搞破坏，表面是为他人好，其实是对自己的有效保护，你懂吗？王昭若似懂非懂，但却说我懂了。

王子楷没有送王昭若去补习班，不是对他的学习漠不关心，相反，他采用的是言传身教和润物细无声的方式，致力于使王昭若的学习由被动转化为主动。王昭若七岁时，刚上小学二年级，他就与王昭若协商，让他自己写出自己的学习与生活计划，而且计划要尽可能地完备和翔实，比如几点起床、几点从家里出门赴校、几点回家、几点吃晚饭、几点复习功课、几点睡觉，以及在学校里几点跑操、几点早读、早读分几个段落、几点上课、几点自习等。王昭若写出来后，王子楷和王昭若进行了讨论，并在征询王昭若的意见后，王子楷对计划中的内容，做了一定的修正：王昭若原来计划晚上十点半睡觉，被他更改为九点；王昭若原计划中，没有饭后玩乐和睡前跑步这两项，他皆予以增添。

王昭若对父亲修改后的计划书，没有异议，于是将其一式两份地打印出来后，签上自己的名字，分别贴于床头和课桌的上方。

王子楷的观点是，不能把孩子的少年时代和青年时代，浓缩为学习学习再学习，使其像一架不知疲倦的学习机器那样，两耳不闻窗外事地只知埋头用功，而是应让其享受生活的快乐，体验人生的美好，放飞青春的激情，感受大自然的绮丽，见识社会的繁复和众生的百态，从而促进他生理和心理的双重长进。

王子楷和多数家长的教育理念背道而驰：他很少督促王昭若学习，倒是经常督促王昭若休息和锻炼；周末或节假日，当很多愁眉苦脸的孩子被家长拧着耳朵出入于各种补习班的时候，王子楷要么带着王昭若在打网球，要么带着王昭若在游山玩水。

很多家长是很反对孩子读闲书的，但王子楷却不那样，他主张孩子要多读杂书，多读与课业貌似无关的书。在他的理解里，孩子眼界的扩大、认知的提升、思考能力的养成，远比试卷上的分数更为有用。王昭若读小学四年级时，王子楷就精心地给他布置了一间书房，那一字排开的三个书架上，整整齐齐排列的，不是复习资料，而是各种有关哲学、史学、文学、地理学、社会学、天文学、动物学、植物学、军事学、宗教学等经典名著。这些著作，有国内的，也有国外的，就连《印第安人迁徙史》《远洋时代》《存在与虚无》《权力与权利》《精神分析说》《瞧，这个人》《通往奴役之路》等对于一般成年人都显得无比生僻和深奥的作品，皆能在书架上找得到。当然，这些书不是随便购买的，其中的大部分，王子楷都已读过，经过他斟酌和判断，确认这些书对王昭若有益而无害，他才将其置放于书架。书架摆在王昭若的书房兼卧室，但他从不指导王昭若该读哪本书或不读哪本书，只是在闲聊时，对他说：你学习累了，就翻翻那些书，权当自己换脑子休息。

王子楷告诉王昭若：古人云，书中自有黄金屋，书中自有颜如玉，但需要警惕地是，书中亦有泔水桶，书中亦有毒酒罐。不是所有的书都值得一读，也不是所有的书都开卷有益。那些平庸的书、无聊的书，甚至藏毒的书，不但不该浪费时间阅读，而且要避而远之。

在很长的一个时间段里，受这些书的引诱，王昭若的作业无法按时按量地完成，学习成绩因此而下降。不止一次，老师通知家长来学校谈话，但王子楷都显得不慌不忙。在老师面前，他在为儿子辩护的同时，也恳求老师不要用一次考试或一时表现来考量学生。学生的成长，是一个马拉松长跑，赢在当下不算赢，赢在半途也不算赢，赢在终点才是真正地赢。

老师只要当下，管不了未来。考考考，老师的法宝；分分分，学生的命脉。分数，关乎老师的利益和荣誉，老师如何能听得进他的话？老师呵斥他：你还能行得不行？你能你来替我教书好了！就你那套歪门邪道的教育方式，看看其他家长会不会跟你闹翻天？

一次和老师的硬碰硬之后，在王子楷的主张和周旋下，王昭若从二班转到了五班。五班的班主任是杜可然的远房亲戚，她对王昭若的家庭状况颇为了解，也对王子楷秉持的那套教育孩子的理念较为认同，于是王昭若虽然在五班成绩排名中，依然处于中游偏后的位置，但班主任对他并不歧视，也不会用刻薄的言辞挖苦和讥讽他。

王子楷对儿子的学习成绩落后，根本不在意。他在意地是，如何能让儿子拥有吸取知识的自觉和分析问题的能力。他几乎每天都要和儿子聊天，聊人类的起源，聊春秋战国时期诸侯的此消彼长，聊长江流域和黄河流域地理物产以及民俗风情的异同，聊四大文明古国人种的演化，聊中国古代四大名著的优长与缺陷，聊佛教、基督教、伊斯兰教如何传入中国，聊张骞出使西域经历过什么，聊世界大战各国的站位和胜负，聊石油的价格波动为何能引起世界的震动，聊美洲大陆如何被发现如何被殖民又如何各自独立，聊五次中东战争，聊萨达姆的鼎盛与覆灭等等……却唯独不询问作业做得怎么样，考试成绩排名是班里的第几位。聊得高兴了，他就给儿子出一道题，让他去查阅资料，并在一个月内将其完成。这些题，乍一看很是简单，但要做出有质量的回答，却相当有难度。比如其中的一道题："牡丹花和槐花为什么一个开在灌木上，一个开在乔木上？蜜蜂为什么对其中的一种花感兴趣而对另一种花不感兴趣？"再比如："西红柿是从西方的哪个国家，由谁来传入中国的？其间经历过什么？"再再比如："黄河从发源到入海，流经哪些省份？能总结出一个省和另一个省民族构成和饮食习惯的异同吗？"再再再比如："如果你是抗日战争时期的中国领袖，你如何来领导和指挥抗战？"再再再再比如："林肯总统是白人还是黑人？他的身上汇集了哪些血统？"等等。

每一道题，都能激起王昭若极大的好奇心，逼着他要去翻阅各种各样的书籍。家里的书如果不够用，周末他还会去图书馆查询。实在查询不到，他就向父亲请教答案，但王子楷却说：这些题大多都是没有答案的；如果有答案，答案可能还不止一种。

王子楷天天晚上都会陪儿子去楼下玩耍。玩耍半个小时，就会陪他跑步。沿着院子绿化带中供人锻炼的步道，他们每个夜晚，都要跑够十五圈，大约三千多米。当然，有时候杜可然也参与其中。有意思地是，他们还搞过一次家庭运动会，比赛谁在五分钟内投篮投中几次，二十分钟内谁走得路程最多，以及两个人给另一个表演保健操的人打分等。比赛完了，还要举行颁奖仪式——每个人都要手工制作出两张奖状，并以颁奖人的姿态颁发给对方。杜可然尽管单项成绩无一夺冠，仅获得积极参与奖，但因奖状是儿子亲手绘制的，她自然也是无比地高兴，并视奖状为珍宝。多少年过去了，很多旧物都被淘汰和抛弃，但五张由王昭若亲手制作的奖状，却一直被她悉心保存着，没有任何破损。

王昭若每天去学校时，临出门，他的父母都会轮流吻他。母亲总会告诉他：

你很棒！我们都很爱你！父亲则会告诉他：世界上没有克服不了的困难，也没有搞不懂的问题。

王昭若放学归来，父母留给她的休息时间，他都用来打扫屋子。他给花浇水、洗自己的衣服、整理屋子、拖地板等。最初干这些活，他只是觉得好玩，也就干得马马虎虎，甚至把一个花瓶撞碎。他本想着惹下了大祸，于是就先行做起了自我检讨。但母亲说你比过去进步了不少，我们为你的进步而高兴；我相信你干家务会干得越来越好，以后会更专心、更仔细，把家里的每一件东西，都当作你的亲密伴侣来对待，而不是当作一件冰冷的器物。父亲也安慰他：人都会犯错的，有些错误属于明知故犯，那就需要受到相应的处罚；有的错误是属于不经意的过失，则是可以被原谅的。比如，一个把别人手机故意摔烂的人，和一个见义勇为跳水救人的人，不小心把被救者的手机弄得落入水底，性质完全不可同日而语。就你而言，懂得了做家务，其进步的意义，远远大于一个瓷瓶的破碎，因此，是应该受到表扬而不是批评的。

之后，王昭若的家务干得越来越好，并包揽了每日的洗锅刷碗和倾倒垃圾等。

王昭若在做家务方面获得父母的鼓励一事，很容易让我想起有些父母反其道而行之的做法。有一对家长，丈夫姓孙，妻子姓胡，他们在一个熟人的引荐下，把他们的孩子小胡——随母姓——带到我的面前，痛心疾首地控诉小胡是何等的顽劣，何等的冥顽不化。我通过与他们的多番接触，诊断出的结论是：孩子所表现出的症状，其病根还在父母的身上，而母亲，则是主要的病原体。在自己满身缺点却又苛求孩子完美的母亲嘴里，听不到一句对孩子的肯定之语，几乎全是否定性的评价。做这等母亲的工作，就像要把一块橡皮嚼烂那样，尽管嚼得异常辛苦，却不一定能见成效。三个月过去，我最终发现，孩子反倒不难改变，真正难以改变的，是那读书不多却又自以为是的母亲。初中毕业胡女士在商场打拼多年，积累了一定的财富，于是她一讲起自己的经营有方来，头头是道，唾沫星四溅。胡女士和诸多经营上的成功人士很类似，在潜意识里，能把自己在某个领域的无往不胜，幻化为自己的无所不能。于是，明明是打铁出色的铁匠，却觉得自己比厨师更懂得烹饪，比电工更懂得电力，比天文学家更懂得天体运动，甚至比李世民更懂得治国安邦。爆米花一经膨胀，就把自己想象成了月球。

胡女士的本意，是要听我给他们夫妇传授矫正孩子的方式方法的，但她一打开话匣子，却像是专程跑来向我炫耀自己的成功之道的，因此滔滔不绝的汹涌言词，其密度之大，几乎让我无法插话。在她丈夫的提醒下，她偶尔短暂地闭口，可在我连开场白还都没说几句的时候，话语权却又会被她夺去。在她言语的间隙，我见缝插针，劝导他们要学会倾听孩子的心声，把自己的想法与孩子的想法进行对接和融合，并在平日里与孩子的交谈中，注意语言的分寸，养成尊重孩子人格的习惯，并极力删减自己的欲望，后退自己的位置，不要把自己的欲念蛮横地强加于孩子。然而事实证明，我的苦口婆心，犹如泼地之水，属于无效劳动。胡女士对我的话语置若罔闻，只是自说自话，唠叨不止，抱怨不休。

某一天我去小胡家，发现已有所改变的小胡正在拖地。我赶紧表扬小胡，并说叔叔为你的进步感到由衷的高兴。我相信，世间的任何一个人，包括成人，一经受到表扬，哪怕他的脸上照旧冷若冰霜，但心里却一定是春暖花开。小胡在我的表扬声里，脸上浮现出隐隐的笑意。但笑意尚未来得及彻底绽放，就被她母亲胡女士猛然泼来的一瓢冷水浇灭。胡女士指着小梁拖过的地，高声叫道：你看你那个怂式子，干啥都不认真，干啥啥不成！你看你拖过的地，像老爷胡子一样地五马六道！你啥时候能要点脸，干活时能用点心呀？！

小胡脸上的表情，忽然间晴转阴天，两腮的肌肉迅速地下坠。他带着情绪，将拖把随手往地上一扔，就扭身钻回自己的房间。跨进屋门，他拼尽全力将房门使劲一拌，房门发出咣的一声巨响。胡女士撇撇嘴，说：娃他叔，你看看，你看看，看看老天爷咋把这样一个冤家对头降到我家了呢？我说他是块搭跤石，变不了，你还说他能改变，可你今日亲眼看到了他的表现，他变了吗？

我说：变了呀！他过去拖过地吗？没拖过吧？今天能提起拖把拖地，说明他已经在努力地改变，或者说至少他有改变的愿望。他的改变，需要你们的配合，可你配合了吗？豆子要发芽，变成豆芽，没有一定的温度，能变吗？孩子改邪归正的初期，犹如在泥潭中挣扎的兔子，自己无力爬出，急需要父母能拉他一把，而不是推他一把。拉他一把，他就会越变越好；推他一把，他就会重回泥潭。如果他感受到变与不变，在父母那里，得到的是同等的评价和待遇，他改变的动力何在？他费心费力地改变自己，不就是期待着被父母肯定和接纳吗？你的错误在于，孩子一迈步，路还没走稳，你就嫌他不飞翔；你以圣人的标准要求一个成长中的孩子，是你错了，还是孩子错了？如果把我换作你，当我看到我的孩子今天竟然自觉地干起了家务，我都会流下幸福的眼泪的。我会给他一个拥抱，一个亲吻，真诚地为他鼓掌，大声地赞扬他，哪怕他拖地的效果不尽如人意，哪怕他干活时笨手笨脚地撞坏了家里的摆设，都没有关系。今天他若得到表扬，得到奖赏，明天因为他仍然渴望着被表扬、被奖赏，就会干得更为卖力和出色。即使他拖地不那么精细，也要通过善意的提醒和鼓励，促进他一步步地朝前走，比如可以这样说：孩子，你已经相当棒了！我坚信以你的能力，你明天拖地时，会拖得更为仔细，将角角落落都能留意到，这样的话，不但地面因你而干净，你也会因为地面的干净而优秀。

否定，是教育孩子中的一大忌讳，遗憾的是，有太多太多的家长，不明白这个利害。在不少家长看来，抱怨孩子，否定孩子，犹如鞭子抽牛那般，可以督促牛跑得更快。岂不知，否定不是鞭子，而是砍刀，能将孩子的自信心，拦腰砍断。

否定的最大害处，就是给孩子一种“我不行”的心理暗示，于是孩子每每遇到学习的障碍或生活中的难题，“我不行”三个字，就会像蛇头一样地从他的脑海里爬出，使他变得畏缩不前，继而自暴自弃——我反正是不行的，努力也是徒劳，不如趁早放弃！

4

从初一的第一学期开始，在小学老师眼里不怎么用功亦不求上进的笨学生王昭若，其博学的优势，就水落石出般地突显而出。尤其是作文，其逻辑的严密、立论的高远、词句的讲究、论据的扎实，以及文辞的丰饶新颖，令老师赞叹不已。每回作文讲评，都恍若王昭若的节日——其作文被老师高调夸奖，被学生争抢传阅。很快，王昭若的作文极其优异的消息，宛若星火燎原，传遍校园的各个角落；相应的，他的范文也频繁地出现在学校的校刊和黑板报上。团委举办朗诵活动，要王昭若给他们写演讲词和主持人串词；学校领导外出开会，也请王昭若给他写极富文采的发言稿——在老师和家长的传说中，尚且不足一米六身高的王昭若，俨然就是孟子再世、李白复活。

唯有王昭若的父亲王子楷深知，宝剑的锋锐，来自有效而刻苦的磨砺——有效，指的是方式方法；刻苦，指的是吃苦精神，两者相辅相成，缺一不可。仅有吃苦，而不讲求方法，只能事倍功半。

不可否认的是，王昭若的才情，与天赋有关。但拥有天赋的孩子实在是太多太多了，为何只有极少数人能借用天赋，成就一番伟业？答案是天赋只是沃土，而不是树木。能否在沃土上栽植树木，并能促进树木的健康成长，使其终成参天之木，在很大程度上，取决于园丁对沃土的开垦，更取决于园丁栽培的辛勤与技巧。栽培方式不当，或将树木当秧苗，以遮风挡雨或防寒御热的名义，用大棚将其严严实实地捂住；或放任自流，不管不问，任其被风刮歪而不扶，任其干枯而不灌等等，树木都很难得到良好的发育。天赋犹如长跑者的双腿，而双腿，并不决定长跑的速度与路程。也就是说，天赋仅是一个人的先天条件，而不是过程的绚烂和终点高度。良好的天赋，若得不到有效而合理地开发，照样会胎死腹中，或马失前蹄，或鹿毙半途。很多孩子，具有很高的智商，但却在荒疏中，在管制中，走向人生的歧路，这样的例子比比皆是。

灯油再优质，若缺少一根火柴的擦燃，它就不会闪亮。

王昭若的闪亮，自然与其父王子楷这根火柴，脱不了干系。年轻时，王子楷就养成了记日记的习惯。曾经热爱文学的他，也很想通过以写日记的方式，来积累生活的素材，夯实语言的根底，从而在文学方面大放异彩。然而行至半途，在接连不断地挫折与碰壁中，他看到文学之山，竟如此地崎岖，一眼望不到顶端，于是就掉转方向，转而寻觅另一条出路。然而尽管文学之梦破碎，但记日记的习惯，却从未改变，一坚持就是二十多个花开花落的春秋。王子楷每天晚上，都会伏案写一篇日记，把自己的生活点滴，化为纸上或热或冷的文字。文字不是砖石，也不是柴扉，而是心灵的涟漪和思考的野花，是有呼吸的，是有体温的，也是有情怀的。王昭若某一回在翻找自己的东西时，与父亲的日记偶遇，他偷读了部分篇章，便被父亲日记记述的生活和情感，深深地吸引。在饭桌上，他对父亲说自己也想记日记。王子楷说那很好啊，我很支持你这么做！写日记，可以一箭双雕，既可以用来练笔，也可以用来记录自己的人生。第二天，王子楷就给王昭若买回五个日记本。于是在每个晚上的某一个时间段里，父子俩在各自的房间，都沉浸于记日记之中。日记写完，父子俩还要就日记的内容与形式，进行一番讨论。王子楷告诉王昭若，有价值的日记，既能作为文学样本，也可以视作历史素材。日记虽小，文字也很随意，但承载量却可以很大，大到能装得下社会的变迁和世纪的风云。也就是说，日记不仅是自己心灵的橱柜，而且还可以是世相的舞台和社会的原野。日记的内容，与人的格局互为因果：格局大，眼界开阔，日记的内容就是海洋；格局小，只关注自己的一己喜怒，日记就是一洼浅水。

王子楷还把自己多达五十多册的日记本，抱给王昭若，让他有空了可随便翻阅——王昭若从父亲的日记里，知道了很多不曾知道的东西，比如粮油的凭票供应，而票证又是那么短缺；再比如购买一辆自行车需要耗费两年的积蓄，还要寻找关系；再再比如父母结婚时，连条新被子都无钱购买，而姥爷把一箱古书，作为陪给母亲的嫁妆等。

等王昭若读初二，他的日记已写了满满的十五本，摞起来有半人高。

王昭若晚上在写作业的时候，王子楷夫妇，从来都不会闲坐客厅，跷起二郎腿看电视，而是一个在伏案写小楷，一个抱着一部书在阅读。屋子里极其安静，静谧得仿佛能听见心跳的声音。等王昭若的作业完成，想通过看电视来放松身心，三人才一起坐在电视机前，一边看电视一边闲聊。王昭若看电视时，时常像一个婴儿那般，斜枕在母亲的怀里，或拨拉母亲的头发，或掐拧父亲的鼻子，夫妻俩任由他肆无忌惮地嬉闹撒娇，不会为之而拒绝他、责怪他。王昭若最爱看的电视节目，除动画片和动物世界外，就是国际时事——他说起欧美与非洲的前世今生来，如数家珍，熟稔得如同在清点自己曾经玩过的那堆玩具。

写小楷，是王子楷为陪伴王昭若学习而想出的对应之策。在王子楷看来，孩子灯下苦读，父母却无所事事，很容易使孩子的心理失衡，并滋生出抵触情绪：我在辛苦学习，你却在休息，这样公平吗？重要的是，休息的你还要对学习的我指手画脚，你的话我能乖乖地听吗？

从王昭若六岁入学伊始，王子楷就开始了学写小楷的漫漫旅途。至王昭若读初二，他已将《红楼梦》《儒林外史》以及《庄子》《孟子》《论语》和《道德经》等，全部用娟秀的小楷书写了一遍。有报社的记者朋友来访，翻看他那垒得仿佛长城一般的书写成品，惊骇得眼珠子都要迸射而出。记者随后未经他同意，就将其报道了出来，搞得沸沸扬扬，引来一阵喧哗。书协组联部的人要来他家亲自证实此事，被他婉拒；鼓动他加入书协，也被他谢绝。无论谁恭维他，他都是以“弄着玩哩”来作答。

王子楷在书写小楷之时，王昭若出于好奇，有时也跑来围观。王子楷便给他讲述颜体和欧体的区别，讲述王羲之和赵孟頫行草各自的特点，讲述中国古代的六种造字法，讲述书法气韵的清新与污浊，讲述《论语》和《道德经》之于道德人心的作用……王昭若的很多知识，都不是坐在书桌前死记硬背的，而是在和父亲的互动中获得的。他和父亲，既是父子，又是朋友，同时还是师生。

王昭若初二时，和所有的孩子一样，也很叛逆。他故意弄坏家里的物品，很厌倦学习，父母所说的每一句话，他听着都不顺耳，都会将其强力地顶撞回来。有多次，他大逆不道的不敬言辞，像尖利的锥子，戳得杜可然心脏绞痛，并使她不止一次地默然垂泪。杜可然当着王子楷的面叹息，说她简直都不认识自己的儿子了，觉得他无比的陌生！原来多么通情达理的一个孩子，好像魔鬼附体一般，怎么突然会变成这样？

王子楷告诉她不用担心，也不要和孩子较真，并说每一个孩子，包括男孩子女孩子，都要经历这么一个人生的叛逆阶段，等这段叛逆期过去了，他们就能自动地回归正常。作为源自父母又要脱离父母而独立存在的生命体，每个人都要与父母，进行两次分离。一次是从母腹里分娩而出，剪断脐带，完成肉体的切割；一次是十四五岁，正值青春期，自我感觉已经成人，翅膀已硬，于是就要从父母的护翼下挣脱出来，独自远飞，并拒绝父母继续视他为孩童，继续为他做主并护航。叛逆期，既是一种生理的突围，又是一种心理的破壳，完全无须紧张。很多家长，就像你一样，以为孩子变坏了，这无疑是一种误判。误判会带来错误的决断和选择：孩子挣扎地想脱离父母，父母不但不松手，反而抱得更紧，于是就形成了对立情绪的升级和对峙局面的加剧。不懂教育的家长，时常会采取两种极端化的措施：一是寄望于使用暴力逼其屈服，或拳打脚踢，或语言侮辱；二是管不了便放手不管，任其像脱缰的野马冲出栅栏，像决堤的河水漫过四野。毫无疑问，这两种办法，都是不可取的。前者，极易导致父母和孩子之间持久培植的情感破裂。从而产生难以弥合的裂痕。当孩子不再尊崇自己的父母时，父母的武力威慑也好，善意劝告也罢，都会变得无效。也许孩子怕受疼，表面上伪装出一副一时臣服的样子，但心理上对父母，却极其排斥。最致命的是，粗暴是培育粗暴的温床，父母的暴力，极易在孩子的心中播撒暴力的种子，让他以后在处置与人的关系、与环境的关系时，很有可能照猫画虎地选择使用暴力。如此，后遗症将是严重的。暴力不可取，放羊式的撒手不管亦不可取。孩子毕竟是孩子，思维不够成熟，自我的判断力和控制力还未达到可以自行其是的程度。不受一定的约束，人的原始天性中任性的一面，就会无限地膨大，很容易因被误导被引诱而走向迷途。那些在所谓的道上打打杀杀的孩子，寻踪他们的历程，就会发现，大多数正是从叛逆期开始迈出这一步的。家长最为正确的做法是，体恤孩子生理转弯和心理调整引发的烦恼，宽容孩子因烦躁而做出的异常举动和异常言论，对孩子身体以关心、精神以抚慰，并循循善诱地督促和帮助他朝健康的方向转向，一旦发现他偏离得过于离谱，就要及时地拉他一把。简而言之，不能打，不能骂，不能你瞪眼我亦瞪眼，你厉害我比你更厉害，而是要开导，要关心，心平气和地帮助孩子渡过这段生命中令他们烦躁和狂躁的梅雨季节。这段时间一旦平稳地渡过，一切都将回归正轨。遗憾的是，许多孩子却在这个关口迷失和沉沦——这一点，父母负有不可推卸的责任。

比起其他孩子来，王昭若的叛逆期持续了一年多，但由于父母对叛逆的清醒认知以及措施得当，他在经历一番震荡之后，恢复了常情常态。

5

考高中，王昭若以六百九十九分的高分，率先被本市名气最大的一所中学抢走档案。然而，那所多少孩子挤破脑袋梦寐以求想要进入的学校，却遭到王子楷的否定。王子楷对本市的各个重点学校，做过前期地调查和了解，他知道那所学校的学生，之所以在高考中战无不胜，其因在于他们采取了军事化的管理和压榨式的教育手段。学生的分数，表象上是老师的教学有方，但其实，除却录取的考生皆为各个学校的尖子生外，还有很大的一部分，是靠透支学生的身体和牺牲学生的自由换取的。王子楷对这样的教育模式，颇为反感，认为它极不利于孩子的身心健康和长远发展。速成的，必然速朽，这是铁律！于是他提议，最好不要上这所学校，因为这所学校会把孩子沦为考试机器，变成标准答案的操盘手，从而使孩子失却思考和分析的能力。没有思考和分析的能力，人可以当船员，却很难当舵手；可以活得平庸而安稳，却很难真正地有所开拓和创造。

诸多重点学校，都派出能说会道的小分队，上门来做王昭若父母的工作，并抛出各种诱饵。那所学校听说王昭若对上他们的学校态度消极，也慌了神，并加入抢夺的混战之中。校教导主任亲自出马，带领三名特级教师，四次来王昭若的家，使出浑身解数，摆出一副不获全胜绝不收兵的架势。最后一次，他们承诺除免除王昭若的一切学杂费外，还要给王昭若提供单人宿舍，有专职的阿姨负责给他和另外两个顶级孩子，提供专业的后勤服务，比如供应开水、打扫卫生、叠被子、洗衣服、挤牙膏等。说话间，教导主任还掏出一张银行卡，将其硬行塞入电视柜的抽屉里。

王子楷对物质的东西，以及阿姨的伺候等，很不在意，觉得那些东西对于正在成长的青年，未必具有正面的意义。他在乎和关注的，根本不是这些。于是他和他们谈条件，并说如果他们肯答应，他就让王昭若去上这所中学，否则，就用不着继续浪费唾沫。校方看他的态度有所松动，连声说：没问题，没问题，你有啥条件就坦诚地说出来。王子楷掏出一张纸，对着事先拟好的话语，一条一条地讲给他们听。他的首要条件是：王昭若不必完成老师布置的作业，并不必按照学校要求的时间上晚自习。对方的人个个听得瞪大了眼珠，然后络绎跨出门去，好一阵窃窃私语。教导主任不敢决断此事，于是就打电话向校长请示。一番讨论后，校长答应了王子楷的要求。王子楷列出的其他条件，比起第一条来，都相对好解决，比如王昭若可以不受限制地去图书馆查阅资料等。谈判完毕，校方的教导主任在王子楷的那页纸上写下“同意”二字，并委托同行者返回学校取来公章，盖于其上。

王子楷征得王昭若同意后，将学校的银行卡退还给学校，并说王昭若的住宿，由他们来解决，日常生活也无须保姆来照顾。他们给王昭若在学校附近租了两间半的一套民房，配齐了生活和学习所需的床板和桌椅，让王昭若一个人居住。每隔三两天，夫妻俩就会去看望一次王昭若。让他们惊讶的是，王昭若竟然自作主张，招来一个同伴与自己同住，这使原本较为整洁宽松的居住空间，变得多少有点儿杂乱和拥挤。王昭若对他们介绍说，同伴姓唐，家在农村，父母在城里打工，父亲干建筑，母亲干保洁。小唐学习也很优秀，但因为衣着简陋，一个月才抠抠巴巴地吃一回肉菜，因此被城里的孩子疏远，显得很形单影只。但小唐人品很好，有一次王昭若的手机遗忘在图书馆，坐在他不远处的小唐起身时，看到四下无人，就知道是他遗落的。小唐四处打探，当天晚上就把手机归还于他，他们就此相识。住在集体宿舍的小唐，起初是不愿和王昭若同住的，一则他对王昭若家庭状况的优越和王昭若学习的优异，耳有所闻，自卑而又自傲的他，觉得和他整日厮混在一起，既不那么般配，又难免有攀附之嫌；二则他明白王昭若现住的是租来的房子，两人同住，无疑属于同租性质，而自己又无力支付另一半房租。然而他的畏难和担忧，很快就被一双旅游鞋破解——王昭若为感谢他归还手机，给他网购了一双旅游鞋以作报答。他坚辞不要，但他非得给他不可——因于此，他们成了形影不离的好友。在多日的相处交流中，小唐发现在王昭若的身上，有着与其他富家子弟不一样的特质。他没有娇生惯养的痕迹，而是外在很坦诚阳光，内心很单纯质朴。王昭若明确地告诉他，房租不但不收取他的分文，而且他平日里的花销，也由自己负担——父母给的钱，很宽裕，只要不胡乱挥霍，就足够两个人的日常用度。

小唐犹豫了两天，就搬来和王昭若同住，一人占据一间。

王子楷夫妇对儿子的决定，没有抱怨，反而对其予以了夸奖。从儿子成长的角度讲，培养他的爱心，让他学会与人相融共处，也是他们努力的题旨要义；从爱护儿子的角度讲，儿子有个伴侣，相互间有个照应，他们也能放心。起初，他们也曾考虑过要搬来和儿子一起居住，即所谓的陪读，但思来想去，觉得给他一个独立解决生活难题的机会，也许对他更为有利，于是便打消了这个念头。

每个月，王昭若才回家一次。第一次回家时的情景，五六年过去，王昭若依然历历在目。母亲杜可然打来电话，千叮咛万叮咛地要他一定要把小唐邀请到家里来做客，并说她经过一个下午的采购和忙碌，已为他们准备了丰盛的晚餐。傍晚时分，他和小唐踏进自家的大门时，都惊呆了。原因在于，小唐的父母正坐在客厅的沙发上，悠然地嗑着瓜子，吃着水果。小唐父亲破损的黄胶鞋上，沾满凝结的水泥斑点，而她母亲倒像是经过了一番梳妆打扮，脂粉涂在粗糙的脸庞，决然无法将若隐若现的丛丛褶皱彻底遮蔽。

杜可然在厨房里正忙着，听到他们的声音，跑出来迎接。她特意在小唐的肩膀上拍了拍，然后叮嘱小唐：以后要多来啊！来了也不要拘束，就把这个家当作你自己的家好啦！

王昭若和小唐父母打过招呼后，转而一脸懵懂地询问母亲：你们咋和叔叔阿姨认识的？

杜可然告诉他，他们去看望他时，向小唐索要了他父母的电话，于是便取得了联系。小唐父母今日来访，他们已是第二次见面。前两个月，在一家饭店的包间里，他们就和小唐父母聚餐过——此后小唐还从母亲那里了解到更多的内容：王昭若父母既给他父母买衣服，还暗中塞给他们一笔钱，让他们用来供小唐读书。

王子楷提回一大兜熟食，诸如牛肉和豆腐干等，然后两家人就围在一起喝酒吃饭。小唐的父亲始终显得很是惶恐，捉筷子的手抖个不停。王子楷故意开他的玩笑，并回忆自己年少时穿破鞋、穿补丁衣、雨天无伞被雨淋得发高烧的种种窘境，以拉近和他的距离，但他也只是咧着嘴唇，憨厚地笑一笑。王子楷平时不大喝酒，但为陪同小唐的父亲，他就逼迫自己多喝了几杯。王子楷举起第五杯酒时说：因为两个孩子，一家人相识相熟，成了亲戚，这也是一种冥冥之中的天意；今后，两个孩子都是你们的孩子，也是我们的孩子，我们祝福他们携手进步，共同拥抱美好的明天！

这场聚餐，彻底扭转了小唐对富人的偏见——其实，王子楷的家境，算不上富人，只是属于衣食无忧的中等阶层而已，但在小唐看来，已高不可攀——小唐在网络的煽动下，原本对富人抱有敌视的态度，认为他们都有道德的缺陷，都有原罪，脏手上都沾满了穷人的血污。一个时期，他陷入了如下的因果判断里而无法自拔：我太瘦，那是因为你太胖了；我太穷，那是因为你太富了！小唐的作文上，甚至写过这样的话语：无产阶级唯有再次革命，才能获得第二次解放。

然而王昭若和他的父母，犹如暖风那样，化开了小唐心湖上的结冰。王昭若最初释放出的善良，在小唐的眼里形若伪善，他不相信王昭若帮助自己，是出于高尚的动机，因此对其极其警惕，怀疑他“醉翁之意不在酒”。但天长日久，尤其是王子楷夫妇对他父母真诚的善待——王子楷把一笔钱塞给他母亲时，叮咛过他们，让他们不要告诉小唐，以免让小唐滋生出嚼咽“嗟来之食”的不适。但小唐的母亲，还是忍不住把这等好事，悄悄地告诉了小唐——于是小唐对富人冥顽不化的负面印象，自此得以逐渐地破冰和瓦解。小唐思维更新后，愈发温和和阳光起来，他在日后的校园演讲里，对自己过往的偏见进行了彻底地反思和忏悔，并表达出了他发自内心的最新思考与观点：穷人也罢，富人也罢，人性都是相通的，不能用财富给人划线，制造裂痕；更不能用财富的多寡评价人性的善恶，似乎穷则光荣，富则耻辱；穷人中，有正人君子，也有偷鸡摸狗的小人；富人中，不乏心怀爱意的高尚者，也不乏窃取公共利益的卑鄙者……富人和穷人共同组成的社会，只有互相帮扶，互相友爱，社会才会走向真正的文明，人性才能释放出灿烂的光华。

王昭若也和父亲聊起过资助小唐父母的话题。王子楷对王昭若说：狭义地说，一个由血亲组成的单元，就是家庭；广义地说，由全体社会成员组成的社会，也是一个大家庭。在这个大家庭里，任何一个人的不幸，都是全体人的不幸。换句话说，社会对每一个社会成员的冷暖与饥饱，都负有责任。太饱的人，需要让出一点食物，分给太饿的人吃；太暖的人，需要匀出一些衣裳，给太冷的人穿。一个人一旦贫病交加，陷入了绝望，其实已对其他人的安全，构成了潜在的威胁。饥寒出盗贼，如果你的邻居是一个饥寒的盗贼，而你却坐拥万贯家财，你能睡得安稳吗？如果一个区域里有诸多的人走投无路，谁又能置身事外，不被连累？帮助别人，从公义的角度，是一种仁善；从自私的角度，也是在帮助自己。救助一个人，不仅是化解他生活的艰困，在更高层面上，更是对他灵魂的救赎。世界上多一个懂得爱并施之于他人之爱的人，就多一片绿叶和一朵鲜花；多一个心灵被暴戾吞噬施之于他人以暴力的人，就多一个猛兽和一股沙尘。一个一个的人，看起来是孤立的，无可关联的，但其实，却都依附于同一张蛛网而存活，一个蜘蛛的颤抖和惊慌，肯定会引发其他蜘蛛的颤抖和惊慌。人是人的人文环境，哪怕这个人与你素不相识，他也是你人文环境的组成部分。一个执着于生态保护的人，和一个致力于盗伐林木的人；一个不往面粉里注入添加剂的舍利取义之人，和一个往面粉或其他食品中倾倒添加剂的逐利丧德之人……他们酿造出的甜品或苦汁，很难说就不会进入你的口腹。少一份恶，多一份善，少一点恣意妄为，多一点自我克制，人世间就会多几许亮色，而少几多蛮荒。

王子楷沉默片刻，接着说：倒回来，以你和小唐的同食共寝为例。我和你妈第一次去看望你时，在返回的路上，你妈对我说，她对小唐不怎么放心。我问为啥？你妈说她感到小唐的眼睛里放射出的，是一股冷光，有点儿瘆人。你妈说的，其实我也感受到了，只是不愿意说出口而已。小唐看人的时候，不正眼看，而是像偷窥，目光里隐藏着常人无法察觉的复杂因素，有自卑，也有自傲和嫉恨，其弦外之音是：你们这些吃国家饭的城里人，有什么了不起的？既然你已选择小唐做你的舍友，对我们来说，当然会尊重你的意愿。小唐已经入住，就不好再把他逐出房间，那样反而会增持他的仇恨情绪和强化他的复仇心理。我们唯一能做的，就是感化他，改变他，让他的心灵通透和阳光起来。如此，既优化了你的生存环境，也矫正了他的人生步态。小唐的心态若不加以扭转，他以后遇到那些更为奢华的存在，遇见那些睥睨他的人，极有可能走向极端，给别人造成伤害的同时，也毁灭掉自己的前程。那样的话，多令人惋惜呀！你和小唐同居一屋，你是小唐的人文环境，小唐也是你的人文环境。你俩能否和睦相处，直接影响到你的学习和生活，貌似是小事，但其实是大事。小唐能把手机想办法归还你，说明这个孩子的品德基础是不错的，只是在社会层级化的纷纷扰扰中，他感受到了太多的世态冷暖，目睹了太多的不公平，心理有所失衡而已。我们对他父母好，你对他好，我相信他会有所触动，从而会以新的视觉来审视他人和看待这个世界的。

6

王昭若的许多同班同学，一提起王昭若，都说他的脑子是一台电脑，储存着太多的东西。有人甚至开他的玩笑，说需要把他的头进行解剖，看看有哪些超级细胞在他的脑子里游动，以解开他博学多才之谜。

王昭若的学习在老师和同学的眼里，并不怎么用功。拿到模拟试题，他只是对着试题注视半个钟头，连笔都懒得动一下，就又把试题合上。即使是在高考的前夕，他还在抱着一部厚似砖头的课外书阅读，对高考显得不慌不忙。

事实是，在高考的前的三个月里，王子楷就和王昭若就高考的事宜，做过一次深度交谈。王子楷并不期待王昭若要成为高考的明星，反倒对他考前的跃跃欲试，予以了降温。王子楷说：高考只是对学业的一次检验，并不是对一个人全部学识的整体衡量；你不要把高考看得很重，而是要在磨砺自己的综合素养上，花费更多的精力。也就是说，你在高考中，不要寻求站立珠穆朗玛峰的山巅，不要想着一定要当第一名或第二名。事前就设定目标，是高考的大忌，它会使你即使考取了第三名，都会产生强烈的挫败感；你追求的，应该是尽己所能，以平常心对待高考，这样就已足够。你的高考成绩，若能进入第一梯队，就已值得庆贺。站位第一梯队的好处是，它至少能保证你读一所稍微像样的大学。现在的大学，貌似不少，但大多都是滥竽充数。一所学校和另一所学校，一个教授和另一个教授，彼此间良莠不齐，实力悬殊。进入一所稍好的大学，能让你有机会与那些高贵的灵魂相遇，并能在与他们的互动中，得到教益和滋养。如果说中学是个鱼塘，老师在手把手地教你如何打鱼，那么大学则形若大海，能不能捕到鱼，全凭自己的勤奋和对捕捞技术的掌握，而老师最多只是给你指点指点而已。一些大学生在大海边晒太阳，谈恋爱，从未到过深水区，也未钓到一条鱼；而另一些大学生，则驾驶舟船，乘风破浪，依靠毅力和意志，最终鱼虾满仓。大学生不是瓷器，不是同一个模子、同一座瓷窑、同一个批次烧制出来的同一个规格的成品。同一个学校同一个专业毕业的大学生，彼此间做人的境界与学识的厚薄，天上地下，一个做另一个的老师都绰绰有余，一个做另一个的学生却也未必合格。你呢，假如将来上了大学，就要把知识当水那样，日饮月储，做吮吸知识的海绵，而不是做渗不进知识的塑料纸。我前面说了，知识是大海，大海用瓢来舀，永远舀不枯竭。常常的情景是，一个人读了一本书，会沾沾自喜，觉得自己很有知识；可当他读了一千本书，他会自惭形秽，反倒越读越觉得自己很无知。在知识的汪洋面前，实际上每个人都很无知。所谓的饱学之士，只是他比常人知道得多那么一点点而已，切莫以为他是万能的，无所不知的。而且由于现行教育内容的条块分割，造成知识与知识之间的隔膜与阻塞，及至于这个领域的专家，却对与己专业相邻的那个领域，无知得近乎一片白纸——生物学家不懂得地理，社会学家不懂得经济，军事专家不懂得外交，医学专家不懂得人性，航空专家不懂得航海……就拿一个医生来说，他即使医术再高明，医技再娴熟，充其量也仅仅是一个好医生；但他若饱读经世之书，博览中外典籍，洞察历史和今世，明察人性与人情，并修身以克己，明理以著文，躬身以疗疾，他就会从一个医生而升华为一个像孙思邈那样“大医精诚”的医学家。读大学，不是读专业。专业固然重要，但不是唯一的重要。重要的是，要在保证专业合格的前提下，读更多的书，识更多的人，明更多的理，从而为将来建造自己的学术之塔，筑牢根基。

王昭若考试的前多日，并不像很多考生那样头悬梁锥刺股地复习功课，而是在父亲的带领下，去南山度假和爬山。连续三天，他都是在大汗淋漓的爬山中度过的。父亲觉得他身体有点儿发福，于是就建议他少食多动——给自己制定出每日的进餐量和活动量。

高考很顺利，王昭若不觉得考题有多难。

询问王昭若为何在别人眼里很不用功，却能在考题面前势如破竹？

王昭若瞪大了眼睛，眼珠子差点儿蹦出眼圈。一番瞠目结舌的惊讶过后，王昭若却痴痴地笑了，并疑惑自己怎么会给人留下不用功的印象。他觉得他已相当地用功。不用功，敷衍了事，知识又没长腿，怎么会主动跑进脑子？知识犹如饮料瓶里的饮料，不用吸管吸，它能落入人的肠胃吗？当然不能。也许，他和其他同学相比较，只是学习的方式不大一样，如此而已。他不死学，不摆出刻苦学习的架势，而是采用了更为有效的方式。比如他在打扫屋子、替母亲买菜、坐公交车、打羽毛球等时，脑子其实一刻都没闲着，而是在追忆学过的内容和琢磨某些概念的意思。该牢记的东西，他都将其写在卡片上；记忆一旦卡壳，就将卡片掏出来瞅上一眼。如此反复，记忆就会愈发地牢固。还有，他对课本的内容，进行了归纳，比如几大块，几个部分，涉及多少项内容，每项内容的核心点为何等，都将其一一地列出来，该记住的一定要记住，该理解的一定要理解；再者，他重视分析而轻视不求甚解的死记硬背，比如历史，讲到玄武门之变，他会对前因后果，都进行追溯，不拘泥于书本上的简要陈述。他笑称：我不止一次地问过我自己，如果我是秦王李世民，面对来自兄弟的夹击，身处险境，我会怎么做？还有，他给自己制订了学习上的“三不”原则：一是疲劳时不学习；二是瞌睡时不学习；三是心情郁闷时不学习。遇到这三种情况，在他看来，即使端坐桌前，像是在学习，但实际上是空耗时间和精力。与其那样，还不如抓紧时间养精蓄锐呢！有一句话叫作磨镰不误砍柴工，很多同学更为重视砍柴，却忘却了磨镰，他则不然，他会花很多时间来磨镰，镰锋利了，砍柴就变得既轻松愉悦又事半功倍。当然，他的广泛阅读也是他学习成绩扶摇直上的法宝。很多书上讲的，他之前都已知晓，就连那些讲课的老师，对一些问题，也是照本宣科的，只知其一不知其二，而他不但知其一二，而且知其三四。

高考完毕，他就去那家餐馆打工。

分数出来的那天，他还正在餐馆里端盘子。利用饭后无人的空隙，他打开手提包，取出随身携带的袖珍笔记本电脑，上网查阅自己的分数，712分，排名本省文科之冠——他狂跳的心，差点儿从胸腔里蹦跳出来。但关上电脑，他却装出一副若无其事的样子，继续拖地抹桌子。然而很快，他的电话就被打爆：有校长打来的，有老师打来的，有父母打来的，有同学打来的，有舅舅姑姑打来的，还有报社的记者打来的。当然，小唐也打来了电话，向他表示祝贺的同时，也告诉他，自己考了623分，在本省文科的排名中，位列十八。

起初，老板和老板娘对王昭若在工作时间，频繁地接听电话很是不满——如果是其他人，老板估计早就开骂了，但鉴于王昭若平时表现良好，他们才克制着没有大发雷霆。灯火阑珊时分，一位追踪至餐馆的记者，才将王昭若高考成绩的真相，告知老板夫妇。老板夫妇最初是将信将疑的，怀疑所谓的高考状元之类，不过是一场恶作剧而已！在他们看来，王昭若就是一个言语不多的毛头小年轻，既无英俊之仪表，也无巧舌如簧之谈吐，咋看都不像传说中的高考状元。但等他们争相看过记者微信的内容，并将在微信群里已炸开锅的报道图片，与王昭若进行仔细对照后，才如梦初醒般地恍然大悟：呵呵，本省的文科状元，竟然就是本店里这个手端盘子被顾客吆喝来吆喝去的小伙计！这个红萝卜调辣椒吃出看不出的小伙计，也太能装了吧？在将近一个月的时间里，他从未向人提起过他的高考状况，也从未表现出一副学霸的架势，总是那么地内敛和低调，不显山，不露水。唉，于无声处听惊雷，应验了咬人的狗不叫这一民间俗语，这个朴实无华的小伙计，竟悄无声息地举起一根柴棍戳破了天！老板夫妇对王昭若的态度，来了一个一百八十度的大转弯，由刚才的霜凝枝头，立刻变成了叶绿花红。老板笑嘻嘻的，把王昭若一把拉到餐厅的过道里，向在场就餐的客人，大声喧嚷道：各位老板，你们知道我们店里的这个小伙计是谁吗？

众人瞪大眼珠，满脸的疑惑。老板高声叫道：他，就是今年我省高考的文科状元——王昭若！

店里立刻沸腾起来，不少人跑过来与王昭若握手并照相。一时间，王昭若宛若明星般地被团团簇拥着，被众声恭维着。尤其是一个中年妇女，紧紧地拽着王昭若的胳膊不松手，坚称要请王昭若去她家，点拨一下她明年参加高考的一对双胞胎女儿，为此，她愿意支付一万元——她如此慷慨的隐衷，是想让女儿沾沾王昭若身上的运势。

有人朝着中年妇女起哄：你莫不是替女儿在相亲吧？

中年妇女毫不讳言：那当然了，状元若能看得上我女儿，我巴不得呢！状元可是万里挑一的人尖尖啊！

从其他人争先恐后地和王昭若的合影中，老板忽然来了灵感：何不利用高考状元即将越烧越旺的热度，为自己的饭店做一下推广？

于是老板就把王昭若强行从人群的围堵中拉出来，拉至饭店门口，摆布来摆布去地和他照相。门额下照完，又被拉到吧台照。折腾了好一会儿后，老板与老板娘耳语，叮咛老板娘给他结算工钱。按出勤计算，他的工钱本该一千七，但老板却硬塞给他一个装有三千元的红包。老板说：你装上，装上，多出来的钱算我们的贺礼！但王昭若却执意取出多余的部分，执意要把它还给老板。老板与他好一阵地推来搡去，最终还是在他近乎倔强的推辞中，老板无奈地将一千三百元的贺礼收回。

王昭若离开餐馆，更像是落荒而逃。多家前来采访的媒体记者，以及教育局和校方前来慰问的领导等，都在赶往餐馆的途中，令他不知所措。他打电话向父亲咨询该怎样应对，父亲要他尽快回家，以免陷入热闹的漩涡而沦为一个木偶般的道具。

他摆脱众人的纠葛，冲出餐馆的大门，像正被人追撵的窃贼那样，拦停一辆出租车，猫腰钻了进去。

家里倒是无比地静谧，但同城居住的舅舅和姑姑，却也闻风而至，在沙发上坐着。舅舅给他买了一双新鞋，赠予他时，对他说希望他穿上新鞋，在未来的新路上，走得更为踏实和稳健；姑姑从业的虽为科学研究，却十分地迷信，对娘家侄子的安危，格外在意。她专门去了一家寺庙，为侄子烧香祈福，祈求佛祖的保佑。从寺庙里，她带回一串开过光的念珠，给王昭若戴上，并叮嘱他要以身体为第一要务——唯有保存好一片土地，才能播种更好的庄稼，也才能拥有更好的收成，切莫本末倒置，为收成而伤及土地。

母亲得知王昭若的高考成绩排位本省文科第一的消息，从单位早退，转身去了菜市场，采购了几袋蔬菜熟食，回家后立刻就钻入厨房——她要用一桌丰盛的晚宴，向她无比疼爱的儿子表达祝贺。儿子的明晰事理，儿子的自律仁善，没有让她欣然，反倒有点儿让她欲哭落泪——分数出来了，预示着儿行千里既不可避免，又即将到来，她何以能忍受母子分离的痛彻？还有，单纯的儿子，能适应世事的纷乱和江湖的险恶吗？她曾在心里，很早就给王昭若规划出了一张人生路线图：大学一毕业，立刻就出国。在她的兄弟姐妹及亲属中，有诸多人在国外谋生，他们传递给她的信息是，比起国人脑子里盘根错节的复杂，国外的人简单得像傻瓜，你帮我，我帮你，但谁也用不着讨好谁，谁也无权干涉谁，人更不会把宝贵的生命，耗费在维持人际关系上。

饭桌上，王昭若试着喝了一杯酒，却差点儿辣掉舌头。酒的味道，与人的味觉是相抵触的，但人却时常沉溺于酒中，酒中取乐。王昭若不明其中的缘由，询问父亲，父亲告诉他：酒以自身的苦辣，在给人传递一种道理，即人活着仅有甜，仅有香，仅有鲜花，仅有阳光，是远远不够的，还必须有苦，有臭，有荆棘，有乌云。人只适应前者而不能适应后者，就注定会退化为弱不禁风的病体，无法承受风吹日晒和雨淋雪落。适当的苦辣，对人也是一种有益的滋养，甚至是一门必须及格的课业。能承受得了苦难，才配拥有享乐；能经得起坎坷，才配拥有顺畅。瓷碗一摔就碎，而篮球再拍都不烂，做瓷碗，还是做篮球，也是一道考题。

王昭若明白，父亲是在借题发挥，所有的话语，都是旁敲侧击地讲给自己听的。

舅舅此时插言道：姐夫你说了那么多，其实可以归结为两句话：酒的香，是埋在苦中的；先吞咽了苦，尔后才能咂摸出香。

王子楷继续说：就人的本性而言，是喜新厌旧的，这山看着那山高。天天吃玉米面，会无比地烦厌；反过来，天天吃麦面，也会久而生厌；于是就吃吃这个，吃吃那个，以调剂口味。很多人在怀念野菜，并不是野菜真如想象中的那么好吃，而只是野菜能给人带来另一种味觉体验。酒和辣椒也一样，皆为饮食的叛逆者，却被诸多人青睐，只因人们厌倦了日复一日的甜腻和油腻，致力于寻求感官上的另类刺激。然而就本相而论，尤其是衣食无忧的和平年代，生活本身是乏味的，是庸常的，是波澜不惊的，是日日复日日，日日何其多的。人时常通过电视的煽情和说辞的蛊惑，总误以为远方比近处更为楚楚动人，高处比低处更为风光无限，但当向往的一切近到眼前，才会发现虚无缥缈的想象纱幕一经扯去，现实容颜上的雀斑便会清晰可见——想象和现实的落差，很容易让人失望，甚至于陷入绝望的纠结。很多人不但对酒生瘾，而且对成功，对荣誉，对宝座，对掌声，对鲜花，也日久成瘾，戒都戒不掉。普通人没有鲜花和掌声，日子照样过得有滋有味；但很多演员，很多官员，掌声一经停息，鲜花一经撤离，他们就生不如死，简直郁闷到要割腕自杀的程度。何以如此？那是因为他们没看明白人生的曲目，不懂得人生的真谛，把在戏剧中饰演的角色，当成了真实的自己；把戏剧里的情节，当成了自己真实的人生，从而不愿谢幕，不肯下台，宁愿在掌声中稀里糊涂地睡去，也不愿在寂静中理性地醒来。我说这些，就是要提醒你，围绕高考状元的喧嚣与赞颂，终究是要退潮的，石头不会因浪花围绕着自己翻卷而变为玉石。你要清醒地意识到，高考无论取得怎样的成绩，都只是另一个爬坡阶段的开始，而不是已登临泰山峰巅的终点。估计在近些天里，你我的电话都会响个不停，很多很多的机构和个人，都希望把你化为他们脸上的金粉，让你出面为他们站台和表演。这等喧闹，会搅乱你心灵的一池静水，也会使你心情浮躁而忘乎所以，这样其实对你的成长，只有害处，没有益处。我建议你和我关掉手机，出外旅游，明早就出发，不然想走恐怕都走不掉了。你要回归正常的心态，不要贪图虚荣，该舍弃的就要果断地舍弃。

杜可然稍有不悦，说：难道就你俩去，单单扔下我一个？

王子楷说：我陪孩子出去，并非仅为游山玩水，而是想在孩子上大学之前，给他补补课，让他醒醒脑。

7

王昭若随父出行时，背了一把吉他、一个画夹，以及携带了几本对清朝末期的社会纷乱，予以刨根究底的杂史书籍。

吉他是舅舅在他过十五岁生日时送他的，画夹则是姑父在五年前送他的。舅舅是个业余的音乐发烧友，喜好摇滚，一辈子动辄和朋友酒后引吭高歌。姑父和舅舅的性格相反，他很少言语，但却在绘画方面，极具造诣。姑父尽管只是一所普通中学的化学教师，但就其绘画素养，绝不低于美院的专业教授。

王昭若得到过舅舅和姑父的点拨，于是他想换脑筋休息了，就偶尔弹弹吉他，画画素描，但很少对其下过功夫。父亲告诉他：除非你想在弹吉他和绘画方面出人头地，否则，就将它们当作能给自己带来愉悦的玩具，高兴了就玩一下，不高兴了不必勉强自己去玩。出人头地，既是大多数人的理想，又是大多数人的墓地，大多数人都会被自己给自己设计的理想，葬埋得尸骨无觅。成为某个专业的翘楚，就其成功率而言，不比千万人抓奖仅有三两人中奖的概率更大。

出门在外，王昭若倒想坐于山巅，弹弹吉他；面对原野，练练写生——只愿自己不要活得那么单调乏味。

除每天晚上八点半，在约定的时间里给母亲打一个电话报平安外，王昭若在长达一个多月里，都处于关机状态，与外界失却联系。

在电话里，母亲杜可然除却表达对他的思念与惦念外，也向他一鳞半爪地透露了他离家后的情景：自己的手机被打到被迫关机，房门不时响起擂鼓的声音，报纸还在报道他，但一看标题，就知道不都全是正面的，诸多恶意隐匿其中，比如“高考状元玩失踪”，或“高考状元连老师的信息都不回复”，或“高考是状元，还要通过做人考试这一关”等等。

这些带有质询和谴责意味的负面标题，曾让王昭若陷入苦恼。但父亲王子楷劝告他：不要理睬那些，身正不怕影子斜，所有的风，包括宜人的春风，包括妖言惑众的妖风，都只能刮几天，而不能刮永远，自己做好自己的事，走好自己的路，才是人间正道。父亲当然也责备了母亲，让她不要再把这些乌七八糟的所谓报道，传输进儿子的耳朵。

王昭若白天和父亲选择的是自由行，他们或爬山，或游览古镇，或拜访古瓷师傅，或寻觅某个历史人物的遗迹，兴致盎然而又随心所欲。某天累了，不想出去玩，或许就能躺在宾馆的房间里，躺个一整天。

王子楷所谓的上课，其实就是和儿子王昭若聊天，他们从来都不正襟危坐，而是或立或坐，或躺或卧，也许正品着茶香，也许正裹着浴巾，也许正头枕被褥。

王子楷告诉王昭若：古人读书，是为追求功名，将其更具体化，就是立德、立言、立功。一个立字，就把自己与贩夫走卒，区分了开来。其言外之意是，大众有德，但德不至于站立。大众秉持的德，除却高度不高外，更多的是私德，而不是公德。私德，只为自己、自己的家人、以及周围的亲邻着想，犹如烛光，只能照耀很小的一片区域；而读书人的德，是心怀天下的德，也是心忧天下的德，具有为他人、为不认识的所有人着想的广泛性特征，所以属于公德。公德犹如太阳之光，可以普照一切空间和时间。人为何要读书？就是要让自己更高尚一些，让自己更有人性的情怀一些，让自己更智慧一些，让自己站得更高看得更远一些，让自己更具有分辨善恶美丑的能力和预见社会风云变幻的能力。一个人如果只知啃书本，读死书，死记硬背了满肚子的公式原理，却两耳不闻窗外事，对世界不予观察，对人性不予洞察，对世态不予关照，对自己不予深省，那他年轻时一定是个书呆子，老年后一定是个老学究。这样的人或许待在书斋里，能写出几篇考据式的文章来，但一旦跨出家门，就是一个盲人聋人，基本上就是一个无用的废人。

立言，就是要让自己的思考变成文字，然后存之千古，让一代一代的人从中受到启发和教益。不是所有人，只要把自己的想法落墨于纸，镲刻于石，就能传至百世。能留存后世的文字，一定是有某种特殊属性的，就像金子一样，不会生锈，而不是废铜烂铁，一经风雨就锈迹斑斑。哪些言论能够立起来，并不会随着年月的滔滔奔流而损其鲜减其光呢？答案是，唯有那些具有真知灼见，并能激发起人精神共鸣和能给人带来深刻启迪的言论，才会被一代代的人接纳和追捧。现在我们读孔孟的言论，读曹雪芹的小说，读关汉卿的戏剧，读龚自珍的诗词，为何会被震撼？原因就在于他们的言说，突破了他们所处时代的藩篱与局限，而是像星月一样永恒地闪烁着光泽，盘旋于天宇，施光于人心。世事尽管不断地更新，器皿尽管不断地更替，但就人心而论，古今同一。古人是今人的先辈，今人是古人的子嗣，古人痛恶的，也是今人痛恶的；古人欣悦的，也是今人欣悦的；古人看见别人流泪自己会悲伤，看见别人身处险境自己会揪心，看见杀戮会心颤，看见豺狼会恐惧……今人莫不如是。立言，就是要为人心掌灯，让人心不要滑落泥坑，跌入泥潭；立言，就是要为社会价值校准旗杆，校准秤杆，以避免公义被劫持，公理被埋葬，从而避免社会的躯体沾满污垢和爬满虱子，致使歪门邪道猖獗盛行，公平正义不彰不显。

立功，虽然带有实用主义的特征，却也具有积极和正面的价值。功从何而来？从干具体的实事中来。官者为官一任造福一方，架桥修路办教育是功业，戎者征战沙场赴汤蹈火是功业，师者站立三尺讲台传道解惑是功业，耕者在田间汗流浃背播种收割是功业，工者在车间加班加点制造产品是功业，商贾走南闯北促使货物流转是功业，士人纳谏议政进言献策也是功业。也就是说，每个人只要在自己的岗位上尽职尽责，且所作所为，为正当之事，不是赌博，不是贩毒，不是嫖娼，不是撒谎，不是搞形式，不是荼毒心灵，而是对社会有益的，皆属于功业。然而同为功业，为何有人的功业却立于历史的典籍被人仰望，而有人的功业却被时间的灰尘覆盖？原因在于，功业的高低有异，难易有别。常规性的功业，人人都能做到的功业，显然无法立起来。能立起来的功业，一定是常人做不到他却做到了，或者说常人只做了一尺他却做了一丈，且所做之事，具有撬动历史或改写生命样态的价值——要么改变了整个国家的历史进程，要么造福于更多的民众。把自家的房子盖得比别人家的房子高出几许，把自家的牛羊喂养得比别人家的牛羊更为膘肥体壮，自家人从中受益，自家人脸上富于光彩，那都不是立功，只能算作会过日子。当然，能把自家的日子过好的人，也是可敬的，至少他守土有责，对自己家里人而言，是称职的，是忠于职守的，但那不是立功。立功惠及的对象，一定是芸芸苍生，而不仅仅是特定的对象。

王子楷继续说：在这里，我以我认识的一个熟人做例子。这个熟人，为一个区域的头面人物，官至那个偌大区域的二把手，算得上是跺上一脚，地面都会抖颤的权势人物了。就做人而言，他的口碑也不错，属于坊间议论中的典型的老好人，毫无官架子，见谁都是一副谦谦君子的和蔼模样。那个年代不像现在，谁想从编制外跨入编制内还要经过考试的门槛。那时候招工招干，次数频繁而又手续简单，即使那样，无权无势的平民子弟，依然登山无梯，过河无桥，只能对着山河隔栏远眺而徒自悲叹。事实是，每回招干招工的名额，都能通过所谓的走后门，被迅速地瓜分殆尽。哪些人夺走了这些名额呢？等真相水落石出后就会发现，熟人伸得老长老长的那只手，从来都未曾缺席过。熟人亲戚朋友的孩子，在熟人的运作之下，前赴后继地各得其位。甚至，有陌生人在他人的引荐下，拎点烟酒找上门来，熟人也不摆谱，不推诿，不拒绝，而是倾力为之。为安排某人的孩子，熟人可以忘却自己的身份，亲自跑到某个基层单位点头哈腰地去说情；为让事情落到实处，熟人可以鸡叫时分蹲坐在人事局局长家门口的过道里，冻得瑟瑟发抖，以守株待兔的姿势，静候着人事局局长的晨起……熟人的做派与做法，让那些求他办事的人，感动得涕泪横飞。久而久之，熟人“给人办事”的美谈，就升腾为美誉，传遍各个角落。在好名声的渲染下，前来抱他粗腿的人，拽他衣襟的人，更加地蜂拥而至。逢年过节，熟人总是应接不暇，那些拎着大包小包的登门拜年者络绎不绝。及至熟人卸任退休后，也不像其他官员那样像一碗冰凉的剩饭，无人搭理，感受“人走茶凉”的孤寂，而是依旧门庭若市，感恩者前来拜望的脚步，从未停歇。

熟人是个好人吗？依我之见，他就是个典型的“好坏人”。评判一个人是好是坏，要看站立于怎样的角度，角度不同，结论就会大相径庭。对于那些受益者，熟人确实是一个肯帮忙的“好人”；但对于那些受害者，熟人又是个不显山不露水的“坏人”。毋庸置疑的是，熟人至少是规则的破坏者、秩序的践踏者，因为他的挤兑与拦截，那些本该有资格有希望被录用的普通人家的孩子，只能沦落荒野。这等状况，犹如坐车。车上仅有五个座位，但等候在车外的人却成千上万。于是谁能上车落座，就得制定并遵循一定的规则——比如先来后到，比如弱者优先，比如长幼有序等——唯有符合条件者，才能拥有乘坐的机会。然而由于某个权势人物的插手，那些即使符合条件的人，也已无车可乘，无座可坐；犹如吃饭，当某个掌勺的人把将锅里的饭全部舀给自己的关系户，必然会导致另外一些人无饭可吃饿肚子。

熟人是立功吗？不是。立功是基于公义的光明磊落的行为，而不是亲疏有别的圈子化的暗箱操作。

古代的为官者，很在意自己身后的声誉。人生苦短，利用有限的时间，赶快做一些良善之事，上，对得住天；下，对得住地；中，对得起父母，左，对得起妻儿，右对得起良心……如此，即使肉体灭失，但名声犹存。于是雁过留声的念头，始终在这些士大夫们的脑际挥之不去。他们每到一地，皆勤勉有加，抑欲苛己，并用看得见的政绩，来赚取清官的清誉。修水利、筑河堤、架桥修路，以及开办学校等，是官员们最热衷干的几件大事。不少官员，都是异地做官，三四年都难得回家与家人团聚一次。他们除却书写家信以表达思念外，几乎把所有的精力，都倾注在造福当地百姓的身上。他们如此勤勉，既与他们立德与立功的渴望有关，也与他们作为读书人的情怀有关。古代那些经过科举考试遴选出来的官员，学而优则仕，身上普遍带有很强的书生意气，那些德仁之类，犹如绳索，紧捆着他们的手脚，也抑制着他们的欲望。他们都以德为先，以德为基，在立德的基础上，谋求于建功立业，从而让历史的笔墨，能把自己留住。

人都是趋利避害的。问题是，利还分为大利和小利、私利和公利。作为真正有志向有格调的人，要谋求大利，大利既得，小利自然就会得到；要谋求公利，公利有成，私利不愁不能拥有。于右任老先生就讲过：计利当计天下利，求名当求千古名。对于你来说，利益的抉择无疑会摆在眼前。不当得利，利是祸水；劳而获酬，利是福祉。从天命的角度，该是谁的就是谁的。不是你的，你争而无效，即使争夺到手，终究还会失去；是你的，你不争最终也会落你之手，你扔都扔不掉。对于一个人来说，如何处理利益，往大地说，决定着人生的成败；往小地说，决定着人在某个环境中的处境。一个斤斤计较利益的人，一定是鼠目寸光和心胸狭窄之人，这样的人，既干不出太大的业绩，也极易被亲朋和同事所厌恶。利可利人，亦可害人。很多具有雄大抱负的人，都因图谋于利，计较于利，而马失前蹄，功亏一篑。因此，我要忠告你的是，在利益面前，要牢记君子爱财取之有道的古训，不取意外之财，不取无义之利。厚德载物，所言的就是你的地位、财富、荣誉，一定要与你的品德、才能和付出相匹配，否则德不配位，才不匹财，名不副实，都会给自己带来灾殃。不少暴发户，追踪他们的生命轨迹，不难发现，横财带给他们的，很少是圆满幸福，更多的是破碎和后患——有的人头脑昏涨，把侥幸的成功当作自己的本领，于是在膨胀欲望的驱使下，凭借孤陋寡闻的一己识见，胡乱投资，最终负债累累；有的人暗中纳妾，使原本和睦平静的家庭狼烟四起，亲情断裂，从此再无幸福可享；有的人疏于对孩子的管控，放纵孩子的虚荣，滋长孩子的恶习，孩子伸手他给钱，张口他喂饭，助长孩子朝着懒惰而又堕落方向进发，可以预见地是，他的苦心积累，终将被他的孩子挥霍一空。

人从俭到奢易，从奢到俭难——对你来说，永远要保持素洁之心和纯良本性，是异常重要的。你要时不时地提醒自己，要克制欲望，要在繁花丛中做那片最素朴的叶子。

对利益要看轻，要轻取轻放；对待输赢，也要看得开，想得明白。

人为何要读书？就是为让自己知道得更多，从而活得更明白、更豁达、更有同理心和同情心。

很多人把自己的人生，纳入一种比赛的流程，注定他人生的悲剧性。比物质的多寡，比妻子的漂亮，比丈夫的能耐，比孩子的优异，比房子的大小，比车子档次的高低，比日用品的奢俭，甚至连衣着和饭菜，都要与人比一比。比人强，就滋生出优越感；比人差，就醋性大发，暗中发誓要强力地追赶，谋求超越——今天你向我夸耀的东西，我明天要比你拥有得更多；今天你头颅高昂，明天我要让你在我更为高昂的头颅面前低矮三尺——这些喜欢比较的人，可以肯定的是，他们永远没有真正的愉悦可言。在某种潮流地驱动下，他们加速地奔跑，把自己搞得无比的疲累，却毫无停下来的念头。他们不知道地是，即使他们有几千万的存款，一旦和拥有几亿财富人的比较，依然是穷人；他们即使官至厅局，但往上仰望，比他们高出几许的台阶上，依然层层叠叠地挤满了肉身；他们更不懂得生命的意义，在于自我的绽放，而不在于他人的评判。牡丹花和荆棘花各开各的，各有各的妖娆；樱桃树和苹果树各长各的，各有各的果香；小溪和大江大河各流各的，各有各的去处……每一个生命都是独一无二的，各有短长，亦各有姿色。人生是否幸福，就像鞋子是否适合于脚，唯有脚才知道，唯有自己才清楚，旁观者是无从知晓的。很多人在他人的目光里，活了一辈子，受他人目光的唆使，受他人目光的左右，这是何等的可怜而又可悲。对这一点，你要警惕。你要活得不让人讨厌，但也不能为取悦他人而扭曲自己。

说这些，是因为你报考的院校，是中国大学的珠穆朗玛峰，雄霸天下，但它对人心理的负面塑造不可低估，更不能一好百好地忽视它隐匿的疾患。进入这所院校的学生，都是各地的尖子生。这些学生都属于争强好胜不甘人后的一群人，他们最容易堕入或明或暗较劲与竞赛的漩涡。

我做过统计，就自杀率，以及抑郁症的比率而言，这所学校明显要高于其他院校。在常人看来，能跨入这所学校的学生，都是好中之好，优中之优，胜中之胜，应是罐中之蜜，囊中之宝，天之骄子，王者荣耀，是不该出现这等令人扼腕叹息的景况的。然而客观事实却是那么地冷酷而残忍，明晃晃地摆放于天地之间。面对一个个凋谢的鲜活生命，任凭父母肝肠寸断地哭嚎，公众七嘴八舌地叹惋，都无法将已生米做成熟饭的哭声化为笑声。树有根，水有源，某一个现象的出现，绝非偶然，一定是有成因深埋其中的。一瓢水，不经添加、酿造和发酵，依旧是水，但若经过这些，就有可能生成汤，生成酒，或生成醋。

凡跨进这所学校校门的学生，在中学时代，都是一所学校成绩的领跑者。在以分数论英雄的现实环境里，他们最不缺少的，就是高亢的赞美声和持续不断的掌声。大会小会，总结会家长会，他们的名字，都能像飘扬的旗帜、鼓劲的号角，反复地被提及。学校以他们为傲，家长以他们为荣，同学也众星捧月，以他们为圆心，为楷模。久而久之，他们的自我认知也就悄然地发生变化，觉得山外无山，楼外无楼，我是至尊至荣的，天下舍我其谁。然而一跨入大学，赞美声突然就停歇了，掌声突然就消失了，曾经作为聚焦点的自己，转瞬之间就像被人遗忘了那般，从一个千人称颂的佼佼者，恢复为一个平凡的普通学生。这样的刹车过于让人猝不及防，这样的转弯使人甚觉唐突猛烈，那些未曾做好心理准备的孩子，对此极其地不适。大部分学生，适应性强，重新定位自己，颇为顺当地转过了这道弯，跨过了这道坎；但也有少部分学生，身体移位了，却把心遗落在了弯道的那边。他们坠落自恋的深井，靠甜蜜的回忆来维持呼吸，不愿与现实中素面朝天的自己相认。一遇挫折，就痛不欲生；一看到光荣榜里没有自己的名字，就妒火熊熊。久而久之，个别学生坐拥精神的囚城，陷入自虐自贱的心理困境却找不到出口。一丝微风，就能使他感到彻骨之寒；一句闲言，就能刺痛他敏感的神经。渐渐地，精神宛若溃堤，排山倒海，依靠一己之力根本无法抵挡，于是只好举手投降，选择以极端化的手段，与自己的人生，也与整个世界一刀两断。

这些曾经的掌上明珠，其人生之旅，之所以会以悲剧的形式草草地收场，除却现实与理想落差过大，让他们无法接受外，更重要的，则在于他们把幻觉当真实，把演戏当生活，不懂得生活的本来面目，就是粗糙的，就是单调乏味的，就是美丑间杂的，就是百无聊赖的，而不是鲜花簇拥的，不是诗情画意的，不是锣鼓喧天的。中学时期，他们鹤立鸡群，木秀于林，但到大学后，鹤立鹤群，树置森林，不突出，也不冒尖，鹤被鹤遮蔽，树被树遮挡，于是一些自视甚高的鹤，既憎恨别的鹤腿长头高，又无法忍受自己的腿短头低，于是精神的抑郁就此滋生。

人是就高不就低的生灵。从科长升成处长，他欣喜万分；但从厅长降为处长，他会痛苦得活不下去。习惯了繁华，就无法忍受荒凉；习惯了掌声，就无法忍受冷落；习惯了自己当主角，就不能忍受当配角……我给你说这些的目的，包括我带你出来以使你远离高考状元的喧嚣，就是要提醒你，并使你要逐渐适应没有鲜花和掌声的寂寞，从而守护好自己心中的一片淳朴和宁静。众人可以放纵喉咙，把你吹向云端，但从云端到地面，却无梯无路，你究竟怎样才能从云端下来，他们却是不管不问的。在中学阶段，你是优秀的，是领跑者，但到了大学，一群来自各个地域的领跑者，汇集在一起赛跑，你不一定还能身处前列。你要做的，就是不要左顾右盼，去和别人比长短、赌输赢，而是按照自己的步态，依据自己的气力，走稳自己的路。走稳，比走快更为重要——稳能长远，快却不一定。

社会很复杂，你却很单纯，这是一个很让我放心不下的矛盾点。社会远非教科书所描述的那样单一，更非你所憧憬的那样阳光明媚，而是像一块杂色布，像一面多棱镜。在这个方面，你要多观察，多思考，多分析，一只眼睛对着书籍，一只眼睛对着窗外的世界，从而在读懂典籍的同时，也要读懂社会和人性这两部书籍。多阅读，对社会复杂性和人性多样性的认知就会提高，从而相应地，也就会拥有辨识力、判断力，以及抵御外部病毒浸染的免疫力。

我所说的单纯，不是傻乎乎的，不是懵懂无知的，更不是愚不可及的，而是一种看破世相后的放下，是一种明知世情失真自己却要坚守本真。简而言之，就是要警惕自己卷入那种自己算计别人而又被别人算计的旋涡之中，一经那样，人会变得很累，生命的意义亦将不复存在。

生活有时是火焰，有时是坚冰。遇到火焰，你要做一块坚冰；遇到坚冰，你又要化为火焰。无论生活赐予你的是苦是甜，是冰雹还是甘霖，你都要心怀大爱。你要知道，宽恕是化解外在矛盾和内在纠结的融雪剂。宽恕是人性中最为亮丽的一抹春色，堪称人性的山巅。宽恕和宽容是近义词，但它的外延，要比宽容广博。宽容是有围栏的，而宽恕没有。宽容有特定的对象，针对的主要是亲朋、同事、邻居和熟人，而宽恕，则包含世间的一切人，其中就包括曾经或正在伤害你的人。宽恕，是一种释然，是一种解脱，是在饶恕别人的同时，也在饶恕着自己，把自己从心狱中释放出来。武侠小说，迷倒过很多人，但其实，它之于青少年的成长，是有害无益的。在这些武侠小说里，那些所谓的英雄豪杰，把自己本来可以无比丰饶多姿的人生，硬生生地简化成了复仇二字。父亲被杀害，于是一个孩子，从童年开始，就踏上了复仇之路，追踪数十年，直至把仇家灭掉，才止步罢手，而此时，自己却也已进入生命憔悴的深秋——这是何等的令人痛惜！复仇者在消灭掉仇家的同时，也硬生生地活埋了自己。复仇，是丛林法则。因为法治不彰，文明不显，于是人就希望依赖自己的拳头，来解决自己的私仇。但不论怎么说，以牙还牙，以恶制恶，以怨报怨，都是一种人性的糟粕，而非人性的亮光。

还有，你要对弱小者心怀怜悯，要同情那些不幸的人，要把动物和植物，都视为生命体，视作你的朋友和伴侣，不杀生，不虐待动物，不随便折断一根枝条，不任意摘下一朵鲜花……

——以上的话语，是我从王昭若的一个本子上摘抄的。当然，原话断断续续的，没有这般完整，在引用时，我对其进行了适度地修整与完善。

王昭若把王子楷的滔滔之言，进行了录音。返家后，他将其复原成一段段的文字，以日记的面目呈现于他的日记本上。

8

王昭若的脸上，始终在泛溢着笑意——这种笑不是装出来的，而是生命与精神的深处盛开的花朵。

问起他在大学的状况，他的回答是“一般吧”！但我从侧面了解到，在学业方面，王昭若即使身处这样的顶端学校，从不张扬的他，却在学术的原野深耕不已——他写出了两部厚厚的书稿，只是苦于联系不到出版机构。但他不悲观，说只要货真价实，总有拨云见日之时。书稿一部名曰《中国文化的迷途与出路》，另一部名曰《鸦片战争：东西方文明的大撞车》。

很多熟识王昭若的同学和老师都说：王昭若的素质很高。

素质二字引起我的深思。在当下的社会，很多人把作为人的素质，看得很重，甚至挂在嘴上。尤其是家长和老师，无一不注重孩子的“素质教育”。但何谓素质？在理解上，各人却又南辕北辙。一些学校开设音乐和美术课，美其名曰是在从事“素质教育”；一些家长逼迫孩子学书法、学绘画、学舞蹈、学乐器，给出的理由，也是为了提升孩子的素质。

素质二字，在我看来，是在现实中遭到曲解的。我理解中的素质，是修身，是教养，是做人的境界和格调，是从中外优质文化中陶冶并生成的君子人格。音乐与绘画等，不过奇技旁支而已，属于技术的范畴，和素质并不等同。一个钢琴弹得好的人，并不能证明他就是一个有素质的君子；一个绘画很出色的人，也不能保证他就不是一个卑污的小人。人的高格调和低格调，是由精神世界的荣枯决定的，而不取决于其技能的有无和高低——中国文化的一个重要特征，就是做人优先，技艺靠后，基于此，延伸两千多年的“修身”之劝，像一条闪亮的金链，贯穿于整个中华文明史的长河。先贤们磨破嘴皮地谆谆晓谕，苦苦忠告，都是希望后世子孙，要以德为先，以仁为本，以礼为基，以信为要，以智为足。这些字眼，解读开来，就是在做人上，要恪守道德，要心怀仁爱，要内敛谦卑，要持信守诺，要明晰事理。用现在的话讲，就是要自我约束，懂得尊重别人；要心胸博大，既要容纳千山也要容纳万壑；要诚信做人和做事，不欺不诈，不虚不妄；要有理有智，循理而为，沿道而行，既能看得清世界，也能看得清自己。

在位于西安北院门的高家大院游览，我对镶嵌于屋门两侧的对联，心生好奇。数十副对联里，竟无一副“德”字缺失。作为明代的一个举人之家，竟然如此在乎于“德”，很是令人感怀和感动——感怀地是，当今的世人，包括担负教育孩子之责的家长和为人师范的老师，有几人把“德”看成塑人树人的根中之根、重中之重？

“德”的式微，对于当代人素质的养成，对于社会价值观的走向，具有釜底抽薪的破坏力。

行文至此，我想起我曾写过的一篇文章。这篇文章，题为《从一则对话说起》，刊发于当年的《西安晚报》。

书写此文，是由一个电视节目引起的。那天闲坐沙发，看中央二套的一则对话节目。对话的主角，一是时任北京某大学副校长的陈教授，一是时任美国微软公司总裁的李博士。旁听席上，坐有两支队伍，一支是北大的学生，一支是清华的学生。主持人挑选出一名来自北大的男生和一名来自清华的女士，让李博士以模拟面试招录雇员的方式，分别出题考核他们。那位男生，先行坐在李博士的面前。长于南方且面相机灵的男生，面对李博士操持英语地接连发问，神情自若，对答如流，侃侃而谈。轮到女生对答时，这位故乡在宁夏的身材臃肿的女生，表情木讷而羞赧，回答起问题来，结结巴巴，显得无比地吃力。面试完毕，主持人问李博士：如果要在这两位中二选一，你作为微软派出的考官，会录用哪一位？李博士的回答，出乎所有人（包括我）的预料，他说他会录用这位女生。询问缘由，他给出的答案是：这位女生诚实，而那位男生不够诚实。他说他给男生所出的题中，有一道是无解的，在世界范围内都是悬而未决的无解难题，但这位男生，却搪塞地胡乱作答，企图蒙混过关。但这位女生，尽管知识储备还不是很充分，但她面对回答不了的问题时，却总是说“我不会”“我不懂”，因此她至少在做人上，没有严重的瑕疵。李博士继而解释：诚实的品质之于一个人，是立足之本；一个人没有能力不可怕，可怕的是不诚实；诚实而能力欠缺的人，不足为惧，因为今天没有能力，明天就能通过自身的学习和别人的帮教，获得能力；但诚实是教不会的，不诚实的人，能力越大，给单位带来的损害就越大。

接下来，主持人挂起两块黑板，让陈教授和李博士将自己心目中的人才标准，分三次写在各自的黑板上。每一次，李博士都列出三条标准，而首要标准，无一例外皆为“人品”二字。陈教授的标准，貌似挺高深，实则云里雾里地不知所云，什么“创造力、想象力”等等，唯独不见提及“人品”——这让我很是慨叹，也催生出我写作一篇随笔来谈论此事的想法。在我们固有的观念里，资本家是尔虞我诈的，是唯利是图的，但恰恰是李博士代表的资本家，却将“人品”视作人才的首要要件。对此，我们有必要以此为鉴，进行自我反思，看看我们的教育，是不是缺失了最为重要的人品要素？是不是丢失了我们的先贤们最为倚重的育人传统？我们把素质与技能混为一谈，甚至把提升素质视作掌握技能，是不是走偏了路径，开错了药方？

素质，不是外在之能，而是内在之修。

王昭若的幸运之处在于他遇到了一对善良而博学的父母。尤其是他的父亲王子楷，比很多所谓的教育专家更懂得教育之道。王子楷没有用棍棒迫使王昭若服从自己，而是给王昭若的脑子，逐步植入一种理性和一些理念，让他来设计自己的学习和生活，并让他懂得利害，懂得如何把握自己，懂得如何和别人相处，懂得如何和社会共融，懂得仁爱和宽恕的价值，懂得谦卑和内敛的重要……因此，王昭若的优秀，不仅是看得见的云飞天外的考试成绩，而且是看不见的作为一个人的综合素养和全面发展。

和王昭若相聊，人会无比地舒服，他透明的微笑，像落满光斑的一池碧水。

我坚信只要社会的土壤不再继续被污染，只要社会的价值判断不再继续颠倒和扭曲，可爱的王昭若，面前的路会越来越延伸，头顶的蓝天会越来越无际。一棵参天大树，正在成长中，我愿意真诚地为他祈福。

第二章

迷途的羔羊，和他束手无策的父母

1

我要写的这个孩子名曰刘凯乐，家人及四邻都叫他乐乐。

乐乐的父亲是一个泥水匠，沉默寡言，为人实在；母亲是一个善良的农家主妇，无是无非，闲暇时以摆摊售卖布匹为业。

我与乐乐相遇时，他十六岁，在我一好友高开林私开的糕点房打零工：给散落各处的各家商店送货。

乐乐长相白皙，面目清秀，但性格并不那么合群，很少听到他发声，也很难看见他脸上绽露笑意。他嘴唇紧闭，表情沉郁，看人仅为斜眼一瞥。

乐乐的父母与开林夫妇关系要好，常从开林的店门里出出进进。开林开玩笑对我说，乐乐是一个“合格的共产党员”。我不明其意，开林解释说，乐乐曾被公安多次收拾，但像江姐一样宁死不屈，不开腔，也不投降。公安软硬皆施，都无法把他紧闭的两扇嘴唇，撬开一点点的缝隙。

我说他才多大的年纪，能犯什么事，还要被公安反复收拾？

开林说话一惊一乍，说你不知道，他可是本县未来黑道事业的接班人呀！他初二时，与老师发生口角，于是就图谋着报复老师。瞄见老师进了厕所，他拎起一块砖尾随而进。等老师在茅坑蹲定，他抡起砖头朝着老师的脑勺一通猛砸。猝不及防的老师来不及起身，更来不及提上裤子，便被他砸得歪倒在地。老师大声呼救，他则翻墙逃去校外，并撒腿而跑。接下来，学校将他开除，公安将他抓去。此时他才年方十五岁，还不够刑事处置的年龄，于是公安在把他拘留了一个月后，予以释放。一到社会上，他曾经的劣迹，却迅速地转化为他的光荣榜。在那帮小混混中间，他声名鹊起，诸多从小就立志于在黑道上大显身手的游荡少年，朝他聚拢而来，他俨然成为一帮小混混的旗帜和盟主。

要想显示自己的存在，就要不断地惹是生非。江湖上的名声和地位，是打出来的，是拼出来的，是砍杀出来的，是以命相搏出来的。在他的带领下，这帮手持砍刀的初生牛犊，一副天不怕地不怕的二愣子模样，今天去这里替人讨债，将债务人砍得头破血流；明天去替人家复仇，将仇家的家里砸个稀巴烂。

真是人不可貌相，海水不可斗量。看起来文文弱弱的乐乐，竟然这等地生猛。然而可以肯定的是，他若得不到有效的心理干预和精神拯救，就会沿着这条路一直猛冲猛打下去，而路的尽头，毫无疑问是万丈绝壁。

乐乐的母亲一提起乐乐，便愁眉苦脸，并不住地抹泪，说乐乐小时候可不是这样，他很乖巧，很驯服，很讨人喜欢。他的转变，与他正值青春叛逆期有关，也与他的父亲被人欺负有关。他父亲领着乐乐去讨要工资，谁知带有黑社会性质的欠资方，不但不给应有的劳动报酬，还吆喝来五六个手持铁棒的街头混子，对其父一顿猛揍。刚上初一的乐乐，站立一旁，目睹了父亲挨打的整个过程，他的嘴唇，被牙齿狠狠地咬出了血渍。

自此乐乐性情大变。他购买了一把杀猪刀，并找来一块磨刀石，天天晚上作业不做，课文不背，把全部的时间都用在了磨刀上，谁也劝不下他。他扬言要杀了那个欠债者和带头殴打他父亲的红毛——头发染成红色的小伙子——他搬出一套理论，讲给母亲，说想要不被人欺负，就要在道上搞出名声来，让远近的人都知道你的厉害，让一城的人一听到你的名字，都闻风丧胆得夹不住尿。老虎门前是非少，绵羊乖顺受尽欺。人活着，不能做绵羊，而是要做老虎。

慢慢地，乐乐就从一只小绵羊，变成了一只小老虎。

这只小老虎最初的发威，还不是在社会上，而是体现于自己的家里。自从被学校开除后，乐乐就呈现出一副破罐子破摔的架势，父母不敢责备他一声，也不敢指使一句。每天早上，太阳都一电杆高了，半夜不睡的乐乐，依然沉浸在酣梦之中。母亲用猫叫般的诺诺之音，一边唤他起床，一边小心翼翼地摇晃他的肩膀。被摇醒的他，从被窝里伸出一脚，把母亲蹬出很远；父亲看到母亲的办法效果不佳，就亲自上阵，强行拽他起来。他起来倒是起来了，但起来后的第一件事，就是和父亲扭打在一起——有那么两次，他抓住父亲的领口，将其从院子里拖拽至巷道，引发四邻的围观和议论。

看到他无所事事而又四处惹事，乐乐的父母就找到开林，央求他收留下乐乐。乐乐来打工，能否挣到工资倒是其次，最主要的是，有个事做能把他的身心拴住，而且以开林的威严，能唬住他，管住他，让他至少不再东奔西跑。开林也算半个道上人，虽不在道上混，但那蛮横的体型，埋没嘴唇的茂密胡须，也让那些在道上厮混的二道毛们对他礼让三分，并在递烟给他的同时，还缩着舌头哥长哥短地叫他——开林以此为傲，并不时给我讲起他虎啸山林的“英雄事迹”。

乐乐母亲对我说：娃他叔，你能不能给乐乐找个出路，让他远离现在的这个环境？乐乐的脑子是很灵光的，只要他肯改邪归正，啥都能学会。

开林附和着说：就是就是，别看他毛不顺，但脑子很好使的；尤其是作文，写得顶呱呱的！

看到乐乐母亲哀愁的面容，加上开林的帮腔，我多管闲事的痼疾，又一次旧病复发。我说我回到西安后想想办法，看能否给他找到个出路。这么俊秀而又聪颖的孩子，总不能眼睁睁地看着他跳崖而不伸手拉一把呀！

送乐乐母亲离去，我走出房门，见乐乐在院子里与一条狗玩耍。我说：乐乐，我给你找个学校，你去上学可以吗？

乐乐一愣，用铁钩般的目光斜瞪了我一眼，抽抽嘴唇，一副轻蔑的神情，头扭向一边，未搭理我。

时值四月，各个学校的招生已经开始启动。我反复斟酌，觉得可供乐乐选择的学校，实在屈指可数。无论报考哪所学校，文化课都是他难以跨越的拦路虎。以他初中都未毕业的学业基础，如何能闯关成功？对了，让他报考艺术类院校，或许还有希望。

我的脑子闪过这个念头后，就立刻拨通了在市艺术学校当校长的吴运通的电话。吴运通和我曾在北京参加过同一个中训班的学习，相处三个多月，算是准同学。吴比我大二十多岁，为人耿直，说一不二，我和他在一起，时常奚落他，以至于我们年龄虽有殊心却无间隔。那个年月，艺术类学校还热得发烫，想挤进去的孩子如蜂如蚁。不少家长看到自己的孩子学习成绩不尽如人意，便退而求其次，抱着曲线救国的想法，鼓动孩子报考录取分数相对较低的艺术类院校，致使艺术院校的门口拥挤不堪。

吴听到我介绍学生，一口答应帮忙，但又说：你先让他报考，就看能不能考上。

我冲着吴，又一次死皮赖脸起来，说：能考上还用得着给你打电话吗？就是考不上，才求你帮忙的。提前给你老兄声明，考上要上，考不上也要上。

吴无奈地笑着说：好家伙，你都下了命令，我敢不录取他？

我以为吴递给了我一颗定心丸，可当我伸手去接的时候，他却又举起了一个拨浪鼓，说：你先让他好好准备好好考，成绩出来了，才能决定录取不录取。

与吴通完话，我立刻给开林打去电话，让他和乐乐的父母协商，看他们是否同意，能否说服乐乐前来报考艺术学校？两个小时后，开林就回复了我，说乐乐的父母很乐意让乐乐按照我指引的方向行走，但倔强的乐乐闻之，一口就将其回绝。不过，他和乐乐的父母，会合力做通乐乐思想工作的。乐乐野惯了，现在让他去规规矩矩地坐进教室听课，他一时半会儿既转不过这个弯，又收拢不住这颗心。简而言之，得慢慢来。

之后我与开林多次沟通，开林都说乐乐这座封闭的铁屋子，风吹不进，雨淋不进。劝他的人，把嘴巴都磨破了，却毫无成效。他的父母劝他，他的舅舅劝他，他的姨妈劝他，甚至他妈妈搬来他外公外婆劝他，皆枉费气力。我说：既然如此顽固，那就算了。他执意要给自己酿造苦酒，我们也没办法。

就在我从心理上已放弃此事的第二天，开林却主动打来电话，说乐乐同意报考了。我挺惊讶，说他转变得这么突然，反倒让我难以回过神来。开林说：毕竟是娃嘛，娃娃脾气，没有定性。

五月中旬，乐乐被开林送到我的办公室里来，此时，距离考试，大约仅有一个月的时间。我问乐乐喜欢唱歌吗？他摇头。我问他会弹奏某种乐器吗？他摇头。我问他是否表演过小品？他摇头。我问他有没有绘画的爱好？他摇头……也就是说，乐乐在艺术方面，形同一张白纸，基础为零。

我叫来一位浪迹西安的北京籍流浪歌手，每天下午下班后，以我的办公室为教练场，比比画画地为乐乐做考试前的专业课辅导。流浪歌手小王，操持着一口地地道道的京腔，正在向与我关系要好的一个朋友拜师学艺，期待于能在师傅的包装下，在演艺圈得以大红大紫，因此，当我请他帮忙辅导乐乐时，他不但爽快地应诺，而且分文不取。尽管如此，我也要隔三岔五地犒劳他——或买烟给他，或请他喝啤酒吃饭。

实话实说，此时的乐乐，尽管腿硬胳膊硬，但表情并不僵硬，并不如我想象得那样桀骜不驯。可能因为相互陌生之故，他对我的劝告，不驳斥，不违抗，而是全盘接受和一应顺从。他乖乖地跟上小王学唱歌学表演，但由于基础过于薄弱，他即使此时有学艺之愿，可确实无一技之能。

从他的声调和动作里，我判断出他毫无艺术的天赋。有的人也许没有机会接受艺术专业的训练，但却有较强的模仿能力，于是尽管不识谱，唱歌也哼唱得有声有色；尽管没学过表演，表演也扭摆得有姿有态。但乐乐不是。乐乐的身体，硬得仿佛是一根木头似的，很难折叠和打弯。令人沮丧的是，他仅会唱一首歌，却还唱得像被捏住脖子的公鸡打鸣似的。

但在我的好言相劝下，小王没有放弃他，也没有嫌弃他。耐心的小王，每天下午六点准时到来，一直折腾到晚上十点半，才拖着疲惫的身躯离开。他手把手地教着乐乐，一句一句地传授，时常累得大汗淋漓。

夜已深，我回不了家，就和乐乐同睡在一张拉展开来的沙发上，一人睡一头。乐乐与我渐渐熟悉后，话匣子相应地也就打开了。他对自己成为一帮小混混们的头头，无比地陶醉，一种无与伦比的成就感，在他的语气间飘浮流荡。他告诉我，每天晚上，他家里的卧室，都有十几个二十几个追随者挤于其内。床上横七竖八得像插萝卜一样地容纳着七八个，沙发和地面上，也躺着六七个。他被他们簇拥着，被他们认作大哥，他让他们去砍谁他们就去砍谁，他让他们中的谁跪下，谁就得跪下。他以一种兴致盎然的口吻对我说：叔呀，咱们县过去最厉害的就是郭六和马三，现在是大头这帮子，将来就看我的了！

郭六、马三以及大头等，我虽不认识，但对其恶名，却时有耳闻，知其皆为道上呼风唤雨的虎狼角色。这些人，无疑是乐乐心目中的偶像，也是他心目中的成功人士，更是他心之向往、行之追随的目标。为此，他在一次挨打后——在一次争强好胜的斗殴中，他被打得鼻青眼肿——于一个夜晚，在他人的引荐下，拎着烟酒，敲开马三家的大门，并拜马三为师。他向马三所磕的三个头，就是呈交给马三的投名状。马三将他收入麾下，自此他就成了马三的徒弟，并因此而感到腰杆都挺硬了许多——今后他无论遇到大事小事，都有马三护着罩着，并站台撑腰。

聊起他的父母，他很是不屑，直言不讳地告诉我，他看不起他们，原因在于他们是一对窝囊废，没本事，挣不来钱，被人瞧不起不说，还受人欺负。他说他和父母，从不交流，交流了他们也听不懂。他们生了他，给他吃喝，给他穿戴，表面上是母子和父子，但其实是熟悉的陌生人，互不了解，甚至互不理睬。他母亲对他天天重复的问话，不外乎“吃不吃”“饿不饿”“冷不冷”“热不热”这么几句。他父亲呢？一年四季和他说不了五句话，唯有在他犯错的时候，他的牙缝里才悭吝地蹦出这么一句恶狠狠的话来：看我不把你狗日的腿打断了？！

从乐乐的叙述里，我摸清了父母和他的相处模式：你活你的，我活我的。我供你吃，供你穿，只要你不饿着，不冻着，我就万事大吉了。

这样的相处模式，仿佛水和油，貌似在一个锅里，但彼此并不相融。水与油，身相近，心相远。

依我对乐乐父母的观察，说他们不爱乐乐，肯定是天大的冤枉。相反，他们深爱着乐乐，只是不懂得怎样去爱。他们以为给一棵树浇点水施点肥，树就能长成他们所期盼的模样，岂不知树完全有可能受到风的吹刮，变得不再挺拔。

爱，不是埋于心底就万事大吉，而是应充分地表达出来，在言行上有所体现，比如时常与孩子闲聊，动辄抚摸一下孩子的肩头等，如此，才能使孩子能像接收无线电信号那般，接收到暖风的吹拂和暖流的滋润。

几乎每个晚上，我都要和乐乐聊到后半夜。

我问乐乐：如果你在黑道上越走越远，越走越离谱，你想过后果吗？

乐乐说：没有。

我说：你没想过，可我想过，你想听吗？

乐乐说：你说来我听听。

我说：常在河边走，哪有不湿鞋？你今天刀砍这个，明天棍揍那个，万一某一回把人打死了怎么办？背负命案，结果只有两个，一是被抓住并被枪毙，二是踏上逃亡之路。就后者而言，你今天躲在贵州的某个山坳里，明天藏在新疆荒凉的戈壁滩，不敢抛头露面，饥寒交迫，一听见警笛声就瑟瑟发抖……你觉得过这样的日子舒坦吗？你来到人世，还没来得及享受更为丰富多彩的人生，就陷入这种困局和灾难，值得吗？道上所谓的英雄气概，都是逞一时之能，都是匹夫之勇，但残局该怎样收场，很少有人认真思考过。好比下棋，你手持一个马，就往前冲，瞬间将炮灭掉，但你不知道的是，还有车和卒潜伏于你的马左右，等待着灭你。你只看到两个棋子在搏杀，却看不到整个棋局的运势，其实你已输定了。拳头能征服人的肉体，但征服不了人心。那些畏惧你的淫威而跪在地上向你求饶的人，你一转身，他们就会用世间最恶毒的言语唾骂你，诅咒你。能让人心臣服的，唯有道德和才能。人活着的最高境界，应该是被人尊敬，而不是让人惧怕。

乐乐陷入沉默。我接着说：你不要认为现在围你转的狐朋狗友很多，你就真的拥有朋友。现在交往的朋友，只是玩伴而已，还没经过价值观念的分化，没有经历生活沉浮的考验，只是聚在一起抱团玩乐或抱团壮胆而已，根本算不上是真正意义上的朋友。可以预见地是，他们中的大部分人，将来都会远离你而去——有的因后悔受你的影响而远离你，有的因醒悟而把精力转到发家致富上，有的因回心转意而追求更好的未来……而你，若还执迷不悟，还在打打杀杀，并因砍杀，不是致这个住院，就是要给那个赔付医药费，久而久之，你必然会穷愁潦倒，被现今跟随你玩的大多数人看不起。他们因你没有出息而鄙视你，因你穷困怕你张口借钱而躲着你，因你骄横怕你给自己带来无妄之灾而疏远你。你好好想一想，你如果沦落成街头修理自行车的，而你昔日的朋友，却驾驶着一辆豪车从你的面前驶过，你会有什么样的心理感受？

乐乐说：那我就砸了他的车！

我说：你以为你砸了车就没人管吗？法律难道是吃素的？私有财产，可是受法律保护的，你砸了就完事了吗？退一步讲，就算被砸车的车主，看在曾经朋友分上不报案，但他若有足够的钱，明天还会再买一辆豪车，开着在你面前驶过，碾起一股灰尘，落在你形容枯槁的脸上衣服上，你是不是还要接着再砸？我以过来人的身份告诉你，你若要赢得朋友，就要让自己变得更为优秀，比如有良好的社会声誉，有更多的才华和技能，有更为殷实的财富积存……你优秀了，不用交往，门前都是熙熙攘攘；你不优秀，哪怕再热衷于交往，都是“门前冷落车马稀”。

乐乐再度陷入了沉默。

我说：在你的眼里，你的父母没本事，活得很窝囊，甚至不配你做他们的儿子。但你想过你父母对你的辛苦付出吗？他们之于你，没有功劳，至少是有苦劳的。他们生你养你，天天给你吃穿，为你担惊受怕，而你像白眼狼一样地不但不予感恩，而且还嫌弃他们，蔑视他们，你想想，是你错了，还是他们错了？别人的父母再有能耐，但那是别人的父母，不会把挣的钱交给你花，也不会在你发高烧的时候背着你去医院，但你的父母却会这样做，而且无怨无悔。你的父母，和其他人的父母一样，也想拥有更高的社会地位，也想拥有更多的物质财富，但十个指头伸出来都不一样长，他们比上不足比下有余，只要为你尽了力，就算对得起你。反倒是你应该扪心自问，你为他们做过什么？你对得起他们吗？

乐乐咳簌一声，继续沉默。

当然，我以上的话语，并不是像长江之水那样滔滔不绝地一次性讲给他的，而是分阶段分步骤逐渐讲述的。更多的时候，我都是在肯定他，鼓励他，给他讲故事，讲笑话。乐乐是很乐于听我讲话的，听得高兴了，一个孩子的天性便暴露无遗：他从那头爬到这头来，爬在我胸腔上，撒娇一般，用手掐拧我的下巴。

2

辅导了一个月，乐乐返家。几天后，开林就给我转述了乐乐母亲的感叹：不知他叔用了啥办法，才短短一个月，乐乐就性情大变；过去见了他爸像见了仇人一样，可从他叔那里回来后，竟然主动给他爸打洗脚水，说话也不再那么满牙缝里都是刺，而是软和多了。

艺术学校的专业考试于六月中旬举行，主考场设在艺术学校的操场。我陪着乐乐前往，并指导乐乐去抽号和排队。那天酷暑烈阳，太阳几乎能把人晒得昏晕过去，操场四周没有一棵树，躲无可躲。我和其他家长就那样被暴晒着，站在操场的边上目睹专业考试的整个过程。乐乐积习难改，排在他前面的孩子有点儿心不在焉，没有紧跟前面的同学，他就挥起拳头打了人家一拳，并在人家白了他一眼之后，揪住人家的衣领就要打架。见此情景，我忙冲过去，将他拉开。在批评他几句后，我连忙转身向受到攻击的学生和他的家长致歉。这个学生家长，长得人高马大，看到自己的孩子被欺负愤慨不已。在我发烟给他，并忙不迭地反复说“对不起”后，他才息怒。

乐乐的父母把乐乐交给我，就像把一根接力棒递到我手中一样，对乐乐基本上处于不闻不问的状态。一则是他们信任我，相信乐乐在我这里不会学坏，不会走歪；二则他们即使有管乐乐的念头，却也不知如何来管；三则他们放任乐乐已成习惯，对自己责任心的缺失早已麻木无觉。几个月前还和我素昧平生的乐乐，而今却与我形同父子，吃在一起，睡在一起，似乎我对他的一切，负有不可推卸的大包大揽的责任。

事实是，乐乐确实把我当成了他的靠山——他留给学校的联系电话，不是父母的号码，而是我的号码。学校多次给我打来电话，都误以为我就是乐乐的法定监护人。

分数公布，乐乐名落孙山。我知道结果后，当即给吴运通打去电话，吴答应他给招办主任做工作。招办主任曾多次与我同桌就餐过，其酒量之大，豪饮之爽，给我留下很深的印象。闻听招办主任有该事的决定权，于是我就又给招办主任打去电话，约她喝酒——经过一番折腾，乐乐终于拿到了这所艺术学校的补录通知书。

乐乐上学那天他的父母也未曾露面，也是我将他送到学校的。给他安排好住宿，叮咛他要友善地和同学相处，并尊敬老师后，我才离去。

最初每到周末，乐乐就来我处吃住，并把在课堂内外发生的大小事情，皆讲给我听。我反复忠告他两点：一是要和自己的过去切割。切割的一个重要标志，就是和过去的那帮朋友脱离关系。脱离不是脆断，而是渐进式的，是渐行渐远式的，直至最终老死不相往来。若不如此，他们一旦要做违法之事，要你出头，你碍于情面，不出面显得不哥们义气，出面就会给自己的命运埋下地雷；二，既要全面地学习各门课程，又要选择一门专业技能，将其搞得无比地熟稔和精通，这样你就有了自己的特长。唯有薄技在身，人才敢于走南闯北，才不会百无一用。

对我的叮嘱，乐乐总是习惯性地点头称是。但不久，我就接到学校打来的电话，说乐乐闯祸了。询问其详，打电话者说：乐乐伙同班里的几个男生，把别班的一个男生打伤，派出所已介入处理。打电话者让我尽快在公安上疏通关系，不然乐乐很有可能将遭到拘留。接着，乐乐的同学就给我打来电话：叔，乐乐被公安押在某个树林里，你赶快去。

我扔下手中的活计，搭上一辆出租车，快速地赶往乐乐同学所说的那片树林。坐在出租车里，我一边督促师傅开快点，一边给公安系统的朋友打电话求助。

走进树林，只见乐乐和他的两位同学，皆被反手铐在一株树上，而乐乐的裤子上，沾满了泥土。两个双手叉腰的警察，看守着他们。乐乐同班的七八个男生，也环绕四周，七嘴八舌地向警察求情，声称对方有错在先，哀求警察释放了他们。

经询问得知，因为其他同学和别班同学产生纠纷，俨然以班里老大自居的乐乐，挺身而出，率领班里的其他男生，以捍卫班里荣誉为冲锋的旌旗，合伙把别班那个挑衅的同学，暴打了一顿。等警察前来抓捕时，他们溜出校园，躲进了这片树林。警察冲进树林，他们束手被擒。乐乐见了我，面有愧色，我本想批评他几句，但觉得当着他同学的面数落他，很容易使他颜面尽失，于是便忍住一言不发。我转身掏出记者证，让警察看，并给警察说好话，说他们年少，不懂事，求你就放了他云云。一个警察把我叫到一旁，好心好意地说：趁拘留证还没有开出来，你赶快找更大的官给我们所长打招呼，他说放人我们才能放。你给我们说得再多，都是磨闲牙，我们只是执行任务。

警察的话音刚落，他的手机就响了。一接听，是所长打来的。所长在电话里说，教育一下他们，就把人放了，惩罚是手段，挽救才是目的，毕竟他们还都是学生，不能因此事而彻底地毁了他们的前程——毋庸置疑的是，我找的朋友，暗中起了重要作用。

我把乐乐领回来，好好地与他交谈了一次。乐乐说他也想改掉自己过去的毛病，但有时候却控制不住自己，看到谁欺负人，他就想冲上去给欺人者一点颜色瞧瞧。我给他像讲课那样，逐条讲述人的自我管理，比如生活管理、情绪管理等，并忠告他：情绪犹如人心中的虎蛇，要把它关在笼子里，不能任其胡蹦乱跳，否则，就会四处惹祸。

自此以后，乐乐规矩了不少。第二学期，他就成了班里的班长。他的身上，始终带有江湖气，好打抱不平，愿为朋友两肋插刀，因此，很快便成了一帮男生簇拥的中心，口碑也如日中天。乐乐见了我，满脸洋溢着陶醉与幸福，并自豪地说；叔，我现在终于体会到当一个好学生的快乐了！

与此同时，乐乐买了一套架子鼓，课余时间都放在练习打鼓上。即使是放假，他回到家里，也不像过去那样呼朋唤友了，而是大门不出，一遍又一遍地重复敲打着架子鼓，力图于能熟能生巧。

乐乐上三年级时的一个早上，我刚上班，便接到乐乐打来的电话：叔，我想见你！

我说：你到我单位来吧！

乐乐敲门进来，我见他面色不好，情绪低落，瞄向我的眼神也极尽躲闪，便问他怎么了？

乐乐吞吞吐吐地说：也不知道我昨天哪根筋不对劲，突然就情绪失控，我控制了再控制，但还是向我班主任猛烈地发了一通火，并把她桌子上的茶杯，举起来摔碎在了地上！

我厉声大吼一声：你给我站到那里！

几年了，我对乐乐一直和颜悦色，从未发过一回脾气。因此，我的怒吼，让他很是始料未及。他愣怔了片刻，乖乖地靠着墙，端直而立，头垂而手吊。

我为何过去不严厉而今天要故作严厉？当然是经过一番深思熟虑的选择。过去我和他之间，信任尚未建立，我若严厉，他会转身而去，像旋风一样地想抓都抓不住。但现在，他已视我为天下最关心他和对他最好的人，在某种程度上，他也想极力在我面前表现得更为优秀，以期待获得我更高层面的认同和赞赏。此时我平地一声惊雷地一声猛呵，就是要让他知道，他的表现，对我的付出和期待有所辜负，使我多么地伤感和失望。当然，我也想借用这种方式，给他留下不灭的记忆，使其成为以后时刻提醒他的警钟。

整整一个早上，他都那样一动不动地站着。我没理睬他，自行其是地该干啥就干啥。直到午饭时节，我让他过来，问他下一步该怎么做？乐乐说：回去后我给老师写检讨。

我说：记着，检讨写够三页，抄两份，给老师送去一份，明早也给我送来一份。

不要轻易批评，批评多了，被批评者就会变得麻木，批评的效果就会大打折扣；但既然已启动批评，就不妨稍重一些，一定要让被批评者牢牢地将其铭记，一回忆起来就滋生羞愧之感，如此，才能达到批评的目的。

从这件事后，乐乐再也没有犯过类似的错误。越往后，他的表现就越好。至毕业，他已成为班里和年级威望最高的学生。

3

上不了学发愁，毕业了找不到工作也发愁。乐乐毕业后，当我得知朋友老尚与省某专业剧团的领导关系莫逆时，便私下交给他一万元，让他从中活动，把乐乐安排进该剧团搞演出。这时的乐乐，再也不是当初在我房间排练时的乐乐，笨手笨脚，腿直舌亦直，而是一蹦一跳，一台词一唱腔，都有了一定的专业水准。

几年后，乐乐在我不知情的情况下，离开该剧团，浪迹社会，曾惶惑和摇摆了好些时日。他在一家混凝土公司干过推销，在街头摆过烧烤摊——他的摊前人潮汹涌，但最终却因严重亏损而偃旗息鼓。很多朋友，很多同学，都络绎不绝地前来吃烤肉，喝啤酒，但无论他们消费额是多少，讲究哥们义气的乐乐，皆拒绝收费。

前六七年，乐乐转战北京，在一家较有影响力的影视公司，担任副导演，据说要拍的戏很多，东跑西奔，忙得晕头转向——而我，也已有六七年没有见他了。

有时候我与乐乐的父母路遇，乐乐的父母带有歉意地说：我们还叮嘱他，一定要去看看你，但他回来了，时间老不够用，也就没去成。

我说：我帮乐乐，只是想把一个走向歧途的孩子引向正路。乐乐的改变，就是对我最大的酬劳。他改变了，我的目的也就达到了，任务也就完成了，除此之外，毫无别的企图，更不会想着让他有所回报之类。对你们而言，我把一个全新的孩子返还给了你们，因此，既问心无愧，亦问心无憾。

我欣然地是，我不但帮助乐乐回归了正常的生命轨道，最重要的是，也促使他心中的良善复活。乐乐懂得了感恩，懂得了人的幸福与尊严要靠自己去创造和赢得。实际上，就天分而言，乐乐是一个智商很高的孩子，尤其是他对文字的敏感与把握，非一般的孩子可以比肩。我留意到，哪怕他给我留一张纸条，都是字词讲究而精准，语言的分寸感也拿捏得恰到好处。我鼓励他写作，并猜度也许他下点功夫，还会歪打正着地走出人生的另一番景象。

在我的督促下，他曾写出过一篇名为《父亲的鞋》的文章，不但文辞优雅，而且感情真挚。主题是感恩，是对父亲的拳拳忏悔。他写他父亲是个泥水匠，一年四季的鞋面，总是落满星星点点的泥浆斑点，让人在无法辨识他鞋真实颜色的同时，也领教了他的邋遢。为此，他嫌弃父亲，不愿与他并肩在街上行走。但随着年岁的增大，他忽然意识到，正是父亲的那双脏鞋，才换得他鞋的干净，也才支撑起他走向远方的脚步。醍醐灌顶之下，他觉得对不住终日劳累的父亲……如果父亲来到大都市，他不会因父亲是泥水匠而嫌弃他，而是要手牵着他的手，昂首走在大街上，并骄傲而大声地告诉世人：这个面目沧桑衣着粗糙的苦力劳动者，就是我的父亲……他参加工作，若挣到了第一月的工资，那第一件事，就是一定要给父亲买一双新鞋……

第三章

一位钢琴师的讲述：一家两代人难圆的钢琴梦

1

小贺是我很多年前认识的朋友，但平常来往不多，一则是年龄上颇有差距，二则是他很忙，几乎所有的空闲时间，都被兼职所填满。

四十岁出头的小贺，依然把自己打扮得像一个二十多岁的时髦青年。他头扎一个小辫子，头发染成橘黄色，窈窕的身材，精致的五官，一个耳朵上戴副耳环，一个手指上戴枚钻戒。

小贺的父亲和我认识，他曾委托我给小贺介绍过女朋友。但八年后，我与小贺相遇，他还是一人吃饱，全家不饿。他父亲看到老大不小的他，像一支高挑的芦苇置身风中那样地晃来晃去，就无比地焦虑，甚至因此已产生了严重的神经官能症：看见人家一对小夫妻领着孩子从街上路过，他的心就像被猫爪子抓挠似的，发慌得不行。

但小贺不管那些，他忙于做家教，忙于考级，忙于去美容院美化自己的容颜，却口口声声说自己无暇顾及恋爱。别人看到一个美女，也许会怦然心动，但小贺却说像看到一根肉桩那样没啥感觉——“不来电”。

小贺和我坐在一家茶楼里，把自己染红的指甲递到我的眼前让我看，令我很是不适。他身上散发出的浓郁的香水味，差点儿让我窒息。

我约小贺见面，是因为小贺在电话里聊起过他邻居家孩子学钢琴的故事。而这个故事的样本，也许会对阅读本书的部分家长，形同一面镜子，可以从中照见自己的样貌。

小贺住在一个高档小区。这个小区里的住户有一个共同点，就是不差钱。房价很贵，物业费很贵，就连购买一个停车位，也要支付四五十万元。

小贺的父母倾其所有，加上小贺的兼职收入，给小贺在该小区买了一套百余平方米的婚房，却怎么也等不来小贺的婚期。小贺独自居住于此，已六七年的光景。

小贺毕业于某个综合院校的艺术系，现为一所大专院校的音乐老师。更为具体说，他是那所学校弹钢琴弹得最为出色的第一人。小贺的父亲是一家媒体的摄影记者，母亲是从歌剧院退休的声乐演员。本身就具有音乐天赋的小贺，经一个艺术之家的熏陶，其弹奏钢琴的技艺，日趋臻美，加上在电视上几度露脸，俨然已成为本市小有名气的钢琴演奏家。

很多培训班慕名向他招手或眨眼，都想拉小贺加盟自己的团队。但习惯于我行我素的小贺，对此并不热心，他更愿意做一匹独来独往的孤狼。在教学之余，用系主任的话说，他准会“跑得没了人影”，不是从这家入，就是从那家出，一门心思地做着钢琴的家教。他自豪地对我说，他挣钱是用秒来计算的——弦外之音是，他和我闲坐聊天，从日头当头到日头西斜，就要承受损失五六千元的代价。

小贺想给我讲的对象，是他的邻居。他的邻居姓葛，在一家大型国有企业当处长，他称呼他为葛处。葛处晚婚晚育，娶了个比自己小十几岁的妻子，已四十六七的人，膝下的女儿才不过十岁。

葛处的家在农村，他的父亲是那个村庄里曾经红极一时的人物——既是生产队的队长，又是村业余剧团的团长。葛父能说会道，还拉得一手好二胡。那个年月，运动一个接连一个，队上成立了宣传队，葛父出任队长，率领队伍走南闯北地在各村的田间地头演出，出尽了风头。葛父对那个火红的年代，充满缠绵地眷恋和深情地怀念，显然与自己那时的风光不无关系——那时他化铁为金，熠熠闪光；后来却化金为铁，锈迹斑斑——时代变了，葛父也老了。老了的葛父不甘于就此日落灯灭，像百无一用的朽木那样，而是要为自己余晖的光芒四射，做最后的一搏。他组织了民间乐队，吹吹打打，经常出现在别人家婚丧的现场。葛处买房时，葛父提来一个鼓鼓囊囊的包裹，拉开拉链一看，里面竟然有五十多沓红艳艳的钞票。葛处并不缺钱，但葛父还是执意要把钱留给他，以及留给自己未来的孙子。

之所以要绕道讲述葛父，皆因葛父是孕育这则故事的胚胎。树有根，河有源，只看到树叶的绿黄而无视树根的粗细，或只看到河水的瘦肥而无视源头的枯盈，无疑失之于肤浅。

20世纪70年代初，村里来了一批知识青年。在葛父的刻意安排下，那三男三女的知识青年，傍依葛家而住。葛父相较于其他村民，算是一个见过世面的人，深知从城里下来的这批洋娃娃，从眼界到思维，从言语到技能，和土生土长的本村青年，决然不可同日而语。他把这些知识青年安顿在自家隔壁的空院里居住，就是想让自己的儿子，能多与他们接触和亲近，从而在耳濡目染间，从他们的身上学到不一样的东西。

那时葛处才五六岁，在父亲或牵引或唆使下，经常出入于知青的院门。

在知识青年中，果然有一位让葛父无比倾心的人物。他是一位很帅气的小伙子，衣着得体，气质高洁。经侧面打听，葛父知道小伙子的家庭背景颇不一般。他的爷爷，是著名的教授；他的父亲，是单位的领导。重要的是，他的多位叔叔和姑妈，都在国外生活。

小伙子言语不多，但多才多艺。除了乒乓球打得好，还能弹奏多种乐器。他的父亲来看望他，给他送来的各等乐器，挂满了四面的墙壁，比如大提琴小提琴、二胡、古筝等。其中，有一架钢琴，则卧于窗沿下的墙角。

葛父尽管以乡村的乐人自居，但对很多从城里搬来的洋乐器，还是头一回见到，因此对其格外地着迷。他端着饭碗，站在钢琴旁，一边往口里扒饭，一边让小伙子给他弹奏钢琴曲。小伙子修长灵巧的手指，在钢琴的键盘上荡来荡去，屋子里便飘浮起或铿锵或曼妙的回响。葛父听得很是入迷，跷起大拇指直夸小伙子“了不得”。扔下碗，他想自己坐上去一试身手，但粗糙的手指，却像鸡爪一样地在琴键上胡刨乱抓，钢琴发出的响声，犹如精神病人毫无章法和逻辑的嚎叫。

葛父与小伙子不断地套近乎，背过其他人，他不但给小伙子的怀里暗塞蒸熟的红薯，还把小伙子邀请到自己的家里来炒土鸡蛋让他吃。当小伙子享用完美餐，抽出手帕擦嘴时，葛父许久埋于心中的图谋，便从牙缝间弹跳而出：我儿子拜你为师吧！你收下这个徒弟，给他教教钢琴怎么样？

小伙子没有片刻的犹豫，满口答应。

从此，葛处就开始了学习钢琴的漫漫长途。

但凡有空，葛处就在父亲的督促下，钻入小伙子的屋子，在小伙子手把手地指导下，学习钢琴的弹奏技法。数十年之后，坐在小贺面前的葛处，不得不承认自己很笨，缺乏这方面的天赋，甚至毫无这方面的兴趣。他是被父亲的鞭子赶着上鸡架的鸭子，是被父亲用手扔向鸭池游泳的小鸡。也就是说，他本来是砖头，只适合于垒墙，但父亲却执意于让他充当木料，执意于要雇来木匠把他制作成桌椅板凳。

葛处讲述起来，头头是道，仿佛很懂得因材施教似的，但一到实践中，他却又当事者迷，完全变成了另一副模样：要把骆驼赶向百米赛道，把云朵改造成能够耕种的土地。

在别的孩子扔下书包奔向山坡砍柴放羊时，在别的孩子在月光下成群结队地嬉戏追逐时，葛处却独坐钢琴前，要么独自练习钢琴曲，要么被小伙子指教着弹奏曲谱。面对一个没有任何音乐基础的乡村小男孩，小伙子倒是极具耐心，他一个音符一个音符地教他，甚至用笔在键盘上划上各种标注。然而苦修一年，葛处还是难以完整地弹奏一个曲谱，他越弹越乏味，越弹越走神，及至连简谱都还“似曾相识不相识”。

葛处怯生生地告诉父亲，自己不是这块材料，让他饶过他。他羡慕别人家的孩子去坡地里偷野果，羡慕其他孩子一放学就像被放逐的牧羊，而他呢，则像一头被圈起来的绵羊，日复一日叮叮咚咚地敲击着那个键盘，实在是太枯燥了。

葛父闻听此言，对葛处把自己和别的孩子类比，勃然大怒。他不但呵斥他，还举起一根木棒，朝他的后腰猛抽。他借用当时流行的一句诗词来训斥他：你是做燕雀，还是做鸿鹄？燕雀焉知鸿鹄之志！

胳膊扭不过大腿，无奈的葛处，只好乖乖就范，继续学弹奏钢琴。

好在第二年的秋季，知青返城，小伙子和其他知青一起，卷起铺盖扬长而去，葛处龇牙咧嘴的学钢琴生涯，到此暂告一个段落，无果而终。

小伙子告别时，将那台钢琴作为纪念品，赠给了葛父，这让老葛父一家激动不已而又欣喜若狂。这架钢琴，据说是小伙子的爷爷在三十年代，从西洋千辛万苦搬运回来的，虽然有点儿老态龙钟，但属于纯粹的手工制作，品质相当地优良。

钢琴在手，葛处时不时地就试一试手，但音不成调，调不成曲，终于自感无趣而彻底放弃，任凭那架钢琴变成了堆放杂物的台面，并蒙尘落灰。但葛父却总不甘于有线不能织布、有菜不能烹饪的现状，他到处打探，希望能找到一个会弹奏钢琴的师傅，重续儿子的钢琴梦想。然而，附近的十里八乡，不知钢琴为何物的人大有人在，要找一个木匠铁匠、一个编席子编笼的，甚至找一个修剪果树的或给牛羊接生的，皆非难事，唯独要找一个会弹钢琴的，堪比登天还难。就连那些教书匠——大多是民办老师——见都没见过钢琴是何等模样。很多老师不远十数公里，跑到葛家来，仅仅只为一睹钢琴的真容。

沉积数年后，葛父在身处县城给政府部门做饭的一个熟人那里打听到，县城南小巷有户人家的儿子康晓艺，从音乐学院毕业不久，落脚于县文化馆，懂得钢琴并会弹奏钢琴。老葛就一趟趟地往文化馆跑，但那个小康，被抽去在乡下搞运动，具体在哪个村，却无人能说得清楚。跑了半年，去第七次，葛父才和小康接上了头。但他一看小康的架势，葛父立刻掐灭了请他为师的念头。时值改革开放的初期，在葛父这个老正统的眼里，小康简直就是个典型的二流子：翻卷的毛发，半裸的胸肌，留着山羊胡，下穿喇叭裤，上穿花格衫，脚蹬拖鞋，嘴叼烟卷。

葛父一见到这种人，气就不打一处来，恨不得上前抽他一巴掌。在他的观念里，这种男不男女不女的阴阳怪气，有辱于伦理纲常，类似于洪水猛兽，万万不可将其引来村里，以避免他引诱坏自己的儿子和村里的其他孩子。

葛父的如意算盘，是想让儿子考取音乐学院，但这样的计划，最终流产。葛处连考三年，皆榜上无名，气得葛父的肠子，在肚子里一圈圈地缠卷。

不得已，只能调转方向，退而求其次地报考中专院校。在连续进攻两年后，葛父终于迎来了自己人生的季节转换：他被一所轻工业学校录取。

考上中专，尽管远未抵达葛父的目标，但葛父也总算长舒一口气，其因在于无论如何，儿子更换了户口本，再也用不着在土里刨食地打牛后半截了。

2

葛处的女儿小雪，今年年方九岁。

小雪过周岁时，她的父母赠送给她的礼物，就是一架昂贵的钢琴。这架钢琴，产自于音乐之都维也纳，据说也是人工制作，售价高达六万五。

葛处薪酬不菲，加之妻子在一家外资企业当会计，收入丰厚，因此他们属于高收入的家庭。

询问葛处：世间礼物千千万，为何单要买一架钢琴送女儿？

葛处的回答是自己的父亲做过钢琴梦，他亦做过钢琴梦，但都花未开、梦未圆；这样的挫败，俨然化为他的一个心结。给女儿买一架钢琴，就是希望她能延续他们的旧梦，并能美梦成真，将来成为一个在绚丽的舞台上受到欢呼和追捧的钢琴家。在葛处看来，小雪很是聪颖，一出生就掉进了蜜罐里，物质上应有尽有，如果他们执着培养，她成功的概率无疑很大。

葛处的劲头，不亚于要搬动太行山和王屋山的愚公：这代人没搬动，下代人接着搬；下代人还是没搬动，下下代人再接着搬……世世代代的人生，删繁就简成了搬山者。

在小雪刚刚蹒跚学步的时候，葛处就把钢琴视作她的玩具，并抱起她，让她在钢琴上爬上爬下，已让她与钢琴之间，彼此先混个脸熟，并以此来激发她对钢琴的兴趣。小雪刚跨过两岁的门槛，葛处就给她请来钢琴师，教其练琴。

小贺是跨进葛处家门的第五任钢琴老师，前四任，葛处对其都不怎么满意，原因在于他们从教三四年，葛处挥霍二十余万，却都没能教会小雪辨识键盘。某一回葛处与小贺在电梯里相遇并闲聊数语，才恍然知道，自己家的东侧居有高邻，这个看起来打扮时尚的年轻人，竟然是本市有名有姓的钢琴演奏家。葛处很快就拎着茶叶前来敲门拜访，一番交谈后，他当即决定辞掉小雪现任的钢琴老师，转而聘请小贺接任。

小贺尽管看在邻居的份上，折半收费，但其要价，依然比其他老师要高——打折后，他每小时收费也高达五百元。

但葛处不在乎这些，为了孩子的前途，他们夫妇日撒斗金，也算是豁出去了。

小贺给小雪上课，每周五次。周一、周三、周五的晚上八点到九点；周六和周日的下午三点到四点。上课不久，小贺就断定小雪是不适宜学钢琴的，其因在于，她在这方面缺乏基本的天赋。艺术要以天赋为先，没有天赋，那就是硬教硬学，教的人很累，学的人也很累，最终或者事倍功半，或者竹篮打水一场空。

但聪明的小贺，是不会把自己的这一发现告诉葛处的：一则，按他的话说，他要在葛处那里源源不断地捞钱。遇到一对傻子，不捞白不捞；二则，作为邻居兼朋友，他一经把不该点破的地方点破，怕给葛处夫妇，予以心理上不可承受的打击。葛处夫妇的最大问题，就是从来没有理性地审视和分析过自己的孩子，搞清楚孩子天性方面的优长和短板，只是一味地按照自己的想法，越俎代庖地为孩子设计和规划未来——这样的设计和规划，实际上是在沙滩上建楼，历尽千辛万苦，却未必能使高楼真正地矗立起来。孩子聪明是一回事，有无某一方面的天赋又是另一回事。每个孩子，都有自己天赋上的倾向性和敏感点。若顺势引导，他会突飞猛进；若逆水行舟，他的人生会变得异常地气喘吁吁。

有的孩子对物理很有兴趣和天赋，总爱摆弄一些小物件，将其拆了装，装了又拆；有的孩子在天文学方面呈现出浓厚的兴趣和天赋，喜欢阅读这方面的科幻书籍，对气象的变换表现得异常敏感；有的孩子在绘画上表现出超乎寻常的兴趣和天赋，总爱拿笔到处乱画，并画得有模有样；有的孩子对文学充满兴趣且极具天赋，心思细腻，多愁善感，且深谙文字表达之诀窍；有的孩子对哲学既抱有兴趣亦颇有天赋，善于询问，善于质询，思维缜密而富有逻辑性……表面上看，孩子似乎是相同的，但其实却各有不同，犹如树木，虽然都归于乔本植物，但桐树有桐树的特性和用途，槐树有槐树的特性和用途，松树有松树的特性和用途，杜梨树有杜梨树的特性和用途——如果家长意识不到孩子间天生的差异性，不能区别对待孩子，而是将孩子当作一个模子制造出来的产品，那就大错而特错了。那种跟风式地尾随别家孩子邯郸学步地效仿，是对自家孩子严重的不负责任。

更重要的是，每一个家长，都心怀望子成龙望女成凤之心，既罔顾世间之龙凤，何其稀少，又不管自己的孩子是否具有成龙成凤的基础条件——成龙成凤，犹如爬山，除过自身的体力与心力，还得有梯子可供借用。对于家长而言，总希望自己的孩子将来能占据到相对安稳与优越的社会位置，从而拥有更为开阔和顶端的生活，至少不被社会淘汰和遗弃。儿女是父母的心头肉，谁能不期盼自己的心头肉，拥抱天蓝地绿的世界？于是逼孩子以读书，促孩子以长进，帮孩子以成长，助孩子以前行，皆属于家长之本分，并不显得越界和过分。正常的想法和理性的行为，自然无可厚非，问题就出在非分之想上。在很多家长软硬皆施的逼迫下，无数的孩子皆身陷被“拔苗助长”的围剿中，偏离了常态化的成长轨道，他们在家长的号令声中狂奔，在家长虐待式的关爱中负重而行。一株禾苗，一夜之间不可能成为一棵大树；一头小骆驼，羸弱的身躯无法驮动千斤重物。孩子的成长，不是想怎样就能怎样，而是有规律可循的——多大的胃口能吃多大的饭；多大的力气能扛起多大木头，道理本来就如此简单——唯有尊重规律，才是对孩子最好的爱护，也才能最有效地促进孩子的进步。

很多家长是意识不到这一点的，他们总把理想和现实予以混淆，从而以那些成功者为蓝本，照猫画虎地为孩子设计人生的路线图，却从不助力孩子追求作为一个平凡人的凡俗幸福。他们不知道的是，成功者并非人人都有份，而是像彩票的中奖者那样稀少，仅为芸芸众生中万分之一，哪会轻易降临到自己孩子的头上？他们更不知道的是，成功者展示给外人的幸福，是表演性的幸福，并非他们真实的状态。他们背后的泪水，背后的吞石咽灰，背后的鸡飞狗跳，一概被鲜花和脂粉所遮蔽。成功与幸福并不挂钩，也就是说，成功不等于幸福，幸福未必就一定要追求世俗意义上的成功。

3

小贺说，教小雪学钢琴，他教得很痛苦，小雪学得也很痛苦。

小雪已经学了七年钢琴，至今连一个最为简单的曲子都弹不了，依然是像敲木头一样，手在钢琴上乱挠痒痒，鼓捣出咣咣咣的杂乱之音。但葛处夫妇竟然没有察觉出些许异样，更没有让孩子调转车头的任何打算，还在做着要让孩子当一个钢琴家的黄粱美梦。

小贺说，每天晚上，孩子都是被父亲拧着耳朵坐到钢琴前的。经历了一天的课业学习，孩子没有任何休息的空隙，刚一扔下饭碗，就要坐在桌前听从英语家教的指导；英语老师还未完毕，小贺已经在一旁等候；而等他把孩子从钢琴前抱下来，孩子尚未落地，就被前来辅导的奥数老师抱向了另一张桌前……一个比棒槌高不了多少的弱小女孩，戴着圈圈套圈圈的厚重眼镜，像小鸡一样地被捆绑和折磨，此等境况，就连小贺这样目中有钱而无人的人，都觉得颇为不忍和心疼。

小雪的时间，被父母安排得极其密集，时常以分秒来计算。小雪不像其他孩子那样，被父母牵着手从这个辅导班出从那个辅导班入，而是在父母的张罗下，请来了最多十一个各个门类的家教。家教们的教学安排不过来，于是只能以密植插秧的方式，在时间上挤兑了再挤兑。疲累的小雪，无力抗议父母，只能采取消极怠工的策略，来为自己松绑。很多时候，她都是心不在焉的，表面上是在瞪大眼睛听课，但其实老师唾沫飞溅的话语，都像微风一般，从她的耳边悠然而过，根本没有注入进她的耳朵。如此这般，老师们私下都抱怨这个看起来并不愚笨的小女生，其实很笨，脑子跟凝固的混凝土不差上下。老师偶尔在家长面前的一抱怨，一叹息，带给小雪的，是父母更为紧拧的螺丝。

小雪唯一可以偷懒或逃避的办法，就是上厕所。每回上厕所，她耗时都要比正常人多出几倍。有一回，半个多小时过去了，依然不见她出来。喊她，未获应答；推门，却发现门被她从里面反锁。母亲急得跺脚大哭，唯恐她触电或煤气中毒。呼叫来开锁师傅，捣毁锁芯，推开厕门，才发现她竟坐在马桶上，歪着头沉沉地昏睡过去，丝丝牵牵的涎水濡湿了衣领，摇也摇不醒，叫也叫不应。

小雪还有另一种逃避的方式，就是要么装病，要么把自己搞病。装病是很好理解的，就是没病却宣称自己肚子疼，硬是赖在床上或沙发上不起来；而把自己搞病，则是故意吃喝过期的食物，让自己发高烧，从而宁愿去医院打吊瓶，都不愿在老师的围剿中学习这个学习那个。

但把自己搞病，一次两次尚且能蒙混过关，但日久天长，就难免会露出破绽，引起父母的警惕。父母得知详情后，对她更加地严加看管，不允许她有任何的自主活动。

小雪的父母爱小雪吗？答案是肯定的。他们疼死疼活地爱着小雪，恨不得把自己的皮肉削下来煮熟让小雪吃。因为爱，他们才不惜花费巨资，请来各等家教；因为爱，他们才以豁出去的架势，牺牲掉自己所有的业余娱乐，陪伴在小雪左右；也因为爱，他们在日常事务中，对小雪照顾得无微不至，就连小雪每天的饮食，他们都要查阅营养学方面的书籍，依据人体之需，列出了详细的食谱，并严格地遵照其制作。

小雪吃的喝的，都是精挑细选的；穿的戴的，都属于在专卖店购买的高档品，而不是地摊货。

但他们殚精竭虑地为小雪着想，能给小雪带来光明的前景吗？如果小贺的讲述为真，我可以得出肯定的结论：不能。

他们的问题，在于把小雪当作一件私有的珍稀物品，而没有当作一个独立的人来看待和尊重。他们生育了小雪，仿佛小雪就可以受到他们的随意支配似的，完全抹杀了天赋人权赋予小雪的基本自由和相对独立。小雪的身上，流淌着他们的血脉，但不等于就是他们的附属与附庸。小雪是另一个个体，是另一个生命存在，有专属于自己的个性和禀赋，有专属于自己的爱好与兴趣，有专属于自己的欢喜和悲伤。但他们，对这些皆浑然不知并置若罔闻，只是一味地把自己的意志，化为绳索，紧紧地捆绑住小雪的手脚；化为鸟笼，将本该飞翔的小鸟禁闭其中，从而让小雪按照他们事先规划的路线，不可逾越半步地规矩而行。他们从来没有征求过小雪的意见，更没有体恤过小雪的感受，甚至连小雪身体和精神的承受力，都不管不顾。

另外，他们没有在自己和孩子之间，划出一道应有的界限，而是像绳子一样紧缠着孩子，像肉夹馍的馍一样紧贴着孩子。一棵大树紧贴着一棵小树，必然抑制小树的成长；一个彪形大汉紧贴着一个身材矮小的幼儿走路，必然会带给幼儿以泰山压顶般的压迫感。

父母对待孩子，既要亲近，让孩子有依靠和温暖之感，但同时又要给孩子预留出一定的空间，让孩子能自由呼吸、自由玩乐、自由遐想，甚至自由地拥有自己的小秘密和小隐私。但最糟糕的状况则是，把孩子当作犯人来监视，不允许他或她乱说乱动；当作贴身的裹兜来携带，不允许他或她远离自己半寸。

孩子降生于世，父母期待自己的孩子更为优秀，更有出息，皆无可指责。但在塑造孩子之前，却一定不要忘记观察和分析孩子，搞清楚他们的原始质地究竟是煤炭还是石油，是石头还是金子。一块石头，也可以因为雕琢而大放异彩。比如被法国伟大的雕塑家罗丹选用的石头，几乎每一块都成了无价之宝。那尊名为“思想者”的石头，因为其承载内容的发人深思，因其雕工的精益求精，而备受青睐。让石头唱歌，让石头开花，让石头发光，和执意要把石头转化为金子，思维的方向和行进的路径完全相异——很多家长，一生都在做着石头化金的努力，注定会徒劳无果。

据小贺讲，由于小雪日复一日地弹奏钢琴，也引发邻居间的矛盾。葛处家的头顶，住有一对退休的老教授，皆已年近八旬。女教授做过心脏搭桥手术，加之睡眠很差，轻微的声音就会致她心慌意乱，甚至彻夜难眠；男教授虽然离岗，但社会活动频繁，不是要去某个地方参加学术交流，就是应约给某家刊物书写稿件，总之笔耕不辍，也很需要安静。每天之每天，当小雪的琴声响起时，老夫妇都会呈现出一副痛苦万状的表情，要么出外在楼下的花园里消磨时间，要么在家里烦躁不安地忍受着那杂乱而单调的嗡鸣之声。他们忍无可忍之际，多次商议着外出租房居住。但一想到万一租住房屋的楼上楼下，又遇到一个弹琴的或养狼狗的邻居，那可如何是好？总不能再次搬家呀！狼狗日夜的狂吠声，也曾令老两口胆战心惊。甚至，女教授的心脏病，都与昔日邻居养的那三条藏獒有着莫大的因果关系。

老两口给葛处的门缝里塞过纸条，也塞过长信，甚至还多次敲开葛处的家门，提醒他们自己需要休息。葛处夫妇抱持的态度是：我在我家里想怎样就怎样，你管不着！

无奈之下，老两口就给报社投诉。记者前来采访，不但于事无补，而且引发了两家人的对骂。

在电梯里，老两口与小贺相遇，并以试探的口吻，询问小贺要不要和他们结盟起诉葛处家？小贺连连摆手，说自己无所谓，已经习惯了云云。出了电梯，做贼心虚的小贺撒腿就跑。躲进屋内，心还突突突地跳。恢复平静之后，小贺又忍不住地偷笑：这对老人，稀里糊涂的，竟然不知噪音的制造者之一，就是眼前他们想拉拢入伙的这个人——难道，他们要让我起诉我不成？

第四章

妈妈，你的勒绳太紧，我行将窒息

1

说实话，我都不忍心下笔书写这位悲伤的中年女人。这个曾经无比要强的母亲，而今瘦骨伶仃得像一根在秋风里摇曳的芦苇，说起话来，比油尽捻干的灯焰，还要奄奄一息。

和她提及一次往事，等于在她尚未痊愈的伤口，重新再划上一刀。

四年了，那个伤口还在汩汩地流血，还在让她痛彻心扉。

四年前的初冬，她的女儿，唯一的女儿，她生命的基石和精神的骄傲，从一所著名大学的十七楼，飞身跳下，从此与她阴阳两隔。

我只是看望了她，不敢向她提及采访事宜。我是从她弟弟、闺蜜和老师等人各自而又零碎的讲述中，像拼图那般，完成对她故事的复原的。

目睹她发黑的眼圈和血红的瞳仁，听完诸多人的描述和哀叹，我的心里生发出莫名的痛感。我很同情她，她是一位理想主义的母亲，把全部的爱，毫不保留毫无私心地奉献给自己的女儿；但我也更为同情她的女儿，那个可怜的孩子，在母亲的憧憬里撒腿奔跑，在母亲的鞭策中精疲力竭，最终硬是被母亲滚烫的爱灼伤，从而成为母亲乌托邦的祭品。

2

这是一个典型的“望女成凤”的故事。

故事里有众多的人物，而主角仅有两个，一个是母亲高雅芬，一个是女儿林月丹。

林月丹一岁多的时候，就因如何塑造她而产生的分歧，导致父母争吵不休，以至于造成家庭的解体。还在襁褓中的林月丹，被判归母亲高雅芬抚养。

此时高雅芬在一家机关上班，有着一份相当体面的工作和相当稳定的收入，但为了孩子，她还是毅然决然地选择了辞职。

没有薪水可领，但并不影响生活。经商的前夫，除把宽大的住房留给她们母女外，还把一处临街的五间门面房，全都过户到女儿的名下。另外，每个月，前夫还定期向专为女儿开设的银行账户，打入五千元钱。

高雅芬回归家中，按传统的说法，其职责就是相夫教子。但丈夫已变成了前夫，像野鹰那般高飞远去，抓都抓不住，留给她的，只剩下“教子”这一项内容。

从林月丹一岁起，高雅芬就全身心地投入到林月丹的塑造之中而不可自拔。在她的臆想里，女儿是世间的稀世尤物，是上天赐给她的珍宝，她不能对此有所漠视而辜负。

高雅芬是二本院校的毕业生——这是她最不甘心的地方，甚至成为她心底深处去除不掉的一块病灶。她不服气那些考上名校的同学，尤其是受不了老师见到她和见到那些同学时，态度上的冰火两重天。她撕碎了中学的毕业照，将其扔进簸箕，倒进垃圾桶——她断绝了和所有同学的联系，只是想把自己不那么光彩熠熠的过去，用刀斩断，抛向填埋场。她坚信，对女儿最大的爱，就是把女儿栽培得木秀于林，把其打磨得化石成玉，如此，才能弥补她自己人生的缺憾，也才能让她的后半生傲立于天地之间。

林月丹尚且不会开口说话、不会下地走路时，她就给她买回了一台播放机，以及一沓沓的磁带和一摞摞的书籍，并将那些古代诗词和英语单词反复播放给她听。她铭记着“不要输在起跑线”这句忠告，并对“唯有起步早才能跑得远”等诸如此类带有煽动性的说辞，坚信不疑。

她拧着孩子的耳朵，在孩子的啼哭中，以无比凌厉的表情和语气，逼迫她跟上自己读古诗、读英文字母、读图画书。

林月丹刚过两岁，她就花了三万多块钱，给她购置了几乎全套的乐器，包括钢琴、古筝、小提琴等。从早到晚，林月丹像是被她摆布的木偶，依据她的规划和安排，从几点到几点听英语磁带，从几点到几点听古诗讲座，从几点到几点弹奏钢琴或古筝。连林月丹撒尿时，她的耳旁都放置着正在播音的播放器。

林月丹最初像一头不肯钻进笼子的惊恐小鸟，又哭又叫。每次被拽住胳膊往钢琴前坐，林月丹都宛若奔赴刑场那般地腿蹬手扬，要进行一番殊死挣扎，但终因身单力薄，最后还是像小鸡难以挣脱老鹰爪子的钳制那样，无法挣脱高雅芬手掌的强力控制。

四岁以后，林月丹就学乖了，不哭不闹，不胡搅蛮缠，像个小大人似的，懂得迎合，也懂得配合，唯母亲的眼色是瞻，依母亲的指令行事。穿什么衣服，读写多少生字，走路如何迈脚摆手，都中规中矩得像历经严格训练过的士兵。

林月丹上幼儿园后，比同龄孩子早熟的特征和学习优异的长处，就突显而出。这个时候，她已能认识六七百个汉字，能计算百位数以内的加减乘除，能背诵百余首古诗，能听写数百个英语单词……林月丹的异乎寻常的表现，很快轰动幼儿园内外，园长在大会上夸奖她，老师号召其他小朋友向她学习，家长纷纷围住高雅芬套近乎，以谋求从她那里获得育儿经验……所有这些，都为高雅芬赚足了面子。

3

林月丹上小学时，高雅芬就已给她规划好了一生的运行图：她要上中国最好的大学，要拥有最高的学历，要成为多才多艺的艺术全才，要嫁给一位有钱财有品位有学历有相貌有才能的老公。重要的是，那个未来的老公，还要满足她开列的首要条件：要倒插门，反嫁到她的家里来。

林月丹上的是本市最有名气的一所小学。其父手捧某个实权人物的条子，折腾了将近半年时间，缴纳了一笔十二万元的赞助费，才将她上学的事情落实到位。为方便林月丹就读，高雅芬早早地承租了学校附近的一套公寓，将家临时迁移至此。她对家室进行了布置，客厅的墙上、卧室的床头等，都贴满了这门课那门课的辅导材料。那架钢琴，也雇佣搬家公司将其搬来，摆放到客厅的角落。凡与学习无关的物品，比如电视等，全都被清理干净。

与此同时，她还拽着林月丹的小手，在各个辅导班之间奔走，最多的时候，她一天就考察了九个辅导班，对每个辅导班的教学设置和教师状况，进行刨根究底地质询，不忽略任何蛛丝马迹。林月丹上一年级时，她替她报了六个辅导班；到五年级时，林月丹的辅导班数量就翻了一番，多达十二个。

小学六年，小小年纪的林月丹除却每天保质保量地完成学校布置的繁重作业外，剩余的时间以及所有的节假日，都是在母亲的厉声呵斥声中，尾随母亲从这个辅导班出来，又急慌慌地赶往下一个辅导班。英语、奥数、写作、绘画、舞蹈、钢琴、小提琴、书法、武术、乒乓球等等，她无所不涉，且必须取得让母亲满意的成绩。母亲告诉她：第二名就是失败，第二名就很可耻。单就绘画而言，除了参加辅导班的素描练习，她母亲还先后给她请来三名画师，手把手地教她绘画，但她的画参评本市的小学生绘画比赛，却仅获得了三等奖。三等奖，意味着她已战胜了上万名的参赛者，但母亲对此视而不见，却对她输给她前面的五个孩子耿耿于怀。母亲抽了她一耳光，并将她手里的奖状夺过去一把撕烂。林月丹眼泪横流，哭都不敢出声，她很恨自己——恨自己不争气。

每天晚上，她做作业时，母亲都像个监工，拉个凳子坐在她的一旁。她要是打个盹或走个神，母亲炸雷一般的咆哮声就会遽然响起。就连她拉肚子往厕所跑，母亲都怀疑她是在偷懒。

做完作业弹钢琴，弹完钢琴练习书法和绘画。临睡前，还要在母亲的监督下，把白天所学的英语单词、数学定理、语文精彩段落等，无一遗漏地背诵两遍。等她的头挨住枕头，已是凌晨一点多了。早晨五点半，闹钟的铃声，伴随母亲的吼叫，准能把她唤醒。

整个小学阶段，只有一个周末的下午，父亲驾车带她去动物园玩了一趟。就此，还惹得母亲大发雷霆。其他的时间，对于她，都是学习学习再学习，补课补课再补课。

当然，母亲滴水不漏地严格管制，带给她的，是考试成绩的扶摇直上。每次考试过后宣读成绩的时日，都是她最幸福最得意的时刻。几乎门门功课，她的成绩都位列第一。于是在大会小会的表扬名单里，她的名字从来都不曾缺席。

林月丹未经中考，就遭到好几所名声显赫的中学的竞相抢夺，最终，在母亲的做主下，她昂首迈入枫桥中学。对于众多的学子而言，枫桥中学是高不可攀的，是家长拎着一麻袋钱也未必就能撞开大门的。但这所高昂头颅的学校，却在林月丹面前，谦卑得近乎俯首帖耳。枫桥中学不但免除了林月丹的学杂费，还每月给她发放一千元的租房补助和八百元的营养补贴——据传说，就连她用的卫生巾，都能在学校免费领取。

初中上学，比小学更累，母亲的唠叨声更加地喋喋不休。当然，母亲包揽了林月丹学习之外的所有事项，就连洗衣服这类活计，林月丹幻想着若能干上一次，都会觉得无比的幸福。林月丹在母亲的安排下，“两耳不闻窗外事”地学习着，白天学，晚上学，课堂学，补习班学，眼睛近视的度数也随着分数的攀升而水涨船高。接着，一个女孩子的怀春心思，也悄然地萌芽并生长，对那些帅气的男生，她忍不住地就想偷瞄几眼，并滋生出一种微妙而懵懂的生理反应——尤其是对班里一个名叫王思源的男生，她竟深陷于对他的“邪恶”妄想中而不可自持：她幻想着抚摸他的肌肤，幻想着与他相互搂抱，幻想着做他幸福的新娘。

帅帅而又坏坏的王思源，无疑是女生眼里的男神，很多女生都想靠近他，甚至不乏对其极尽讨好和巴结。如果有女生与王思源眉来眼去或嬉笑怒骂，不动声色的林月丹，心里就浮泛生出一股酸溜溜的醋意，恨不能上前去将他们断然分开；如果王思源某一天请假没来，没有出现在她的视野里，她便像丢魂落魄一般，根本收不回那颗兔子般活蹦乱跳而又四处游荡的心。

时值初二，为得以从感情的漩涡里解脱，她把自己对王思源的倾慕，写在一个空白的日记本上。其中，王思源三个字，他用汉语拼音的第一个字母“WSY”替代。回到家里，她费尽心思，将笔记本夹在书架层层叠叠的一排书中，唯恐被母亲发现。母亲是不允许她锁抽斗的，也不允许她有个人秘密的。母亲就像一个忠于职守的监守，监视着她的一举一动。就连她舅舅送她的一套连环画，母亲都认为里面“太黄了”，竟然有男孩女孩牵手的画面，从而将其没收并一把撕烂。

就是这个日记本中涉及王思源的三四行字，差点儿导致她和母亲关系的决裂。母亲并非如她想象的那样，尽管掘地三尺地悉数翻遍她的一切东西，却不怎么翻动书架上的书。她不知道是，母亲翻腾起来，无一遗漏，连一枚针都不会放过，只是等她放学归来，那些被动过的东西，早都已各归其位，不留痕迹而已。

母亲看到那几句话，罚她站着，在大发雷霆之余，以拒绝给她吃饭作为惩罚。母亲逼问她到底怎么回事？ WSY 是谁？关系发展到哪个分上了？她皆闭口不言。母亲更加地怒不可遏，挥手连抽她三个耳光——这是她人生第一次挨打——她哭了，然后哽哽咽咽地警告母亲，她若再逼她，她转身就从现在所住的十楼上跳下去。母亲的态度有所软化，但依然要她毫无保留地交代出事情的原委。她拒绝母亲的无理要求，并和母亲顶嘴——这也是她第一次敢于反抗母亲——说：我自己的事情，凭什么一定要说给你？

母亲气得嘴唇发紫，脸色苍白，说：你是我生的，就属于我所有，我有权知道你的一切；外面不管是谁，想和你交往，都得征得我的同意，也必须获得我的批准。

林月丹和母亲犟嘴：是你生的你就可以包办我的一切？我活着，好像不是为我活的，难道是为你活的？你不生我多好啊！不生我，我还不会有今天的痛苦！

母亲减弱的火焰，再一次猛烈地腾燃：你有啥痛苦？你是“为赋新词强说愁”！这家里家外，都是我一手操劳，你不愁吃不愁穿，你有啥痛苦？我生了你，没有功劳，没有苦劳，咋还变得有罪了？

争吵没有结果，两个人各回各的房间里哭，都觉得自己很冤枉，都觉得自己的好苦命。

第二天又恢复常态，母亲该怎样检查还怎样检查，该何等严厉还何等严厉。所不同的是，饭桌上多了一项盘问的内容：今天见王思源了吗？你和他有没有交换眼神？

起初林月丹挺纳闷；母亲是如何破解那三个英文字母的，而且能一口准确地将其与王思源画上等号？

未等她想出答案，母亲倒是不打自招了：我在学校里打听过了，你暗恋的男朋友是一个叫王思源的。那个孩子吊儿郎当的，除了长得人模狗样，还有啥可吸引你的？我也找过王思源的妈妈，让她管好自己的孩子，别再像小流氓一样地勾引你。你自己也要自重，不要见个烂苹果就想冲上前去咬上一口。

林月丹扔掉筷子，绝食不吃了。她又一次和母亲争吵起来：你凭啥要去打听？凭啥要找人家的妈妈？凭啥污蔑人家是小流氓？凭啥污蔑人家是烂苹果，凭啥栽赃说人家是在勾引我？我喜欢不喜欢人家，那是我的事，你管不着！

母亲也摔了筷子：我严正警告你，你必须断绝和他的来往，不然你就必须转学。

不几天就是期中考试，成绩出来，林月丹的排名大幅度地下滑，从年级的第一二名，跌至五百人中的三十三名。母亲痛苦不堪，发脾气逼迫林月丹给她下跪。林月丹的父亲闻知此事，赶来想进行调解，但怎么都敲不开房门。就那样，林月丹被罚跪了整整一个通宵，直到第二天清晨昏倒后被救护车拉走。

4

当着林月丹的面，离婚多年的父母，因在林月丹转学一事上产生的矛盾不可调和，竟然在客厅里打起架来。扑向父亲的母亲，被父亲猛推了一把，从而跌坐在地，头磕碰在椅子的硬腿上。母亲一骨碌爬起来，一边歇斯底里地吼叫，一边冲进灶房，挥舞来一把炒勺，朝父亲的额头狠狠敲去。父亲遭到重击后，退向大门处，拉开门扇迅疾溜走。

父母打架的时候，林月丹本来是要好好痛哭一场的，用哭来表达抗议，也用哭来制止战争。但无论她如何努力，都没能挤出一星星的眼泪，最后竟不由自主地笑了起来，并扔给父母一句带有鄙视的话语：你们真的很无聊！然后就缩回自己的房间。

母亲坐在客厅里骂父亲，骂了将近一个小时；之后就开始骂她，骂她没良心，骂她和父亲同穿一条裤子。接着，又数落起她为她所受的苦累和所做的牺牲，说自己本来完全可以不用辞职，那样的话，混日子都能混个副处级——还都不是为把她塑造成栋梁之材，自己才活得这样一无所有的？

父母的吵架打架，源于在林月丹转学一事上想法的南辕北辙。父亲是反对转学的，说转学是牵一发而动全身，会引发一系列的问题，比如林月丹对新环境能否尽快适应，能否租到适宜的学区房，别的学校愿不愿意接收，以及接收了万一收取高昂的学费怎么解决等，皆为未知数。但母亲坚决要转，说再不转，下次考试，她估计就要坐滑梯下降到三百名以外。母亲痛骂父亲是怕掏钱才对转学一事推三阻四的。父亲辩解说我掏得少吗？没我掏钱，别说丹丹，就连你恐怕都得饿死。父亲最后通牒道：如果你执意要给丹丹转学，所造成的后果，所产生的费用，别再给我打电话求援，全由你一人承担好了。

高雅芬是一个相当固执和倔强的女人，只认死理。某一个念头一旦从她的脑海里冒了出来，就变成了一成不变的教条，犹如油漆跌落于衣物，不会那么轻易被擦拭掉。

前夫撒手不管，不等于转学之事就此了结。一个寒假，她一方面在想方设法地给林月丹施加各等压力，并送出去请进来地为她补课，一方面手持林月丹上学期全校排名第二的成绩单和一厚摞奖状，在各个名校之间穿梭，像侦探一般地打听并捕捉校长的行踪。见到校长后，她先是哭着哀求，若哀求失效，就开始缠闹，身体横在门口，拦住校长不让其离开。两者都不起作用的话，她干脆像一根栽立的棒槌，跪在校长面前死活不肯起来。

经过夜以继日地折腾，总算动摇了多个校长那一颗颗铁球一般坚硬的心。权衡一番之后，她决定把林月丹转入康吉中学。康吉中学不但教学质量与枫桥中学不差上下，最为重要的是，她的一位女同学在教务处从事档案的管理工作。同学在那里，正好可以委托她监管林月丹在校园里的一举一动，如此的话，林月丹即使离开她的视线，也不至于变成随心所欲自由无羁的野鹿。她一贯的看法是：人是需要严加管束的，唯有像拉磨的驴子那样，为其套上夹板和拴牢绳索，在被看管和被逼迫下，人才能比别人更为优秀，也才不至于放任自己的懒惰和屈从自己的兴致。

然而学校和人一样，他求你时，媚态毕现，既有好脸色，又有好言语。然而反过来，当你求他时，他就会变换另一副面孔，既高傲，又冷漠，还时不时地泄露出刁难你的意图。康吉中学正是这样，在中考成绩公布后，也曾派老师上门做高雅芬的工作，许下各种承诺，希望林月丹能到他们那里就读。但处于争夺白热化“卖方市场”并握有主动权的高雅芬，对康吉中学前来做劝降的老师，相当地不客气，甚至像释放催泪瓦斯一样，用极其刻薄辛辣的言辞，将他们轰出门去。那时，她完全没有料到，自己某一天像沙漠里干渴的兔子那样，会跑回自己曾撒尿的池塘边找水喝。

转入康吉中学，是要付出代价的：一是缴纳十五万的“自愿捐款”；二是学校不支付“优等生补贴”，包括伙食补贴和住宿补贴等，所有费用都需全部自理。

但这回，高雅芬不但对其全盘领受，而且决心要和前夫切割。切割的标志之一，就是自力更生，不食“嗟来之食”；标志之二，则是阻断父女暗中的往来。要吃奶，嘴巴迫不得已地不能不和奶头接触。唯有断奶，才能阻拒二者之间的靠近。

然而转学缴纳的费用和租房的费用，却远非小数目，而是像两块巨石，沉沉地压在高雅芬的背上，更压在高雅芬的心上，让她沉重得几乎喘不过气来。无计可施，她想到了出售门面房。经过中介之手，她将其中的三间门面饭房低价售出，减去中介费，减去因违反合同而支付给租户的违约金，共获得五十九万的收益。其中，交给康吉中学的所谓捐款以及其他费用，将近十六万；在康吉中学附近租房，支付一年的租金五万多。说到租金，高雅芬就气不打一处来。一年六万六，才能租到火柴盒大小的一室半，还是粗糙的毛墙毛地。一想到花如此大的价钱，才租到这么小的地方，她有一种被利刃割肉的痛不欲生；但转眼一想，这样的付出，若能促成林月丹前途的艳阳高照，无疑很是值得——北京的学区房一个不足十平方米的杂物间，都能卖到三百万，对比之下，她咬咬牙，咽咽唾沫，心里释然了很多。

5

这个春节前，林月丹随母亲搬离了原来的住处，住进新租的房间里。她的手机由母亲保管，父亲即使打爆电话，母亲也不会让她接听。无法联系上她的父亲，于是也就难以像往年那样，在大年初一的午饭后将她接走，让她在父亲家度过春节后半天。

这个春节对于林月丹来说，是天昏地暗的，是很不开心的。母亲包了一顿饺子，母女俩草草地吃完，她就被逼向课桌，母亲也忠于职守地履行起看守的职责。她坐在桌前做练习题，母亲像一只蹲在一旁猫头鹰，目不转睛地盯着她，一副虎视眈眈的模样。在长达三个小时里，母亲仅出去过一次，还大过年的，在楼道里和邻居吵了起来——母亲斥责邻居家的孩子放鞭炮和戏耍的声音太大，影响到了她的学习。

从早晨五点半起床，到晚上十二点睡觉，除过吃饭和上厕所，她都是在学习又学习中熬过的。她只要稍有懈怠，母亲就会发火，并历数转学的不易和租房的昂贵，且对她不断反复重申她在康吉中学的奋斗目标：下学期结束，她必须考取全校第一名。

没有得到父亲的祝福，没有领到一毛钱的压岁钱——这个夜里，像一只被世界遗弃的战栗的小猫那般，孤寂的林月丹，躲在卫生间的墙角啜泣了十几分钟，却不敢出声，唯恐啜泣声被母亲灵敏的耳朵逮住。

母亲不止一次地向她灌输：欲成大事，想做“人上人”，就要“灭人欲”——也就是要摈弃儿女情长、男欢女爱，要罔顾民风民俗、冬去春来，要简化世间所有的繁华和琐碎，眼里只死盯一个方向，心中只插一根旗杆。

转学后，母亲就像她的内衣，紧贴在她的身上，日夜寸步不离。甚至，比紧裹的内衣还要让她欲罢不能——洗澡之时，内衣或许还能脱下来，以换得皮肉的稍许宽松，但母亲却始终如一地贴靠着她，似乎没有尽头。在原来的那个租住房里，她尚有自己相对独立的住房，至少睡觉可以做到各睡各的，但在这里，就一间房，就一张床，她躲也没地方躲。

好在期末考试，林月丹还是比较争气，考了个全年级第三名，这才换来母亲嘴角的一丝笑意。母亲把她拉到一家餐馆犒劳她，在等待上菜的间隙，却依然敦促她背诵英语单词，别浪费时间。第三名，是母亲勉强可以接受的成绩，但还不是她心目中理想的排名。她告诉林月丹：下次考试，一定要拿个第一名回来，不然就对不起她为她的付出，也对不起付出血本的高昂的转学费用和房屋租金。

林月丹很不情愿地掏出英语卡片，表面上在装着背诵，但其实却心不在焉。母亲不断重复的话语，总让她有一种羞愧感。她恨自己来到这个世界上，拆散了父母，也耗尽了父母的钱财。她时常有一种一头撞死的心理冲动，从而换得一了百了。

不止一次，林月丹躺在母亲的身旁，不无恶毒地想入非非：这个可恶的寡妇，为什么上天就不能给她降临一场大病呢？只有她病倒在床，躺在医院里动弹不得，自己也许才能轻松几日，并暂时摆脱她的捆绑。

饭桌上，林月丹向母亲发问：既然花费那么大，为啥不能把校外辅导班减一减，一定要维持在十一个？很多辅导班都名存实亡，顾不上去听课，就是听了，收效也不大，却要为此每年耗掉六七万元。

母亲说：你不懂就不要问，叫你上啥班你就上啥班。你不上，人家都上，你将来可不落在人家的后面？啥没有用？都有用的！

林月丹说：我将来要学理科，又不考美院音院，学美术音乐有用吗？

母亲说：有用！我说有用就有用！不懂音乐，不懂绘画，你将来上了大学，在班上都抬不起头来的。你才报了几个班，就吱吱喵喵地叫苦叫累？你知道你沈阿姨给她儿子报了多少个班？一口气报了十八个呢！东报西报的，见班就报，倒使她从中看出了窍门，受到了启发，觉得还是办班来钱更快。沈阿姨关了凉皮店的店面，更换了门头，把腾出的那个场地，用来办写作班，据她说，简直是在拿簸箕揽钱呢！

林月丹捂住嘴笑，说：沈阿姨连字都不识几个，还办写作班，不是太滑稽可笑吗？

母亲说：沈阿姨原来是国营理发店剃头的理发师，下岗后，卖过烧鸡，卖过水果，还摆摊卖过老鼠药。前多年她在弟弟的支持下，总算不再飘忽，而是稳定下来，开起那家凉皮店。她没有文化，于是总想着让儿子不再重蹈她的覆辙，不再像她那样被人歧视。

林月丹说：办学是要营业执照和资格证的，沈阿姨有吗？没有的话，就是违法办学。

母亲说：她挂靠在一家正规办学机构的名下，给人家定期缴纳一定数额的管理费。那个机构，就像火车一样，一个车头拉一长串车厢，名下有三十多个挂靠单位呢！卖菜的也在办班，开麻将馆的也在办班，开火锅店的也在办班。

林月丹说：你说来说去，还不是说那些班乱七八糟的，没啥质量吗？

母亲说：我说的意思你就没听懂。我的意思是，吃饭的人多了，餐馆的生意才红火；上辅导班的人多了，办班的人气才火爆。你想想，那么多的人拿着钱往里塞，人家能没长脑子？

林月丹冷笑，说：照你的说法，那么多人都拿着很多的钱往赌场里送，赌博就是好事了？

母亲大喝一声：闭嘴！哪来那么多的废话？赶快吃饭！吃完抓紧去博鳌托福辅导班！

6

考高中很顺利，林月丹因为成绩优异，又一次遭到诸多名校的争抢。

经过母亲的精心挑选和学校的挽留，林月丹最终还是把身心驻扎在了康吉中学。

康吉中学的高中，其实就是一座考试集中营。

体育课取消，一切文艺活动取消，从早到晚，课程排得密密匝匝的，自习也排得密密匝匝的——所谓的自习，其实并不是自主复习，而是在代课老师的安排下，在班主任鹰眼一般的巡视下，要么背诵，要么做题。背诵，每个人都要过关；这门课背完，立刻转入下门课的背诵。练习题总是厚厚的几套，伏案做题，不能左顾右盼，不能交头接耳，甚至不能仰头思考，否则就会受到老师的点名批评。

林月丹的班，属于学校的火箭班。在这个班里，每个学生都是一台连轴转的学习与考试机器。当其他班教室的灯光，每到夜里九点就已熄灭时，这座教室里依然是灯火通明，学校美其名曰是给他们“加餐”。学生和学生之间，很少交流，唯有老师点名学生答到时，林月丹才知道坐在她身前身后的女同学和男同学，分别姓甚名谁。她前面的女生，名叫刘贲贲；而后面男生的名字，颇有趣味，令她一想起来就想发笑——男生谓之冯梓闹，却总能让她联想到疯子胡闹的场景。

林月丹很孤单，没有朋友，在校园里独来独往；出了校园门除却母亲，也和所有的亲戚断绝了来往。姑姑跑来看望过她一次，却也只是隔着学校被锁住的铁栅栏门框，将给她买的一套新衣服和几包吃食，递给了她，并叮咛了她几句。即使这样的隔门相望，被母亲知道后，还受到惩罚：姑姑送来的衣服被没收，吃食被转送给院子里的水暖工。母亲阻止她与一切人互动，在她的概念里，林月丹只属于她一个人所有，也必须听从她而心无旁骛地学习学习再学习。然而不分昼夜地学习，已使林月丹眼睛的近视度，迈上了八百的新台阶，正在朝九百缓缓上涨。林月丹的眼睛，一年四季都是红肿的，迫不得已，只好在每天临睡前，朝眼睛里点滴眼药水。还有，她的脊背也在慢慢地弯驼，有时候努力地挺直，但发现倒是弯曲较为舒适，挺直反而既难受又疼痛。她已十六七岁，正值情犊初开的年龄，免不了对异性怀有莫大的好奇和迷恋。对那些长得帅气的男孩，她总喜欢偷偷地多看他们几眼。她是谢霆锋的粉丝，很痴迷他那种酷帅而又放荡不羁的样子，但她连私存一张谢霆锋画报的可能性都没有，更别提去观看一场谢霆锋的演出了。某一天她在校园里行走，路过一个垃圾桶，看到桶旁扔着一本色彩缤纷的杂志，捡起来随便一翻，一张谢霆锋的半裸照片映入眼帘，这让她心跳加速，血压增高。她环顾四周，看到没人留意到她，便慌忙将那页照片撕扯下来，叠起来塞入了裤兜。令她犯难地是，她绞尽脑汁地想了又想，都想不出把照片究竟藏在哪里，才不至于被母亲雷达般的眼睛发现。放学时，临跨出校门，她惧怕母亲搜身——母亲的手时不时地会掏遍她的每一个口袋，母亲搜出一个小题大做地惹出事端，又不得不将照片丢向垃圾桶。

中午她在学校里吃饭，每天晚上，母亲都会早早地来到学校门口，眼巴巴地等着接她回家。回到家里，她草草吃完饭，还要伏案学习两三个小时，才能将一天的学业画个句号。每当她学习的时候，母亲就坐在一边，眼睛里射出两束光，像探照灯一样射向她的脸庞。有这两束光，她连转动一下脖子和挠一下痒痒，都觉得非常地难堪，也非常地胆怯。

等到高考前夕，她的体重只有四十三公斤，胳膊细得像麻秆一样。她不思茶饭，肚子时常饥饿难忍，却很厌食，什么都不想吃——就连她最喜欢吃的烤红薯，瞥其一眼就想呕吐。

母亲领着她，找了多个中医大夫，从药店抓回几大塑料袋的草药，给她熬制，并逼她一股脑地从喉咙里倾倒进去。但哪些黑乎乎的汤汁，在肚子里回旋片刻，就被她歇斯底里地吐了出来。母亲大声地斥责她，说她娇气，说她故意与自己作对。然而这个时候，她已气息奄奄，蜷缩在床上，连睁开眼睛的力气都没有，感觉那沉重的眼皮，仿佛是被淋湿的草帘子，耷拉着，怎么掀都掀不开。第二天早上，当她清醒时，她已躺在医院的病床上，高悬的输液瓶里的液体，正在通过一根鸡肠般的输液管，一滴滴地注入她的体内。母亲涕泪涟涟，一看到她睁开了眼睛，长吁一口气，弯腰从地上拎起一个大兜，放在病床上，然后解开绳子，掏出一沓练习册往她手里塞，边塞边说：再有三天就要高考了，你千万不能这个时候倒下啊！那样的话，几年的苦就都白吃了。你一边打吊针一边抓紧复习，争取多得一分是一分。

母亲询问大夫她的病情，大夫说天干心躁，酿成肺热，加上疲劳过度，造成胃感冒，调养一下，休息几天就会没事的。母亲听到她得的不是生死攸关的大病，立刻笑逐颜开，并执意要办理出院手续。

高考还算顺利，她总体感觉比较满意。

高考完的第二天，母亲执意要领着她，去一家所谓专业高考咨询公司咨询填报志愿的事宜，可她就是赖在床上不肯下地。从昨夜到今夕，她昏睡了整整一天一夜。第三天，她很想和父亲联系一下，但母亲就是不肯归还她的电话，为此她和母亲大吵一顿后，摔门而去。她在街上借别人的手机给父亲打去电话，父亲扔下手头的活计，驾车将她接走，并领她去一个度假村游玩。

当她和父亲返回父亲的家时，母亲已坐在楼梯上等候。和父亲现任妻子刚刚吵过架的母亲，此时怒气冲冲，脸上卷涌着浓郁的乌云，刻薄的目光比闪电还要犀利。母亲一见父亲，一口浓痰就喷了出来，差点儿喷在父亲的鼻梁上。

母亲吼叫：你有啥资格横刀夺爱呢？这几年，你是管过女儿的吃穿，还是管过女儿的学习？你钻入婊子的怀里寻欢作乐，还能想起来自己有个女儿？依你的不要脸，恐怕连做父亲的资格都没有！而今女儿高考完了，轻松了，你就跑来摘桃子了？！

父亲摆着手，说：你快走快走，我不想和你这个疯女人一般见识！

母亲一把拽过林月丹的手，把她往电梯口硬拉。林月丹后缩着，哭泣着，但经不住母亲的拖拽，最终还是屈服并随从于她。

一走出单元门，母亲就挥起右手，狠狠地抽了林月丹一嘴巴，并警告她：你必须记住，你只有母亲，没有父亲！你的父亲早已死了！

7

母亲如愿以偿，林月丹不负母望，被国内最顶尖大学的重点专业录取。

母亲把那张录取通知书，先是像支票一样小心翼翼地藏匿起来，尔后又取出来装入她的挎包，出门后，但凡见到熟人，母亲都要把话题往高考方面引导，并把那张盖有红红的圆印章的录取通知书，展示给人看，从而换取人们对她的奉承：你太厉害了，太会培养孩子了，也太有福气了！等着吧，好日子在向你招手呢！

“母亲对录取通知书的热情，远远大于对我的热情；她见到通知书，眉开眼笑的，但扭头一看见我，却愁眉不展”——这是林月丹在日记中的记述。

谢师宴是高雅芬精心筹备的。为那天的盛宴，她花大价钱请来一个电视台当红男主持，来充当主持人，而自己一大早，就去了提前预约的美容店，让美容师为自己做了一次精心的梳妆打扮，于是当盛宴即将开始之时，她便以无比亮丽的身姿，身着预先订制的那套蓝色的丝绒旗袍，款款地出现在宴会的现场。

她邀请来上百名亲戚朋友，坐了满满的十桌。亲朋全是她这一方的，父亲那边的亲朋，她一概不予通知，即使有人询问起此事，也被断然回绝。餐厅里灯火璀璨，彩球交叉悬空。在林月丹眼里像母狮子一样的她，今天却显得既柔情似水又风情万种。她有节制地微笑着，与每一位来宾握手寒暄，并很享受地接纳着他们真真假假的祝贺和赞美。反倒是林月丹，像一个长句子中的微小逗号，缩在她的身后，一副卑怯和懦弱的模样，被诸多的人视而不见。

老师不是主角——名为谢师宴，却并没有邀请老师；林月丹亦不是主角——

而母亲，则成了当仁不让的真正主演。在致辞里，她声情并茂，含泪讲述一个单身母亲含辛茹苦养育孩子的艰辛，讲述她如何放弃自己的人生来成就来托举孩子光明的前途……她时哭时笑地叙说，赢得一片掌声和一片唏嘘声。接下来，诸多来宾登台发言致贺，有人讴歌她是一位伟大的母亲，有人称赞她的成功是富有远见的成功，还有人当场聘请她担任家长培训学校的专家，并递上聘书和邀请函，请她去那里给那些像没头苍蝇般乱飞乱撞的家长传经送宝。

等有人高喊一声，提议应让林月丹上台与大家见见面时，主持人这才仿佛恍然大悟，明白自己的主持方向有所偏移。主持人一遍遍地喊着林月丹的名字，却毫无应答，最后下台寻找，才在一个角落，抓住林月丹的手，把她拉上了舞台。林月丹表情惊恐，像步入刑场那般地畏缩不前。最终，还是在母亲的推送下，她才移步到舞台的中央。她嘴唇翕动着，欲言又止，未吐出一个字，却突然呜呜呜地放声大哭起来。眼泪像决堤的瀑布，淹没了脸面。一群人冲上前去，围着她劝解，说你是人中娇子，鸟中龙凤，千万人中的千万分之一，还有啥好哭的？换成别人，笑都来不及呢！当然，也有人把林月丹的痛哭，理解成是激动的眼泪，幸福的眼泪。

自始至终，高雅芬没有前去安抚林月丹，她觉得林月丹在关键的场合、关键的时刻，很丢她的面子，很扫她的兴致。她原本幻想并期待的是，林月丹能事先准备一篇煽情的颂词，歌颂母亲的辛苦栽培之功，感恩母亲的殚精竭虑之劳……但这一切皆已落空，她心里自然也就空落落的。

高雅芬之所以失落，还有另外的原因，那就是林月丹姑姑的不请自到。高雅芬看到她姑姑跨进门来，由于人多，她不好当场发作，把她轰出门去，于是就装作熟视无睹。然而她的余目告诉她，林月丹一直与姑姑贴身而坐，这让她心里极其地不舒服。事实是，姑姑把父亲送来的一个五颜六色大花环，戴在林月丹的头上，并把父亲的一份厚礼转送给她——那是一张银行卡，卡上存有二十万元。

8

是母亲，把林月丹送进大学校园的。

跨入那所世人眼里高不可攀的大学，林月丹的心里，却有着些许的失望。想象中的富丽堂皇和云雾飘渺皆失之不存，反倒觉得它比自己就读的中学，还要落伍和陈旧。校园里暮气沉沉，老气横秋，树很沧桑，自行车东倒西歪；破损的道沿上，有斑斑的污渍；宿舍的墙壁颜色发暗，窗子的开闭亦不很自如。

一间宿舍住着六个学生，来自于六个省市，她们，不是当地当年的高考状元，也一定是本省市排序前三的学霸。

林月丹是本省理科排名第二的学生，比第一名低0.5分。林月丹第一次独立生活，因此她满怀惊惧，到校多日，却一夜一夜地睡不着觉。父亲趁来此地出差的机会，领她去附近的著名景点去游览，而她却无心游玩，只是依偎着父亲哭个不停。父亲问她是不是遭遇了什么挫折？她说出的话令父亲大惊失色：我很厌恶读书！我不想上学了，很想退学！

父亲安抚她，说：傻孩子，你知道你是多少人心目中的偶像吗？你如此地成功，引发多少人对你的羡慕和崇拜，而你，能遇到一点沟坎，就踯躅后缩吗？上高中时那么辛苦，你都坚强地挺了过来，相比之下，大学要比中学轻松很多，我相信你会坚持坚持再坚持的！远离家乡，远离父母，未必就不是一件好事，你正好借此机会锻炼一下自己。

父亲的话让林月丹晃荡的心，稍微有所安稳。而远在老家的母亲，依然在把电话视作一条牵狗绳，在遥控指挥着她的全部事务。每天傍晚七点钟，母亲准时打来电话，询问她一天的学习生活的详细情况，连蛛丝马迹都不放过。母亲谆谆提醒她：不要认为上了好大学就万事大吉，摆在你面前的路还长着呢！你读完本科，还要读硕，再然后还要读博，一直读到拿到世界最好大学的最高文凭，才能坐下来歇一歇的！不爬山则已，要爬就爬到珠穆朗玛峰的峰顶。

林月丹最初对母亲全都毫无保留地实话实说，但后来，发现实话换来的，不是母亲的冷嘲热讽，就是母亲的厉声斥责。为讨得母亲的欢喜，她转换思路，决定开始用谎言搪塞母亲：母亲爱听什么，她就说什么。比如她英语六级没有过，却说过了；再比如她第一次考试，考取了三十人中的第二十八名，她却说是考得第三名。

林月丹在学校里，是个沉默寡言的人，独来独往，似乎遭到整个群体的遗忘和遗弃，这让她的心里，时常秋风萧瑟，并沉溺于对往昔甜美的反刍中而不愿从梦中醒来——中学时，每逢大会小会，无论校长还是班主任，凡论及学习，都会频繁地提到她的名字，并以她为学生的榜样和学校的旗帜。同学们更是众星捧月，见了她皆笑脸相迎。久而久之，她已习惯于像花一样地被绿叶簇拥，习惯于被众人举在高空的那种飘飘忽忽的感觉。但到了这里，她就像卸妆的演员，像褪色的衣物，像爆破而跌落地面的气球，全然没有了鲜艳和光泽，而是无比地颓唐和暗淡。老师不理睬她，班干部没有她的份，各种社团也无人邀请她参与，更没有朋友，没有伴侣，就连吃饭，都是自己端着碗独自去，又端着碗独自回。天长日久，她惧怕去任何场合，惧怕和任何人接触。有人和她搭腔，哪怕语调再温和，她都会紧张得全身哆嗦，语无伦次。

林月丹无法融入环境，她像是被环境吐出的一口痰液，成了大家眼中无比孤僻并捉摸不透的怪物。相对应的，所有人，也被她妖魔化，幻化成了她潜意识里一个个面目狰狞的怪物。那一个个蠕动的嘴唇，似乎都是在诽谤她，都在酝酿着针对她的阴谋；而路上那些来来往往的肉身，仿佛都是奔她而来筹谋伤害她的刺客，令她惊慌得恨不能立刻转身撒腿而逃。这个世界留在她心里的底版和映在她眼里的底色，是灰暗的，是黑暗的，没有花香，没有树绿，没有阳光，没有流水，没有温情，没有信任，有的只是横七竖八的水泥墙，和水泥墙一样冰冷僵硬的面孔。她恨这个世界，恨世间的一切人，恨父亲，恨母亲，恨老师，恨同学，也恨自己。她觉得自己来到这个世界上，本来就是一个误会，一种错误——两个错误的人，合力制造了一个错误的结果。她所谓的成功，只是母亲世俗意义的成功，与她无关。母亲需要用她的学习成绩和那张录取通知书作为证据，来显示自己的卓越和辉煌……一天又一天，从白昼到黑夜，从课堂到课外，各种纷乱的杂念，像梦魇一样地掐住她的脖子，让她几近窒息。她清醒地意识到自己的精神状态，像程序错乱的电脑，毫无理性可言，却没有办法使其停止，更无药可以医治。每天深夜，凌晨三四点钟，她都无法让脑子里蹦跃的野兽休眠，无计可施，只好靠服用大剂量的安眠药来解围。然而安眠药对白天带来的负面影响，却是如此巨大，它使她生物钟紊乱而心律失常。整个白天，无论上课，还是干其他事务，她都呵欠连天，昏昏欲睡，心不在焉，老师讲课的声音，仿佛朦胧而遥远的诵经声，时有时无，时远时近，时虚时实。

她曾经对大学的生活何等地憧憬啊！这种憧憬，并非一般人理解中的功成名就或改变命运，而是源自于一心一意想要挣脱母亲绳索捆绑的渴望。在她的想象里，鸟儿只要离开笼子，就能自由飞翔；骏马只要冲破栅栏，就能驰骋千里。然而事实却是，鸟儿如果折翅，马儿如果断蹄，纵然有空旷的天空和辽远的大地，它们依旧只能呆在原地，卧地不起。她感到自己是身处牢狱的囚徒，始终无法逾越四周高耸的围墙和密集的铁丝网，而这种牢狱，是心魔，是心狱，是外人看不见的。过去，母亲是她的监狱长，而现在，自己则接替母亲，成为了自己的监狱长。

很长的时间里，她都浸泡在自我否定、自我排斥的情绪中，如同溺水者那样，望不见堤岸亦爬不上堤岸；没有施救者，甚至都找不到亦抓不住一根可以救命的稻草。在她的妄想里，自己并非一只搏击长空的苍鹰，而不过是一头被人嫌弃也被自己嫌弃的母猪而已——猪离开猪圈是活不下去的，即使有逃亡的机会，但外出溜达几步后，最终还是会回到圈里的。

在情感的世界里，王思源就像钉死在林月丹脑海里的一幅油画，卸不下，扔不掉，与她如影随形。如果说过去她对他只是怀有一种莫名好感的话，但现在，却是一种无法释怀的爱慕。她的确非常地爱他，非常地思念他，这种爱与思念，犹如烈火焚心，使她肝肠寸断。她想方设法地搞来王思源现在的地址，知道王思源在南方的一所大学就读，于是就斗胆给他写去一封长信，对自己的心迹与心境，作委婉地表达，并提及自己此刻最大的愿望，就是能得到他的一张近照。

时隔不久，她就收到王思源的回信。王思源在赠她一张照片的同时，却连电话号码都不肯提供。在寥寥简短的回信里，王思源告诉她，自己已有女朋友，而且俩人的关系也很稳定，并说他对林月丹几乎没太多的印象，但对“阿姨印象深刻。阿姨说我对你使坏，找到我家指着我妈大骂不止。我很无辜，我妈更无辜。阿姨太厉害了，惹不起但躲得起呀！”……

第一学年考试，林月丹仅有一门课因考不及格而挂科；第二学年考试，她竟有多达三门功课挂科。不是她不勤奋，不刻苦，不努力，相反，就学习而言，她比大多数同学更为孜孜不倦，也更为不惜血本。然而，她就像一个患有小儿麻痹症的侏儒在参加马拉松长跑，肢短腿瘸，尾随在一群大个子的后面，气喘吁吁地追赶着，却是越追距离他们越远。

老师找到她，劝她退学或留级，这给她本已濒临崩溃的精神，予以了致命的一击。而母亲，还陶醉在她成功的神话里，被一层虚幻的五彩光环笼罩。一打电话，母亲就说某某阿姨请她吃饭，请她传授教女成凤的秘诀；或者，某个机构，已把她列为全市“十大感动人物”的候选人，以挖掘一个单身母亲在教育孩子方面的感人事迹，弘扬新时期的“孟母”精神等等。

母亲打电话时，林月丹一个人在树林里徘徊。退学还是留级，像扯不清的乱麻，正在她的脑子里纠缠不清。此时听到母亲还如此地洋洋得意，她心如刀割。过去，她对母亲都是报喜不报忧，总是把自己在学校的种种不如意，用一堆彩色童话般的包装纸，将其严丝合缝地封存起来。然而气球总归是气球，即使吹得再大，总有爆裂的一天。犹豫几许，她边哭边向母亲道出了实情，从而将一个滚圆硕大的彩色气球，活生生地予以戳破。

母亲起初不肯相信自己的耳朵，继而大哭，再继而说：都怪我没有去陪读。你等我，我马上收拾一下就去买票！你是一个必须被人严加看管的孩子，不然心就抛锚了，就长荒草了！

可当母亲还身处开往这里的火车上时，这所大学已经熙熙攘攘起来。人们议论说，本年度第三个跳楼的学生，刚从十六楼跳下，是一位女士。警车、救护车相继鸣叫着抵达一座高层楼的楼下。林月丹躺在草丛里，脸庞扭曲，但神态安详，此刻已停止了呼吸。警察在她的口袋里掏出半页纸，展开一看，是她写给母亲的遗言：妈妈，你来了，我却走了，请原谅我活到二十一岁，第一次没有征得你的同意，就自作主张地做出自我裁定！我来到这个世界，本来就是一个错误；我今天别你而去，只不过是把错误改正过来而已！我累了，先去睡了！望你安好！

9

采访这个故事，我耗时一个多月，先后聆听过十一个人的讲述。

在采访中，我目睹了太多的眼泪。包括我自己，也抑制不住地几度泪湿衣襟。

我为一个孩子遇到这样一个母亲哭泣，也为一个母亲浸泡于这样一个以分数论输赢的环境哭泣。

这个女孩，正值生命的灿烂季节，原本应该像花朵一样地盛开，却不幸于中途凋谢，留给亲人的，是无尽的悲痛；留给世界的，是撼天动地地叩问！

谁是造成她悲剧的幕后导演？这是我们要分析和追溯的。

她父亲一方的亲人，无一不把声讨的矛头，指向她的母亲。然而，没有这种以成绩论英雄、分数论高低的现实环境，没有望子成龙、盼女成凤的含毒的文化传承，没有好比较、好面子、总想高人一头的恶俗的文化心理，这位母亲何以会这般畸形地培养孩子？!

母亲塑造了孩子又毁灭了孩子，但谁又塑造了母亲毁灭了母亲？母亲的观念，不是异想天开生成的，而是在现实的土壤里孕育的。

就孩子的悲剧而言，她母亲无疑要承担不可推卸的主要责任：是她，在圈养式的囚禁中，把孩子逼迫成了获取高分的考试机器；是她，无视孩子生理发育和精神成长的规律，以及罔顾孩子的承受能力而拔苗助长；是她，斩断孩子的亲情联系，既造成孩子的情感缺失，又造成孩子情感发育的困乏以及情感互动能力的低下；是她，切断孩子与外界的联系，造成孩子的孤陋寡闻，以及与世界的疏离、与他人的隔膜，从而在面对陌生的世界和陌生的面孔时而惶恐惊惧和无所适从；是她，以自己的目标为孩子的目标，为满足自己的成就和虚荣，把孩子异化成竭力奔跑夺冠的自己的替身……违背由浅入深的教育理念，违背循序渐进的成长原则，也许一时能得逞并领先，但最终都会付出代价——有的代价过于惨重，比如林月丹的陨落，就让人痛心得足以心里滴血。

欲速则不达——速成食品，必然速朽。

这个血染的故事告诉我们的经验与教训则是：我们不要追求孩子的完美，任何完美都意味着对孩子天性的扼杀；我们不要为追求高分而把孩子当囚犯一样地对待，并参加这个辅导班那个培训班，从而牺牲掉孩子应有的玩乐时间和常态生活；我们不要所谓的“快马加鞭”——已经是“快马”了，如果还要再“加鞭”，马注定会累死；我们不要“分数第一”，用分数代替和屏蔽孩子其他方面，比如人格、教养、爱的情怀、感恩的心理、与人沟通交流的能力等的生成和养成；我们不能把自己的意志强加给孩子，把孩子视作自己的私有财产，并对孩子大小事务予以越俎代庖，对孩子的自主选择横加干涉，忽视对孩子应有的宽容和基本的尊重。我们应该知道，让孩子在他所处的年龄段里，承担不超过他的体格和心理能承受得住的任务，并呈现他应呈现的状态，该学习时学习，该玩乐时玩乐，该调皮时调皮，甚至该犯错时犯错。我们更应该铭记，没有什么——包括分数——比孩子的身体健康和心理健康更为重要，也没有什么比孩子拥有良好的人格和美好的心灵对孩子的未来更为有利。反倒是在学习上，可以缓慢一些，循序渐进而不是突飞猛进。也许今天他懵懂无知，意识不到知识的重要，在学习上不用心，不精心，不下功夫，我们可以耐心地等待，等他某一天幡然醒悟，坚信他会自觉并努力地补上之前的缺失的。

第五章

每月六七千元的伙食费，是成全，还是埋葬

1

刘成全是被刘栓民领到我家的。

刘成全是刘拴民的远房堂哥，但刘成全的祖父，很早就搬离了位于鸿图县的刘家堡，迁移至我老家的县城定居。我在县城中学教书时，在信用社上班的刘拴民，因热衷于练习硬笔书法，被人介绍与我熟识，时常出入于我的房间。

那个年代复印机尚未出现在普通人的日常生活，对于文学的梦中人来说，一份稿子写完，往外投寄时，想要留存底稿，就得把稿子用钢笔重抄一遍。此时我正在讲授高三语文，备课、讲课以及批改作文等负荷很重，常常是一篇稿子成型，要在抽屉里沉眠多日，才能腾出手来抄写。刘拴民见状，自告奋勇地提出要给我抄稿子。用他的话说，一则他抄写也等于学习；二则抄啥都是抄，反正他每天练字，不抄这个就得抄那个。

后来，我调离县城，落脚西安，刘拴民也调回鸿图县，依然在从事放贷收贷的老本行。他先在乡村信用社当主任，后来受到领导提携，跃升为城关信用社的一把手。城关信用社盘踞县城，在外行人看来，似乎与乡村信用社区别不大，但行内人深知两者间完全不可同日而语。城关信用社主任手中掌握的资金量，以及交往人群的层次，无疑要比乡村信用社主任多出几倍，高出几许。

找乡村信用社贷款的，基本上都是想买牛或买农用车的农民。他们衣着寒碜，肤色粗糙，一副战战兢兢的模样。即使他们已贷到款回头表达感谢，手里拎的也不过是数十元的烟酒，用刘拴民的话说，蚊子身上剔不出一两肉。但找城关信用社贷款的人，不是圈地的，就是盖房的，或者就是建工厂的，跑运输的。这些号称老板的人，见过大钱，经过大世面，也懂得规矩，因此一出手，就是一沓沓硬邦邦的真货。

过去，刘成全和刘拴民没有什么往来。后来因为贷款，俩人酒桌上一聊，刘成全才吃惊地发现，自己竟然还有这么一个隐匿的堂弟，手握放贷的重权。本家兄弟重新相认后，俩人便打得火热，客不离货货不离客那般地形影不离，不在酒场沉醉，就在歌厅逍遥。而这个时候的刘成全，已是鸿图县大名鼎鼎的房产商，据说，就个人资产而论，他堪称鸿图县的首富。

刘成全的大名，以及他发家的历史，通过刘拴民持续不断地播扬，我早已熟烂于心。刘拴民说，刘成全最早贩过鸡，贩过牛，贩过粮食，但真正捞到的第一桶金，却是在贩烟上。烟草是由国家控制的专营商品，是严禁私人贩卖的，否则就涉嫌违法。刘成全天生一副豹子胆，还是毛头小伙子时，就被人赐以绰号刘大胆。刘大胆的胆子究竟有多大，我不知其详，但从他铤而走险地贩烟上，就能看出他踩地雷而不惧——走运的话，全身而退；不走运的话，粉身碎骨。

在刘拴民看来，刘成全是个胆大心细之人，不然，他不会从诸多的商人中间脱颖而出，成为一个县域响当当的头面人物。走私香烟的时候，据说他的皮包里，总是塞着乱糟糟的钱钞，遇到拦车检查，他二话不说，从皮包里抓出一把钱来，数都不数，凭着感觉，给领头的塞上一把，给“打露水的”（土语，指不拿事的）逢人塞上几张，从而落得人人心中欢喜，于是他们也就睁一只眼闭一只眼地为他放行——如此从广东到陕西，长途跋涉五六年，他空瘪瘪的腰包，便宛若孕妇的肚子那般地日渐隆起。

手里握有近千万的资金，刘成全的胃口也随之膨胀起来。自小挨饿的他，曾经把吃饱穿暖当作人生的理想；继之，又把住城里的洋楼，设定为遥远梦想的终点站。但犹如一辆刹车失灵的车那样，当原有的目标——抵达并超越后，车辆却无法停歇，还在继续往前奔驰……在房地产炽热烫手的时代浪潮中，刘成全敢于拼杀的冒险精神，再一次突显而出。在他看来，人生就是赌博，唯有参赌，并舍得下赌注，才有赢的机会，否则，只能当看客，站在一旁，眼睁睁地看着别人把满桌花花绿绿的钞票，悉数收拢而去。赌博当然也面临输的风险，但不能因为输，就错过可能大赢的机会。

第一场赌局，刘成全赢了。仅开发了一个楼盘，他就腰缠万贯，坐拥亿万资产。

我见到刘成全时，他正在享受着赢家的幸福，因而显得春风得意。

刘成全一跨进我的家门，就把两条高档香烟，像扔砖块一样地扔在我面前的茶几上，然后掏出一个厚厚的信封，执意要往我口袋里硬塞。推拉之间，我答应收下两条烟，但钱绝对分文不取。

刘成全是为孩子上大学的事，而被刘拴民领来找我的。

刘成全唯一的儿子东东，自小患有小儿麻痹症，走路一瘸一拐。东东的高考成绩，实在差强人意，无望被高校录取。于是刘成全就寄望于我能在某个高校，找到某个实权人物，通过一番运作，给东东能捅开一道从后门猫腰钻进去的门缝。

花多少钱都无所谓，只要事情能办成——刘成全反复这样强调。

不可否认的是，那个年月，招生远不像现在通过网络录取这样规范透明，暗箱操作的空间很大。不少权势子弟，分数低得离谱，却也能通过校长点招等旁门左道，堂而皇之地步入大学的校园。

我从中牵线，让刘成全去找某个学校的某个中层管理者，至于能否如愿以偿，我无法预知。我本以为，事情做成的可能性微乎其微，却未曾料想，刘成全居然马到成功。刘成全送孩子入学后，给我打来电话，客气之后，说：你以后就把我当哥，不论有啥事，尽管给哥说就是了。

两年以后，我果真遇到了难题，于是就向他发去求助的信息。

一个老家在外省的朋友家父去世，我想前往吊唁，趁此对朋友也有所安抚，却苦于联系不到坐骑。时值刚过完春节的正月初六，我打电话给刘成全，希望他派来司机，驾车帮我跑一趟远路。刘成全满口答应，连说三个“没问题”。

我按约定的时间抵达会合的地点，拉开一辆白色越野车的车门一瞧，不由得有点儿吃惊：坐在驾驶位的，不是刘成全的司机，而是刘成全自己。刘成全患有糖尿病，这一点我心知肚明。况且他的年龄，眼瞅着就要抵达耳顺之年，跑这么远的路，他能吃得消吗？但刘成全笑着说没事没事，并说他不止一次地拉着家人及年过八旬的岳父岳母，去青海游山玩水，都不曾发生过意外。

我在副驾驶的位置刚一落座，车子还未启动，刘成全就问我：安老师，你认得这是啥车吗？

我是地地道道的车盲，对形形色色的车毫无辨识能力，于是摇头，说：不知道。

刘成全的嘴角闪出一丝自得的笑意，说：说人把你叫老师，你还真是个老师呀！怎么连这么有名的车，都能认不出来？

我开玩笑，说：我只能辨清三种车，一是架子车，二是拖拉机，三是自行车，其他一概不认识。

刘成全告诉我，他开的这辆车，名字叫路虎，而且是高配的，价位一百五六十万。

说实话，奔驰宝马之类，我倒听得多了，但路虎，还真是第一次耳闻。但车辆行驶后，刘成全就已经将有关路虎的出身及其他情况，一一讲述给我听。据他说，路虎为英国制造，最初是英国陆战队的作战车辆，因此它能跑沙漠，能越壕沟，能防炮弹，异常坚固和皮实。就其车辆的性能而论，根本就不和奔驰宝马同属一个档次。购买这种豪车的人，全省才一百多位。这一百多人，全是顶级富豪或隐身官员。这些人，组成一个豪华阵营的俱乐部，俱乐部有固定的场所，有茶室，有按摩室，有保龄球馆，有高档浴室等。每个月，俱乐部成员都要聚会。单每个人缴纳给俱乐部的年费，就高达一百万。

在赶往异乡的长路上，刘成全一直沉浸于这辆车带给他的幸福之中。除了喋喋不休地讲述，他时不时地还演示给我看——他动辄就双手拢袖，挺身而坐，甚至闭目养神，对方向盘不理不睬，对车辆的行驶状况不管不顾。而车的时速，此时的刻度显示，竟然高达二百五六。他很悠然，抽着烟，甚至于吹嘘两声口哨，却把我惊出一身冷汗。我的心提到了嗓子眼，不断地督促他驾车不要开玩笑。而他却解释说，车是由电脑自动操作的，很安全，比人操作还要安全。

路过一座县城，已到午饭时节，于是就在县政府宾馆门口的广场上将车停住，步入宾馆就餐。餐厅位于一楼，找个临窗的桌子坐下，点了几盘凉菜，要了两瓶啤酒——那个年代还没兴起查禁酒驾——于是边吃边聊起来。就在这时，刘成全突然大声嚷嚷着要我往窗外瞧，瞧他的车，声音因激动而战栗。我朝车的方向望去，只见那辆车，被一群人团团围住。那些人对着车指指点点，仿佛在议论着什么。围观者中，本地的出租车司机居多。司机们把车停在广场的路边，守株待兔一般地等候客人前来搭车。没有雇主，他们百无聊赖，聚在一起要么下象棋，要么闲聊抽烟，此时突然发现一辆在县城里罕见的高档车，停在自己的眼皮底下，难免会滋生出巨大的好奇心，并围拢前来，对车评头品足。司机们对车辆的围观，带给刘成全醉酒一般酣然的心理享受，以至于使他走起路来，脚步都更为飘忽，头颅都更为高昂。

2

然而再好的车，一到偏远的乡村，都无人识货，也无人羡慕。

在无人瞧一眼豪车的村子里，寂寞中度过两个小时后，我们启程返回——依然是他驾车，我坐副驾驶位。

在车上，我问他：东东现在的情况怎么样啊？

他回答：挺好的，就是有点儿好花钱。

我问：他每月花多少钱？

他回答：七八千元。

我惊讶不已，问：他在干嘛？竟然一月就能花那么多？他要那么多的钱，你就给他吗？

此时我儿子也正在上大学，我每月仅供给他六百元的生活费；即使我想给他增加供给量，他也坚辞不受。

刘成全很淡然地说：他也没有胡乱糟蹋钱，那乌日的（亲昵的称呼），就是好交朋友好请客，一请客就一两千元。一月请上个三五次，也就花得差不多了。就这样，他的衣服还是他妈妈给他买，一双鞋三千多，单进口的高档鞋，他就有十几双，鞋柜里塞都塞不下！

我问：他有经商活动，还是有其他业务？没有的话，请同学吃饭，为何如此地讲究排场，如此地铺张浪费？！

刘成全说：他能搞个啥经营呀？就是好交朋友。他的周围，围着一帮子哥们弟兄，这些孩子天天都围着他转，被他呼来喝去，他是他们的头儿。

我说：如果我是个穷学生，有人经常请我吃喝高档宴席，我也会簇拥在他的身旁，恭维他，谄媚他。说穿了，他所做的一切，都是自己的虚荣心在作祟，不过是为了炫富，以此来抬升自己在同学中的地位。但你可以转告他的是，真正要被人打心眼里认同，一是做人的品德要高尚，二是才学要木秀于林，除此再无别的途径。靠酒肉收买或笼络的友谊，只是暂时的，是靠不住的，只能维持表象的热乎。人不能保证自己永远有钱，一旦钱没了，树倒猢狲散，朋友也就散伙了。那样的所谓友谊，又有何实质意义？

接着我板着脸孔，很严肃地对他说：他要多少钱，你就给他多少钱，你知不知道，你其实是在拿刀杀他！你要明白，人由简到奢易，由奢到简难，从小养成大手大脚，一旦将来赚不到钱，他就会率先饿死。他的这等大手大脚的恶习，若不赶快加以矫正，刘总，不客气地说，他将来就是你和你企业的掘墓人！形成阔少的作风，轻则，他会胡乱挥霍胡乱投资，从而败光你辛苦积攒的家业；重则，他会沾染上各种恶疾，比如吸毒等，到时候你恐怕哭都来不及了。

刘成全时常嘲笑我是个“老师”，爱讲道理，爱讲规矩，遇到事情总是瞻前顾后，缩手缩脚。听了我以上的训诫，他撇嘴笑笑，又一次讥讽我“老师”的旧毛病又犯了：看看看，我说你是老师，你还真是个老师！哪怕是一件好事，咋一到你这些老师的嘴里，就变成了坏事了呢？老师啊老师，你能不能不要上纲上线，虚张声势？你的话，把我听得头皮发麻。你不会不知道，交往也是一种才能呀！他多交往点朋友，将来保不准这些朋友中，有人就能用得上。交朋友，在某种程度上也是押宝，押不中，那就算了；但万一某一个被押中，比如他成了省长或省长以上的大官，你岂不登天有路了？现在给他们花钱，也是一种投资，将来升官呀，发财呀，就有了可能性。再说了，我们就这么一个宝贝蛋，挣钱还不是为的让他花？他花我们多少钱，我们都不心疼，只要他高兴就行了！

我笑，然后说：什么叫对牛弹琴？对你说话就是对牛弹琴！牛听不懂旋律，你也听不懂我在说什么。真的是不同层面的人，对同一个问题的理解是不一样的，甚至连语言系统都不一样。交朋友就是押宝，我还是第一次听说，这倒让我长了见识。不过刘总，我说的都是肺腑之言，也是观察了古今很多成功与失败的案例才悟出的道理，你闲了要好好地琢磨琢磨的。

刘成全不再和我在同一个话题中纠缠，而是调转了话语的方向，说：安老师，东东最近谈了个对象，你给参谋参谋，看到底要不要继续谈下去。

我问：谈了个怎样的女孩子？

刘成全说：农村的，长得也不错，人也懂事，是东东的同学。她跟上东东来过几次家里，一进家门，就帮忙我家那口子择菜做饭，手脚不闲。

我说：那还有啥可参谋的？不是挺好的吗？

刘成全说：但我家那口子不愿意。

我问：为啥？

刘成全说：我家那口子爱干净，把家里擦拭得一尘不染。家里的客厅里铺着地毯，她怕和农村人结亲，将来亲家母来我家，踏进家门后，万一不懂得换拖鞋可怎么办？

我笑了，说：这也能算作拒绝一桩婚姻的理由？太可笑了吧？她不懂得换拖鞋，你们可以提醒她，可以将拖鞋提到她的面前让她换，不就可以了吗？如此反复几次，我不相信她会永远不懂得进你家门该换拖鞋！不懂换拖鞋，说透了，是你们寻找的借口，真正的原因，还是你们从骨子里看不起农村人，觉得农村人土气，农村人寒碜，和你们不门当户对。但是我想问的是，你们来自哪里？是土生土长的城里人吗？据我所知，并不是的。你是刘家堡的，你妻子是你邻村的，当你走南闯北贩卖这个贩运那个的时候，你妻子正在给一家尘土飞扬的建筑工地起早贪黑地做饭。而今你们有钱了，就可以歧视农村人，甚至连和农村人当亲，都觉得很不屑？

我的话语尽管有点儿河水泛滥，但终究还是有边界的，并没有口无遮拦。一些话，怕伤及他的自尊，也怕有歧视东东的嫌疑，只是在我的腹内翻滚，而并没有完全将其倾倒而出。我欲说还休的话是：就东东的身体条件，若不是家里有金钱支撑，能否娶到妻子，都是要打问号的，怎能挑三拣四？当然，东东身体残疾，不是东东的错，也不是刘成全两口子的错，而是他们的不幸。但问题的核心在于他们对自身，对他人，却都没有一个基本的判断和清醒的认知，这就是他们的错了。

刘成全还是用讥讽的语调，将我这位“老师”予以了软性驳斥：安老师你咋这么爱操心的？你的筷子不在自己碗里戳，却老爱往别人家的锅里伸。你看你，我都给你驾着车，你却还要把我教训一路。你放心好啦，我的孩子不会出问题的，他就是啥都不学，也没关系，回来接我班就是了。我挣的钱，别说他一辈子花不完，恐怕连我孙子放开花，也都花不完的。

我自此闭嘴，但心里涌动的话语是：中国有多少不合格的孩子，就有多少不合格的父母。父母是孩子最初的塑形师，可有几个家长，懂得孩子，懂得塑形之道？

3

自此我再也没有见过刘成全，但有关他的跌宕起伏，却通过刘拴民之口，时不时地输入进我的耳孔。

十年后的某天，受刘拴民的再三邀约，我去刘成全所在的县城散心。刘拴民摆好了酒席，我和几位朋友也已各就各位地围桌而坐，刘拴民拿起电话打给刘成全，想让他也来喝酒，却一连拨打多次，电话都无人接听。刘拴民扔下电话，说起刘成全现在的状况，不但摇头，而且显得颇为生气。他说刘成全已把企业的大权，全盘交给儿子东东打理，而自己，则完完全全地蜕化成了一个职业赌徒。天天晚上，他和一些有钱人聚在一起打麻将，但输多盈少，赢的时候，不过是赢了几根羊毛，但输的时候，却能把一只只的活羊，拱手让给人家。正常情况下，他一夜输掉十万二十万，特别背运时，竟然三个小时就扔掉八十万。他的豪赌，引燃家庭战争。掌管账务的妻子，为给他施压，起初每月只给他发放五万元的交际费，后来看到他像犟牛一样撞到南墙不回头，就加大了制裁力度，把交际费缩减到每月区区的三千元。三千元能干嘛？连他抽烟都不够。为此他和妻子打架，把家里砸了个稀巴烂。东东站在母亲一边，趁他不备，用改锥在他的大腿上，戳出了一个血窟窿。他住院疗伤，东东被派出所带走，父子俩从此形同水火。后来，他被妻子吆喝来的一帮娘家人轰出家门，过起了有家难归的漂泊日子，但赌瘾未戒，依然天天夜里在赌桌前鏖战。为赌博，他私刻公章，在银行骗贷了二三百万，并且连同豪车和二十多万的名贵手表，都作为抵押物而抵押给了银行……令刘拴民气愤的是，刘成全的好几笔贷款，都是自己一手操办的，而今他久拖不还，自己被套了进去，几近焦头烂额。

我问：他过去至少在赚钱上，是那样地雄心勃勃，呈现出蟒蛇吞象的架势，怎么突然就一副破罐子破摔的模样？

刘拴民说：还不是被他那个烂杆子的儿子给气的？

我问：他儿子做了啥事，竟能把他气成了这样？

刘拴民说：他儿子在吸毒，进了好几次戒毒所都不管用，照吸不误。唉，那个孩子就是他的克星——他不但毁灭了自己，而且也终将把他爸一生上蹿下跳才博取来的浮财，散失殆尽。

我问：瘾君子还能让他接班？他能把一个企业搞好吗？

刘拴民说：不给他交班，他就不戒毒。他承诺只要把企业交给他掌舵，他立马戒掉毒品。为让他戒毒，他爸就赌了一把，但很显然，还是赌输了。他接了班，就瞎整起来了，胡乱投钱，把一大块地皮廉价卖掉，去炒期货，掉进了深坑，被骗了八千万，使正建的小区资金链断裂，不得不停工，由此又引发连锁反应，供货商追着他讨债，建筑商把他告上法庭索要欠款，业主结伙去政府门前静坐，控诉他违约延期交房……当刘成全的房门被人接二连三地涂漆泼粪的时候，他那个烂杆子儿子，反倒是一副逍遥自在的模样，还在今日挂搭一个女孩子，明日勾引一个少妇，不是在宾馆里包房，就是在酒吧里饮酒。那些女的，无一不是冲着他的钱来的，个个都把手伸向他的钱包。听说从四川来的一个女子，和丈夫合伙敲诈他，捉奸在床，一次就掠走了他上百万。传说中，他还极其慷慨，挥金如土，致使很多人的毒品，都是由他暗中供应的。他把毒品，当作拴狗绳，从而让一群瘾君子在围着他转，给他磕头，拜他为师，没谁敢于离开他。

我说：这个孩子好赖也算上过大学的，不至于堕落到这个程度吧？

刘拴民说：咋样上的，你不是不清楚；到大学后，不学习，上课睡觉，下课了呼朋唤友地吃喝玩乐。考试一挂科，就给他爸打电话，他爸不管多忙，都会提一包钱前往，然后给这个老师塞一把，给那个老师塞一沓，老师们就给他把低分改成了高分。他爸从来都不教育孩子，总在夸自己的孩子多么多么的聪明，并预言自己的孩子将来能干成大事。原因则在于，在他爸看来，交际能力是一个人能否有出息的第一生产力，当大官靠的是交往，赚大钱靠的也是交往。不善交往，寸步难行，马会折蹄，鸟会断翅；擅长交往，则天高地阔，石头能生火，尘土会发光。

我说：从表面看，儿子是他爸的掘墓人，是他爸的祸害；但其实，却是他爸先活埋了儿子，谋害了儿子。儿子今天成为那样，正是他娇惯和放纵的结果。从天命的角度说，儿子是对他爸的现世报应，他爸不过是在自食其果。

接着我问起东东的成长过程，刘拴民说东东具体是怎么长大的，自己也没有亲见，只是亲耳听见本家的一个远房姑妈——刘成全的亲姑妈——活着时，曾不止一次地发出哀叹，并提醒刘成全别再那么“惯娃了，那样是在把娃往沟里带啊”。姑妈虽然只是农妇老妪，但说出的话却饱含哲理：“给娃吃糖也要趁着，差不多就行了。糖吃多了，到了肚子里就成了毒药。”

姑妈尽管离开娘家已六十余年，但娘家始终是她心之所依情之所至的牵挂。她担忧着娘家会不会断绝香火，有了香火又会不会被狂风吹灭。东东是娘家仅存的一缕香火，自然也就受到姑妈的格外关注。在姑妈的絮絮叨叨中，讲述出了两件令刘拴民匪夷所思的奇闻趣事：一次东东在五六岁时，要摸树上的鸟窝，而鸟巢架在一棵古树高高的树梢，人站在树下，抬头望其一眼，都觉得头晕。刘成全夫妇既没有好言好语地劝说儿子放弃这个想法，也没有厉声地拒绝他的无理要求，而是兴师动众地雇来一辆大吊车，花费数千，让吊车把他和东东吊起来去摸鸟雀窝。还有一次，东东已上初二，情朦胧，意迷乱，竟然哭着闹着要亲邻家女孩子的嘴。刘成全夫妇跑去向女孩子百般求情，但女孩子就是不答应。没有办法，他们夫妇只有下硬手，一人捉住女孩子的一条胳膊，致使女孩子像遭遇捆绑那般动弹不得，刘成全趁机将她的头往下摁，以便于东东能轻松地亲到她。女孩子家人报警后，警察来后，双方的说辞完全相左，这方说亲了，那方说没亲，加之既无监控，又无目击证人，最终以刘成全赔偿人家五十元了事。

到底亲还是没亲，在姑妈的逼问下，东东吐露出了实情，因此尽管刘成全对姑妈的质问矢口否认，但姑妈心里却明亮得像镜子一样。姑妈不无忧心地忠告刘成全：好我的侄子哩，你再这样胡逞捣（乱搞的意思）下去，刘家就要完蛋了。

然而无比自负的刘成全，陶醉在一次次赌博获胜的喜悦当中，觉得自己无所不能，无往不胜，既能“上天揽月”，又能“下海捉鳖”，听觉系统宛若装了一架弹射器一般，任何人的肺腑之言，都会被他不加甄别地从耳孔里弹射出去——何况在他眼里，已老朽得仿佛枯柴，完全被时代抛弃的姑妈，又能发出何等高论呢？姑妈看到刘成全把自己的话当作了耳旁风，忧心如焚，便“曲线救国”地找到刘拴民诉说，希望成天和刘成全在一起吃吃喝喝的刘拴民，能好好地劝一劝刘成全，“给他泼点凉水，别让他张狂得没了领子”。姑妈近乎捶胸顿足地说：“人张没好事，猪狂挨刀子，这是古话，灵验得很哪！”

刘拴民嘴里喏喏地答应着姑妈，但他并没有把姑妈的铮铮忠告，转达给刘成全。在他看来，说得再多，都是磨闲牙，都不能对刘成全带来丝毫的改变。他说金钱是一种迷幻药，可以让一个人沉浸在春梦一般的虚无缥缈中而不可自拔。刘成全小学没毕业，但自从成为亿万富翁后，还到处插手文化事务，并以内行的姿态指手画脚。县里搞书画展览，他出资赞助，然后就成了他说了算。他指着这幅作品说，给它评一等奖，这幅作品就是一等奖；指着那幅作品说，给它评二等奖，那幅作品就是二等奖。他看不懂的作品，比如那些抽象派的画作，他会情绪爆发，将它一把从墙上拽下来，扔向地面，并指着组委会主人的鼻子，骂他瞎了狗眼。有无评委？肯定是有的。个别评委看不惯他的做派，宣布退出评委会；大多数评委，却都是睁一只眼闭一只眼，只要评委费落入口袋，就暗自窃笑，管谁获奖谁不获奖呢！本来就是一场游戏，何必较真呢？在这样的氛围里，就出现了极其荒唐的评奖结果：人人都明白东东连毛笔都握不住，但请人代笔的东东的书法作品，却获得全票，被评了个一等奖。三个一等奖的获得者，一个是东东，一个是刘成全的妻侄——正在高中就读的高中生——另一个是一家酒店的保卫科长，刘成全昔日的司机。当然，这件事被当作笑料，在鸿图县被传得沸沸扬扬。

喝完酒，回到宾馆的房间，刘拴民又一次给刘成全打电话。当刘成全确认刘拴民的身旁没有潜伏讨债者后，才像惊慌逃窜的老鼠那般，贴着墙根猫腰撞进宾馆的房门。曾经肥胖滚圆得宛若一个巨型葫芦的刘拴民，而今已瘦成了一把骨头。若不是他鼻梁上的黑痣依旧那么醒目，我几乎要怀疑站在我面前的人，究竟还是不是他。他再也不是那个神采飞扬自我感觉无比良好的亿万富翁，而像是一个神出鬼没沿街乞讨的逃犯。他颧骨突显，面色蜡黄而憔悴，嘴唇像干裂的龟甲，衣服似乎五十年都不曾洗过，散发出一股浓郁的腐臭气味。他一见刘拴民，首先伸手向他索烟，继而伸手向他借钱。刘拴民给了他三根烟，但捂紧口袋，哪怕是十元钱，也不肯给他。非但不给，还用极其刻薄的语言挖苦他，说：你今日之落魄，就是昨日不务正业之结果。本来就是偷鸡摸狗出身，挣了大钱张狂得没了领子，以为自己能上天入地，可现在呢？连条狗都不如。狗还有个窝，还有人圈养，可你呢？

刘拴民完全忘却了呼唤刘成全来宾馆的原始初衷——谝一谝，放松放松——而是把宾馆偷梁换柱成了道德的审判台和逼债的绑架地。一方面，他像判官那样，义正词严地大肆谴责刘成全的言而无信，并列出刘成全这样那样的罪责；另一方面，他喝令刘成全立刻还清经过他手的贷款和债务，从而把他从那些追债者死缠烂打的围堵中解脱出来，不然，就别想着从门里溜走。

刘拴民怒吼：给你帮忙，就抽了你两条烟，洗了两次脚，我落下什么了？而今那些追债的人搞得我鸡犬不宁，你说说，你对得起我吗？

刘成全一边吸溜着猛吸我递给他的烟，一边耷拉着头。突然，他的嘴里，嘀嘀咕咕地冒出了这么一串话：我送你的那条金项链，你忘了？我给你包宾馆，把一个姑娘给你领到房间，我在门外给你站岗放哨，你忘了？看在你我都是一个老祖先的份上，这么多年我一直把嘴合得严严实实，给你保密着。但你再这样逼我，我就要向组织检举你了！

刘拴民义愤填膺，脸上的青筋一根根地暴突，挥舞的拳头，眼看着就要落在刘成全的额头。紧急关头，我强力阻拦劝解，于是一场短兵相接的肉身格斗，才得以避免。接着就是长达十几分钟的沉默，再接着在我的揶揄下，俩人破怒为笑，转而聊起了其他事务，不再相互攻击和撕咬。

我问起刘成全现在的处境，刘成全大骂自己那个害怕亲家母不换拖鞋的妻子，说她吃了秤锤，心重得必得胃下垂病。唉，衣服坏了能缝补，饭菜坏了能倒掉，可人心一旦坏了，那是没辙，啥药都治不了。就拿他的妻子苞谷棒（我第一次知道他妻子的名字）来说吧，她不知是鬼迷心窍，还是中了哪门子邪，反正一门心思地钻进了钱眼里，和娘家兄弟里应外合地掏挖他的家业，直至以嫌弃他赌博为名，将他扫地出门。他们搬离原来的住处，在新居养了两条大狼狗。他只要敢接近新家门，狼狗就会在他们的操纵下，朝他猛扑过来。他那个儿子，在蛇毒妈妈的教唆下，竟然给他编造出了他和卖楼小姐有染的荒唐故事，并将其到处传播，搞得卖楼小姐的父亲，提着一把杀猪刀来找他，恶狠狠地榨取了他三十万元。这还没完，卖楼小姐的男友，因之而和卖楼小姐分手，他把分手的原因，也归结于他的染指。那个男友至今还在纠缠他，寻找他，恐吓他，扬言要割掉他惹祸的那个不是玩意的玩意。他冤枉啊！跳到黄河也洗不清啊！他到底造了什么孽，老天爷竟要这般惩罚他?！

据刘成全说，东东毕业后，没有找工作，直接就回到他的公司，上班第一天，就被他任命为总经理助理。但东东很快就被他妈妈发展成了潜伏的间谍，负责监督他的一举一动。他和谁今天见面了，谁和他一起喝酒了，哪位女士几点跨入他办公室几点出来，他晚上在哪家洗脚城娱乐，同去的都有谁等等，都被东东一五一十地密报给他的母亲。那位卖楼小姐和他之间的暗中往来，也是东东告诉他母亲的。实话实说，他和卖楼小姐的关系，才处于初次阶段，打打牌，喝喝酒，还没达到同床共枕的程度，就已闹得鸡犬不宁，真是应验了民间的俗语：没吃上肉，却惹了一身的骚。

苞谷棒对他的穷追猛打，引发连锁反应，导致东东与他的势不两立。东东胆大包天，欲壑难平，在母亲的暗中指挥下，对他实施了篡党夺权的勾当，不但拿走了公司的公章，而且还趁他不在时，更换了他办公室的门锁。东东当着员工的面，对他极尽冷嘲热讽，说他没本事，说他养野女人，说他不配为人父云云。奇迹的是，无论东东如何待对他不尊不敬，他皆咽咽唾沫，清风荡尘那般地一笑了之，相信儿子是好儿子，只是暂时不理解自己而已，于是他回报给东东的，依旧是满腔热血的宠爱。他爱儿子，连同爱儿子的缺点。然而他的步步后退，换来的，却是儿子的步步紧逼。直至后来，他从心理上，对儿子滋生出畏惧情绪，一看到他沉脸，或者重重地咳嗽，他都条件反射般地浑身战栗。到最后，他干脆把公司的所有事务，都交给儿子打理，自己当起了甩手掌柜的。但即使这样，儿子也没有停止进攻。当他某一日的清晨，揉着卷帘门一样耷拉的沉重眼皮，从牌场里出来，想去公司的客房睡上一觉时，才发现公司的营业执照上，法人的名字已由刘成全改成了刘卫东。刘卫东董事长从三楼的窗口瞥见他摇摇晃晃地跨进公司的大门，便拿起对讲机向两个门卫喊话，让他们把他轰出去。门卫明知这是他们的老董事长，却不得不听命于新董事长的调遣，于是扭住他的胳膊，把他推出大门并反锁住了大门。

即使这样，刘成全也认了。在所有人面前，他都不服输，可以瞪着一双牛眼和人论个高低，却唯独在儿子面前，他软成了一摊稀泥，乖乖地缴枪投降。顺从儿子，他认为是对儿子的深爱。除此，他的想法是，人是无法抗拒自然法则的，依照长江后浪推前浪的规律，他终究会老去，迟与早，儿子都要接过接力棒。只要公司的归属不姓张，不姓王，还在姓刘，他就高枕无忧了。然而事实证明，无忧只是他一个美丽的幻象而已，真正的忧愁才刚刚开始。儿子自从掌管了公司的财务支配权，就开始了一系列的折腾：先是把两三千万投进股市，半年后，损失三分之二；又把六千万投进一家投资公司，投资公司的老板卷款逃匿；接着儿子又听从舅舅的建议，在征用的一块地皮上开挖鱼塘，号称要建设本区域最大的养殖基地，但施工的中途，遭到村民的阻拦，从而引发打架事件，三人受伤住院，既支付医药费，又支付赔偿金，还要支付高达上千万的罚款。公安部门的罚款刚刚结清，土地部门的罚单又接踵而至：因私自改变土地用途，罚款三千万。

更糟糕的是，有两个项目因资金链断裂而被银行和建筑商相继告上法庭，法庭判决书下达后，对楼盘进行了查封和抵债处理，致使刘成全磕头作揖才搞到手的地皮，仅一纸裁决，就归到银行的名下。建筑商和供应商打赢了官司，却得不到实质性的利益，于是就花钱雇佣社会的闲杂人员，对企业和家人进行不分昼夜地滋扰和恫吓。手足无措的刘卫东，像热锅上的蚂蚁，既无法解除外界的围猎，又无力对抗外在蛮力的施压，便把仇恨的聚焦点，对准自己的父亲。他不止一次地抱怨，说他今天吞咽的这些恶果，都是父亲一手栽种的，于是他背后叫骂父亲是狗日的，当面叫骂父亲是婊子养的。在公司濒临倒闭的状态下，刘成全的心死了多回，但终究咽不下最后的那口气。想想自己创业十年的一路艰辛，他时常忍不住泪湿衣衫。他多次去公司，希望给儿子指点迷津，唆使他去抱某官人的大腿。某官人是妻子的远房娘舅，刘成全没少贿赂他，也相信他为保全自己，不会见死不救的。而且，在刘成全的认知里，世间任何东西，哪怕高超的武功，哪怕所谓的黑道，都无法和权力的威力相比拼。在现实的环境里，权力宛若神奇的一把铁钩，足以将一艘行将沉没的大船勾住，使其重新稳定下来；又宛若一把万能的钥匙，能把一个一个锈迹斑斑的铁锁打开。权力可以将一艘已经沉没的游轮打捞上岸，使其再度杨帆远航，亦可以让铁树开花，使其结出醉红的甜果……然而，刘成全再美妙的幻想，都会在公司的那道铁栅栏门前破碎。无论他怎样苦口婆心地劝说保安，却总是跨不进公司的大门。保安接到铁的命令：那个不要脸的若来公司，不惜动用武力进行强力阻拦和驱逐。保安要保住饭碗，就得尽职尽责，于是他们也许会忽略小偷鬼鬼祟祟地翻墙入内，也许会对气势汹汹的讨债者阻拦无效，却全身心地提防着他从门缝里偷溜进去。风可以进，雨可以进，唯独他决然不能入内。仅有那么两次，他以豁出老命的架势，从大门里硬撞进去，其结果，非但没有机会向儿子进言，反倒招致儿子怒不可遏地拳打脚踢。儿子打他，他从来都不还手，甚至都不还嘴，原因在于无论儿子怎样地虐他千遍，他皆待他如初恋——这种糊涂之爱，可以化棍棒为羽毛，化匕首为纸鹤。

最终，不难想象，公司以倒闭收场。刘卫东在苦闷之中，与一帮社会闲人厮混在一起，因借酒浇愁而沾染上了毒品，及至暗中贩毒，以贩养吸，于是在追债者的围猎和警方的通缉之下，他像地下工作者那样，过起了东躲西藏的日子。而刘成全，也人不人鬼不鬼的，时而消失不见，踪影全无，时而像地老鼠那样，被讨债者从地洞里拽了出来，打得头破血流。刘成全的妻子，那位曾经一手遮天的阔太太，而今早已失却了往日的神采——过去，她往美容院抛扔会员费，像扔纸片那般豪迈，动辄十万八万，而今却懒得梳妆，脸上水落石出般地布列着醒目的雀斑；过去她漂洋过海，足迹遍布十几个国家，恨不得把世间的所有名表名包都悉数搬回家，而今却腿脚不敢迈出家门，唯恐变成一只被讨债者追撵的兔子。闷在屋子里，她倒也没闲着，手指在交友网站点来点去，希望能给儿子找到心仪的对象，为他解决婚姻大事，从而荡涤自己心头忧患的阴霾。也许，儿子成婚了就会真正地长大，就会在妻子的严厉管束下将毒品戒掉。于是，她抱着手机，还不断地给儿子昔日的恋人——即她害怕其母进她家门不知换拖鞋的那个姑娘发信息和发红包，恳求她能回心转意，与儿子重新牵手。但姑娘一边在收红包，一边在推诿，说自己已有了新欢，且已定了婚期。她劝姑娘将现任男友予以辞退，劝了七七四十九天，姑娘在收取过最大的一笔转账一万六千元后，给她发来一张婴儿的照片，并附带几句决绝之语：阿姨，你还是赶快给卫东另找对象，别耽误了他啊！给你实话实说，我已结婚，儿子都九个月大了！

……刘拴民将刘成全的一败涂地，归之于我长了个乌鸦嘴，说有啥就有啥，说无啥就无啥——看看，自从刘成全遭遇到我的诅咒后，就不再成全，而是变得溃堤一般地一泻千里。我说不是我在诅咒他，而是想惊醒他这样一个做着香甜酣梦的梦中人，可他就是沉睡不醒，我又奈何？我说树有根，水有源，果有因，一切物事，看起来风平浪静，各自独立，但其实都在不断地转化和组合中，故事朝哪个方向进发，结局最终会是怎样，绝对不像旁观者看到的那么突兀，那么偶然，而是由当事人的所作所为预先决定的。栽了樱桃树就摘取樱桃，栽了花椒树就采摘花椒，栽了苦瓜苗就品尝苦瓜。刘成全的悲剧，不是我预言的，更不是我诅咒的，而是来自他对孩子毫无节制地娇生惯养。他误以为对孩子的爱，就是无尽地满足他，一味地顺从他，却从来没有把世界原本的样子和人活着的责任，真实地告诉孩子。他错估了财富的价值，以为拥有财富就会拥有一切，也以为财富是支撑人尊严的唯一支点，却不知财富是流动的，是长腿长脚的，是可以来去的，是薄情寡义的，是见异思迁的，更是力量有限的。许多人一时拥有财富，不过是在充当财富的驿站，财富之于他，不过是形同过客而已。获得财富，不等于就能守住财富。知识、素养、人格等，既是财富最终的归宿，也是人尊严的真正来源。作为暴发户的刘成全夫妇，把一种倒错的观念，植入了他们的孩子刘卫东的脑子，从而使刘卫东在思考问题和处理问题上，都无法从财富的屏风中突围，并脱离财富幕布的裹缠。

天下所有孩子的问题，归根结底都是父母的问题。刘成全夫妇的爱，本身就是一剂毒品，刘卫东染上毒瘾，既是对他们含毒之爱的注解，也是对他们含毒之爱的回敬。当然，刘卫东的身体染上毒瘾，还只是一种表象，真正的症结，在于他的心灵，从哺乳期开始，就已经开始了吸毒。猛一看，似乎他不学无术而又大逆不道，但究其本相，他也是个可怜的孩子，堪比上帝眼中迷路的羔羊——他最大的可怜，在于把父母无底线的娇惯和纵容，当成了自己能随心所欲理所当然的资本。

第六章

聆听，需要正确的姿势

1

蛋蛋是乳名，官名叫徐朝阳。

蛋蛋的父亲徐西栋与我产生交集，是从一次搞价起始的。那天他先是给我打来电话，询问我出租的房子，能否再便宜一点？我问便宜多少？他说五十。我犹豫片刻，说行吧！便宜五十就五十吧！但放下电话，心里却免不了嘀咕：这个房客，未免太小气太计较了，吃饱饭竟然不知丢碗！一室一厅的房子，同一单元，同等面积，同等结构，顶层的租金都五百五，而我的房子位于二层，让利一百五，四百元租给他，他还嫌贵，还要为此而与我磨牙，是不是过于得寸进尺了？！

大约一个小时后，徐西栋就出现在我的办公室。他敲开门，把手里拎的那个装有五斤菜油的油壶，执意往我的办公桌下硬塞。之后他坐在我对面的椅子上，一副局促不安的样子，并掏出一包廉价的香烟，抽出一根放到我面前，然后将那半包烟装回了口袋。徐西栋租住我的房子，已三年有余，其间其他房东两度涨价，我皆按兵不动，原因在于我清楚地知道，凡租客，多为从外地来本城的打工者，经济上大都捉襟见肘。一二百元，对于我等来说，请朋友吃顿饭尚且不够，但对于他们，却能买两袋面粉，买几罐煤气，能给孩子添置几件过冬的衣物或购买几许增加营养的肉蛋。我不是故作高尚，而是心软，绝然见不得人哭穷。吃软不吃硬，是我天生带来的人性的软肋。也许挥舞的刀棍无法让我屈服，但几滴清泪，几声哀叹，却足以让我缴枪投降。人家一哭诉，我的心便像遭遇水灾，立刻就湿软得失却了形状。

徐西栋就是跑来向我哭穷的。三十出头的他，面目已隐现几分沧桑，额头的褶皱清晰可见。头发蓬松着，胡子拉碴，咧嘴一笑，露出两排黑黄的牙齿。穿一身陈旧的劣质西服，脚蹬一双黑皮靴，整个相貌与装扮，给人以毛糙的印象。

徐西栋说他家在渭北某县的一面半坡里，弟兄两个，上面有一个哥哥。苦命地是，本该挑起大梁的哥哥，却在工地干活时，不慎从脚手架上跌落下来，差点儿丢掉性命。吓得魂飞魄散的父母，急疯了一般，又是卖粮食，又是卖耕牛，又是向亲戚邻居跪地磕头地借钱，历尽三个月没日没夜地煎熬，才把命悬一线的他，从死亡的虎口里抢夺了回来。但他就此却落下残疾，不但行走艰难，而且脑子也像中邪了那样，既面目呆滞，又常尿裤子。徐西栋到城里打工，最初几年的辛苦所得，全都交给了家里用以偿还外债，于是一穷二白的他，既无精力也无能力涉足婚恋。直到大前年，他当上了城管，因在执法中偏袒摆摊的一位姑娘而猎取到她的芳心。两个人火速地恋爱，草草地结婚，并于去年，生下一个胖乎乎的儿子，儿子好可爱好可爱，圆滚滚的，像颗鸭蛋，于是给他取名蛋蛋。一说起蛋蛋，徐西栋刚才还紧绷的脸庞，立刻炸裂开来，溢出涟漪般的一圈圈笑纹。妻子怀上孩子，肚子越鼓越大，才在一家民办学校站稳脚跟的她，却不得不辞去工作。孩子出生至今，已长达三年的时间，妻子因要照管孩子而无法出去工作，一家三口，全靠他一人的微薄工资养活，他怎么能不感到泰山压顶……我若每月给他让出五十元，他就能给孩子多买点水果补充营养。

他的一番说辞，令我陷入纠结当中，似乎他目前的困局，都是因我收取房租而一手造成的。

我问他月工资多少？

他嗫嚅着，说才一千。

我问有没有其他收入，比如补助、罚款提成啥的？

他说当城管是个良心活。有没有从中揩到油水的？有！肯定是有！但不是所有人都这样的。城管很辛苦，也很无奈，社会上的人对其既看不到，也无从知晓。而像他这种人，胆小手软，怎么能靠背一张城管皮发财？社会上的人对城管有偏见，把城管都看成了凶悍的豺狼虎豹，但就城管内部而言，因各人的性情各异，做事的方式也就千差万别。有的人确实不怎么样，心黑手硬，为利而忘义；但也有和他一样的人，看到那些可怜人只是驱赶，却并不动粗，更不会踢摊子掀桌子，趁机给自己捞好处。那些摆摊人，也都是些挨砖不挨瓦的货，好言相劝，他们根本就赖着不移位，倒是一动怒，他们才落荒而逃。有一次，一个孕妇摆摊，怎么都赶不走她，眼看一只穿着皮靴的大脚，就要蹬向她的肚子，紧要关头，他猛地一侧身拦挡，踢者一个踉跄，那只脚才没挨上孕妇。接着，他提起孕妇的半笼石榴，转身就走，孕妇从后面追来，一直把他追到一个拐角。看到孕妇已远离大队伍，安全无虞，他才将石榴笼还给她，并叮咛她这几天最好不要出摊，因为上级要来检查。孕妇既是个粘浆子，又是一头犟驴，她不理解他的好心，反嚷嚷起来，口出污秽地污蔑他是想私吞自己的石榴。无奈之下，他掏出十元钱给她，她才闭嘴，并提笼而去。他为何要如此怜惜孕妇？原因是他一看到那个隆起的大肚子，就想到了自己的妻子。妻子怀孕时，曾患上轻微的肝腹水，吃啥吐啥，脸色蜡黄，但她却总是手脚不闲，洗衣做饭全包揽，还咬紧牙关硬是挺了下来，最终给他生出个健健康康的白胖小子。他坚信好心会得到好报，那些误解他的人，他也不怨不恼，只要自己做到不亏心就可以了。苍天在上，人有一亏，天有一补，嘿嘿嘿，他的妻子和儿子，就是老天给他的巨额补偿。妻子几乎是白捡的，没花多少钱，这让他心花怒放。

我笑着说，城管和小贩，看起来势不两立，但其实，小贩是城管的衣食父母。

徐西栋耷拉的眼皮抬升起来，眼里弥散出疑惑的亮光，喃喃地说你咋能把小贩说成城管的父母？他们那些小贩，能把人活活气死；他们不听劝阻，像地老鼠一样地乱窜，把人气得肠子都在肚子里拧绳，咋还像有功似的？

我说没有小贩，就没有城管。想一想，若无小贩在城市的缝隙里乱摆摊，城管还有何必要存在？城管这一职业的产生，就是小贩造就的，这个道理你总该懂吧？城管和小贩整天上演着猫捉老鼠的戏目，但实际上，这是两种饭碗的磕碰和较量。小贩摆摊，是捍卫自己的饭碗；城管驱逐小贩，也是在捍卫自己的饭碗。就城管而言，其大多数成员和小贩，其实来自于同一阶层，都非肉食者，而是草根。但由于肩负的职责各有不同，两只碗便碰撞不休。

接着我说，鉴于你心好，也鉴于孩子需要充足的营养供给，我做出决定，房租上，在原来让出五十元的基础上，再让五十元，每月三百即可。

因为理解，所以慈悲；因为感同身受，所以懂得雪中送炭之于冻僵于冰雪中的人，有着何等的意义。

徐西栋搓着手，神情有些不知所措，连连说谢谢，并宣称自己得到了天助，又遇到了好人云云。

需要特别说明的是，我给徐西栋房租让利之事，是背过家里人偷偷进行的，妻子对其毫不知情。每个季度，当徐西栋把房租包在一张报纸里，通过小区的门卫——他是我和徐西栋之间的中介，从中抽取百分之十的中介费——转给我时，我都要往里添加六百元钱，然后才转手交给妻子。妻子接过钱，清点之后，偶尔免不了嘟囔，说她问过其他住户，人家的房租都是五百五，我们咋还是五百元？我劝慰她，说那家人困难，我们让出五十元来，就算捐了善款。五十元又不多，不会影响我们的生活的。妻子讥讽我，说：每月五十元听起来是不多，但三年五年累积下来，就几千元了。你就是个穷大方，自己喝着包谷粥，还同情喝白米汤的呢！干脆，你调到慈善协会去上班算啦！

2

徐西栋第二次给我打来电话时，语调哀愁，叹息不止却又欲言又止。我问何事？他吞吞吐吐地说，希望我能去他家一趟，劝劝他的妻子；他妻子近几个月来，宛若吃了炸药，动辄就爆炸，一爆炸就威胁要抱走孩子，跟他离婚。他没辙了，才想到“见多识广”而又“菩萨心肠”的我，看我能不能从中调和一下他们的关系，以挽留住这个濒临解体的家庭？

我先是搪塞他，说自己很忙，但终究未能架住他语言的死缠烂打，于是就在一个午后，我敲开了他的家门。

时值初冬，未生火炉的房间里，给人以彻骨的冰寒之感。刚过三岁的蛋蛋，坐拥在一床厚实的被子里，手握一个面包在啃咬。床上有点儿凌乱，袜子、衬衣和蛋蛋的奶瓶、玩具，搅混在一起；令我好奇的是，床上还放有许多书，随手一翻，就能知道这些书，专为蛋蛋购买的，其中有看图识字，有童话故事，有古诗词，还有外语入门、数学入门之类。

蛋蛋看到陌生人跨进家门，忽然身子一趟，像一条蛇钻进草丛那样，滑溜一下就钻进了被窝，用被子将自己的头埋住，只露出一对小眼珠，骨碌着，在偷偷地打量着我。

阳台上的衣杆上挂满了各种湿湿的衣物，而屋子里的半空，还横了一道细绳，细绳上像万国旗帜那样，花花绿绿的，晾晒着蛋蛋的尿布。那些尿布，打眼一看，就知道是由大人的旧衣撕扯改造而成的。徐西栋的妻子金上妹是四川人，一口川腔味十足的普通话，一开口，带着浓郁的麻辣气息，语速极快。此时的她，正坐在一方小矮凳上，面前放一个诺大的铝制洗衣盆，弯腰正在洗衣服。从她所洗衣服的样式来看，那衣服无疑是徐西栋所穿。金上妹高挽着衣袖和裤腿，半个胳膊和半截小腿裸露在外，那白如莲藕的皮肤，因为受冻，变得像紫薯一般。

金上妹的身材瘦得像一缕炊烟，脸庞凹陷，呈现出明显的营养不良的状态。见我到来，她停止了劳作，倒一杯开水给我，先是把我夸赞了几句，说我心好云云，接着话锋一转，就滔滔江水那般地控诉起了徐西栋的各等劣习：徐西栋挣不来钱，还在家里啥都不干，油瓶倒了都懒得扶；最重要的是，一有空闲就钻进麻将室。家里如此困难，他却今日输三十，明日输五十。还不听劝，横得不行，她一说他，他就冲着她吼叫，甚至于前几天，还挥拳打了她，吓得蛋蛋歇斯底里地哭嚎。这种熬不到尽头盼不到天晴的日子，她实在是没法继续了，因此打算与他一刀两断，各奔东西……金上妹讲得哭鼻子抹泪，但说来说去，绵延一两个小时，徐西栋的“罪状”也只有区区的两条：一是缺乏家庭的责任心；二是打麻将输钱。

于是我问金上妹：如果徐西栋能肩负起家庭的责任，也能金盆洗手，远离麻将场，你是否能回心转意，和他把婚姻坚持到底？

金上妹说：他改不了的！说了多少次，吵了多少次，他都改不了！狗能改吃屎吗？

我笑着说：现在的狗还吃屎吗？是不吃的！狗吃屎，那是因为饥荒，并非狗的本性。因此，“狗改不了吃屎”这句话本身，不具有真理性。饥馑年代，人都填不饱肚子，饥肠辘辘的狗，更是无可选择，只能选择吃屎。狗改掉了吃屎，说明在这个世界上，没有什么东西是一成不变的，也没有什么东西像僵化的教条那般，恒守恒在，不可更改的！

我的几句乱语，把涕泪涟涟的金上妹，竟然给逗笑了。她扑哧一声笑出了声，但很快意识到此时发笑并不妥当，于是笑容像枯萎的花朵，冻结在脸上，接着就被哀怨之色完全屏蔽。

我问金上妹读书读到哪个阶段？初中，还是高中？

但金上妹的回答，却大大超出我的预判：她竟是一名正儿八经的大学生。她读的是地方师范院校，属于二本，学的是外语专业。她原在四川的一个山村教书，看到本城的某校在招考老师，就带着理想主义的虚浮浪漫，也带着藐视一切的满满自负，来到了本城，却名落孙山。自以为答题还算不错的她，聚集了满肚子的不服气和不服输，跑去查卷，跑去上访，却接连碰壁。经过连番打击，此时的她仿佛祥林嫂那般，无论生人熟人，拉住谁就向谁絮叨一番自己遭到暗算的经过。半月之后，躲在一家小旅馆的她，随身携带的盘缠已消耗得所剩无几，眼看就要断炊，这才清醒过来并冷静下来，于是重新鼓起勇气，在网上搜索招聘信息，接二连三地投寄简历，总想着扔出十个石子总能打中一个鸟。然而，冷酷的现实又一次让她的心凝结成冰块，除却一家单位有所回应外，其他皆泥牛入海。

在付不起房费之际，她才厚着脸皮去马路边摆摊的。在摆摊中，他遇到了当城管的徐西栋。徐西栋把她被没收的东西，趁着夜色从城管队的院子里拎了出来，交给躲在门外的她，这令她无比地感动，并滋生出报答他的念头。从徐西栋的行为里，她看到了他的心善。这种善，犹如一根蜡烛，重新点燃了金上妹心灵的死灰，于是她闲暇时就主动约他吃饭，约他散步，并架不住他甜言蜜语的轮番攻势，最终一昏头，掉进了他为她蓄意挖掘的深坑里，差点儿被他活埋。早知道他又穷又懒，是这副德性，她宁愿守寡，也绝不会嫁给他的。

我问金上妹：你若守寡，若不与徐西栋结婚，能拥有蛋蛋吗？能享受到做一个母亲的幸福吗？

我的反问，让金上妹一时语塞。

趁金上妹言语断流的时机，我把谈话的对象，悄然转换成了徐西栋。

我问徐西栋：在你的眼里，你的妻子是怎样的一个人？

徐西栋偷瞥一眼金上妹，挠挠头，说：啥都好，就是嘴不饶人。嘴跟切面刀一样，一天到晚，像剁饺子馅一样地咚咚个不休，抱怨这个，抱怨那个，啥都不顺眼，一副苦大仇深的模样，仿佛我欠了她一笔巨额债务似的。她一唠叨，我就心烦，就上火，就不想在家里呆，甚至有时候都想离家出走，不再回来了。每天跨进家门，她都吊一张吊死鬼脸让我看。

我说：你能不能说得更具体一些，她都抱怨你什么？

徐西栋说：五个指头伸出来都不一般长，何况人呢！咱穷，咱得认穷，就安安生生地过咱的穷日子，不要和人比。人比人，气死人！牛有牛的活法，鸡有鸡的活法，咱和人家比啥哩？但她，却好胜心太强，又死要面子，总想着出人头地。她这么一个性格，偏偏又有个爱炫耀的妹妹，整天通过电话要给她耳朵里灌输迷魂汤。那迷魂汤，一进入她的耳朵，就折磨得她欲死欲活。她妹妹吃一盘大虾，或买一件披肩或一只手镯，都要打来电话，喋喋不休地显摆一通。可她的实际情况，谁又不是不知道，还不是个锅漏碗破的穷鬼？她掌柜的开了个小店，给人修电脑和手机，运气好了能挣几个小钱，运气不好连个嘴都糊不住，又不是家财万贯的土豪，值得那么翘尾巴吗？而她呢，只要一接听她妹妹的电话，就像炸药包的引线被火点燃一样，准能爆炸。刚才还对着话筒嘻嘻哈哈的，但一转身就抹泪抽鼻子，继而就一顿发凶，还总把凶气发在我身上，好像我原本就不是她的老公，而是她的出气筒。

在徐西栋叙说期间，金上妹多次以凌厉之目，咄咄逼人地斜刺着徐西栋，并以讥讽之语调，反复提醒徐西栋要“说别人，先撒泡尿照照自己”。她时而用脚踢洗衣盆，时而用手把一个纸杯摔得老远，意欲阻断徐西栋对自己的数落，却都被我拦挡回去。我告诉她，只有每个人都把自己的心里话，毫不掩藏地倾倒出来，我才能知晓家庭矛盾的症结在哪里。明确了症结，才能对症施治。

徐西栋接着说：你是有文化的人，给评一评，看看是她有理还是我有理？她喝令我一个月之内，交给她十万元。有十万元，就继续过下去；没十万元，就散伙。不偷不抢，我到哪儿弄十万元去？我又不是女的，可以卖身；你就是把我的手剁了喂狗，我也弄不来那么多钱。

我问：要十万元干嘛？

徐西栋说：她说要让蛋蛋上本市最好的幼儿园，将来上最好的小学，还嚷嚷着要给蛋蛋买一架钢琴和一架古筝。她的目标，就是把蛋蛋培养成顶级人才！她打听了，要进好幼儿园和好小学，单疏通人情，就要花七万八万。为这事，她没少和我闹……不是我爱打麻将，而是心里烦，心里窝着火，总想找个逃避的去处。这个城里，人挤人，人多得和蜂窝里的蜜蜂一样，但真正能和自己说那么一两句话的人，踏破铁鞋也找不到几个。独自喝酒吧？还要花钱；给她做饭吧？她嫌我做的不合乎她的口味；领着蛋蛋出外耍吧？她还不放心，唯恐蛋蛋沾染上我的习气。你说，我下班后还能帮她干什么？纯粹的木桩一根！可我一袖手旁观，她又是一番指责，说她嫁给了一个废物。无可奈何，我才去小区的麻将馆散心的。起初只是站在一旁观看，谁上厕所或提前离场，我就补个缺而已。但看多了，手发痒，心也发痒，想着搓上几把，也许还能赢回个十块八块。但由于心里烦乱，就输钱。但也输得不多，每回就二十三十。打得小，才五毛一块的码子嘛！

听完了各自的说法，我把金上妹和徐西栋叫道一起。我先让徐西栋向金上妹道歉，然后做出“今后绝不再染指麻将”的保证，并告诉金上妹：如果再发现徐西栋打麻将，你就给我打电话！接着又转向徐西栋，警告他道：如果你再打一次，我就鼓动金上妹和你离婚。

徐西栋一番道歉和保证之后，金上妹脸上浓厚的乌云一点点一丝丝地褪色淡化。

接下来，我问了他们一个问题，让他们分别做出回答：在你们这个三口之家，在你们各自的心目中，目前谁才是最重要的？

金上妹回答是蛋蛋，徐西栋回答也是蛋蛋。

我说你们的答案是一致的，至少说明，你们在看待孩子和对待孩子方面，存在着默契和共识。孩子在你们的心头，有着千钧之重，但你们是否明白如何做，才是真正地爱他，才是真正地为他着想？

两个人都看着我，没有急于表态。

我接着说：对孩子真正的爱，首先要搞清楚孩子最需要什么，而不是你们自己最需要什么。在孩子的需要和你们的需要发生冲突，只能二选一的时候，你们能否做到以孩子的需要为优先，甚至愿意牺牲掉自己的需要？

金上妹急不可耐地说：当然以孩子的需要为优先。

徐西栋亦喃喃低语，说：肯定先要考虑孩子嘛。

我说：孩子还小，他暂时还不能完整地表达自己的需要，那就让我替他来告诉你们他最需要的是什么。孩子需要一个完整而健全的家，有父亲母亲一个也不能缺席的成长环境，你们能做到吗？

徐西栋坚定地说：能做到！但金上妹的脸却绷得紧紧的，半晌无语。当我穷追不舍地多次追问她之后，她才勉强地点了点头。

我说：你们之间，看起来水火不容，但究其实质，却并没有根本性的不可调和的矛盾。纷争的起源，一是被经济的拮据所困扰，难以做到轻松地活着，安心地生活；二是对生活的期望值俩人有所差异，一个希望过不一样的日子，及至于梦想着做人上人；另一个满足于现状，得过且过，做平凡人，过平凡人的日子。就经济方面存在的问题而言，我的看法是这样：财富是流动的，眼前的贫穷，不等于一世的贫穷；暂且的富有，不等于永恒的富有。钱就像见异思迁的多情者那样，今天依偎在我的口袋里，明天就会逃窜进你的口袋里，后天又会偷溜进他的口袋里。问题在于，我们怎么做，才能让钱以合理合法的姿态，进入自己的口袋里，又迟缓于从自己的口袋里离开？以我之见，单凭勤奋，单凭努力，是无法吸引来钱的。挣钱，不仅要靠手脚，更要靠脑子。没有脑子的深思熟虑，就像拉车的驴蒙着眼睛朝前随意奔跑那样，是很难抵达目的地的。怎么做，才能事半功倍而不是事倍功半或事倍功无？我认为既要熟悉社会，又要洞悉人性，还要明晰自己的特长。如果自己之所长，恰好是社会之所需，加之又能在择业和从业时兼顾人情世故，何愁赚不到钱？比如徐西栋，不是在我面前夸耀过自己的厨艺吗？你能不能在这方面进行钻研和深造，让其达至炉火纯青的地步，从而化手艺为收入？再比如金上妹，专业是外语，外语又是当下孩子们学习的热门，能不能考虑自己办个家庭外语私塾什么的，在给别的孩子授课的同时，也能促进蛋蛋学业上的长进？你们是捧着金碗讨饭吃，深陷于鸡毛蒜皮的内耗中，一心一意地盯着对方的缺点，思维在对方的身上缠绕，从而忘却屋外大世界的存在，让情绪把理智淹没，把对方的某些缺陷转化为自己的心病，从没有冷静下来，两个人好好商量一下如何同心协力，才能摆脱经济的困境。

喝了一口水，我接着说：我说话不绕弯子，直来直去，但既无坏心，又无他图，只是在为你们，以及为你们的家庭着想，是不忍心你们这样穷不安生，相互折磨，将一个好不容易搭建起来的用以遮风挡雨的巢穴又亲手毁掉，从而给年幼而无辜的蛋蛋，造成也许一辈子伤口都无法痊愈的伤害。不然，你们又没支付费用给我，我何必要如此饶舌呢？任何人的时间和精力，都是有成本的，我也如此。有给你们说这些的时间，一篇小文章，我恐怕都能完成。

我的言辞，对金上妹的心理无疑有所触动。她抬起身，给我的杯子里续上水，然后一脸歉意地说：不好意思了，大哥！都是西栋不是人，让你受累了。

我接过她的话茬，说：徐西栋有自己需要改正和改进之处，但你也要做自我反思，想想自己是否也需要矫正自己的言行和改变自己的心态？你的问题，是心火太旺而又实力不济。两者若不相匹配，就成了空想家。空想家始终求而不得，心一直处于煎熬当中，折磨自己，也殃及别人。你要给心降温，徐西栋要给心加温。一个不能有不切实际的期望值，好高骛远；一个不能不思进取，得过且过。在你和徐西栋之间，你是关键，是总开关。你若不改变，徐西栋的自我修正，也会半途而废；你们的家庭氛围，也难以有大的改观。具体而言，你的症结，一是你不是以妻子的姿态，和徐西栋平等相处的，不像正常的夫妻那样既相互体贴，又相互体谅，更相互搀扶，有福同享，有难同当，而是以高高在上君王的架势，把他当作臣仆，对他发号施令，并颐指气使。徐西栋稍有不从，你就怒发冲冠，并久久地耿耿于怀，甚至觉得天塌地陷，万念俱灰。徐西栋真的有这么可恶吗？我看也未必。他的可恶，在很大程度上，是你的心理臆想，你的心理塑造，并非事实。一个人，当你在心里判他有罪，或觉得他是坏人时，越看会越觉得他就是罪犯和坏蛋……你若想摆脱痛苦的梦魇，重获生活的阳光和温馨，急需要改变的不是徐西栋，而是要重塑你自己的心理形状。你的心阳光了，豁然了，看什么都明媚和顺眼；反之，你的心阴霾笼罩，狭窄得像不能容纳一只蚂蚁爬进爬出的墙缝，看什么都厌恶。你首先要从心理上解决的，是自己在家庭中的角色定位。定位搞乱了，一切都会乱糟糟，相应的，家庭永无宁日。如果你能回归妻子的本体，不那么强势，不那么咄咄逼人，不那么说话像发号施令，或像发射炮弹，而是以和颜悦色的贤淑姿态与徐西栋共处，你就会发现徐西栋并不像你想象和斥责得那样十恶不赦，他的身上，既有缺点，又有优点，甚至也许你会看到他的不易，他的辛苦，并对他的苦痛，生发出怜惜和体谅来。夫妻间的心没有贴近，情感呈现出毫不粘连的两张皮，又怎能白头到老？再说了，世间好的丈夫，很大一部分都是好的妻子培育出来的；不好的丈夫，其不好的表现，也一定与妻子脱不了干系。培育，不是木匠拿着锯斧，依照自己的想法来打造木头的形体，而是木雕艺术家，根据木头本身的形态和纹理，随其自然而又巧使刀功，以促使朽木再现光华。你要记着一个定律，那就是好丈夫和好孩子一样，都是鼓励出来的，而不是敲打出来的。唯有不懈地鼓励他，给他加油，给他勇气，他才能越来越优秀。二是你没有把你的丈夫当作普通人来要求，而是以圣人的标准，对他求全责备。你的丈夫徐西栋，本来只是一个谋食者，一个俗人，一个凡人，但你却苛求他是一个完美无缺的圣人和超人。世间有完美无缺的人吗？显然没有。你不完美，我也不完美，尘世中的任何一个人都不完美，都是凡俗身，既有缺点也有优点。完美无缺的人，只存在于没出生和已死去的人中间。而活着的人，哪怕他被捧为圣人，也存在着人性中无法剔除的缺陷，也贪财贪色。过高的标准，搞得自己很气恼，也搞得别人很无奈，最终也搞得家庭乌烟瘴气，这又何必呢？我们都是寻常人，要以寻常的视觉看待对方，也要以寻常之心接纳对方，既接纳他的优点，又容忍他的缺点，如此，两个人的心才能靠拢，并心朝一处想，劲朝一处使。家庭本是放松之地，不是教堂，无须正襟危坐，也无须磕头作揖。家庭生活的本意，就是油盐酱醋，吃喝拉撒，婆婆妈妈，很繁琐，很累人，但也苦中有甜，累中有乐。如果我们的心思不再放在仇视对方上，而是全力以赴地去经营家庭，积攒财富，给孩子创造一个和风日丽的成长环境和开拓一条通往未来的光明大道，那么，孩子就能感受到爱，沐浴到光，从而他才有可能成为一个心理健康的人。孩子是作品，家长是作者，作者的格局怎样，作品的气象就会怎样。你们扪心自问一下，如果你们的孩子因为你们而走上歧路，或说得更严重点走向毁灭，你们能活下去吗？你们应该成为孩子的榜样，而不是孩子的杀手。

可以肯定地是，我的话语，尽管批评的意味浓厚，却也引发金上妹心灵的地动山摇，这从她的表情和举止上，就能看出端倪。

接着我又说：教育孩子，也不要受到社会不良习气的影响，让他还未来得及享受童年，就背负父母沉重的重托加入长跑比赛。让他上最好的幼儿园，上最好的小学中学，甚至学钢琴学古筝，在我看来，都是舍本求末。孩子的本，是让他身体健康、心理健康，以及获得快乐与温暖，而不是别的。至于上哪所学校，并不能就此决定他人生的高低。按照自己家庭的实际状况，按照孩子的天赋爱好，循循善诱地给他以指引，才是正确的做法，而不是强按牛头喝水，逼迫鸭子上架。

我告辞时，金上妹的脸庞已像多云转晴的天宇，和颜悦色了起来，口口声声宣称“我们遇到贵人了”云云。金上妹让徐西栋给蛋蛋弄吃的，她执意要单独把我送下楼，又送出小区，尽管冻得瑟瑟发抖，却依然佝偻着腰不肯返回。金上妹一副胆怯的样子，绝然不敢直视我的眼睛，只是神色略显慌张而又不住喃喃自语：不知该如何报答大哥的恩情，不知该如何报答大哥的恩情……这样的话，一连重复了六七遍。我说：你和徐西栋好好过日子，把可爱的蛋蛋养大成人，让他将来成为一个有体魄有教养有学问有作为的人，就是对我的最好报答。

行之不远，我刚坐上公交车，手机就嘀嘀地响了两声，点开看，是金上妹发来的短信：大哥，您的话像刀子一样，听起来很刺耳，触摸起来很疼痛，但我知道您是在给我和小徐动手术。我们都身在病中，却浑然不知，是您用刀戳醒了我们。我听懂了你的话，也会按照您说的去做。我已年过三十，至今却还不懂事，也从来没有人对我这样点拨过。您费心了，大哥！由衷地谢谢您！

3

其后的若干年里，我和徐西栋倒见过几次面，比如中秋节前夕，他送来一盒月饼，或者某个傍晚，他朝我家里扛来一袋面粉等等。但和金上妹，五六年过去，却从未相见过。问起金上妹的情况，行色匆匆的徐西栋，回答起来总是三言两语，而说得最多的两句话则是：你那天那些话真的神了，很管用的，把她的病给彻底治好了。

我笑答：药不对症，千副万副皆白搭；药对症，一剂两剂就根治。不是所有穿白大褂的都是医生，不是所有医生都能明察病理，并开出见效的药方的。大医救人，庸医毁人。

徐西栋叹息着，恭维我道：你确实是个好医生，这辈子没坐诊看病，都可惜了！

某一天，徐西栋给我打来电话，一番唏嘘之后，说要退租房子。我说那好啊！只要你们拥有自己的房子住，我和你们一样地高兴。祝贺你们！你们这些年的奋斗，能换来一套房子，说明还是很有成绩的。

三年后的又一天，徐西栋的一位哥们驾车出了交通事故，徐西栋给我打来电话，问我在交警队有无熟人？若有，能否疏通一下关系，以做出对他哥们有利的裁决？我说：你在城管队当差，应该比我更容易认识交警，咋能跑到沙漠里来捕鱼？徐西栋听我话中有刺，就急忙打住这个话题。大概是为舒缓一下尴尬的气氛，他说：大哥，我想专程去拜访你，给你汇报一下这些年我家的情况，不知你啥时候有时间？我说：你就在电话里说吧！我正好现在有空聆听。于是徐西栋的话语，就像滔滔洪流，奔腾不息，直至手机的电耗尽才罢手——多年前，徐西栋已离开城管队，并尝试着独自闯荡江湖。闯荡也好，创业也罢，说起来容易做起来难，他几乎把能倒腾的行业都倒腾了一遍，却都没弄出个名堂来。他贩卖过气球，贩卖过鞋袜，贩卖过猪肉，贩卖过电话卡，贴过小广告，散发过售楼传单，开过杂货铺，开过冷饮店，还给一个半夜演魔术的当过助手，给一个卖艺骗人的团伙当过临时演员。说来也许是报应，时不时，他就成了他曾经最讨厌的那伙人中的一员，即街头的游击队队员。唯有亲自摆摊，才能体会到摆摊者的惊恐和无奈。那些几乎要被生活冷酷的扫帚扫地出门的边缘人，胆战心惊，被城管像狼撵兔子一样追着乱窜，若不是为生计所迫，谁乐意这样呢？徐西栋在经历一番老鼠躲猫的摆摊之后，在金上妹的抱怨与絮叨中，才忽然想起我给他说的话：扬长避短，在厨艺上精益求精。于是他便去书店购买回一沓有关烹饪的书籍，一个菜谱一个菜谱地照着尝试。接着，他又登门拜访一位烹饪大师，听从他的旨意，去一家高端餐厅的后厨，跟上这位烹饪大师的徒弟学厨艺。前三个月，他是不拿报酬的，纯粹是白干。但付出，终究有所回报。他的敬业和严谨，得到烹饪师傅的徒弟的赏识，师傅的徒弟把他向店长推荐，并留下他在后厨给自己当下手，于是他就成为这家酒店的正式人员，并领到了工资。第一次领到工资，他感觉那沓钱是热的，在冒热气，宛若刚出锅的红薯。钱热，手热，心也热，热得仿佛心里都冒汗。半年后，他就能独自掌勺，月薪已涨到一万二。店里视他为宝贝，特意出资让他去上海的锦江饭店学习，期待他经过大师的点化，成长为本城厨艺界独领风骚的领袖。然而，木秀于林，风必摧之，随着他厨艺的更上层楼，也随着烹饪大师徒弟的脾气渐长，“一山难容二虎”的传说，便在现实中得到确切的实际验证。烹饪大师的徒弟，他的恩人，想方设法地排挤他，竭尽所能地给他找茬，及至各种伎俩兼施并用，甚至恶劣到向他炒好的菜里偷放烟头和苍蝇，以诱使食客投诉的程度。不与恩人争锋，不与师傅分裂，他遵循这样的古训，节节退让并最终辞职。但这个时候的他，在餐饮界，翅膀已硬，不再是一堆矿渣，而近乎是一块和氏璧了。这一点，他后来在求职的过程中，深有体会。他炙手可热，像刚出锅的油炸丸子那样，既馋人又烫嘴，不再像一碗冰凉的剩饭，无人问津。他在网上挂出求职信息后，多达七八家餐饮店，纷纷向他抛来了媚眼，有几家还派专人登门拜访，许诺各种优厚待遇。徐西栋从中总结出来的经验是：人都是自己把自己饿死的，不学艺，乱抓乱摸，到头来啥也没抓到摸到。要挣到钱，不但要薄技在身，而且还要技高绝尘！有好马，不怕没人骑；有好鞋，不愁没人穿！当然了，红花还要开高枝，甜果还要挂树梢。花果固然重要，高举花果的树枝更为重要。他之所以求职引来争抢，无疑与他曾就职的酒店名头很大有关。那家店，随便一桌饭钱，徐西栋当城管两年的工资，都不一定够支付。很多店家想当然地认为，能在这家店里立足并掌勺多年，没有几把刷子那是不行的。而今，他在一家知名度很高的店里当大厨，薪水当然比较丰厚。

聊起金上妹，徐西栋说自从我那次苦口婆心地规劝之后，金上妹便打消了离婚的念头，死心塌地地要把蛋蛋抚养成人。他俩昔日那种形同水火的关系，相应地也得以调整。两个人偶尔也拌嘴，也怄气，但过去就过去了，不像过去那样打持久战了。金上妹的精神状态，也在不断地改善中，至少不再那么消极和颓废了，而是在业余时间练瑜伽、学刺绣，还应聘到一家培训学校，担任英语老师。蛋蛋已上小学五年级，金上妹白天在培训学校上课，晚上还在家里办有英语辅导班，一周上三回课，每回两个小时。报名参加辅导的孩子，要么是熟人的孩子，要么是正在培训学校接受培训的孩子。与此同时，她还老虎吞象亦吞蚁，贪大贪多地兼任两家五星级酒店的英语翻译，为一些前来洽谈生意的外国人，提供交流的服务。腰包鼓了，但人却忙得遗鞋掉帽，既顾不上做家务，又顾不上照料蛋蛋。无奈之下，徐西栋接来了自己远在二百公里之外的母亲。母亲七十五六岁，身板尽管尚且硬实，但患有心脏病，时常手抖腿颤。最为关键地是，她无论去哪里，走亲戚也好，去城里也罢，都不忍丢下身患残疾的哥哥，总为他担惊受怕，怕他饿着，怕他冻着，怕他被人欺负，怕他被东邻的那条龇牙咧嘴的狼狗咬伤。于是母亲的出行，宛若拖拉机的机头后缀着沉重的拖挂那样，身后总有哥哥这条尾巴如影随形。她来徐西栋家之前，将家中的一头猪、三只羊以及二十几只鸡，悉数贱卖，这才锁上大门，领着一瘸一拐的哥哥，既坐公交车又换成三轮车，跌跌撞撞地跨进徐西栋的家门。城里在母亲的眼里，像个巨大的怪物，花里胡哨而又深不可测。然而自从蛋蛋降生后，向来对城里充满畏惧的母亲，隔上三月五月，就要远途奔袭地来看望一回蛋蛋。蛋蛋就是母亲的心尖尖，母亲每次来，都要把比她还要高出半头的蛋蛋，像小猫一样地抱在怀里，亲来亲去地亲不够。这次来，她被三轮车夫骗去了二十元钱，便脸色苍白，仿佛遭遇敲骨吸髓了一般地长吁短叹。水不喝，饭不吃，唯有把从家乡带来的土特产，诸如包谷棒、红薯、柿子、酸枣等，摆满了整个茶几。

家里一下子涌进两个人，且一位还是行动不便的残疾人，这让家里的空间和气氛，骤然都变得紧张。哥哥正值中年，身体因过度肥胖而衍生出各种各样的并发症，比如糖尿病、脂肪肝、高血脂等。他一天到晚闲坐着发呆，那把沙发上，似乎都要被他那肉山一样的身躯压得扑趴在地。而且，他仿佛迷恋上了上厕所，一旦进入，就迟迟不肯出来，这让心急火燎的金上妹，哪怕想进去洗个手，都难以如愿。他一如厕，神经过敏的金上妹，便两耳高耸，偷听他究竟在里面干什么。抽水马桶一阵又一阵哗哗的水泻之声，仿佛朝着金上妹的胸口，冲撞而来，让她感到窒息。金上妹认定，这位貌似木讷的哥哥，其实长了一副贼心，对弟弟家相对而言的好日子，充满嫉恨。他在用故意浪费水的方式，来发泄自己的不满。有一天，金上妹见缝插针，好不容易抢先一步地占领厕所，却见痰迹铺满地面，脏兮兮的手纸扔得七零八落，于是怒火终于被点燃。她疯狂地冲着蛋蛋歇斯底里地吼叫，但凡正常人，都能听出她是在指桑骂槐。无辜的蛋蛋甚觉莫名其妙，在承受了一顿连珠炮般劈头盖脸的责骂之后，他扔掉正吃饭的筷子，转身拌门而去，玩起了失踪。而那些等候在大门外等待着补课的学生，刚还在你推我搡地嬉闹，突然听见屋里传来咆哮声，既噤若寒蝉，又不知所措。蛋蛋的一夜未归，让徐西栋和金上妹都吓破了胆。他们失魂落魄地四处寻找，才于天明时分，在公园的一张长条椅上，将冻得瑟瑟发抖的蛋蛋跪求了回来。蛋蛋的回归，并没有减缓矛盾，随着各种碰撞的接二连三，矛盾愈加地激化和尖锐……

徐西栋说到这里，突然打住，说手机马上没电了，也不说这些了，说了都是烦恼，只能给你添堵。你又不欠我的，我不能总给你再三添堵呀！

4

该来的“堵”，是躲不过去的。

某个早晨，金上妹给我打来电话，说她很想见我，说她心里有一块硬疙瘩，急需要有人给她将其剜掉，不然，她也许会死在这块硬疙瘩上。

我和她相约，在我们单位附近的一家炒菜馆见面。但约定的时间已过，却未见她闪面。给她打电话，电话也总是占线。半个小时后，在我失去耐心打算离开之时，金上妹才从门里扑身而进。金上妹告诉我，她早上在医院打吊针，液体看起来并不多，但总是滴答不完，急得她的头上差点儿长出犄角来。

我问她怎么了？金上妹说也查不出什么病，但就是心慌气短，困乏无力，夜里连续失眠。她很忙的，一直想着约我吃个饭，并见面聊一聊，却总也抽不出时间，于是今日拖明日，明日何其多呀！

单看外形，金上妹宛若“换了人间”似的，与我初见她时的模样，已大相径庭。她的衣着颇有档次，白色的高跟鞋，蓝色的连衣裙，像一朵婷婷玉立的荷花。她无疑是美过容的，至少做过眼部的微创手术，因此那两道双眼皮，显得极不真实。她的薄唇上，涂抹着一层口红，及至于连往嘴里填送饭菜，都格外地小心翼翼。

如果不是我对金上妹的辛酸过往略知一二，那么与我相对而坐的她，给我的印象，更像是一个职场成功的女性，一个都市里典型的女白领。

落座，点菜，并在金上妹的执拗坚持下，要了一瓶红酒。

边斟边吃边聊，金上妹很快就将话题引向对家庭的数落上，但这回控诉的主角，已从徐西栋，更换成了徐西栋的母亲白老太太母子。而今，白老太太俨然已成为她最大的梦魇，她像被鬼缠住那般，走路想着她，睡觉想着她，上课想着她——她若不从她的眼前尽快消失，她就会被这种妄想活活勒死。

我问：白老太太有啥恶劣的表现，能让你如此痛恨她？

一时半会儿，金上妹反倒想不起具体的事情来，只是笼而统之地说：她太可恶，太令人恶心，简直就是一条毒蛇！

我说：倒不一定是白老太太真的有啥问题，也许还是你的心态出了问题呢！心态一旦偏离，眼睛就会长出刺来，看啥都扎眼，即使人家意欲对你示好，你也觉得那是黄鼠狼给鸡拜年。

金上妹坚决不承认自己有何过错，说一只苍蝇惹人讨厌，肯定不是人的问题，而是苍蝇的问题；苍蝇若不绕着人飞，若不嗡嗡嗡地鸣叫，人能生发出对它的厌恶之情吗？但接着，金上妹又说，在她生日那天，白老太太确实向她示过好，但她不领情，心里的反应是：你用锋利的刀子，在我的身上捅出一道道的伤口，却反过来假惺惺地递给我一个创可贴，我能伸手接吗？你这不是把我当玩偶吗？

我问金上妹：你生日那天，白老太太如何示好的？

金上妹说：她犯神经了，竟跑去农贸市场，买回来一只鸡给她炖鸡汤。那只鸡瘦小得跟个老鼠似的，能炖出个什么有营养的汤来？她没吃，坚决不吃。后来听吃过的蛋蛋说，鸡肉不好吃，鸡汤不好喝，少盐缺调料的，还有一股膻腥味。

接着，金上妹絮叨许久，皆是罗列白老太太的各种不好，但听来听去，除了她助长大儿子的恶习，以及私藏徐西栋给她的买菜钱这两件尚且能摆上桌面的事情外，其余的，无不鸡毛蒜皮，诸如舍不得用水，洗菜洗不净，涮洗过的抹布还黏糊糊的，拖地越拖越脏；在给孩子们辅导英语时，她不避让，坐在一边，不是咳嗽就是擦鼻涕，手捏住鼻涕想往哪里抹就往哪里抹等等。重要的是，自从她与白老太太吵过一回架后，白老太太就恶声恶气起来，对她吊脸，对她跺脚，对她瞪眼，对她摔碟子扔盆子，甚至撇洋腔宣称自己住在儿子家，理直气壮，谁也别想把她赶出去云云——看看，她竟然一副反客为主的架势。在白老太太的步步紧逼中，她反而像这个家庭的多余人。唉，怪都怪徐西栋，长了个乌龟头，只知道和稀泥，自己妻子被欺负，吭都不吭一声，真是应验了人家所说的，嫁个官员当娘子，嫁个屠夫翻肠子。都怪自己当初瞎了眼，嫁给了这么一个窝囊废，后面还跟着一个害人精……无奈之下，她在小区内另租了一套小房子，专门用以教学；有时她躲在租住房里居住，几步之遥，却好几天都不跨进自家的家门，眼不见心不烦。一回去，看到屋子里乱七八糟的，看到那张驴脸，她的头就铮铮作响，像一颗地雷即将爆炸。

我问：那套房子一月的租金多少？

金上妹说：按一千五算的，但不用支付现金，而是拿讲课费抵消的。一个老板的房子，过去住人，现在闲置着。老板某天送孩子来家里参加辅导班学习，看到家里既拥挤又嘈杂，不利于教学，于是就主动提出把自己的那套空房，提供给辅导班用。因为要占用他的房子，就免除了他孩子的学费，也就等于因为那个害人精，每月足足损失一千五百多元呢！

我说：你回忆一下，老人家有没有曾对你做过好事？

金上妹皱了皱眉，说：有是有过，但都是过去的事了。

我说：都有哪些好事，你讲给我听。

金上妹说，结婚头几年，白老太太对她既满意，又欢喜。那几年穷得要命，买根葱都要盘算一番，深知内情的白老太太怕他们冻着饿着，既委托公公给他们送面送油，又将自己正盖的被子，经过一番拆洗和缝制，让人捎给他们，做他们铺垫的褥子。白老太太喂鸡，听说她怀孕后，就不再给鸡喂饲料，而改成喂粮食，怕激素对身体有害，并源源不断地给他们供给鸡蛋。他们买房时，钱不是很宽裕，白老太太把埋葬公公时亲戚们随的礼钱——她原本计划用这笔钱给自己买棺木和给大儿子养老的——总计两万多，一分不留地全都交给了徐西栋。

我说：最初听你说，我还以为老人家有百害而无一好呢！看来事实并非如此呀！老人家过去那么好，现在是否就已变成了一个坏人？我不这样认为。在我看来，你和她并无实质性的矛盾，不过是由一些客观情况和一些主观心态共同酿造的心结无法打开而已，解决起来并不困难。老人家昨天还是西瓜，今天就成了苦瓜，有这种可能吗？假如有，那一定不是瓜变了，而是检测瓜的仪器变了。我们一旦将谁视为眼中钉，就习惯于将他很大的优点缩小，而将他很小的缺点放大，甚至能让一片叶子的枯黄，遮蔽一棵树的翠绿。我想问地是，老人家的困境和苦痛，你体察过吗？思量过吗？你能否和她换位思考一下，假如你是她，相依为命的丈夫走了，大儿子的生活又不能自理，小儿子两口子整日奔波在外无法顾家，孙子无人照顾，你该怎么办？都是心头肉，你能舍弃得了谁？老人家的心境，是无比凄凉的，是无比伤感的，唯一能给她带来些许慰藉的，则是她的二儿子和孙子。如果她在二儿子家得不到善待，或被逐出家门，风烛残年的她，又能到哪里寻求生活的依靠和精神的寄托？你对她的态度与做法，无疑是在她的伤口撒盐，是在她的心窝捅刀。老人家肯定有错，但那些错，多源于她的生活习性，而不是故意为之。她和你相比，最应该后退的是你而不是她。一则，你是接受过高等教育的人，不该和一个年长的文盲老人计较长短；即使老人蛮不讲理，像泼妇一样，你也要学会原谅，对她未有机会接受足够的教育而抱持同情的态度，而不是鄙视和敌视；二则，从中国传统的公序良俗来讲，年轻的尊敬年长的，那是必须的，是没有讨价还价余地的。在你听来，我的话，也许是偏歪的斧头斜着砍，也许是千钧的铁锤横着砸，你一时或许接受不了承受不住，但你回去后，将我之所说，慢慢地回味，慢慢地咂摸，慢慢地反刍，看有无道理？一个家庭过日子，最忌惮的，就是火药味弥漫地相互伤害，你给我头下垫砖头，我给你脚下使绊子，你痛苦，我亦不愉快，闹腾到最后，没有谁是真正的赢家，全都是输家。如此这般，就是我曾在不少地方和不少文章里所讲所写的“做减法”。“做减法”还是“做加法”，是一道选择题。这道题，对人的智识是一个考验。聪明的人，都在“做加法”，而愚笨的人糊涂的人，却都把精力和生命，耗费在“做减法”上。前者，相互成全，彼此促进，越加越多，越加越高，到头来一加一已不止等于二，有可能等于三或五了；后者相互拆台，彼此消耗，最后的结果只能是一减一等于零，不但从中捞不到任何便宜，还有可能将原本拥有的悉数失去。就拿你家来说，你和婆婆的争执，受到波及的远不是你们两个，还有徐西栋，还有徐西栋的大哥，当然，最为致命的伤害，还是对蛋蛋人格的影响。大人是孩子的人生模版，孩子在没有形成独立的价值判断之前，常把父母当作效仿的样本，因此他的人生，完全有可能成为父母的复制品。换句话说，有怎样的家长，就可能有怎样的孩子。家里乌烟瘴气，气氛压抑，你抽鼻子我撇嘴，又如何能让孩子享受到亲情的温馨，既培植其健康的人格，又能使其在学业上步步走高？你既然接纳了徐西栋，认同了这桩婚姻，并因之而获得你生命中最为珍贵的馈赠蛋蛋，那么，就要全盘接纳婚姻的附带品。没有谁是孤立于这个世界的，每个人都像一根藤条那样，枝蔓缠绕，既有父母，也有兄弟姐妹，还有七大姑八大姨。接纳一根藤条，就得接纳与藤条连缀的一切。人和人之间的关系，是可以调整和转换的，化敌为友，那才叫本事；化亲为仇，那是没本事。你不妨做个试验，看看会是什么效果。试验的内容，就是你不再把你的婆婆当仇敌，而是当作你的亲妈，原谅她，体恤她，关心她，对她的某种不当言行不予在乎，我坚信，你对她的一份好，就能换来她对你的三分好；你对她的五分好，就能换来她对你的十分好。不信，你试试看！利用一个机会，比如过节或她过寿，你给她买双鞋子或买件衣服，并把她叫声妈，说一些“妈，你辛苦了”之类的话，我相信，她会立刻摒弃前嫌，与你和好的。接下来，她会千方百计地对你好，你也继续对她好，如此，你不再烦恼，她也不再苦闷，从此家庭的氛围就会得以彻底地改观。如此稳赚不赔的买卖，何乐而不为呢？你要牢记一点，人都是鼓励出来的，越鼓励会越优秀，老年人亦不例外。老年人最怕年轻人看不起她，忽略她，并贬损她，他们对年轻人的期待并不多，一是尊敬，二是在乎……

我的说话，泥沙俱下，丝毫未曾顾及金上妹的面子和情绪。我的想法是，既然让我来当裁判，评判对错，就要把该说的话，全部一倾而尽。当然，我对金上妹的表情也有所观察，我留意到，金上妹的脸色像幻灯片一样地变幻莫测，由白变红，又由红变白，及至于她的额头，竟渗出密密的虚汗。她咳嗽着，掏出手纸，擦过汗珠之后，就将那团手纸，紧紧地捂在口鼻处，以掩饰尴尬。许久，她才低着头，嘴里蹦出七个字：我回去好好想想。

接着便是一阵沉默，俩人都不知说什么，只是埋头吃喝。那多半瓶红酒，直直地栽立着，仿佛一个旁观者，在好奇地盯梢我们的一言一行。

金上妹率先打破了沉默：大哥，我承认你说的不无道理，但理论是理论，实践是实践，理论和实践，有时根本套不上。对于你，毕竟只是旁观者，说起来是容易的，但对于我，做起来并不那么容易。很多具体的事，不身在其中不知其难。就拿家里来说，巴掌大的房子，五个人生活在里面，连走路都要碰来碰去，睡觉也感到拥挤，何况蛋蛋还要学习，且不说我还要扩大生源招更多的学生了。

我说：很多问题看似复杂，其实却很简单。我的建议是，考虑到住宿的不便，每个人都需要专属于自己的私密空间，你还是和婆婆分开居住更为妥善。让你婆婆和大哥，搬到你办班的地方住，你在家里办班，这样可能更合理一些。办班，毕竟不是每天都办，一周才三次，一次一个半小时，这样对家庭生活影响也不大。婆婆和大哥住在另一个空间里，对婆婆有需要时她再登门，这样你们自在，他们也自在。还有，人和人不能挨得太近。挨得近，反而因为磕碰而疏远；离得远，反而因为矛盾减弱而亲近。

金上妹皱皱眉头，说：大哥你的建议倒是个金点子，一下子点醒了我。我已经一把年纪了，不可能再在婚姻上折腾了，也折腾不起。没有选择，就只能认命，死心塌地地跟上徐西栋过日子了。但过日子，这种你分我裂的过法，持久对谁都不好，看来是要好好地做一些改变了。你前面说的，我都用手机做了录音，我会按照你的指点去做的。

金上妹用手机暗中录音，我未曾料到，看来她确实是一个有心人。

接下来我又问了一些蛋蛋的情况。金上妹告诉我，蛋蛋无论情绪还是学习成绩，都处于极其不稳定的状态。就学习成绩而言，时而云飞天外，时而跌落尘泥，让人无法弄清他到底是个学霸还是学渣。他现读初二第二学期，也许是压力过大、课程太重的缘故，其性格，和小学时期很不一样。小时候，他可乖可懂事了，绵羊一般，学习从来不用人督促，一有空还帮着大人做家务，一考试，位次总能排列班里的前三名。但现在，脾气似乎变得很怪，要么是不吭声，像个闷罐子，问多少句话都不搭理你，连眼皮都懒得抬一下；要么很狂躁，像一串鞭炮，一遇火星就噼里啪啦地炸响。

我问：蛋蛋是不是报了很多辅导班？

金上妹说：不多，才七个。在我那里学英语的学生里，人家都比他报得多；最多的，报了十三个辅导班呢！

我说：七个还不多呀？给你报七个班，你能忙过来吗？本身课堂学习任务就很重，课外还要加那么多的额外负担，他能不烦吗？他的烦躁，由几方面的因素造成的。一是他正值叛逆期，烦躁是不可避免的。每个人，无论男女，都要经历叛逆期。叛逆期是一种生理现象，无须为此而大惊小怪。人生下来，有两次与父母的切割。第一次，是他或她从母腹里出来，剪掉脐带的那一刻。脐带剪断，意味着他或她与父母肉体上的分离；第二次，则是叛逆期。叛逆期，形同对父母的抵抗与造反，寓意着人与父母在精神层面的彻底分离。人的叛逆，是上天的安排，当事人是无意识的。上天通过叛逆这个环节，让人彻底走向成熟和独立，不然人永远处于婴儿的依赖状态，无法应对来自大自然的挑战和社会的风吹雨打。被动卷入其中的孩子，是在用自己的出格言行，在警示父母，他们已是完全站立的独立体，而不是父母可随意支配的附庸；从今往后，他要做自己命运的掌舵者，自行做主，自我担当，父母不能像过去那样，随意插手他的事务，更不能像包办婚姻那样，蛮横地逼迫他，包揽他的一切。叛逆期的孩子，既是生理的转换期，也是心理的震荡期，因此表现得和从前大不一样：曾经唯命是从的，坚决不服从指挥；曾经温驯的，似乎满身是刺；曾经从不顶撞父母的，父母每说一句话，都会被他反顶回来。他们的表现，颇具攻击性，像斗鸡场上的公鸡，像斗牛场上的斗牛，随时准备着冲锋陷阵。而大多数父母，对孩子这一命中注定非跨越不可的沟坎，缺少基本地了解和理解，看到孩子如此大逆不道，先是发愣，继而手足无措，再继而怒不可遏或暴跳如雷。这时候，父母对孩子的态度和方式，时常会出现分野：懂得生命学、教育学和心理学的父母，深知孩子这个阶段正深陷苦恼与苦闷中，需要的，是来自亲人的安抚，于是他们陪伴孩子，劝慰孩子，对来自孩子的挑衅不予以牙还牙，犹如在等待发烧的孩子退烧一样，耐心地等待孩子恢复常态；相反，对生命的规律和教育的真谛一无所知的父母，则会走向另一个极端：训斥，责骂，极端的，还会体罚！其结果，使本就对立的双方，关系不断恶化，矛盾不断升级，及至因父母的不当处置，将孩子越推越远，使他们要么离家出走，要么破罐子破摔，和社会上的问题青少年——其实大多也是家庭环境或家庭教育的受害者——厮混在一起，抱团取暖。叛逆是孩子与父母关系的关键节点，叛逆过后，有的孩子与父母越来越亲近，有的孩子与父母越来越疏远，究其成因，皆是由父母一手造就的。

金上妹突然捂住嘴笑，说：大哥你真是一个百事通，啥都懂！你的话，确实让我豁然开朗。遇到你，既是我们的福气，也是蛋蛋的福气。如果没有你苦口婆心地劝告，我们的日子会怎样，蛋蛋又会长成什么样，真是不敢想呀！

金上妹给我敬了一杯酒后，接着说：大哥你应该将你讲的写出来，发表出去，让所有家长都能看到。大多数家长和我一样，教育孩子都是瞎子摸象，乱抓乱摸，跟着感觉走，走到哪里算哪里，但常常是好心办坏事。

我说：我可没少写这方面的文章。只是有的家长你能把他叫醒，有的家长你即使杜鹃啼血，喊破了嗓子，都叫不醒他的。或许，那些自负的家长，还会因为你的多嘴多舌而怪罪你呢！

金上妹说：也许其他人跟我说这些，我不一定能听进去；但出自你口，我就相信照着你说的去做，肯定没错。因为我了解你的水平，也对你的人品深信不疑。人是需要被点拨的，就像灯，不点不亮。未被点化的人，就像黑夜里的夜游者，瞎转悠，瞎忙活，到头来也许一无所获，也许还要栽跟头。在上帝的眼里，人都是孩子；在你的眼里，恐怕人都是需要打磨和雕塑的石头吧？在你的指点中，我也有所觉悟，认识到这样一个事实，那就是我们自以为自己很聪明，其实很愚钝；自以为自己无所不能无所不知，其实知之甚少能之有限。从这个意义上说，不仅学生需要老师，而且家长也需要老师，老师更需要老师——多少老师只懂教学而不懂人的成长啊！

金上妹不但给我频繁地敬酒，而且也挥动高帽子，时不时地往我的头上戴。我承认我也虚荣，是经不起赞美的，他人的几句美言，时常会化为我头脑里发酵的酒精，让我忘乎所以。这时候，经酒精和夸赞的双重作用，我仿佛一只半醉半醒的猴子，顺着爬杆越爬越高，又滔滔不绝地教育起金上妹来。我责令她要为自己减负，也要为蛋蛋减负。既然经济的困局已经解决，就不要欲望过于膨胀，摊饼不要过大，原因在于，如果长此以往，不但身体与精神无节制透支，极易诱发身心疾病，而且会在蛋蛋的成长途中，造成母亲的缺位。对于一个家庭来说，最为昂贵的一笔资产，不是房产，不是汽车，不是金银珠宝，而是孩子。在孩子面前，一切所谓的财富，都会作废。一千吨的黄金，都无法与一个孩子交换。孩子好，家里就好；孩子不好，家里储存再多的财产都会归零，幸福也就无从谈起。关注蛋蛋从生理到心理的健康，远比关注蛋蛋的学习成绩更为必要。

就餐完毕，道别时，金上妹很动情地说：大哥，太谢谢了！都不知道拿什么来报答你的恩情了！人生遇到你，是我们前世修来的福报。你尽管只动了动嘴，但从根本上改变了我，也改变了我们全家人的命运。等我这些年忙过去，等蛋蛋有所出息，我们一定会来报恩的。

我说：改变你们的，是你们自己，而不是我。我呢，不过是起了一点小小的催化剂的作用而已。你们最为可贵的地方，在于能听进去别人的规劝，愿意接纳他人的忠告。我做过很多人的心理疏导工作，有时有效，有时无效。何以无效？就在于那些受众，其思维形态，已像水泥墩子一样地僵硬，风吹不进去，水泼不进去。他们的耳朵，表面上耳孔通透，但实际上已筑起了一道厚墙，再多的话语，都穿透不了，更别说想渗入他们的脑子了。外人之言词，仅为种子，唯有得到土壤的接纳，才能发芽、开花并结果。从这个角度，我反倒要特别感谢你们！正是你们的细心聆听，并将我的话语化为自己的行动，才让我这场未事先设置的试验，没有走向失败；更使我飞溅的唾沫星，没有化为随风而去的云烟，而是化为了点燃灯火的火柴和生根发芽的种子。

5

一晃又是五年。

五年后的某个晚上，金上妹打来电话，邀请我于后天中午，能赏光前来参加蛋蛋的谢师宴会。她说蛋蛋今年高考成绩相当令他们满意，现已被南方一所国内排名非常靠前的名牌大学的名牌专业录取。在蛋蛋即将起程奔往学校报名的前夕，他们决定设宴答谢老师。在受邀者当中，我是最应当被感谢的人——在金上妹看来，我尽管未亲自给蛋蛋授过课，却比任何一位代课老师所做的贡献都要大。代课老师灌输的是知识，而我拯救的，却是蛋蛋和他们一家人的命运。

我心里不谦虚，嘴上也不谦虚，我承认她之所言，皆为实打实的事实。

接着金上妹给我夸耀起自己的幸福来，那种发自内心的笑声，像泛溢的泡沫，似乎都能通过话筒，淹没我的耳膜。她说穿过厚厚的云层——物质的云层和精神的云层——才发现太阳竟如此明亮。尤其是，她听从我的劝导，改变了与婆婆的相处方式，主动向婆婆示好，换来的，是婆婆的加倍回报：婆媳之间以母女相称，也像母女一样亲昵无间地共处，你是光，我是火，彼此照耀，拥抱取暖。于是她从中悟出，抵达幸福的彼岸，并不需要踏破铁鞋跋山涉水地寻寻觅觅，只需要一句烫心的问候，只需要一个温情的眼神，只需要一次言语的收敛和姿态的后退，就能如愿以偿。可惜地是，太多的人在一种固执意念的错领下，陷入了一座思维的迷魂阵中，既无法脱身而出，也无法脱心而出。他们以为自己追求的是自我的尊严，岂不知追求了一辈子，尊严早已被痛苦的魔爪撕得粉碎；他们以为幸福源于对别人的驯服与压制，却不知自己已被自己的狭隘套牢，被自己的偏执绊倒。意欲打倒别人的人，最终扑趴在地的，常常是他自己。

我笑言金上妹满嘴的哲理，都快要成为哲学家了。金上妹说她确实正在读在职研究生，读的专业恰是哲学；取得哲学学位后，她还想报考心理学博士。她恭维我说，她从我身上得到的启迪是，人若不读书，不思考，不开悟，就会变成精明的傻子！只有懂得更多，认知更通透，才能辨识世界，才能洞悉人心，也才能明察自己。她读研的最大收获，如柏拉图所说，就是“知道了自己的无知”。

精明的傻子？我挺佩服金上妹这一创造性的称谓。的确，现实中智力不足的傻子并不多，但“精明的傻子”，放眼望去，却如蝗如蚁。

我告诉金上妹，我在外省出差，后天无法赶回来亲临现场向蛋蛋致贺，只有通过话筒，向蛋蛋传递美好的祝愿和祝福。蛋蛋尽管我才见过一面，那时他不比一袋面粉更高，但从心理上，似乎总觉得他就像我自己一个失散的孩子，对他怀有一份无法割舍的牵挂。

在金上妹的怂恿下，蛋蛋和我，通过手机，做了一次视频连线。视频里的蛋蛋，阳光帅气，口唇周围已长出了隐隐的胡须。蛋蛋说了一番谢谢大伯关心之类的话，然后说他早就知道我，我的名字在他的耳朵里已生成了老茧；他也读过我赠他父亲的我的书，每当写作文遇到困难时，他就翻看我的文章。我就像一个隐身人那样，在他们的生活里无处不在，却从来不见我露过面。他父母说他见过我，但他那时年龄小，已经记不得了。今天终于见到了真人，呵呵，和他想象中的不太一样。

我问有啥不一样的？

蛋蛋说他想象中的作家，应该戴副眼镜，文质彬彬的，而且不苟言笑，而我不是这样，倒像在工地上搬砖的他的大舅，晒得黑黑的。

我笑说蛋蛋你马上就要读大学了。大学生可不能把人格式化，脸谱化，不能以貌取人的。

蛋蛋说我原来觉得作家好神秘，像神仙一样，很难接近的，现在倒觉得和普通人没啥区别。

我说你现在的感觉才是对的，把一切人，不管他是男是女，是富翁是贫民，是高官是草民，都要还原为人，还原为一样要吃喝拉撒、一样有喜怒哀乐的人，而不是将其模版化，如此才能与人打交道时从容祥和，不卑不亢。

聊天结束时，我特意把胡适先生的两句话，作为赠言送给了蛋蛋，希望他以此为鉴，走好走正自己未来的人生长路：做学问要在不疑处有疑，待人要在有疑处不疑。

第七章

笼子里的鸟儿惧怕蓝天，私塾里的孩子变成结巴

1

下地铁，从站台朝出口的方向走，我与叶太安相遇。叶太安和我搭乘的是同一辆车，只是身处不同的车厢而已。

和叶太安七八年未曾相见，因此，当他向我打招呼时，我先是愣了片刻，然后在记忆里经过一番紧急搜索，才恍然想起他是谁。

曾经的叶太安，在我曾经的工作室的巷口，开有一家烟酒店。我常去买烟，就和他买成了熟悉的陌生人。比起当地人说话的生硬冷倔，叶太安的舌头显得格外地柔软，他那弯弯绕绕混混沌沌的南方腔，像鸟鸣一般，给我留下很深的印象。

有一回我去买烟，和他闲聊几句，知他来自遥远的广西，他出生的村子，和越南仅有一溪之隔。村里人放牛，牛若低头吃草，很容易就越过国境线。村里人怕违法越境，都不敢去追牛，只能眼巴巴地看着自家的牛被他国人牵走，尽管着急得脚抖手颤，却也无计可施。从教训中积累经验，渐渐的，养牛户们从牛市上买回牛后，就像把新兵领进兵营那样，急于做的也是最为重要的一件事情，就是教牛如何辨识国境线。经过反反复复地训导，大多数牛在挨了多回鞭子后，都明白有一条线犹如高压线，是千万不可随便触碰和逾越的。逾越了，轻则挨主人的鞭子，重则会被对岸的人牵走，自身将面临被屠宰的厄运。当然，牛和人一样，

智力参差不齐，自然也就有灵牛和笨牛之别。灵牛是会察言观色的，主人的眼色它们能读懂，主人的心思它们能破译，它们绝不惹主人生气，从不激怒主人而给自己惹来麻烦。但那些笨牛就不同了，它们只要看见一撮鲜嫩的绿草，哪还顾得上主人的表情？它们贪吃多占，却不懂得吃和被吃的关系：遵从主人，就会有草吃，就会受到优待；抗拒主人，不但会失掉吃草权，而且很容易被主人最先送进屠宰场——没有眼色，人也好，牛也好，都会招致惩罚，这几乎是自古而今一成不变的法则。

叶太安给我讲这些时，尽管他板着面孔，嘴里像含着一枚核桃，发音含混不清，但我听着却十分好笑。我在暗自思忖：万一某头牛深陷情网，爱上对岸的牛可怎么办？如此，它们的偷情，可不变成了违法的偷渡？

叶太安当然也问起我从事何种职业，我告诉他，我是一名文字的工匠。叶太安将信将疑，说他以为我是从事管道修理的或摆摊卖烧烤的，哪能想到我这样一个三大五粗之武夫，却在从事那么细致的活计，此等反差，给他的感觉，就像李逵不抡板斧而在捉着绣花针刺绣。

后来叶太安送我一本诗集，我才恍然明白，眼前这个躲在柜台里被层叠的烟酒包围的小个子，竟然还是个白日做梦的诗人。叶太安的诗谈不上有多少价值，全是迎合时政的大话空话，但在书舌的简介里，却印有“全球最具影响力的百名文化人之一”的字样。

再后来，叶太安就消失不见了。尽管彼此也都给对方留过电话，却谁也没联系过谁。而今与叶太安这位陌生的熟人在地铁的站台上偶遇，令我颇感意外。

与叶太安同行的是一个小伙子，二十出头的年纪，脸呈橄榄球状，白皙的面庞微微泛着红晕，神情腼腆而羞赧。小伙子的装扮格外地整洁正规，西装革履，三七分头型，头发梳得油亮。他手拎一个黑色的手提包，走起路来腰杆笔挺，规规矩矩。叶太安告诉我，小伙子名叫卢本伟，湖南人，曾留学德国，学的是古建专业，是他公司聘用的设计师。

小伙子没有搭腔，但表情局促而谦逊，只是用微微的笑意，来回应叶太安对他略带吹捧的介绍。我斜睨小伙子一眼，觉得叶太安言之有据，因为从小伙子的装束和举止上观察，他明显带有西方绅士的印痕：内敛、规矩、彬彬有礼。

我问叶太安在从事哪些经营活动？叶太安说他原来注册了一家装饰公司，效益一般，所得仅能勉强能维持生活的日常开销。自从几个月前和小卢相识后，他就转变了思路，打算依靠小卢的实力，把公司的业务重点，转变到家室的个性化设计方面。现在社会上流行古典风，人们已从对西洋风尚的热度中冷却，转而热衷于对中国古典元素的追寻，在这一点上，小卢的专业特长，恰好英雄能拥有用武之地。

与叶太安分手后不久，我的微信收到添加朋友的请求。微信的名字很特别，曰“我不是结巴”。点击通过后，我才知道请求添加者，是卢本伟。

卢本伟不问三七二十一，先发来了一张照片。我定睛一看，照片是我长篇小说《小人物》的封面。然后他才打来一串文字，说他家里藏有我这部书。通过微信互动，我得知他的父亲是一位中学教员，曾在多年前在他们当地的书店购买过我的这部小说，对其赞誉有加。受到父亲言谈的影响，他很早就记住了我的名字，且一直想着落脚西安后，有机会拜访我。我问他为何要把微信名起得那么怪异，他老实地承认他就是个结巴，因结巴而自卑，因结巴而不敢和人交流。

多次互动后就面临过年，我突然收到一个包裹，拎起来沉甸甸的，打开一看，竟然是一块黑猪肉。包裹里面，夹有一张纸条，简短的几句话后面，署名卢本伟。卢本伟告诉我，寄我的黑猪肉，是用来烧肘子的大好食材，他以此为我拜年，并祝愿我全家安康吉祥等。卢本伟还特意注明，寄黑猪肉，是他爸爸的主意，他爸爸念及我对他的关照，特意精选了优等的黑猪后臀肉，以示对我的答谢。

实际上，我对卢本伟并无多少所谓的关照，不过是仅仅见过一面，并在微信中略有互动而已。所有的“关照”，不外乎微信里只言片语的叮嘱而已。

时过不久，卢本伟在叶太安的引领下，到我家茶叙。他依然像是出席某种仪式似的，一副极其规整的装束。自始至终，他都躲在叶太安的身后，像一位中学生被家长领来见老师那般，一副拘束无措的模样。礼让几次，他才坐在沙发上，但多半个身子却都悬在空中。尤其令人不可思议的是，他紧张得额头都在微微地冒汗，手心也汗油油的。我问他怎么啦？是不是哪儿不舒服？他摇头，说没，没，没事。

简短的“没事”二字，不是从他的嘴里吐出来的，而是蹦出来的，显得如此地吃力和困难——可见他自称自己是结巴，绝非自谦之言。

接着，在我的询问里，在他磕磕绊绊的回答里，以及在叶太安的补充里，我知道了这样一个事实：他并非天生就是结巴，年少时，他的言语表达和正常的孩子无异，通达而顺溜，只是在经历许久的与世隔绝后，重新跨出家门，在与无比陌生的世界重新进行对接和融入中，在与各色人等进行交流时，由于精神过度地恐惧和紧张，才脑子断电舌头生锈般出现前言不接后语的症状，及至于严重到不能流畅表达的程度。也就是说，他的结巴，决然不是天灾，而是典型的人祸。

换句话说，卢本伟的结巴，不是与生俱来的，而是由后天的精神因素导致的。那么，又是什么让他在面对外部的世界和世人时，精神会如此地惊恐不安呢？

通过刨根究底地追问，我才知晓，造成这等状况的罪魁，不是仇家，恰是深爱他的父亲。

父亲好读书，读多了就很自负，自负到了除相信自己外不肯相信任何人的程度。父亲看不起现代教育，也瞧不上诸多老师的教学水平，在他的想象里，他的孩子是一块有待冶炼的金子，把这块金子寄存在学校，交给平庸之辈们来去揉搓，也许最终只能领回一块废铜或烂铁。于是父亲决定将孩子禁锢在家里，自己来悉心栽培。父亲是国学迷，又是私塾教育的卫道士，尤其是对庄子孟子以及传统礼仪等，格外地推崇。他的意图，是想把儿子作为试验品，来证明私塾教育和国学教育，远远优于群体化课堂化的现代教育。

2

卢本伟的家坐落在一个小镇旁边，四周是绵延的丘陵，不远处有一条河流，房屋的背后，是一片片伶仃的竹林以及披头散发般的杂木林，屋前通往小镇的窄路，像细肠一般，刚刚能够容纳一辆农用车的通过。路的两侧，布满了池塘，一大早，青蛙们便像吵架一般地大声地聒噪着，几乎能震聋人的耳朵。

卢本伟的家原来身处于小镇，为镇上的老住户。镇上由李、卢和孙等三大姓氏组成，按照人口的多寡，卢姓是这个镇的第二大姓，可谓户数众多，人丁兴旺。卢本伟的父亲是个瘦瘦的中年人，脸庞上窄下宽，头发后缩，从而使前凸的额头，显得更加地光溜和一毛不拔。他小名毛竹，大名卢兆元，在家族的“兆”字同辈里，排至第三十三的位置。在本户族内部，平辈之间，常以排位相称，于是卢兆元就被人唤作三十三。据三十三说，与他平辈的人，已排至五十六位，其中他的十八婶娘，像母鸡下蛋似的，为十八叔持续孵化出了十六个儿女，单腿间不虚的男丁，就有八个。三十三说起这些，皱巴巴的脸浓缩成一团，数落起本家族的同辈兄弟，表情明显带有极其得不屑。他高举的右手，像扇子一样地摇摆着，用带有浓郁湘西口音的普通话，反复地强调：没质量，不顶用！老鼠数量多，抵不过一个狮子。你看看阿崽们，十六呀，二十一呀，还有二十八二十九呀，哪个不是下苦力的？他们不是挑担的就是拉纤的，到头来连个老婆都娶不到，竟有两个做了上门女婿，两个四五十岁了还在打光棍。

三十三老在强调生儿育儿的质量，言谈之中，对没有质量保证的数量，充满敌视，究其原因，显然有为自己辩护的因素埋藏其中。他的父母，就没有像十八叔婶那样“母鸡下蛋”，而是像母猪上树摘桃，努力多年却未必能顺利摘到一个桃子。比起十八叔婶，他们父母很是“劳而无获”，膝下仅有一子一女。比不了数量，那就从质量上打败他们，于是他的父母很支持他和妹妹去读书，寄望于他们用出人头地的方式，来弥补人丁稀少的劣势。在父母“万般皆下品，唯有读书高”的声声敦促下，他和妹妹灯下熬夜苦读，最终皆学有所成，至少都端起了令村里人无比羡慕的公家饭碗：他考上了师范学校，毕业后在乡村中学当老师；妹妹则就读于农林学校，工作几番变化，现在一个乡镇当人大常委会主任。

三十三还向我讲起他的祖父，是清末的遗老秀才，至“民国”二十九年去世，都不肯剪掉头上的辫子。革命者闯进他的家里，几个人合伙强行扼住他的头颅，把他的辫子剪掉，他由此而哭得死了爹娘一般，继而操起一把木杈，怒火填膺地要和人家拼命。革命者被他撵跑后，他继续坐在地上哇哇大哭，惹得周围的乡邻都跑来围观，并将其当作笑谈传播。之后为使头上新长出的辫子不被剪掉，他自制火药炮筒，架在自家的高墙上，一旦有人前来骚扰，炮筒便喷吐出一串串的火焰。据传闻，三十三的祖父出口成章，诗词歌赋以及二十四史，样样精通。他给官衙题牌匾，给寺庙拟对联，给学校写训令，无所不能。三十三提起自己的祖父，满脸的自豪，并承认自己比起祖父来，还有着从地球到月球的距离。遗憾的是，祖父给这个家庭，并没有做出太多的贡献，仅遗存的一部满纸生烟的手抄文稿，还在“文革”时被造反派查抄，至今下落不明，这让三十三一想起来，就要心绞痛的病症发作。祖父成长的年代，西学虽已渐渐东进，但毕竟尚未像传染病毒那样无孔不入，因此在三十三看来，祖父的出人头地，完全有赖于私塾熔炉地铸造。

三十三在本镇的中学从事初中语文教学，因他不依照教学大纲按部就班地讲课，因此他所教的学生的语文考试成绩，常常在全县各中学的排名中，处于末端的位置。为此事，他和学校的领导吵过，和教育局的检查组争辩过，但最终，还是背上了一个处分，并被调离教学岗位。鉴于此，他干脆休起了病假，在医院里躺了半个月后，就躲在家里闭门不出，只是在每个学期学生报到的那天，他跑去学校，往校长的手里塞去一张新的请假条。他宣称自己患有病毒性乙肝，且有医院的诊断书为证。他的借口是：乙肝极具传染性，他若在学校里晃荡来晃荡去，我传染你，你传染他，一传染十，十传染百，弄不好，师生们个个都会成为病毒的携带者和传染源。

恰在这时，他的独生子卢本伟到了上小学的年龄。他看到自己长得胖乎乎的可爱儿子，不忍心将他送入学校。在他的理解里，送儿子去学堂，无异于是把鱼肉往刀俎上送。他想了两日，决定把儿子就留在家里，自己亲手来培养。他想做个实验，一是证明私塾教育的优越，二是想证明自己的创造性教学模式，远超于其他平庸老师平铺直叙的照本宣科。当然，最为核心的，还是他想让儿子更为优秀，更有出息，将来成为光宗耀祖的具有宗师地位的翘楚式人物。

他在学校的语文教学中，渗入了太多古典的内容，比如中国的易学、八卦、礼仪、民俗等，他都将其搬进了教室，致使一个个十二三岁的孩童，满嘴的之乎者也，却怎么都写不出像样的白话文作文——这些，是他得到家长们否定性评价的主因。在他的眼里，家长都是些毫无远见亦毫无主见的贩夫走卒，别看他们有钱的有钱，有权的有权，但耸在高档服饰衣领之中的脖子，顶着的是一个泥球般的愚昧脑袋。很多人坚信“群众的眼睛是雪亮的”，但他不信，他认为群众就是群氓，与流氓仅有一字之别。在他看来，群众的脑子被欲望占据，腹内被山珍海味填满，浑浑噩噩的，傻里傻气的，一听到吆喝声，不管三七二十一，起身就跟风而跑，从来不过问吆喝的人是居心叵测还是心怀良善。在他的眼里，天下人绝大多数都是患有精神类疾病的病夫，无可救药——人体病了，尚且有药物医治；但人心病了，却无从治疗。

当然，任何一种事物都有其相互性——当他视别人为病人的时候，人家也视他为病人。在这个小镇上溜达，当我和镇上那些摆摊的、遛狗的、卖菜的等等，聊起卢本伟的父亲三十三时，不止一个人比画比画的，用手指指自己的头，弦外之音则是：这个人脑子有问题。当然，我还意外地得知，当地人给他起的绰号叫“三疯子”。

三十三和现实不相容，和当代教学理念不相容，因此，他在讲台上施展自己教学抱负的宏愿，不得不折羽和断戟。在学校里，他毫无自主教学的自由，但面对自己的儿子，就像给自家人做饭的厨师面对一盆面粉那样，他拥有相当大的自由裁量权，想怎么做就怎样做。做成布条状，做成棍棍状，甚至做成面疙瘩，完全由着自己的心性和兴趣。这个面色红扑扑的可爱儿子，他不忍心将其塞进那个被他鄙视的系统中，不忍心让那个剿灭天才的系统将其毁灭，最终使其化为一个形同废品的“合格产品”。他想让他独一无二的儿子，变为社会上独一无二的存在。具体而言，那就是他想把儿子冶炼成传统文化的薪火传人，想把他塑造成旷古奇缺的一面新的文化旗帜，想把他磨砺成承继传统道德的现实活标本。

他是一个古学的痴迷者和醉情者，尝一勺就啧啧赞叹，饮一杯就神魂颠倒。一看见那些古书古碑，甚至古墙古树，都仿佛好色之徒遇见风情万种的骚情少妇那般，眼睛放光，心幡摇曳得难以自控。过去，他在教学之余，就大门不出地投入进对国学的钻研之中，尤其是对先秦时期的诗经、楚辞、诸子百家，以及易学、史学如前后汉书等等，格外地迷恋。投入得太深，既很入戏，也极易陷入一叶障目的状态，就像钟情于某位美人那样，因为过度地痴迷，从而对市井里、红尘中那些来来往往的芸芸美女皆熟视无睹，只是情人眼里出西施，一味地认定这位美人才堪称完美，而其他女性，不过残枝败叶而已。那些新学，那些西学，在他看来，都是不值一提的花拳绣腿，是注入糖精的果汁，是印刷精美的包装盒，是把金子熔化为矿渣的冶炼炉。经过从五四白话文运动到“文革”狠斗封资修的近半个世纪折腾，确凿无疑的事实是，传统文化的河流已近乎枯竭，河滩里残骨横陈，荒草萋萋，而当下的老师，就是在这样蚊蝇横飞的荒芜中，成长起来的嘴尖皮厚腹中空的一丛丛芦苇。他对民办教师有无能力教书很是怀疑，对民办教师昔日教出来的学生——而今站立讲台的教师的知识素养和道德水准，普遍抱有怀疑的态度。他认为很多人适合当饲养员，很多人适合当铁匠，很多人适合当挑夫，却唯独不适合当教师。

他唾沫星四溅的侃侃而谈，给我的感觉是，好像天底下就他一人适宜于从事教育，也好像唯有他，才能拯救濒临灭绝的中国传统文化。

是的，他的眼里在流泪，心中在滴血。从他急促的语气和抽搐的表情里，我看到一个受难者的痛苦和挣扎，看到一个拯救者被误解被歪曲后的怅惘和愤怒。

毫无疑问，他就是一个教育领域的堂·吉诃德，以一种近乎疯癫的姿态，以极端的自负与自虐，自觉地肩扛起家国的重大责任和使命，既拯救中国传统文化的香火于灭失，又拯救自己儿子的前途于悬崖。

然而，要当一个殉道者，又何其之难？不提街坊邻居，单要得到家人的理解和支持，不比翻越喜马拉雅山更为容易。当年迈的父亲听说他不打算送孙子去学堂时，举起拐杖，追着追着非要敲烂他的头不可。尽管他跪在父亲面前——孝道被他深为认同和推崇，他向父亲发誓，保证给他教出一个本镇或本县最为优异的孙子，却依然不能使忧心忡忡的老父复归平静。父亲捶胸顿足无用，指头戳进他的眼眶也没用，于是就暗度陈仓——背过他，偷偷地把孙子送进学校，将其亲手交到校长的手里，并叮咛校长：他爸爸若来要领走孩子，你就打报警电话！

他的妻子更是和他闹腾不休，既以喝农药来要挟，又以离婚为逼迫，甚至还搬来娘家七大姑八大姨前来游说，目的只有一个，就是要他按套路出牌，按常规走路，以避免毁掉孩子的人生。但问题是，他是一块顽石，而不是一块浮冰。浮冰一经热水浸泡，就能化为乌有，而顽石则决然不同，即使拿开水烫，拿硫酸泼，拿棍棒敲，都很难改变其固有的形状和姿势。

一轮轮地大战，一番番地折腾，甚至历经藏匿孩子和抢夺孩子的多重闹剧，都没能折弯一根杠木，也没能改变他钻牛角尖的思维——他认准的东西，类似铁铸的教义，是不能改动其中的一个字词的。

无奈之下，哭哭啼啼的妻子，和他办理了离婚手续，但考虑到孩子尚且年幼，她离婚不离家，一直不明不白地和他生活在一起。父亲则在一气一怒之中，卧床不起，最终呜呼哀哉，被葬埋于屋后的半山腰。

3

腾空一间房子里，他给儿子布置出一间别样的教室。教室大约十五平方米，窗帘上挂着特意编织的草帘子，并在其上蒙一层薄薄的黑纱；墙壁上贴满了诸多先贤的警示格言，比如“仁者爱人”“男女授受不亲”等。一方矮桌，搁置在一张铺于地面的大席上；矮桌之上，摆放着笔墨纸砚等。讲台上，也铺有一张席子，那个像茶几一样的长条形桌子，就是授课台。开讲时，无论是讲台上的三十三，还是洗耳恭听的卢本伟，皆退回到汉朝之前，席地而坐。

教室正前方的墙壁上，挂有圣人孔子和亚圣孟子的画像。每天授课前，卢本伟都要在父亲半逼迫半诱导之下，向两位圣人行跪拜礼——拜三下，跪三分钟。卢本伟有时候要性子，执意不从，父亲就会举起教鞭——一根专门制作的用于惩戒的木条——或抽打他的手心，或抽打他的后臀。父亲说了，在教室里，他就是要做说一不二的暴君，卢本伟胆敢有所不从，肉体就得遭殃。有一回，因卢本伟在背诵时昏昏欲睡地打盹，父亲毫不留情地用木条狠狠地抽打他的右手，致使右手的手心，肿得宛若面包一般，十多天里竟都捉不住筷子。

父亲给他编制了课程和教材，第一课是《弟子规》、第二课是《三字经》，第三至第六课是《诗经》的“风雅颂”；第七课是《论语》，第八课是《孟子》，第九课是《大学》、第十课是《中庸》……第五十课是明清话本。

就课程而言，几乎把中国的传统典籍一网打尽。就课程的类型而言，分为四门课：一是识字；二是写字，包括书法；三是阅读与背诵；四是算术。至于物理化学生物之类，在三十三看来，都属于奇巧淫技之类，不屑于涉猎。

六岁的卢本伟，每天早上鸡鸣时分，就被父亲从被窝里拽出来，睁着一双懵懂惺忪的双眼，步入教室，一边昏昏欲睡，一边无精打采地背诵那些艰涩拗口的语句。那些语句的意思，以他稚嫩的小脑，根本无法理解；甚至，所背诵的内容，大部分的字，他都有所不识，却依然要在父亲一句一句地领读中，摇头晃脑地跟着死记硬背。父亲对他的背诵坐姿，有着严格的要求：直面前方，盘腿而坐，腰板挺直，头不能歪，身不能斜。

日日复日日，岁岁复岁岁，卢本伟宛若一只遭到捆绑的小鹿，被囚禁于这座小屋里，从晨曦泛白到暮色苍茫，他就这样在寂寞枯燥中，打发着漫长的光阴。那些“之乎者也”，令他莫名其妙，更令他心生厌恶。他即使想透过窗帘的缝隙，望一望外面的蓝天白云，都会遭到父亲的呵斥；有时候，他恳求父亲能让自己跨出家院的大门，出外玩一玩，不远走高飞，哪怕和是坡地里低头吃草的水牛，逗一逗乐子，就五分钟，都会被父亲断然拒绝。父亲原本是按两个人设计的课堂，怎奈姑姑无论如何都不听父亲的劝告，不肯将自己八岁的女儿送来，于是这座教室，就剩下了孤单的卢本伟。如果表姐也来就读，卢本伟除却有个玩伴外，还能转移父亲的一部分注意力。表姐不来，父亲就变成了一只猫头鹰，紧盯着卢本伟不放，那双犀利的目光，像两根闪着寒光的针刺，片刻不离地刺在卢本伟的额头，让卢本伟如坐针毡。

父亲教导卢本伟，坐有坐姿，睡有睡姿，说话要低眉束手，走路要踽踽而行，吃饭不能发出咀嚼的响声，上厕所要紧闭门窗，穿衣更是冬天不能松动风紧扣，夏天不能光脚丫。一年四季，卢本伟都穿着父亲专门为他定做的所谓的汉服，像古戏中的小童那样，梳着小辫，拖着裙裾。

某一回，卢本伟因为在背诵时，没忍住放了一个屁，便遭到父亲的严厉惩戒。父亲认为这事不是小事，而是比天大的大事——既是有辱斯文之大不雅，又是对圣贤经典之亵渎，甚至是他学而无功之明证。父亲拧着他的耳朵，让他面壁而跪，反思自己的过错。及至天黑，母亲声声唤他吃饭的涕泪，都没能软化父亲水泥石墩般僵硬的态度。从此以后，他的肚子里哪怕风起云涌，宁肯憋得面目通红，都不敢泄漏一丝一毫。

从六岁到十四岁，卢本伟都是在父亲私设的私塾里度过的。在这仅有一人的私塾里，他倒也掌握了不少的技能，包括识字、练书法、作画，以及写古诗等。他脑子里装的古诗古文，以及他在古诗词上的造诣，恐怕连大学本科中文系的学生，都难以望其项背。然而家里人在称赞他小小年纪就像个老夫子的同时，也渐渐察觉到他的性格也在悄然地发生着变化。他沉默寡言，一天到晚都不开口说一句话，宁愿喃喃自语，也不愿搭理旁人的问询。他面目呆滞，无喜无怒，对天空的电闪雷鸣以及门外狗的狂吠、音响的轰鸣，皆置若罔闻。当然，有时候他也毫无来由地暴怒。发怒时，他总把怨恨的目标锁定为自己，以山崩地裂的架势，挥动手指，既撕扯自己的头发，又抠挖自己的脸面。甚至，他还两度拿水果刀划破自己的手腕，多亏家里人及时发现，送医后才没造成严重后果。

终于在一个春节，经多人劝说的三十三，决定给儿子放五天假——原来他都只是放大年初一一天假的——让他去走一走亲戚。然而此时家里人这才惊讶地发现，曾经一心想逃离家庭的卢本伟，此时却畏缩不前，赶也赶不出拽也拽不出家门。

母亲哄劝无效，父亲呵斥无用，卢本伟蜷缩着身体，躲在一个角落，像一只瑟瑟发抖的病猫，无论采用什么招数，他都软硬不吃，绝不肯跨出门槛。他的情状，无疑在验证着这样的事理：人一旦适应了黑暗，光明对他而言，就犹如洪水猛兽。鸟儿在笼子里关久了，就会爱上笼子；猪在猪圈里禁锢久了，就会留恋猪圈……诸如此类，并不能证明笼子和猪圈就具有某种天然的正当性和优越性，只能证明鸟儿和猪对笼子和猪圈之外的世界，心怀深深的恐惧，并因恐惧而抵触。

卢本伟除拒绝外出拜年外，其言语的表达，也越来越不连贯，近乎结结巴巴。三十三认为他是故意在搞怪，及至于差点儿赏他耳光。但他的妈妈，却意识到事态的严重性，于是不但紧拉住三十三高扬的手臂，而且还火烧火燎地打电话给卢本伟的舅舅，让他驾车过来，把卢本伟送到医院的耳鼻喉科去检查，看看他的舌头或嗓门，究竟出了什么问题。死活都不愿步出大门的卢本伟，被舅舅连拉带拽地塞入一辆车，送往了医院。医生经过一番复杂的检查，最后得出的结论是：卢本伟无病理异常，喉咙发育完好，其说话结巴，不是由生理造成的，而是由心理造成的。

这样的结论引燃了一场家庭大战。舅舅驾车返回途中，在岔路口，将车辆拐向另一个方向——他没有把卢本伟母女送回家里，而是将他们直接接到自己的家中。舅舅对姐夫把外甥折磨成这等模样，本来就颇有微词，这时候达至愤慨不已的程度。回到家里，舅舅不但把外甥藏匿起来，以免被他那恶魔般的姐夫将卢本伟夺走，而且打电话报警，告发自己歹毒的姐夫虐待少年。警察把三十三传唤至派出所，三十三的态度无比强硬，凭借讲课练就出的三寸不烂之舌，他的一串串咆哮式的反问句，反倒使警察无言以对。三十三对待卢本伟的方式，纯属家庭事务，且又找不出虐待的证据，派出所只能敷衍了事地劝一劝三十三，然后将其放回。

自此，自认为遭到栽赃陷害的三十三，就和卢本伟的母亲及舅舅一家势不两立。在接下来的日子，该把卢本伟往哪条路上推送，更是扩大了他们之间的裂痕。卢本伟的母亲，一改过去步步退让的架势，不再退缩，不再懦弱，在弟弟的鼓动下，不惜与三十三鱼死网破，也要阻击他继续折磨孩子。卢本伟的母亲受之于娘家人的暗中帮忙，连夜把卢本伟从家里偷运出来，送至五十公里开外一个名曰糊涂镇的地方。糊涂镇有一户人家，与卢本伟母亲的娘家人沾亲带故。老亲戚家有栋闲置的旧屋，提供给卢本伟母子容身。

当八个月后，闻知详情的三十三追踪而至的时候，卢本伟已是糊涂中学初二年级的学生了。三十三掘地三尺地找寻卢本伟，费尽周折，忧心忡忡到不止一次睡至半夜，硬是被纠缠的噩梦惊醒。精疲力竭的他，心里紧拧的挽结渐渐松弛，由最初的一根筋，分散成了两根筋。踏足一次道观，经道士的一番指教，他悟出了顺应天命的道理。给鸡喝骆驼奶，鸡也成不了骆驼；给骆驼喂鸡蛋，骆驼也变不成鸡。世间的任何物事，各有运行之规律和节奏，悖逆则不至，欲速则不达。儿子安全无虞，健康无忧，比啥都重要，至于成不成龙凤，就听从天命的安排吧！因此，当他在校门外彷徨大半天，躲在墙角，亲眼看见挎着书包的卢本伟走出校门回家吃饭时，一颗兔子般活蹦乱跳的心，才安静地卧回窝里。他没有趋前问候儿子，只是把事先封存好的一个大信封，交给传达室的值守人员，并做过相应的叮咛后，便转身骑上自行车，踏上返家之旅。信封里有一本书，一页纸。纸上仅有一句话：身在外，安全和健康最重要。而书中，则夹着一个小信封，信封里装有三千元钱。

期中考完试，陪同卢本伟就读的母亲，被班主任叫去谈话。班主任拿出卢本伟的试卷，一一展示给母亲看。母亲不看则已，一看自己先羞愧得恨不能有个地缝钻进去——卢本伟六门功课考取的分数，加起来尚且不足一百分：数学 0 分，英语 11 分，物理 0 分，化学 5 分，生物 7 分，政治 13 分，语文 61 分。母亲大哭，并询问老师是不是搞错了？卢本伟是不是遭到老师的暗算？她说她看到的卢本伟，和其他同学一样，也是相当地努力向上，至少在做作业上，每天都要做到凌晨才迟迟入睡，怎么可能获得这么一点分数？她没读过几天书，不识几个字，面对孩子的作业，狗看星星一片子，不甚明了他究竟做得怎样，但凭借他点灯熬油地那么刻苦，她决然不肯相信眼前的这些比茇茇草还要低矮的数字，就是儿子考试的真实成绩。

接下来老师的一番问询，一纸通知，更是把她逼向了绝望的悬崖。

老师问：你儿子小时候是否得过脑膜炎之类的病？

她回答没有。

老师又问：你儿子的脑部是否受过伤？

她摇头后，不解地问老师：你为啥子总要围绕孩子的头问个不休？你到底想说啥子话，用不着转弯子，摊开来直说得了！

老师说：那我不隐瞒了，就实话实说了！通过我的观察，我觉得你儿子的智力发育与其年龄不相匹配，他与人交流时，除却在语言上存在着障碍，而且反应也特别迟缓。他的表情很木讷，眼睛像两枚镶嵌的生锈铜扣，不眨不动，不像别的孩子的眼睛，水波荡漾。我要正式告诉你的是，校委会经过研究，已做出决定，决定把你儿子从本校劝退。你儿子掉队实在掉得太远了，他即使再用功，都无法追上大部队。他的问题，还不是初中的课程能不能搞懂的问题，而是小学的加减乘除都没有解决的问题——你让一个三岁的孩子，扛一百公斤的麻袋，能不压垮他吗？

母亲本来是想向老师求情的，但接过老师递过来的劝退决定书，明白再多的言语皆为浪费唾沫，便二话没说地摔门而去。老师追出来，以不无关心的口吻，冲着她的后背，叮咛她最好带儿子去医院检查一下，搞清楚孩子的智力状况再另作打算；实在不行，就让他上县城的特殊学校就读。

只有母亲，才清楚孩子何以成为这样；也只有母亲，才会知道自己的心有多痛。一路哭着回到居住地，她不急于进门，而是先坐在门外的石墩上，平复了一下情绪，将眼角的泪水擦拭干净，然后才推门而入，以热腾腾的口气呼叫阿伟，并对阿伟说：咱们不在这里读书了！这里的蚊子太多，咱们回家去看望你的外婆和舅舅，他们都想你了！

4

卢本伟回到外婆家，闲待半年后，在舅舅的一手操办下，被强行送往德国的慕尼黑——他们的想法是，在他国异乡，无人陪护的卢本伟，出于生存的本能，就会主动地与人搭讪，并不得不进行言语交流，也许能促成性格和行为方式的彻底转变。学习好与不好，有无收获，现在都已无关紧要，退而求其次的则是，得赶快克服他一见人就紧张的心理障碍，以及一紧张就结巴的语言障碍，从而恢复一个正常人的状况和生活。

舅舅酒桌上认识的一个朋友，原来在做国际贸易，后来看到留学市场潜力巨大，供需旺盛，于是就转而做起了留学的中介业务——留学生出国留学与货物流转国际市场，对于他而言，并无太大的差异，都不过是一种交易行为而已。

每年都有大批的中国学生，通过他之手，源源不断地输往欧美各国。欧美国家原来接收留学生，仿佛挑剔的瓜子制作作坊的老板，在收购葵花籽时，只选取籽粒饱满的颗粒，而对那些空瘪的颗粒则予以无情淘汰。但现在的情况却已大为迥异，凡为瓜子，不问壳内虚实，只要肯掏腰包，一概都予以收购。相比之下，吸纳那些空心的瓜子，更为有利可图。瓜子因自身硬指标的短缺，反而缴纳起钱款来，更为积极慷慨。于是奔往大洋彼岸留学的学生，由过去的骏马驰骋，到现今的蜗牛蜂拥，显示的，是重商主义在世界范围内的泛滥。很多留洋的学生出国深造，并非因为其在学习上的轻如飞燕，恰恰是因为蜗牛拖不动重车。

在国内的德语辅导班，出入了半年，尽管经测试，卢本伟的德语尚处于能说几个单词和几句短语的初级阶段，但还是随一波学生出了国。中介急于拿到中介费，补习班急于证明自己教学有方，于是他们给三十三夫妇传递的信息是：卢本伟学习德语进步的跨度很大，出去完全没有问题；只要到了人人皆云德语的语言环境里，他的德语水平立即就会得到飞跃式提升的。

父亲三十三东借西凑，加上舅舅一家的全力支持，哭哭啼啼的卢本伟，极不情愿地登上了飞往欧洲腹地的航班。

卢本伟在德国学习两年半，没等到拿到文凭，就提前返回国内。他在德国是如何度过的？学习状况又如何？他不言不语，三十三夫妇也难知其详。他只是吞吞吐吐地告诉我，在异乡的土地，他度日如年，扳着指头数日子，希望太阳像加速的车轮一样，转动更快一些。然而遗憾的是，那个懒洋洋的太阳，像打盹似的，总是犹犹豫豫地徘徊于天，慢慢吞吞地移动不前。他从踏上德国的第一天起，就盼望着回家，就开始怀念家乡糯米的香味和家里那头水牛的陪伴。水牛，是他最好的玩伴，甚至是唯一的玩伴。

据卢本伟的母亲说，卢本伟在德国寄居在一户白人家庭。那是一对老夫妇，儿女皆不在身边，寂寞的他们，对远道而来的客人无比地热忱，对卢本伟的照顾也无微不至——为感谢他的入住，他们每月只是象征性地收取10欧元的房租。

卢本伟就读于德国的一所二流学校，学的是哲学。但那些东缠西绕的玄妙之理，远非满脑子孔孟之道的他所能理解。他深知自己的考试过不了关，才偷偷地溜走的。三十三对他的留学总体上还抱持肯定与欣然的态度，用他的话说，那就是“蛤蟆总算跳出了深井”，勇敢地跨出了家门，巡弋于社会的崇山峻岭和人海的江洋湖泊之中。卢本伟回国后，在国内的三个城市间，已飘忽三年有余，但收获甚微——他有他的想法，甚至有着略显虚无缥缈的宏愿，那就是把德国的哲学和艺术，引入中国普通人家的家庭之中，从而让中国人的日常生活，不至于显得那么地浅薄和庸俗。

由于语言表达上的欠缺，外观上西装革履和气质上颇具绅士风度的卢本伟，在找工作方面，四处碰壁。他给无数个单位投寄过简历，却又被无数个单位拒之门外。最终，他临时委身于叶太安创办的家装公司里，做无不带有异想天开成分的先锋派理念设计和概念设计。一个诗人，一个哲学达人，两个梦游者的握手，无疑会孵化出云雾缭绕的各等想象。诗人叶太安的意图，是想以卢本伟的留学经历为金字招牌，并以卢本伟所标榜的德国哲学和艺术为磁铁，从而吸引那些肯花大价钱的高端客户跳进瓮中，以来个瓮中捉鳖。卢本伟伏案熬夜，劳作数月，设计出了诸多样本，叶太安花钱将其印刷成册，到处散发，却未钓上一鱼一虾。我和叶太安，以及卢本伟等聚聊，叶太安大加感慨，叹息中国人，哪怕是那些一掷千金的富豪，终究很难摆脱贩夫走卒的层次；他们不懂艺术，不谙哲学，表现在家庭布置上，很难接受和融汇高端的文化元素。

我翻看他们递过来的小册子，瞅着一页页的图案，并不觉得卢本伟的设计水准，如他们渲染的那般新颖别致，甚至不乏单调与贫瘠。那些家装样本，看不出有多少哲学与艺术的元素，只是在酒柜的格档或博古架的塑形上，或多出了几枚瓦当，或刻出一弯月亮。而瓦当，根本不是德国的洋货，纯属中国古代的土特产。然而注目每个设计图案下面标注的设计费，却高达一万五千元左右。

想用这种方式招揽客户，既不合乎常规，又不切合实际。精明的客户，百般挑剔，千般算计，岂能轻易受这些图案的迷惑和蛊惑？

果不其然，半年之后，叶太安和卢本伟的合作便到此为止。无处可去的卢本伟，在漫无目的地闲转中，看到一家酒吧的门上，贴有“酒吧转让”的告示，于是拨通了告示上的电话。与老板约聊，得知老板是从德国归来的海归派，且酒吧的装修，颇有几分德国古典主义哲学的风格，卢本伟不由得心生欢喜，并不假思索地支付了一千元的定金。他东挪西借地接手了这家酒吧，但一月两月过去，营业额却几乎为零。卢本伟很着急，于是利用微信群，到处粘贴酒吧的广告，煽动微友前来酒吧“体验德国的风情”和“品尝德国的味道”。

我接到卢本伟的私信邀请，出于对他生意的支持，就前去消费。一个读者耳闻我晚上要去那里，不惜坐长途公共汽车，从百余公里之外赶到那里见我。我们要了一壶茶、一盘瓜子和一碟花生，但结账时的消费额，尽管已经打折，依然吓我一跳：460 元。

酒吧里的屋顶是黑色的，墙面也是黑色的，地面还是黑色的。黑色之中，布满幽微的白斑或垂吊橘黄的射灯，给人以阴森之气。卢本伟穿一件蓝色的工服，系一条白色的围裙，像一个虚幻的黑影那样在酒吧里晃来晃去。酒吧仅他一人——老板是他，服务生也是他——他沏茶倒水，一时间显得手忙脚乱。偌大的酒吧，仅有两拨人在消遣，一拨，是一个微信群的聚会，十个人左右，围坐于一张长条形桌子的四周。大概因于彼此间不很熟悉之故，场面有点儿尴尬和冷却，只有群主像个活跃分子，喋喋不休地讲述着自己过五关斩六将的辉煌历史——他曾做过倒爷，从广东往西安倒卖服装，扒火车，坐卡车，挣来的票子，塞满了两个木柜；他被公安收拾过，但他从不惧怕那些大盖帽，甚至某日他愤怒至极地朝一个公安的胸膛，恨恨地打了一拳。另一拨，就是我和赶来见我的小胡了。我和小胡的座位，位于一个角落。我们仅在酒吧待了不足一个钟头，就离场分手。

为何消费时间如此之短暂，消费品类如此之普通，消费额却能如此之奇高？碍于熟人的面子，我不好当面质询卢本伟，但在心里，却已拉起了一条警戒线：以后，再也不会来这里了！

透过卢本伟的“宰熟”，我看到的是他内心的焦虑：平时罕有顾客上门，亏损的深坑不断地扩充，越来越大，越来越深，于是好不容易抓住一个消费者，就急切地要从其身上多剐一些油脂下来，像用创可贴给自己止血那般地想要给自己止损。亏损也犹如伤口外流的血液，只是这等淋漓的鲜血，不是在皮肤上流淌，而是在心里喷涌——但这样的经营思路，无疑是违反经营之道的，等同于杀鸡取卵。鸡毛被拔多了，疼得受不了的鸡，就会绕道而行，不再靠近。如此，便会造成恶性循环：越是消费者稀寥，越是狠宰；越是狠宰，越是稀寥。

从卢本伟草率盘下这家酒吧中，不难看出他社会常识的欠缺和商业常识的缺乏。至少，在接盘之前，他应搞清楚这样一个问题：一家好端端的酒吧，老板为何要转让？是老板要迁移异乡，还是酒吧亏损严重？若亏损严重，其因在于酒吧的定位错误，还是老板的经营无方？抑或是位置过于偏僻，抑或是名不副实致客源像水土流失那样地逐渐流失……不经市场调研，摸清酒吧潜在的消费人群构成；未经深思熟虑，以为开门就能捡钱，营业就能盈利——毫无疑问，这是一种典型而又简单化的儿童思维。

苦苦硬撑九个月，亏损二三十万，酒吧关门大吉。为谋生，也为还账，卢本伟只好去一家餐厅端盘子。

5

我再次见到卢本伟时，他已回归家乡，在当地一家民办国学辅导班当临时教员，却当得很不顺心——由于他表达不畅，时常遭到小学员的哄笑和家长的抗议，辅导班的老板屡屡向他发出警告和训诫。但老板鉴于他在国学方面的专长，并未像踢足球那样地一脚将他踢走。

卢本伟在国学方面的造诣究竟如何？我因未做深度了解，不宜妄下结论。但就他的古体诗而论，以我之见，只能算得上勉强及格，谈不上有多么地出色。在微信里，我不时与他的古体诗相遇，点开阅读，其带给我的并非是意外的惊喜，而是隐隐的失望。从格律上，从韵律上，从平仄上，他的古诗词的确很是合乎规范，几乎无可挑剔。但阅读，却是要硬着头皮，不然形同嚼蜡。究其原因，在于他的古诗词，始终停留于字句的排列上，而没有切入生活的皮肉和介入人心的阴晴，属于“为赋新词强说愁”之类。他的父亲三十三，将古诗词的形式要素，悉数教给了他，却唯独遗忘把古诗词最为核心的表达对象和精神要求，对他进行有效的灌输。形式再精益求精，都不能成就一首诗的光芒四射。一首诗犹如灯笼，外形再精致美观，若无一根点燃的蜡烛插于其内，灯笼依旧会暗淡无趣。而那根蜡烛，则是由繁复的生活、沧桑的经历、洞察世事的明目、鞭辟入里的思考，以及道德操守和人格修养等聚合而成的，缺一不可。没有经历过烈火焚心的思念，就写不出离别的愁肠百结；没有对民情的体察和民意的洞悉，就写不出《卖炭翁》以及“三吏”“三别”的苦痛；没有黑夜里绝望的痛哭，任何吟咏黎明的诗句，都不过是清淡飘忽的浮叶而已……卢本伟本可以在古诗词方面木秀于林，并以此来显示自己的价值，甚至可以以此来谋取更好的生活，但遗憾的是，他却跛脚鸭走路，行之未远。

坐在葡萄架下，喝着三十三熬制的黑乎乎的浓茶，我问他：如果时光倒流，回到最初的原点，你还会选择自己固执己见的教育模式吗？

三十三未与我对视，而是眼睛躲闪地望着远处的水田，目光凄迷，满脸惆怅。他对我提出的问题未做回应，只是一口接续一口地抽着烟，那浓浓的烟雾，几乎要将他的面目完全遮蔽。他的门牙，掉了两颗：一颗是自然掉落的，而另一颗，则是在和卢本伟舅舅的打斗中，被其一拳打掉的。两颗门牙的缺位，使他的嘴唇稍一裂开，便刺目地映现出两个幽暗的洞穴来。

过了几分钟，他所答非所问地抛出了一句感慨来：我也老了，累了。

他实际年龄尚且没有跨过耳顺之年，却呈现出一副秋霜过后的荒原模样：头发稀疏，皮肤褶皱，表情呆滞。现在，他正在为已跨过三十而立门槛，却依然独身的卢本伟的婚事熬煎。不要说见到姑娘就畏缩不前张口结舌的卢本伟找不到意中人，即使找到了，负债累累的他，卖了老命也筹措不来动辄十几万二十万的彩礼钱，且不说现在的姑娘时常要以买房买车为婚嫁的前提条件。

隐隐的，他和卢本伟已形成互害模式：原先他是以爱的名义祸害卢本伟，现在卢本伟以他塑造出的模样在祸害他——卢本伟从留学的巨额花销到做生意的巨额亏损，使原本有一份工资颇受村里人羡慕的他，掉进了债务的深沟，既无法爬出，也无法挺直腰杆，更无脸见人。他本是个很要面子的人，常为别人一句——哪怕是带有戏谑成分的——不敬之言而粗筋暴突，可如今，被追债者拽着领口当众羞辱，也只能耷拉着头，将那些形若玻璃碴的讥讽之言，一口口地活活吞咽。

回眸这对父子的今昔，尽管三十三满腹冤枉，但可以肯定的是，他正是造成这盘残棋的主要责任人。对此，他至少应该承担百分之九十九的责任。

三十三的误区在于，用妄想代替现实，以自己设定的目标代替儿子的内心渴望，完全否定和忽视现代教育在现实世界中的优势和优长，从而陷入一种自以为是和自行其是的歧路而迷途难返。私塾教育，是由古代环境催生出的一套教育模式，契合于农耕时期自给自足的环境，以及“学而优则仕”的科举考试，但未必能适应于当下工业化与商业化的人际交往频繁的现实。

刻舟求剑，剑终不可得；泥坯砌楼，楼终究要倒。牛腹里孕育不出猪仔，石板上栽不活花草……世间之物，地球之人，皆有所长，亦皆有所用，非人力可以强行改变。一个孩子，犹如一株禾苗，按照他成长的节奏，浇之以适量的水，施之以适度的肥，他才能健康茁壮地生长。拔苗助长也好，扭曲其生长规律也罢，毫无疑问，结果必然走向初衷的反面。严重的，会造成栽培对象的毁灭。

三十三失败的教育案例，对于那些想把自己的想法强加于孩子的家长，无异于振聋发聩的警钟。

第八章

我抢劫，不是为获取钱财，而是怕你遗忘我

1

一个朋友听说我在做公益性的心理矫正和辅导，便多次联系我，希望我能和他的表弟见面聊上一回。

她的表弟名叫虎子，是他舅舅唯一的儿子。舅舅是一个中等城市的成功人士，既头脑灵活，又舍得吃苦，于是本为泥腿子的他，从开拖拉机贩运粮食和西瓜开始起步，打拼二十余载，而今已是那个区域最大的一家面粉厂的老板。舅舅历经千难万阻，累积财富近亿，算得上足智多谋。然而，奇怪的是，一向自负的他，能软化官僚的傲慢，能驯服银行行长的冷硬，能让几百名员工像木偶一样地听从自己的调配和指挥，却唯独把比麦袋高不了多少的儿子毫无办法。儿子才上初中二年级，却已是派出所的熟客。他在监狱的大门外踌躇徘徊，两度涉罪，一次比一次问题严重。第一次，他十三岁，伙同几个小伙伴，把本校的一个学生拦在回家的半途进行搜身，抢得一块五毛钱，被拘留了五天。第二次，他十五岁，和一帮子社会青年结伙拦路抢劫一个桃贩子，抢得三百多元，被刑事拘留。舅舅动用各种关系，花费十数万，才把他保释出来。目前，案件还未了结，他还处于保释阶段。

在一个夏日的周末，在一个单位借用给我的工作室里，我见到了被他父母领

来的虎子。

虎子瞥向我的第一束目光，像一把斜斜刺来的利剑，散发着幽微的寒光，冰冷、拒绝、敌视、玩世不恭等，全都蕴含其中。他一米五六的个头，偏胖，矮矮墩墩的，穿一件带有条纹蓝黄相间的背心，肩胛与臂膀露出的一块块肌肉，像生铁疙瘩一样瓷实。他左耳戴着金耳环，右手的食指戴有金戒指。从胸腔到胳膊，全都被文身覆盖。文身的内容，都是人们日常极为排斥和躲避的动物，比如狼和蝎子等。他留有鸡冠头，那束耸立在他光溜溜的头顶的头发，被染得像正在燃烧腾跃的红色火焰。

我靠近他想和他握手，但他的手后缩着，不肯伸出。我只有转而拍拍他的肩膀，把他夸赞了一番：呀，这么帅的小伙子！打眼一看就知道很聪明，很懂事，我尽管第一次见你，但打心底都有点儿喜欢上你了！

他翻着眼皮斜睨了我一眼，嘴角轻微扭动，浮现出一丝嘲讽的笑意，仿佛是在提醒我别装得跟真的一样，别那么虚情假意！

我夸他的话音刚落，他母亲搅动的舌头，就像拨拉算盘珠子一般，噼里啪啦地数落起了他。这个肤色粗糙面相土气得仿佛黄土高原一样的中年女人，却有着与其肤色和气质，极不协调极不匹配的洋气打扮：身着金丝连衣裙，脚蹬一双鸭头状的红皮鞋，抹着口红，戴着项链，垂着耳坠，涂着指甲油，头发像一朵乌云，蓬蓬松松地盘卷着……给人的感觉，既珠光宝气又俗不可耐。她把自己的LV手提包，一会儿放到桌上，一会儿挎在手腕，仿佛唯恐我没留意到它的显赫存在似的。

虎子母亲指责说：他就是个冤孽，来到世上，好像是专门跑来害人的。他今年都十五岁了，却从来没有做过一件给我们脸上添光加彩的事，倒是给我们经常抹黑，让我们走到人面前，都抬不起头来。他没干过什么好事，天天给人添堵，搞得人坐在麻将场上都心神不宁，光往外给人掏钱了。你想想，就这么一个金疙瘩，我们从来就没有亏待过他，给他吃好的，穿好的，他要脚不敢给手，宠着惯着，谁知他越长越歪把子了，把我气得有时想给他和我的饭里都拌上老鼠药，与他同归于尽，大家都不活了算啦！他爸办个厂子容易吗?！看过多少人的驴脸，跑路磨破多少双鞋子！我呢，尽管帮不了大忙，但建厂那会儿，也日夜守在工地上，看摊子，卸货物，晚上睡在简易棚里，被雨淋得感冒，被蚊子把全身叮得溃烂。那时很穷，把他丢给身在农村里的他奶奶，我们过些日子去看一回他，再没钱都要给他买好吃的。我们为啥要这样奋斗？还不是为了他！我们穷怕了，总想让他不要像我们一样受穷。但如今有钱了，他却成了歪歪子树，单每年为他赔付的钱，比两个工人的工资加起来都要多……唉，都是我们命苦，生下了一个催命的冤家对头。

虎子母亲声讨虎子时，父亲一根接一根地抽烟。不一会儿，屋子里烟雾弥漫，呛得我这样一个老烟民，都有点儿喘不过气来。父亲话不多，只是像说相声的逗哏角色那样，随着母亲声调的忽急忽慢和忽高忽低，鼻腔里发出“哼哼哼”的附和之声。

虎子坐在沙发上，脖子像一根盘扭的树根那样，扭向了一边。偶尔斜眼一瞥，眼睛里喷射着令人毛骨悚然的凶光。

我让虎子和父亲先坐着休息，唯独把他母亲叫到一个空荡荡的会议室里，想单独与她聊聊，搞清楚平日里，他们是如何与虎子相处的。

虎子母亲说：虎子降生时，他们正值创业的关键期，于是就把才五个月大的虎子，扔给身在农村的爷爷奶奶，让他们喂养虎子并照管虎子的日常起居。虎子三岁半时，爷爷病故，之后他就和奶奶相守相伴。只有逢年过节，他们夫妇要么回农村，要么接虎子和奶奶来城里，一家人才短暂地团圆几天。每次离别，都是偷偷开溜的，不然虎子就会紧拽她的衣角不松手，哭得撕心裂肺，让人受不了——说到这里，虎子母亲突然鼻子一抽，眼角溢出了几滴泪水——虎子上小学三年级时，才告诉她，因为自己长得矮小，父母又不在身边，因此便经常遭受那些同龄孩子的欺负。有时候，他天天都挨打，时常一副鼻青脸肿的模样，奶奶给他的零花钱，也被欺负他的孩子强行夺走。虎子说这些时，起初她还有点儿将信将疑，但撩起虎子的衣服，看到他的身上青一块紫一块的，这才确信虎子所说并非编造。她当时就哭了起来，搂住虎子，眼泪吧嗒吧嗒地往下掉。想到孩子遭受那样的委屈，她万箭穿心，于是就给虎子爸爸打电话，让他在城里给虎子联系学校，接虎子到城里读书……虎子在小学阶段，还是比较听话的，回到家还时常帮着家里人干这干那。但到了初中，却性格大变，先是不言不语，像个闷罐子，嘴巴比瓶盖还要拧得紧巴。接着就是很执拗，啥事都反着来，啥话都不入耳，你说东，他偏西；你说快点，他偏要慢慢腾腾，活生生一个牛跟头的架势。

我问：虎子爸和虎子是如何互动的？经常在一起交谈吗？

虎子母亲说：交谈啥呀？俩人平时连面都见不上。早上七点多，虎子就去上学了，这时他爸还在睡觉。他爸九点多起床，吃过早点，就去厂子。厂子里的事情处理完毕，就已晚上九点。这时候，他才去喝酒吃饭；吃完喝完，又去麻将馆打麻将。等回到家里，都凌晨两三点了，这时虎子早已呼呼大睡了。

我问：他爸每天都这样吗？

虎子母亲点头，说：每天都这样。反正他也累了一天，我也不反对他下班了放松放松，只要他把钱能拿回来，其他的事就随他的便吧！

我问：你和孩子有交流吗？

虎子母亲说：不瞒你说，娃他叔，我和他也不交流。我就是个老妈子，只要看着他有饭吃有衣穿，不生病，我觉得我就尽到责任了。

我问：那你平时给他做饭吗？给他洗衣服吗？

虎子母亲说：衣服堆上一堆，我就往洗衣机里一扔。洗衣机搅一搅，拉出来往阳台的衣杆上一晾就是了。说到做饭，实话实说，这些年我确实没怎么给他做过。现在不像过去，方便得很，只要有钱，想吃啥就能买到啥。

我问：你不做饭，每天都在干啥？

虎子母亲说：我说了娃他叔你可别笑，我活得无聊得很，就恋上了麻将。我也没别的爱好，自从娃他爸不让我插手厂子的经营后，一天到晚，我都闲得转圈圈，不知道自己该干些啥才好。后来一个姐妹把我拉进了麻将场，打着打着，我就有点儿上瘾。若哪天没人叫打牌，心慌得像丢了魂似的，在家里死活坐不住。

不打牌，也要追到麻将馆去。哪怕腿子已凑齐了，自己没参战的机会，但只要立在一旁观战，心里就能舒展和踏实许多。

我接着问:你是几点到几点泡在麻将馆里的？虎子的吃饭问题是如何解决的？

虎子母亲说：早上八点多，平时和我在一起玩耍的那几个姐妹，就打来了电话。有时是我打车去，有时她们已聚在一起，坐着车在我们小区的门口等着我。我要是磨蹭了，她们还会跑来使劲拍打我家的大门。我每次出门前，都会在桌子上放十块钱，叮咛虎子放学回来，把它拿去或在餐馆里买着吃，或买些吃的拎回家吃。他有脚有手，又不是婴儿，吃饭是不成问题的。令我感到奇怪的是，他最爱泡方便面吃，但吃个方便面，都能做出各种不踏犁沟的出格事来。有时，他把吃了半截的方便面，打翻在地，把地面搞得脏兮兮的；有时，他把方便面的调料汤，故意泼在沙发和茶几上；最令人可气的是，有一回，他竟然撬开放有一摞存折的抽屉，撕烂几个存折，把仅吃了几口的方便面，连面带汤地倾泼在抽屉里。

我问：你想过他为什么会这样吗？

虎子母亲：就是把心瞎了，就是手发痒地想搞破坏，说来说去，就是不想让人活得安生。

我问：你们是他的亲生父母，不是他的敌人，你想过他为什么不想让你们好好活呀？你难道没有意识到，他这样做是在发泄不满情绪吗？

虎子母亲：他有啥不满的？不出力，不干活，白吃白喝，又没有哪天把他饿着，把他冻着，他要五十给五十，要一百给一百，从来没短过他的衣食，他还有啥不满的，有啥情绪？！他那叫没良心！像喂不熟的白眼狼！！！

我问：你认为人活着，吃饱穿暖就能满足一切需求？你不是也能吃饱穿暖，为何还心慌得在家坐不住，还要靠打麻将来消磨时光？

虎子母亲一时语塞。

我接着说：虎子在你的眼里，是个坏孩子；但在我的眼里，他却是个无比可怜的孩子。在生命的成长过程中，他缺失得太多太多，而这些缺失，都是由你们一手造成的。如果说今天的他，其所作所为是一颗苦果，那么苦果的培育者，不是他，恰恰是你们。

我让虎子的母亲去把虎子父亲叫来。他们在我的对面坐定后，我很严肃地告诉他们：虎子的问题，根本不是虎子的问题，而是你们的问题！虎子患病，但病根却在你们的身上。要教育虎子，先要教育你们；要矫正虎子，也先要矫正你们。虎子今天出现的症状，如果要划分责任，责任有十份，他为此最多只承担一份责任，剩余的九份责任，都要你们来承担。

虎子父亲张了张嘴，看样子是想反驳我。但我截住他，叮嘱他们若想申辩，等耐心地听我把话全部说完也不迟。我特意申明：你们既然费尽周折地找到我，我就要尽我之能来挽救身处悬崖边的虎子，而不是敷衍了事一番，把你们草草地打发走。若那样，极不符合我做人的原则。

我说：你知道虎子为何要把吃剩的方便面，故意泼洒得到处都是？知道他为何要加入由社会闲散孩子组成的不良团伙，并做出拦路抢劫这等让你们大跌眼镜之事？知道他为何要留个鸡冠头，并盘龙卧虎地文身吗？我现在就给你们揭晓答案——他是用这种方式，来抗议你们对他的严重忽略，并抵御自己内心的孤单和恐惧。你想想，一个年仅十三四岁个头低矮的孩子，每天放学，别的母亲都做好了热饭，炒好了丰盛的菜肴，用一张笑脸来迎候自家孩子的归来。可他呢？自己拿着钥匙开门，家里冰锅冷灶，空空寂寂，无人影无人声，更无人的温度，只能自己形单影只地拿着钱去街上购买吃的，没有人陪伴，没有人问候，感觉自己像是遭到遗弃的孤儿一样，他心里能愉悦吗？能不感伤吗？父亲以挣钱为名，从来不和孩子交流，从来不曾抚摸一下孩子的额头或肩膀，甚至孩子想见其一面都很难；母亲打麻将很重要，几乎要把自己的人生奉献给麻将馆，一天又一天，给孩子连顿饭都不做。如果换位想一想，假如你们是虎子，遇到这样从来都不和自己围坐在一起谈笑风生搂抱自己抚摸自己的父母，你们有何心理感受？你们也许会说，你们办工厂，拼命地挣钱，都是为了他，想让他拥有更好的生活和未来。但我要告诉你们的是，在他这个年龄段，钱与他何干？他不需要你们的钱，但需要你们的爱，需要你们的关怀，需要你们的温暖，需要你们充当他生命和精神的坚实后盾！遗憾的是，恰恰在这些方面，你们严重地失职，严重地缺位。他是一个缺爱的孩子，也是一个缺乏安全感的孩子。遇到郁闷，他无处去诉说；遇到危险，他势单力薄无法独自面对。他之所以要加入团伙，究其实质，是在寻找一种关心，寻找一种温暖，寻找一种可以借用和傍依的力量。他之所以要文身，要酷只是一方面，更重要的是他要把自己装扮成一个厉害的角色，让其他人见了他望而生畏，从而拒可能面临的不测伤害于五尺之外。在那个团伙里，他饿了有人陪他吃饭；他病了有人陪他去就医；有人欺负他了有人给他出面报仇，他自然对团伙就有所亲近和依赖，甚至会滋生出团伙就是家庭的幻觉。他确实显得不循常理，并做出各种不可理喻的出格举动，但你们知道其中的原因吗？原因有两个：一是他用这种方式，对你们对他的漠视进行惩罚；二是故意惹祸，以吸引你们的注意，并提醒你们不要忽视他的存在和需求——犹如两口子发生冷战，长时间互不理睬，这个从那个身边经过时，眼睛看都不看那个一眼，于是那个在生气之余，故意将茶杯摔碎，或将面前的坐椅蹬翻，其目的只有一个，就是向对方发泄不满，并显示自己的醒目存在。钱的确能解决很多问题，但不能解决所有的问题。孩子的成长，不是给予他丰厚的物质，他就必然地能够感受到温暖和幸福的。

两口子都陷入了沉思，虎子妈说：听你这么一说，我觉得确实是我们对他的关心不够。那你说说，我们接下来该怎么办？

说到此，我借故外出打电话，以便于他们对我刚才的话语，进行反刍和消化。

二十分钟后，我进来，但不急于说话，装作摆弄手机，想听听他们怎么说，想知道我之所言，对他们是否有所触动，他们是否从中得以醒悟。

果然，虎子的母亲率先发声道：娃他叔，你出去后，我和他爸刚议论了一下，觉得你说得很在理。你的话，像火柴一样，把我们的心给点亮了。过去可从来都没听人这样说过。娃出事后，亲戚们都跑来商量对策，娃的舅出主意让我们狠狠地打他，娃的姑姑出主意还是让我们狠狠地打他，娃的叔父也出主意让我们狠狠地打他。唉，他爸这个没脑子的，就把娃吊在横梁上，用鞭子抽打，打得后背都开了花，血糊糊的，可他就是不低头，不认错，连句软话都不说，嘴还是硬得像啄木鸟的嘴一样。唉，他生错年代了！若放战争年代，他就是刘胡兰，就是江姐，宁死不屈。

我说；打孩子是无能的表现。如果暴力能解决孩子的心理问题，世界上只要有狱卒也就够了。社会和黑社会的区别，就在于前者孕育文明，并依附于于文明，而后者，则是依赖于暴力，弱肉强食。文明和暴力，是水火不相容的两种价值取向。你们很反对他加入你们认为的黑社会，但却用黑社会的方式，来惩罚他的过错。你们本来已经有错在先，打他更是错上加错。久而久之，这个世界在他的思维系统里，删繁就简到只剩下了暴力这一样东西，而暴力，慢慢地就会转化为他处置一切问题的唯一手段。再说了，就家庭关系而言，打他，只能把他与你们的距离越打越远，却不能促使他回心转意一尺一寸。

虎子母亲说：还是娃他叔说得对，确实是这样的。你越硬，他越硬；你软一点，他也软一点。就说他抢劫这件事，原来我百思不得其解，是你的话，一下子就把我点拨灵醒了！你想想，像我们这样的家庭，会缺钱吗？住着一百九十多平方米的房子，装修得跟皇宫一样，能是没钱人家吗？他呢，手头从来也没缺过钱。家里的抽屉里，窗台上，床头上，到处都放着钱。这儿一千两千，那儿三百五百，他需要的话，直接拿就是了，何必还要去抢别人？我原来只是觉得他手长手贱，听你这么一分析，我才恍然大悟，知道他不是为钱而抢劫的。

接着，虎子母亲问：娃他叔，那你说说，下一步我们该咋办？

我说：孩子的思想疏通，由我来做，但你们必须予以有效配合，不然，就难以达到想要的结果。

虎子母亲问：咋配合，你就直接说，我们肯定照着你说的做。不论咋说，他是我们身上掉下的肉，不能眼睁睁地看着他跳崖呀！他真的有个三长两短，我们活着还有啥意思？还有个啥盼头呢！

虎子母亲说到这里，突然两眼泪水，哽咽不止。

等她情绪稍稍稳定后，我说：等会儿，我要和孩子好好地聊一下。等我聊过后，你们首先要做的，就是要当着我的面，向孩子道歉，向孩子检讨。道歉和检讨，不能蜻蜓点水，像走过场似的，而是对自己过去的所作所为，进行真诚地忏悔；对以后如何和孩子相处互动，做出恳切地承诺。不要怕伤及面子，面子没有重塑孩子的人格，以及为孩子开辟新的光明的未来更为迫切和重要。就目前而言，把孩子引向正道，就是你们最大的面子；孩子若在泥潭里越陷越深，你们即使再有钱，都会颜面尽失。当然，你们把孩子领回家后，还必须彻底颠覆与孩子的相处模式。也就是说，先逼迫自己从言行上做出改变。你们改变了，孩子就会改变；你们不改变，孩子也不会改变。

具体而言，一是母亲要戒掉打麻将的陋习，与麻将场彻底告别，回到家中，一心一意地给孩子做饭洗衣，并时常嘘寒问暖；二是父亲要离开酒桌，离开麻将，每天都早早地回家，争取做到与孩子共进晚餐。在饭桌上，要多与孩子以平等尊重的口吻进行交流，让孩子感受到你们确实是在爱他，是很在乎他的。可能的话，父亲还要尝试与孩子同床共枕，如此，才能拆除父子间心里高耸的篱笆和城墙，并重建父子间本该有的亲子之乐。三是在语言上要严加注意，要以关爱和欣赏的语调和孩子说话，而不是否定式的，嘲讽式的。即使孩子犯错，也要在安抚的基础上，循循善诱，而不是生硬冷倔。要多看孩子的优点，多夸奖他，多鼓励他，多为他鼓劲加油。夸奖最好能当着其他人的面，大声地表达。如此，不但可以扭转邻居或亲人对孩子固有的偏见，而且让孩子也容易滋生羞惭心理，更有利于他知错改错。当然，要特别忌讳把孩子和其他孩子进行比较，禁止说诸如“你看人家谁谁谁如何如何，你再看看你”这样的话。要告诉孩子，你尽管在某些地方比其他的孩子有所掉队，但你有你的优势和长处。你只是在一个时间段里跑得慢了，但不意味着你就缺少实力，更不等于你就不能最终追赶上他们。尤其当孩子对自己丧失信心时，要鼓励他，给他以勇气和力量。与此同时，还要牢记“好孩子都是鼓励出来的”这一普世箴言，摈弃“棍棒底下出孝子”的野蛮观念。棍棒底下出不了孝子，只能出逆子，出暴徒！另外，还要经常性地把一些亲昵的肢体动作，施之于孩子的身上，比如搂搂他的肩膀，抚摸抚摸他的头发等。

虎子父亲扭扭嘴，嗫嚅着说：他都那么大了，还弄这些干啥？

我说：弄这些很重要！肢体动作，其实就是肢体语言，它在向孩子无声地传递一种情感暗示，传输一种心灵信号，它的弦外之音：我其实是很爱你的，是很在意你的！或者在告诉孩子：你不用怕，你的背后有我呢！我是你的靠山，你累了，可以歪在我的怀里休息；你有困难了，我帮助你解决；你有委屈了，就朝着我倾诉，我会抚慰你。

谈话的尾声，我询问就我所说的，他们能做到吗？虎子父母都表了态，发誓要遵照我的叮嘱去做。并说他们在施行的过程中若遇到困惑，随时都会向我打电话咨询的。

2

虎子的父母在会议室等候，我返回房间，只见虎子的一条腿搭在茶几上，身子斜歪在沙发上，正沉沉酣睡。我拧拧他的鼻子，他哼哼两声，鼾声继续；我再拧拧他的鼻子，他还是哼哼两声，鼾声继续。直到我轻轻挠挠他的脚心，他才受惊一般地直挺起来，揉揉眼，睡眼惺忪地瞪着我看，然后是一脸的懵懂。

我给他的水杯添了水，接着问他睡醒了没有？若没有，他可以躺在里间的床上，再睡一觉。

虎子摇摇头，表示不用了。我瞅着虎子背心的胸前印制有美国篮球明星乔丹的图案，问他是否喜欢篮球？虎子斜瞪我一眼，沉默不答；我说我喜欢看NBA篮球赛的电视转播，并说出了一串我欣赏的篮球明星的名字，比如乔丹、奥尼尔、布莱恩特等。我还说我特别看中中国的篮球明星孙悦，他长得又帅，球技又高。

虎子的嘴角浮现出一丝不易察觉的嘲讽笑容，不屑地低声道：你都那么老了，还像个老烧包，洋蛋得不行，还在追星？

我接过他的话茬，笑着说：咋啦，只准你们年轻人追星，我们年龄大的人追追就不行吗？

虎子撇撇嘴说：行行行，你追吧，没人拦你！

我说：好饭人人爱吃，好景人人爱看。世间的物和世间的人一样，每样每位，都有人喜欢有人珍惜。

虎子反问：垃圾有人喜欢有人珍惜吗？

我说：有啊！你看看那么多人在围着垃圾桶垃圾堆刨挖，不是很好地证明垃圾是有用的吗？按现在的观念，垃圾本是一种污染源，但一经转化，就会成为一种资源。再说了，垃圾原不都是些有用之物，不扔它，它是财富，扔了它，它才是垃圾。

虎子终于笑了，说：你有意思得很，嘴真能翻，说的比唱的还好听，啥话从你嘴里一出来，像吹气泡似的，一咕嘟一咕嘟地往外冒。

我说：虎子，咱俩做朋友吧！

虎子又是撇撇嘴：你是哄着猴子上吊哩，哄着老鼠跳煎油锅哩！你和我做朋友，凭啥？是看上我的啥了？我就是你刚才说的垃圾呀！我爸我妈都说生我不如拉一堆粪便，粪便还能充当化肥营养庄稼，而我喝他们的血吃他们的肉还不知道感恩。嘿嘿，我不吃不喝他们还不行吗？我死我活和他们没有关系还不行吗？

我说：虎子，你怎么能是粪便呢？我刚才和你父母深聊过，知道在他们的内心，他们不但深爱着你，而且视你为他们心中的宝贝疙瘩。他们把你带来见我，就是因为他们爱你。他们说你是不如粪便，那明明是气话呀！如果他们不在乎你，能不远几百里地带你来见我？如此，既浪费我的时间，又打乱他们的日常生活。

虎子扭扭嘴：确实是耽误他们打牌了。在你这里耗上一天，不知要少摸多少炸弹。

我语重心长地说：虎子，你本质上是个好孩子！造成你今天这等局面的，主要责任在你的父母，而不在于你。我已严肃地批评过他们，等会儿他们要来向你道歉认错。他们忙着挣钱，忙着娱乐，唯独没有体察过你的无助，没有体谅过你的孤独。你本来可以在学校里获得好成绩，被老师夸奖，被同学羡慕，但在他们对你的忽略中，你自暴自弃，走上了一条故意让他们丢脸故意让他们难堪的歧路。然而孩子，作为旁观者，作为长辈，我要告诉你的是，这条歧路是危险的，是走不通的，你若不听从劝阻，硬着头皮蒙住双眼走下去，最终的结果，不是坠落悬崖，就是身败名裂。大多数人之所以对这条歧路绕道而行，是因为他们心里明白，选择走这条路，就是选择自我毁灭。

虎子沉默了，但脸上的表情，却在逐渐地发生着变化，不再那么僵硬，不再那么凶神恶煞，而是荡漾起了些许的暖意。相应的，坐姿也做了调整，坐得端正了几许。

我给他再次添水后，傍依他坐下，用手轻轻抚摸他的脑勺和肩膀，边抚摸边说：孩子，你的父母误以为，他们给你创造了优厚的物质条件，你就能得到幸福；他们错了，他们不知道物质并不能和幸福画等号。他们对你的爱偏离了轨道，才导致你的人生偏离了轨道。但是你要相信，这个世界上还有懂你和理解你的人，比如我，就太了解你的痛苦了。你其实是一个受伤的善良孩子，只是没有得到和同龄孩子同等的爱和关怀，甚至没有得到最为基本的认同和尊重。你受苦了，也受罪了，孩子！听了你的成长过程，得知你遭遇父母这般地对待，说实话，作为旁观者的我，都心如刀绞。你表面装得很强大，很无所谓，很破罐子破摔，但其实，你也渴望被肯定，被关怀，被世界接纳和被世人赞美。能做鲜花，谁又甘愿成为大家眼里的垃圾呢？真正应该受到谴责的，不是垃圾，而是制造垃圾的人！

出乎我预料的是，虎子突然呜呜呜地哭了起来。他抬起一只胳臂，遮住自己大半个脸，眼泪鼻涕混杂着，滴答滴答地掉落在了裤腿上。我递给他几张餐纸，然后拍拍他的肩膀，说：想哭就哭吧！把这么多年的委屈，这么多年的疼痛，全都哭出来吧！哭出来，人就轻松了！

几分钟后，我劝解虎子别哭了别哭了，并安慰他说：以后我就是你的保护人。你有什么心里话，或者心里遇到什么坎跨不过去，或者生活遇到什么难题无法解决，都可以直接向我诉说，我来帮你！我说你很帅很聪明，不是恭维话，而是我打心眼里喜欢你！从今天起，你就是我的侄子，我是你可以信赖的叔叔，你同意吗？

虎子停止了哭泣，点了点头。

我伸出手，说：你要是同意的话，我们就握握手，一言为定！

我伸出手，虎子也伸出手，我们相握在一起——我使劲地握着，觉得他的手粗粝而有劲。

接下来的聊天就顺畅了许多。虎子告诉我，他在学校里很受歧视和排斥。最初因为学习成绩不佳，老师经常冷言冷语地挖苦他，并把他的座位，调到最后的墙角，让他独自坐一张小破桌，与笤帚簸箕为伍。后来他下苦功夫学习，终于在期末考试中，考取全班六十个学生中的第十七名，座位被调整，并被评为全校的“赶超标兵”。那天开家长会，学校要表彰他和其他获得这个称号的总共十五名同学，他早早就给父母说了会议日期，并叮咛了再叮咛，很期待他们来，也很想通过这次会议，让父母脸上有光的同时，也改变父母对他一以贯之的鄙夷态度。但会议开始后，其他家长无一缺席，但他左看右看，就是寻不见自己父母的身影。那天回去后，气急败坏的他，抬起腿，将父母卧室的屋门一脚踢烂，并像暴怒的狮子那般，摔碎阳台上的三个大小花盆。晚上八点多，母亲打牌归来，看到屋内一盘狼藉，像被炮轰过似的，追着他打不算，还把正在喝酒的父亲也打电话叫了回来，俩人一起对他施之以暴力：这个摁住他，那个举起板凳砸，导致他的一只胳膊骨折——就这样，他本该最为高兴的一天，却变成了他最为悲伤的一天。

事后议论起为啥没人去开家长会，母亲轻描淡写地说忘了。父亲则把话说得更为令人泄气：学习好坏就那么回事，大学生找不到工作满街转的多得是，我小学都没读完，不比那些读了大学的人挣钱挣得多？你混一混，混个高中文凭，就回来接班。你就是啥都不干，只要把摊子守住，单我积攒的钱，都够你吃一辈子了，还有你猪日的发凶个啥哩？！

自此以后，虎子的学习就像一只鼓胀的气球被戳了一针似的，不断地收缩；考试成绩也像坐了滑梯，坠落不止。从十七名，滑到三十五名，再然后滑到五十九名，再再然后滑到六十名。

虎子又一次沦落为老师眼中的负面典型。老师不但和从前一样，把他的座位调到最后，还时常讥讽他的脑袋是不开窍的榆木疙瘩。受老师的影响，同学们也瞧不起他，个个都躲着他。但这个时候的虎子，再也不是逆来顺受的羔羊，而是变成了一只横着走的螃蟹，故意与老师顶嘴，甚至脱下自己的鞋子朝老师脸上摔去，从而背上"留校察看"的处分。带着极其糟糕的心情回家，希望能得到父母的宽慰，哪知跨进家门，家里永远是空旷无人。渐渐的，虎子就时常辍学，混迹于网吧和台球馆。在网吧玩游戏时，结识了一帮社会青年，和他们渐渐相熟后打得火热。打架，酗酒，调戏美女，砸车窗玻璃偷窃，拦路抢劫等，几乎无恶不作。等到公安找上门来，父母这才慌了手脚，知道他闯下了大祸。

我问虎子：你说实话，你对这样的状态满意吗？有没有后悔过？

虎子低头沉默了一阵子，然后低声说：看咋说哩，有时候也后悔，有时候就不后悔！

我问：啥时候后悔，啥时候不后悔？

虎子说：出门看见那些熟人都在躲我，把我当瘟疫似的，我就有点儿后悔了，心想咱咋把人活成了这样。但一看到我爸妈，我就满肚子怨气，就不后悔了。

我问：为啥一见到你爸妈，你就满肚子怨气呢？他们毕竟是你爸妈呀！世界上还有谁，比自己的亲爸亲妈，更在乎你和关心你？

虎子说：他们才不在乎我呢！我就是想气他们，把他们气得跳楼，我才开心呢！

我说：虎子，你最大的问题，就是和父母之间，没有感情的传输通道，因而各自的感情堵塞着，互不流通。但有一点你应该确信无疑，那就是你的父母是天下最爱你的人。或许，他们受之于文化层次的限制，不那么会表达爱，爱的方式也有失妥当，但对你的爱却是真实的，是不打折扣的。反过来，你的脑子里，却装满了对父母的恨，这恐怕是你要克服的症结。恨也会生长，最初只是一个斑点，最后会像毒瘤一样，若得不到及时摘除，它会吞噬你的整个人生，让你的心一辈子都深陷牢狱。当然，更重要的是，你和父母的冲突，永远都没有完结的时候，你会成为他们痛不欲生的源泉，他们也会成为你痛苦不堪的源泉——活在冲突中，身处仇视中，你想想，谁会是赢家？都是输家！你输了，你父母也输了！你不愉快，你父母也不愉快！如此这般，人生能有质量吗？从现在开始，你要学会爱，学会接纳，更要懂得宽恕，懂得恩怨是心灵的暗夜，必须将其从心里扫除掉。当你变得阳光时，你的父母，还有牵挂你的所有亲人，也都因为你的灿烂而灿烂。你愉悦，你父母愉悦，愉悦加愉悦，就加倍地愉悦；反过来，敌视加敌视，会加倍地敌视。愉悦，是在做加法，越加越多；敌视，是在做减法，越减越少，懂吗？

虎子沉默不语，我继续说：爱是一种能力，必须学会和掌握它。在很大程度上，爱是光亮，能暖身，能暖心；恨是利剑，在刺向他人时，也会让自己受伤。生活中没有爱，你想想，就相当于世界上没有光亮，那就是暗无天日，就是昏天黑地。人身处无边无际的黑暗，像溺水者那样若得不到捞救，最终都会被黑暗吞没。你仔细考虑一下，是愿意生活在光亮里，还是生活在黑暗中？

虎子还是沉默。我拍拍他的肩膀，说：孩子，你说你看到亲戚邻居都在躲你，就有点后悔，这说明你还有羞惭之心，这正是我看中你的地方，也是你走向美好未来的一根牵引线。它说明什么？说明你并没有泯灭人性和良知。我知道你也不想活得被人歧视，而要活得更有颜面。但什么才是人的颜面？怎样才能真正地拥有颜面，你却是要好好地思索一番的。让人害怕，和让人尊敬，完全是不同的两个概念。你目前所做的，就是想方设法地让人害怕你，但你知不知道，人家当着你的面，也许向你磕头，也许向你求饶，但一转身，就会往地上吐痰，并咬牙切齿地咒骂你！人来到世上，不是为了挨骂，而是为了成就自己。被众人咒骂，被周围人唾弃，这样的人生，不叫失败叫什么？

虎子还是沉默。我给他添加了水，然后让他休息休息。

二十分钟后，我让虎子的父母进来，向虎子道歉。虎子母亲靠近虎子，拉住他的手，眼里溢出了泪花，说：娃呀，我和你爸都对不起你！刚听了你叔的话，我和你爸想了半天，才知道是我们害了我娃！我娃变成今天的样子，都是我们的错！

虎子父亲在一旁，手也搭在虎子的肩膀上，接过母亲的话茬，说：儿子，主要是我的错，我打你是不对的，是很不对的，我很后悔！都怪爸爸没文化，不会和你好好说话，一说话声就高，还错误地以为打你是为你好呢！爸爸错了，再也不会打你了！你把心收回来吧，儿子！别再在外面浪荡了，别再让我们为你担惊受怕了！

虎子没说话，但眼角流出了眼泪。我借此提醒虎子：虎子，你长这么大，听过父母给你道歉和认错过吗？

虎子摇摇头。

我说：那你还不赶快站起来拥抱拥抱父母？

虎子站起来，和父母抱成一团。他们散开后，我对虎子说：虎子，你认为你有没有错？

虎子说：我也有错。

我说：那你能不能向父母认个错，道个歉，然后再做出改邪归正的保证？

虎子尴尬了片刻，低头说：爸，妈，我错了，我以后保证不让你们再为我操心了！

三个人又一次抱住，一起大哭。我从门里退出，坐在楼梯口抽了几根烟。重新返回房间后，我贴住虎子坐着，单独问虎子；你给叔叔说掏心窝子的话，你想不想再返回校园读书？叔叔建议你再回到学校去，因为唯有读书，才能给你带来光明的前途。即使你将来接你爸的班，管理你的家族企业，或者你将来生儿育女，没有知识，思维就会受限，行为就会简单粗暴，最终企业恐怕也经营不好，家庭也容易分崩离析。你好好想想，我说得对不对？

虎子说：我就是回学校，也追不上人家了。过去就学习不好，还辍学了一年，听了也听不懂。

我说：那不怕，只要你有决心，有恒心，即使今天不识一个字，从明天开始，哪怕是一个字一个字地学，都能来得及。你可以从初二重新开始读起，不怕慢，就怕原地不动或后退。

送他们出门时，我特意给虎子的父亲做了交代，让他想办法联系学校，也想办法给孩子把案底予以消除。

虎子们回到他们居住的城市一个星期后，虎子母亲给我打来电话，声音因激动而战栗：娃他叔呀，真要谢谢你了！你真是个活菩萨！自从那天你和他聊过后，他回到家性情大变，懂事得都让我想哭。我越想越觉得我对不住我娃，亏欠了我娃。他回来后，也不出去乱逛了，也帮忙着做家务了，还在我生日的那天，给我买了一个生日蛋糕。现在看他，越看越顺眼，越看越亲。

我问：他爸联系学校的事落实了吗？

虎子母亲说：差不多了，他也同意去读书。

虎子现在是什么情况呢？猜想看完上面文字的朋友，大概都想揭开这个谜底。我可以很自豪地告诉大家，那次交谈，是列车的变轨，是一个沉沦孩子的浴火重生。今年，虎子已是某本科院校的大三学生，还是学生会成员和学生公益组织的积极分子。

第九章

妈妈领我出入赌场，我在赌场里晕头转向

1

开写这个故事，我颇为迟疑，在写与不写间摇摆了许久，最终还是觉得有必要将其公之于众。犹疑的原因，在于所写的对象，之于我，太过熟悉，为我日常往来的朋友——我唯恐因自己笔头的不慎，对其带来精神的误伤和名誉的损失。文中的主人公，我浪费唇舌，对其规劝多次，她确也曾有所收敛，但时隔不久，就又旧病复发。前思后想，反倒觉得当一根针都刺不醒她的时候，或许用一把锋利的刀子，能使她在疼痛中苏醒过来。我的本意，是想将她的故事，化为镜鉴，促使她从中照见真实的自己，也促成其他家长以此为戒。假如她因本文的刺激而幡然醒悟并回头是岸，我书写的意图便已达到。真正的善，不是给病体涂脂抹粉，而是施之以手术和良药。手术很痛，良药很苦，但唯有如此，才能治病救人。

我要写的人是位女性，名曰宋雪丽，时年五十岁上下。小宋算得上是我的半拉子学生。上世纪八十年代，二十余岁的我，在家乡的县中当高中语文老师。那个年代，没有电视，没有手机，没有舞厅，没有洗脚屋，甚至连生活类的报刊都闻所未闻。在寂寞中度日的人，要打发剩余的时光，便有赖于阅读文学刊物。基于此，谁那时若能在省级文学刊物发表作品——哪怕是一篇作品——立刻就能在一个区域里引发轰动。作为初生牛犊的我，那时年轻气盛，心高万丈，总妄想着

利用文学上的成功，来摆脱世俗世界的偏见，并显示自己的卓越存在。通过多年的磨砺和无数的碰壁，终于换来小小的回报——作品接续撞开数家刊物的大门，一年之内，在不同刊物的显著位置，先后发表三个中短篇小说。此消息像旋风一样，迅速传遍县城的角角落落，很多人由此而知晓了我的名字，也有不少人慕名前来拜访我。

小宋就是慕名前来拜访者中的一员。那时的小宋，属于某企业的子弟，尚在子弟中学读高中。她被人领来见我，自称热爱文学，并热衷于写作诗歌。

自此认识后，小宋过上两月三月，就会跑来向我讨教。她把自己写的文章让我看，尽管那些文字，实话实说，尚且属于学生腔作文体，但我还是对她予以了鼓励。后来小宋考上省城的一所专科学校，我时常还能收到她的来信。在信中，小宋告诉我，她依然在攀爬文学的山路上踽踽而行，并初尝甜果：一家省级青年杂志，刊出了她的一首长诗。

如果小宋能沿着写作之路，就这么一直心无旁骛地走下去，也许至今，她已成为了有一定声誉的诗人和作家。但遗憾的是，她选择了中途逃离。

小宋再次与我相见时，她已与一位军官牵手，站在了婚姻殿堂的门槛。那时我调离中学，落脚于距离县城二十五华里的党校，继续执掌教鞭。小宋来党校看望我，除携带诸多的礼品外，还带来了她的未婚男友。那个身穿军装的小伙子，中等个头，身材挺拔，显得英姿飒爽，但自始至终，他都仿佛和谁正赌气一般，表情沉郁，未和我说一句话。事后小宋独自跑来向我解释，说她的男友疑心很重，当她把我介绍给他时，他的胃里便犹如打翻的醋瓶子，酸溜溜的——他猜忌小宋和我的关系不清不白，而师生之谓，在他看来，不过是一层用于掩饰的薄纱而已。

问小宋如何认识这位低级军官的？小宋讲是在公交车上萍水相逢并一见钟情的。小宋说，某天她乘坐通向企业的班车，倚窗外望，发现一个很帅的军官，站立于车外，正与为他送行的人交谈。她被他英俊的外表迷住了，心里突然就慌乱了起来。她知道，这位军官也是要乘坐这趟班车的。班车的终点站是企业，而军营，则处于县城去往企业的半途。小宋一人占据了两个座位，一个一个的乘客上来，询问她里侧的座位上有没有人？她的回答都是有。车上满员，很多人无座位，就站在过道里。等车子即将启动，军官终于跳上了车。军官挤身过来，问她身旁的座位有人吗？小宋说没有。于是军官就挪进身去，与她并肩而坐。她主动与他搭讪，两个人很快就聊得热火朝天，及至于当班车停在军营门口后，小宋已像军官的老熟人那般，尾随军官下车，步入了军营。一番你来我往之后，就闪电般地确立了恋爱关系。小宋笑称世间的男人千千万，但长得帅气的却寥若晨星；好不容易遇到一个忍不住地想多看一眼。对上眼了，就要先下手为强，免得在犹豫间，被其他虎视眈眈的母老虎霸占或“截胡”。

小宋告诉我，军官叫罗春生，来自于广西的大山深处，家里很穷，父母皆为面朝黄土背朝天的农民。

小宋和小罗结婚后，就向单位请了长假，做起了专职军嫂。她住进军营，吃在灶上，一天到晚闲得无事可干。两年后，军队重组，小罗被发配至山西北部的某县驻扎，小宋随其前往，并在那个县的县城，开了一家服装店。某一天，我接到小宋的电话，说安老师，你在西安给我表弟找个工作；找成功了，我给你一万块钱。我直言不讳地批评她，说你怎么如此地俗不可耐？一开腔，就像商人似的，先把钱提到前面，把人和人的关系，竟然化为了一种交易；再说了，你表弟有啥专长，拥有啥文凭，我都不清楚，工作可怎么找呀？小宋支支吾吾一通，然后关掉了电话。

时隔两三个月后，小宋带着一个二十七八岁的小伙子来见我，介绍说他就是她的表弟，名曰汪力刚，也就是托我为之找工作的人。

小汪个头挺高，身板挺直，一副清爽精干的模样。他很有眼色，一跨进我的寒舍，就忙着给我的茶杯里续水。询问得知，小汪来自于小宋开办服装店的那个县，原本是县上某机关的公务员。在前任领导那里，小汪颇受信任和重用，但正因如此，却受新任领导的排挤和打压。一气之下，小汪扔掉公职，不管不顾地离乡出走，随小宋来到了西安。

此时小汪姿态放得很低，显得胆怯而拘谨，说话低声下气，举止小心翼翼。小汪的一番诉苦，就让我的心变得湿软。他说自己的家在荒僻的农村，家贫，父母体弱多病，他因丢掉工作而失去工资，使原本就拮据的生活更为雪上加霜。

听到他如此落魄，我的同情心勃然萌发。我问他来西安后住在哪里？他说他住在火车站附近的一家私人小旅馆里，每天房费二十元。

一天二十，乘以三十，单房费，每月就得耗资六百元。六百元放在二十年前，可是一笔不小的数目。身上没钱，一时半会儿又找不到工作，还要日日支付房费，这怎么可以？于是我建议他，如果愿意，可以搬到我这里居住，至少可以节省一笔住房的开支。

其时，我在一家朋友办的民营医院里，拥有一间较为宽大的办公室。办公室里除却一张床外，沙发也可以拉开当床用。再说了，医院用格挡隔起来的病床，多达七八张，白天尚且有个别患者在里面打吊瓶，但一到夜里，就全部空闲，皆可供小汪借住。

朋友在办理医院的营业执照以及在医院运营的初期，我在一些关键环节给他帮过忙，因此他对我至少是宽容的、客气的，不至于因小汪的贸然入住而对我有所责怪。

于是在长达一年多的时间里，小汪都把医院当成自己的临时家舍。小汪有时候夜宿于病房，但更多的时候，则躺卧于我办公室的那个沙发上。与小汪聊，得知小汪所读为初中专，毕业于一所工业学校。那个年月，能考上初中专的学生，皆为班级或年级的尖子生，就连学校考试成绩排名第二的学生，都时常名落孙山。在学习上领跑的学生，从智力和能力等综合素养上，明显地要高于学习成绩一般的学生，这一点是确凿无疑的。至少，他们比起其他学生来，更具有责任意识——既不肯辜负自己，亦不愿辜负家庭。

然而中国教育的“偏食化”或“围墙化“，从小汪的身上就能得到验证。已怀揣中专文凭且身为国家干部的小汪，不可谓不聪明，但和他聊天，却发现他对外部世界几乎一无所知。他不了解国外的社会形态和文化渊源，也不了解中国的历史沿革和地理山川。都已跨过二十一世纪的门槛，但他的思维，却像停摆的钟表那样，僵化在了上世纪的六七十年代——尽管他是七十年代中期出生的。因此，当我给他讲起这个或那个时，我之所言，之于我交往的人群，不过是人所共知的常识而已，但在他听来，却有着石破天惊的震撼。他的家乡距离太原，不过三百多公里的路程，但观念和认知的距离，恐怕不止“三千里路云和月”。

天天看着高高大大的小汪无所事事地晃来晃去，我难免心焦。于是一有空闲，我就忙着给他联系工作。把认识的朋友全都梳理了一遍，并一一打去电话，求爷爷告奶奶那般，好不容易在一家报社，给小汪联系到一份记者的工作。在那个年月，手机尚未普及，互联网还未诞生，对于眼和嘴皆闲不住的普通市民而言，其业余生活的一个重要的消遣方式，就是捧着报纸津津有味地阅读，读完后还要品头论足一番。有需求，就有供给，读者多，报馆就多。报馆与报馆之间，在进行着白热化地较量，不但明着抢夺广告的客户和吸引读者的眼球，而且也暗战不休，你给我使绊子，我给你挖深坑。一涉及到自身利益，新闻人固守和宣称的公平正义，便瞬间崩塌。

报纸大战引发的混乱，致使入行的门槛，化为了一道影子，看似有，其实无。

小汪有一定的文字基础，他原从事的工作，是坐在办公室里给领导写材料，因此，就语句的通顺和钢笔字的娟秀，他都不成问题。但其劣势也显而易见：既无新闻的专业素养，也无新闻的从业经验。因此，让他跨入这个行业，无异于赶着马匹去游泳。

好多天里，小汪都空手而去，又空手而归。报社实行的是绩效工资，如果没有采写的稿件被刊发，就难以领取到报酬。看到版面上日日都无小汪采写的稿件亮相，我比他还要着急。每天夜里，我都要对小汪进行一对一地培训，告诉他如何发现新闻，又如何写作新闻，但磨破了嘴皮，却发现智商不算太低的小汪，在这方面却怎么都不开窍。也许他天生就不是吃这碗饭的，而是天降斯人有他用。犹如木头有木头的用处，石头有石头的用场，各有优长又各有不同。石头可以奠基，可以砌墙，可以被雕塑，可以被烧水泥，却做不了衣柜和桌椅，反之亦然。

实在没招，我就建议小汪写新闻稿先从模仿开始。如何模仿呢？就是在别省的报纸上，寻找具有普遍性的新闻素材。我铺开一张《合肥晚报》给他举例，说你看到这篇名为“合肥街头的牛皮癣小广告多如牛毛”的报道了吗？这篇报道，就能给你带来启发，你就会去思忖：西安的街头有无牛皮癣广告？有的话，都贴在哪里？你要去察看，并采访街头的市民，甚至还要采访城管方面的领导，如此，一篇像样的稿件就会出笼。中国的城市，大致都差不多，这个城市普遍存在的，也是那个城市普遍存在的；这个城市在感冒，那个城市也一定在流鼻涕。

然而，就是我的这一通悉心指教，却好心办坏事，导致小汪被报社辞退。某天我还身在成都，接到报社新闻部刘主任——我的好友，小汪正是经他举荐而进入报社的——的电话，他压低嗓门问我人在哪里？若在西安，他要来见见我，将当面向我陈述一件事并致歉。我问什么事呀？他说不好意思，安老师！都怪我把关不严，导致小汪被报社辞退了。我问因何而遭遇辞退的？刘主任说小汪写了一篇《西安街头：鸡既打鸣又下蛋》的稿件，他也没怎么留意，就稀里糊涂地递交给了老总，老总打眼一看，就知道它是假新闻，于是把他叫去，一顿劈头盖脸地训斥，接着当即召开社委会，很快就做出辞退小汪，并扣发他半月奖金的决定。我知晓会议决议一旦形成，结局已无可挽回，于是就向刘主任一个劲儿地道歉，说都怪我，让他在声誉和经济上，遭受双重的损失。

与刘主任通完电话，我随即把电话打给小汪。本想着斥责他几句，但转眼一想，刚经历挫折的他，此时估计正郁闷不堪，心比浮冰还要脆弱，于是电话的内容就偷梁换柱成了安抚他和鼓励他。

小汪的症结，在于对普遍性与特殊性未加区分。我给他讲的是普遍性，他却去照抄个别案例，结果就露出了破绽。狗咬人，是普遍性；人咬狗，则是个别性。全国的媒体，才铺天盖地地热炒过“长沙街头：鸡既打鸣又下蛋”的奇闻，他就将其原样不动地移植到西安来，怎能不引发质疑？公鸡下鸡蛋，那可是“千年等一回“的新鲜事，长沙的公鸡刚下过，西安的公鸡难道能仿而效之？

2

我很快就从一些端倪中心知肚明，言及小汪是表弟云云，那不过是小宋的虚晃一枪，真实的情况是，小汪和小宋，并无血缘上的联系，而只是一对地下恋人。

此时的小汪正在和前妻闹离婚，这也是他离家出走的原因之一；而小宋，表面还在维持着家庭的完整，但犹如一栋屋子的根基被不断地掏挖那样，地基虚空，屋子实质上已处于岌岌可危的状态。

小宋的军官丈夫转业至西安的某个机关，相应地，小宋也就关闭了远在山西的服装店，随夫回到了西安。她隔三差五地来小汪寄居的医院，但来了，却刻意地回避着我，要么站在医院门口给小汪打电话，要么挑起门帘的一角，晃动手指示意小汪出来。小汪每回离去时都给我撒谎，借故自己有某个事，需要出去半日云云。我明知他是受到小宋的引诱才外出的，但看破不说破，假装无比地信任他。小汪有时一走几个小时，有时出去大半天至深夜才回归，有时干脆连招呼都不打就在外面过夜……作为成年人，他来去自由，选择自主，我从未对他的所作所为进行过刨根究底地探询，更不可能进行干涉。我永远显出一副超然的样子，装作什么都不知道。

时隔不久，小汪就主动向我袒露出了实情：他和小宋，是在弟弟当兵时认识的——弟弟当兵，委托小宋从中帮忙——后来因来往频繁，引起他妻子的警觉和愤怒。妻子和他大闹了好几个回合，最终导致婚姻的彻底破裂。他和妻子生有一个女儿，女儿因其年幼，法院将女儿判决归给妻子扶养。

小宋知道小汪已将他们之间的事，向我和盘托出，也就不再在我面前遮遮掩掩，而是不断地在我面前夸赞小汪的帅气。正在谈论其他话题，她冷不丁就会冒出已重复多回的话语：安老师，你看小汪长得帅吧？这样的问话，常常让我无言以对。也许男性看男性，和女性看男性，视觉不同，结论也就会有所不同。在我看来，小汪长得高大周正，有几分帅气，但还不至于帅到天下难觅的地步。但情人眼里出西施，在小宋的眼里，小汪堪比天下第一帅，似乎刘德华、谢霆锋之流，压根儿都无法和小汪相提并论。因此，她提及小汪的帅气时，唏嘘不已，似乎涎水都能从嘴角无法自控地流淌而下。

小宋是一个对帅男毫无抵抗力和免疫力的人，小罗因为所谓的帅，被她收入囊中；小汪也因为所谓的帅，被她从山西引诱至西安……也不知她遇到下一个更帅的帅男，会不会又背过小汪，和其眉来眼去呢？

在这家医院，小汪开启了自己人生的麻将之旅。医院的老板在我的房间放了一张麻将桌，供我闲暇时娱乐。起初我们打牌，小汪只是站在一旁观战，但看着看着，就心痒手痒，于是就支走他人，自己来当替补队员。起初，他连牌都抓不住，但一来二去，操作就熟练起来，及至于成为当仁不让的“铁腿子”。

小宋也不时加入进来，个别时候还把小罗领来打牌。昔日那个在小宋的眼里，几乎要迷倒天下所有女人的小罗，几十年不见，相貌已变形得不堪目睹。他腰粗脖子粗，盆状的脸庞上皱纹横斜，稀疏的头发朝后梳着，露出跑马场一般宽阔的额头。小罗连鞋都不脱，直接就跃上，圪蹴在我的被单上，摸起牌来一惊一乍，呈现出一副职业赌徒的贪婪模样。杠一把，一人才给他五毛钱，就把他乐得放声狂笑，并把牌桌拍得叭叭叭地响。更令人不能忍受地是，他的喉咙动辄就能喷出一口浓痰来，无所顾忌地吐向床下的地面……他的贪相，已让我心生不悦；而他的粗鲁，更是让我无法容忍。于是背过他，我向小宋发出了警告：未受邀请，不要随便带人到我这里来！尤其是小罗，以后坚决不要让他到我这里来打牌！

之后，小汪搬出去租房居住，也找到了新的工作——在一家民营的锅炉公司，从事锅炉的推销。随着他的外迁，我们的来往就少了许多。但隔一周两周，还能聚在一起打一回牌。这时候，他和小宋的恋情已公开化。据说小罗找他数次谈心，但均未见效，最终没能把如胶似漆的他们拆开。无奈之下，小罗只好同意和小宋办理离婚手续。

每次约小汪打牌，小宋几乎都会像一条尾巴一样地尾随而至。小宋的到来，搞得其他参与者很不自在，他们中，不止一人向我发出抱怨之声：老师，小宋若来参与，你就别叫我，我不想和她打！

抱怨者抱怨的原因，除却和小宋不熟外，最为主要的，还是小宋一来，其他人既不好乱脱衣服，又不便乱发脾气。其时牌场已移至我一人独守的家里，鏖战的时间也常为黑夜。正值炎炎夏日，餐厅里未装空调，若无女性在场，打牌者可以脱得仅剩一条裤衩。但小宋的到来，却致每个人不脱衣服就大汗淋漓、脱了衣服又无比尴尬的境地。

对此，我委婉地提醒过小宋，但她却依然故我。不得已，我不得不向她把话挑明：我能接受你，因为我们已有十几年的关系；但牌场是四个人的牌场，其他人未必就愿意和你打。

小宋是如何理解我话意的呢？她当着我的面对别人嚷嚷道：安老师不喜欢女的，就喜欢男的。

小宋尽管对我的拒绝怨声载道，但依然照来不误。得寸进尺地是，她还时不时地把自己十三四岁的女儿带来，让女儿和她轮换着上场，而且一鏖战就是一个通宵。询问得知，她女儿蛮蛮才上初二，但观其摸牌与出牌的老练程度，很像一个牌场老手，动作无比地娴熟。蛮蛮身形偏胖，肤色微黑，一张土豆般疙里疙瘩的脸上，眼睛眯成一条窄缝。蛮蛮虽被判为归她爸扶养，但仍旧和小宋吃住在一起。

我批评小宋：这等场合，你怎么能带孩子来呢？她还那么小，你当妈的怎么连这点常识都没有？！你这不是把她往歧路上引导吗？！

我的善意提醒，非但没有引起小宋的觉悟，反而促成她中途的愤然离场。她临出门时扔下的话，我至今都记忆犹新：你见不得我也就罢了，连我女儿都见不得了？！谁规定初中生就不能打麻将？！初中生打麻将打得好，能赢钱，那是智商高的表现！

在小宋的阻止下，小汪自此也疏于与我来往，但我一丁点儿都不生气。看到任何人有难处，我能帮都会伸手帮其一把，其动机，纯粹只是想给自己的良心一个交代，从未想过获得“投桃报李”的所谓回报。比如小汪，他能在西安驻扎下来，有了相对稳定的工作和相对平稳的收入，身不再漂泊，心不再流浪，我的愿望就已经实现。只要他过得好，哪怕一辈子都不再搭理我，我都会毫无怨言。愿意和我结交的人太多了，只是限于精力，我难以一一接过他人递来的橄榄枝罢了。在人世间，我缺这个缺那个，唯独最不缺的就是朋友。

3

小汪和小宋生活在了一起。

站在法律的角度，他们尚未领取结婚证，还只是属于同居关系。但他们的形态，却俨然就是地地道道的一对夫妻。

当爱情之花凝结为腹中的果实时，他们间的矛盾就日益突显，并时有激化。小宋比小汪大若干岁，她总是以救世主的姿态和口吻面对小汪，并力图于将小汪像手握一只小鸟那般，紧紧地抓牢在自己的手里，只允许他规规矩矩，不允许他乱说乱动。她把小汪能从荒蛮之地引来落脚西安，全视作自己的功劳，并以此反复地提醒小汪不要忘恩负义。小汪被握疼了，被唠叨烦了，就要挣扎，就要反驳，于是便硝烟弥漫。一场肉搏战后，小汪背起背包摔门而去，玩起了失踪。这时小宋才慌了神，深刻体验到“失去才觉可贵”的道理——拥有时甚觉多余，一经失去却烈火焚心。小汪离去，小宋撕心裂肺，仿佛一秒钟都活不下去。

小宋已怀有七八个月的身孕，她挺着个大肚子，踏上寻夫之路，却遍寻而不得。无奈之下，她频繁给我打来电话，像情报搜集员那样，对所有道听途说来的小汪行踪的蛛丝马迹，进行逐条猜测，对所有和小汪接触过的人回应她的言词进行分析，从而推导出小汪有可能藏匿于郑州市的某个区域。

小宋坐飞机抵达郑州，向与小汪有过联系的某人的银行卡，打去三千元，只求他能透露一下小汪在郑州的具体地址。但最终，却无功而返。

小宋像疯了一样不管不顾地满世界地寻找着小汪、呼唤着小汪。坐火车，乘飞机，走过很多县市，在“山重水复疑无路”之际，上天开眼，她总算迎来了“柳暗花明又一村”——在洛阳市的一家宾馆门口，挺着一个大肚子的她，将从外面归来的小汪拦停，并死死地拽住了小汪的一只胳膊。小汪躲不开，跑不掉，便乖乖地随她回西安。接着，他们的孩子就出生了，是个胖大小子，取名汪天泽。

两个没有任何管理幼儿经验的人，聚在一起，对孩子满怀浓稠的深爱，但带给孩子的，却是看得见的有形伤害。孩子尚且不足两岁，贪吃肉食，他们就在夜晚买肉煮肉，并捞出一碗熟肉供孩子狼吞虎咽。孩子吃完睡觉，消化不了，就发高烧，他们又半夜三更地送孩子去医院输液——和小汪通电话，知道他们成天在医院和家庭之间来回地奔波，孩子不是咳嗽，就是肺炎，或者就是哮喘，似乎很少有平静的时候。

这个时候的小汪，已不再是打工者，而是自己注册了公司，自己给自己干。公司没有办公地点，而员工，仅有两个人——小宋是法人，小汪是总经理。

小汪的独立门户，与我有关。依我对他的观察，他是有经商之才和经商之能的人。但他的心里，对汹涌的商海多少还有所畏惧和忌惮，唯恐自己纵身跳下，非但捕不到鱼虾，还导致现有的饭碗破碎、微薄的积蓄归零。

小汪的第一次在商场中独立出征，是与他打工过的单位合作，进行水电表的营销。初次出门前，我对他进行了一番闭门培训。我告诉他：一，要着正装，要打领带，这样给人以靠谱和严谨的感觉；二，见任何人，哪怕他再有权和钱，都要做到既面带微笑，又不卑不亢，和善而又有尊严，切记不要畏畏缩缩和奴颜婢膝，如此，别人才会高看你，尊重你，并对你的产品放心；三，要把产品说明书的七八条优点，浓缩到三条之内，因为领导也好，老板也罢，都身忙心烦，没有耐心听你毫无重点地啰啰嗦嗦。三条特性里，要学会与最知名最尖端产品的进行比较，从而突出自身的优势，让对方能听得眼前一亮并心头一动；四，还要读书，唯有知识，才能取信于人。请人家吃饭，从始至终，时间悠长，话题总不能老是围绕着产品打转转，那样的话，饭局的气氛不但会僵硬，而且很快就无话可说地冷场。如果谈点历史地理、欧洲非洲、孔子孟子、唐诗宋词等，别人对你的好感就会增加，信任度也会提升，觉得你不仅是个推销员，而且还是个饱学之士。知识，会给你赢来信任，也会赢来订单。最后，你要牢记我创造出的一句

“名言”：最好的推销，就是把自己推销成别人的朋友！推销出去一批货物，仅一次受益；成为别人打心眼里认同的朋友，可以终生受益。

小汪按照我的吩咐，背着一个挎包，朝陕北远行而去。三个月后，他凯旋归来，皮包里装回三十万元的巨款。三十万，在那个年代，是一个令人振聋发聩的数字。这笔钱，之于小汪，更是过去做梦都不敢想的。半个冬天，一夜暴富的小汪，都沉浸于兴奋之中，既约我频繁地打牌，又不断地请我洗脚。小汪当着我的面对其他人说：我是高举老师的思想发财的。不明就里的人闻之，责备小汪太虚伪，为谄媚我而不惜肉麻地吹捧，但唯有我，才能听懂小汪的弦外之音。

初尝甜头，给小汪以信心的同时，也撑大了小汪欲望的胃口。在接下来的推销搏斗场上，小汪更是风卷残云，战无不胜。如果说过去他捕捉到一只小猫，都会高兴得手舞足蹈，而现在，他捕获到一头公牛，还会抱怨牛膘不够肥厚。小汪没有官方的靠山，他致胜的诀窍，一是死缠烂打——你不同意用我的货，我就天天找你，缠你，以志在必得的架势软磨硬泡，及至于人家给他起了一个“汪粘粘”的绰号；二是利益共享——把对方的个人利益和自己的利益进行捆绑和挂钩，如此，尝到甜头的对方，就会从铁面的拒绝者，转换为暗中的助推者。小汪的水电表报价，比其他人的报价，高出几倍，但接收方却宁愿放弃低价而选择高价，其因在于，高价意味着自身的获利也更为丰盈。

手头有了积蓄，我对小汪说：你现在急需要做的有两件事，一是买房，一是买车。买房，可以结束自己游击队般的居无定所的租房日子，以使自己这颗“移动的心”，能安顿下来，像树一样地扎下根去，也让孩子拥有一个相对稳定的成长环境。市井高楼万座，很需要有一扇窗来为自己守望。买车，首先是自己图个方便；其次，将车开回老家去，让家乡的人通过这辆车来估摸你在外面的生活样态。小地方是一个熟人社会，每个人都会被纳入他人观察和谈论的范畴。你离开了体制，会被很多人同情，也会被许多人嘲笑，而你孤身在外闯荡，是成功还是落魄，人们通过你回乡时的行头，就能一目了然。古人为何很在意“衣锦还乡”？就是要通过穿戴的绫罗和抬乘的坐轿，告诉家乡人自己已“鸟枪换炮”，不再是过去流着鼻涕的放牛娃，而是今朝飞黄腾达的官宦。人，哪怕是乡亲，哪怕是亲友，都不无势利，对成功者是一副表情，对落魄者又是另一副表情。毫无疑问地是，行头悬殊，人们对你的态度就会有云泥之别。拎着个包坐班车回村里，和驾着一辆车回村里，感受到的人情冷暖，几近于冬夏之别。

听从我的建议，小汪在很短的时间内，购买了车房。小宋见到我，多次解释买车的原因，台词相同，腔调相似，但我听起来却不乏虚妄：我们之所以买车，就是想着安老师用车坐车方便。

小汪是个驾驶新手，加上性格又急又躁，因此我偶坐他的车，都犹如冒险那般。在城里开车，人多车挤，应小心翼翼才是，但他驾驶的车，犹似脱缰之野马，撒泼之旋风，既癫狂又不守规矩。频繁变道，两辆车之间只要留有缝隙，他就想拱入其中；每遇十字路口，他非但不减速，而且还一脚猛踩油门，使车宛若离弦之箭那样猛冲而去。坐他的车，尽管我不断地疾呼他“小心人”“小心车”“路口减速”，但依然险象环生：不是差点儿与一辆三轮车迎面相撞，就是差点儿与一个骑自行车的人撞个满怀，或者差点儿撞翻马路边的水果摊，或者在两辆大卡车的夹缝里差点儿被夹击成油饼。

每回遇到小汪，无论我是否坐他的车，都会语重心长地叮嘱他一定要改掉开车时心浮气躁的毛病，要慢点开，再慢点开；唯有慢点，才不伤害别人，也不殃及自身。小汪诺诺地点头答应着，但下回坐他的车，却发现他并未听进我的谆谆劝诫，而是把我的话当作了耳旁风，该怎样生猛还怎样生猛，该怎样狂奔还怎样狂奔。如此，他的车频繁地发生交通事故，总是从修理厂的大门出出进进。最多的时候，他一月就有八九次交通事故，连保险公司都大呼倒霉，遇到他这样的客户，气得眼里冒烟，亏得心里滴血。第二年，保险公司大幅度提高他的保险金额，但最后一算账，还是保不住本。第三年，他无论缴纳多少保费，保险公司都拒绝为他的车办理保险。不幸中的万幸是，尽管车辆不断地受伤，但人却安然无恙。

但这辆打满补丁的车，却仅开了两三年，就被赌场扣留，用作了抵押赌债。

小宋和小罗的女儿蛮蛮，二十岁不到，就已是一个在地下赌场异常活跃的职业赌徒了。蛮蛮初中毕业后，就赋闲在家。小罗在外面给她租了一间民房，扔给她一些生活费，便自己沉溺于吃喝玩乐之中，而对她的日常活动便鲜有过问。小罗本性嗜赌，夜夜拼搏于麻场，白天仅到单位露个脸，然后就躲到一个地方去睡觉。睡够了，在楼下的草坪上溜达一圈，伸展伸展腰肢，就赴宴饮酒。喝得醉醺醺的，就又和几个相对固定的哥们相约去某个宾馆开房搓麻。小罗的赌局，不算大，也不算小，输赢大概在三四千元。刚开始，他去麻场，还带着十七八岁的蛮蛮，牌背时会让蛮蛮替他换手气。但因蛮蛮不守麻道，不是偷牌，就是偷窥他人的底牌，并将底细泄露给父亲——她的异常举动，引发麻场的矛盾，导致小罗在以后的征战中，难以再带她入内。

蛮蛮在租住的房间里，很快就和一群社会青年厮混在一起，抽烟，酗酒，俨然一个大姐大的架势。想要那些男孩服服帖帖地伺候她，她唯有拿钱作为诱饵。蛮蛮很享受慈禧太后般的侍者绕膝，于是整日地纸醉金迷，抱住啤酒瓶，一咕咚，五瓶六瓶的啤酒就仰起脖子灌入腹内，却一步路都赖得移动。渐渐地，她的身体如烤面包那般地膨胀起来，不到半年，就呈啤酒桶状。一米五六的个头，体重却高达九十余公斤，可以想见她的体态有多么地臃肿。接踵而至的，便是糖尿病之类的并发症附体。

小宋某天早上去给蛮蛮送外套，强行叫开她的房门后，发现她的床上，竟然躺着三个男人。年龄最大的男人，已五十多岁，面目褶皱，皮肤黝黑而粗糙，胡子拉碴，一看就是个干体力活的农民工。其他两位，都二十四五岁，头发染得像火焰，胸腔、胳膊、小腿等，布满了纹身图案。经逼问得知，一个小青年，无业，游手好闲；另一个小青年，才从劳教所回来，目前在马路边替一家房产公司散发传单。两位青年，就是伺候蛮蛮日常生计的侍从，除为蛮蛮日常跑腿之外，还有一项使命，那就是以陪伴的方式，来填补她精神的空虚。

但那个坐在床沿，此刻被小宋痛骂的老男人既无相貌之优势，又无钱财之优越，他又如何能钻入蛮蛮被窝的呢？小宋骂急了他，他抛却最初的忍受，反而一蹦三尺高，差点儿撕住小宋的头发，把小宋从四楼的窗子扔出去。那个男人说，他是蛮蛮的邻居，租住在二楼。是蛮蛮找到他，让他天天给自己从一楼往上提水的，当时谈好的价位是，每提一桶两元钱。他总计提了三个月，钱数二百八，但赖皮的蛮蛮却分文不予兑现。除了赊欠这笔辛苦费，蛮蛮还曾借走他八百九十多元，一直赖着不归还。想一想，他一个拉脚的，走多少路，流多少汗，才能挣到这一千多元？为要钱，他多次和蛮蛮大吵大闹，起初，蛮蛮翻脸不认账，说既没让他为自己提过水，又没借过他的钱。他被气得够呛，转身拎来一把斧头，威胁要把蛮蛮的头砍掉。蛮蛮这才由硬硬的钢筋棍，软化成了柔柔的棍棍面，但依旧声称自己没钱偿还，只是可以拿身体来抵账。蛮蛮让他睡她，说实话，他还不乐意呢！但转眼一想，自己的钱就要打水漂，为求得心理平衡，他才上她的床的。

小宋听了老男人的话，取出钱包，抽出一千元摔给他，让他滚，滚得远远的，以后别再让自己见到他！老男人捡起满地零乱的钞票，起身而去。

小宋继而又轰走两个年轻的侍从，然后指着混乱不堪的屋子，痛斥起蛮蛮来。屋子里的杂乱与肮脏，让人确不堪入目，垃圾把人挤得几乎没地方立足。多少天前吃过的餐盒，这儿扔几个，那儿扔几个，汤汤汁汁的，引诱得黑压压的苍蝇飞起飞落，散发着刺鼻的味道；地面上，歪倒着数不清的啤酒瓶，人要从中经过，还得先要用脚将啤酒瓶小心地踢开。脏衣服、各种鞋子，以及擦拭过嘴唇擦拭过鼻涕或擦拭过别的部位的餐纸，与啤酒瓶搅混在一起，共同散发出一股难闻气味。一张大床上，被子卷成陀螺状，缩成一团的床单上的道道斑渍，地图一般地清晰可见。

小宋骂完蛮蛮，就给蛮蛮的父亲小罗打电话。电话打到第八个，小罗才接听。能听得出来，太阳已一电杆高了，小罗还在埋头大睡。小宋质问小罗是怎么管蛮蛮的？蛮蛮归他抚养，他是怎么当父亲的？来没来过蛮蛮的出租屋，知不知道蛮蛮的生活现状？

睡得正酣的小罗，被小宋的吼声打断梦境。本来就心有不悦的他，却听到小宋连珠炮般的声音轰炸，很不客气地以牙还牙道：啥谷碾啥米，啥妈要啥女！蛮蛮成今天这个样子，还不是由你造成的，你还有脸反咬一口地指责我？咋了，我月工资才五千元，每月给她三千，你还要我咋？

一番争吵无果，小宋就劝蛮蛮去自己的家里住。蛮蛮虽口头答应着，但与此同时却给出了入住她家的前提条件：她要带两个小伙子一同去，三个人皆吃住于她家。小宋一听就火冒三丈，说给你脚，你还想要手？你爱去不去，不去了拉倒！

但半个月后，蛮蛮却自己找上门来，进驻小宋的家。原因则是，她把父亲刚打给她的生活费，在赌场里一夜之间就输了个净光，此时身无分文，既无钱吃饭喝酒抽烟，又被拖欠一年半房费的房东，用铁锁锁住了房门，进无可进，退无可退，于是这才想起母亲这座避风港。

刚开始，小汪以为蛮蛮只是客人，暂时居住而已，因此也没太在意。但一月两月过去，却发现蛮蛮毫无离去的迹象，于是就问小宋蛮蛮到底是咋回事，干嘛赖在家里不走了？判决书上写得明明白白，她不是归她父亲抚养吗？小宋就和小汪吵架，理直气壮地再次指责小汪没良心——若不是他闯入她的生活，她为成全他，蛮蛮何以能落到没人管的地步？

肉墩墩的蛮蛮，像一个灰黑的肉蒲团，一天到晚斜卧在沙发上，一副似睡非睡的懒洋洋模样。她手持遥控器，把电视频道像闪电一样地摁来换去，却总也找不到一个能让自己精神为之一振的电视节目。无聊时，她伸手抓起茶几上果盘里的瓜子，一颗一颗地嗑着，从嘴里飞出的瓜子皮，落到哪里算哪里——或地面，或沙发，或茶杯，或鞋壳——小宋让她去楼下取个邮件，或去小区外买一瓶食醋，她给出的回答，总是硬邦邦的两个字：不去！小宋实在骂得她坐不住睡不宁了，她才下地穿鞋，但同时将手伸出来讨要车钥匙。仅一百米的距离，她都要驾车往返。

越懒越胖，越胖越懒。蛮蛮唯一勤劳的，就是那两扇嘴唇。只要睁开眼睛，她的嘴便片刻不闲。吃完瓜子吃无花果，吃完无花果又吃锅巴，吃完锅巴又吃烤鸭，吃完烤鸭又吃猪耳朵……随着嘴的一张一合，她糖尿病的指标越发地升高，及至于要靠注射胰岛素来控制。

后来，几乎每个晚上，在小汪跨进家门之前，蛮蛮就会像老鼠一样地偷偷溜走。她知道小汪嘴上不说，但心里是讨厌自己的，极不情愿和自己同桌就餐。蛮蛮离开家门，先在街上游荡。等到天色发黑，她就蹩进某个熟悉的地下赌场，开始疯狂地赌博，直至天色发亮，她才打一辆的士，踉踉跄跄地回到家中蒙头而睡。自从蛮蛮晚出早归之后，对蛮蛮保持高度警惕的小汪，在翻寻中，突然发现他放在枕头里的和包裹里的私房钱，皆不翼而飞。小汪尽管猜测是被蛮蛮偷走的，却又不敢拿蛮蛮试问。其因在于：一是蛮蛮惯于背着牛头不认赃，何况还没背牛头，问也是白问；二是他私藏私房钱，一直为小宋所诟病，而今一旦嚷嚷两句，反倒是偷鸡不成蚀把米，会引起本来就疑神疑鬼的小宋的怒吼。小宋是爆仗脾气，一见火星就炸响。

某一个清晨，小汪打算驾车去工地，到楼下，发现停车位空空荡荡，车却不见了。返回家问小宋，小宋唤醒正在酣睡的蛮蛮，这才知道蛮蛮背过他们，私配了一把车钥匙，于是在昨天晚上，她将车驾去交给了赌场，以抵赌债。不问不知道，一问吓一跳，蛮蛮的赌债，已累积成了一座小山，除车之外，还有数十万的深坑需要填埋。

一顿噼里啪啦地呵斥与责骂，不但于事无补，无法收回蛮蛮那颗嗜赌如命的野心，而且也使小宋和小汪自此陷入偿还赌债的漩涡而难以爬上岸来。小汪拼命搞到手的工程，对方支付的款项刚一到手，就被公司的法人小宋悄然转走，落入赌场主的账户。旧窟窿刚刚被堵上，新窟窿又豁然洞开，不一而足。蛮蛮仿佛一架挖掘窟窿的勤勉机器，每个晚上出去，都能制造出一个大窟窿来，等待他们去填埋。

终于有一天，我接到小宋的电话，询问我是否认识公安系统掌权的领导？我问她有何事？小宋说蛮蛮因为赌博，被公安拘留，现被关押在城南看管所。我说我认识一些公安朋友，但他们都是普通干警，手中并无实权；再退一步讲，即使我认识其中的某个领导，这种为赌博开脱之事，怎么好意思向人家开口？小宋抱怨我一到关键的时候，就推三阻四，弦外之意是，平时她请我吃饭，都白请了。

小宋见我态度消极，于是就开出了价码：安老师，你若替我把蛮蛮弄出来，除了活动经费外，我们再给你个人一万元。

我说：不是钱的问题，而是我能力不足的问题。有能力帮忙，我一分钱不要也帮；无能力帮忙，你拿来一千万也帮不了。

小宋看我靠不住，便转而求助他人。最终，还是比她还要年轻的一位本家叔叔，借助自己的人脉关系，促使蛮蛮在被关押了九天之后，得以释放。

蛮蛮从看守所回来，仅仅安宁了两天半，就又重蹈覆辙，夜夜泡在赌场，谁也管不住她。没钱了，就借高利贷；放贷者催款，她无所顾忌地又是偷又是闹又是骗。所有的熟人，哪怕是一面之交的熟人，她都要将其扫荡一遍或多遍。她的外公外婆，时年已八十有余，也不断地遭她到的轮番骚扰。她瘫坐在他们家客厅的地板上，披头散发，又是哭嚎又是叫骂，完全一副悍妇的模样。他们若不交出钱来，她发誓就要闹腾个三九二十七天，决不离开。老两口是一家研究所退休的高工，拥有一双儿女，女儿是小宋，比小宋大三岁的儿子患有心脏病，成家后又离婚，至今五十多岁还处于独身状态。老两口总想着在自己还在睁眼之际，攒点钱，能促成儿子组建一个完整的家庭，如此，他们即使撒手而去，眼皮也能合上。

蛮蛮第一次从外公外婆那里逼要来两万元。尝到甜头后，她得寸进尺，便一次一次地上门威逼。

车被抵押，小宋和小汪的房子，因为小汪竞标的工程需要垫资，也被贱卖。房子被卖掉后，钱刚到手，尚未捂热，为堵塞蛮蛮赌博造成的漏洞，小宋就亲手将其送给了赌场。

小宋也是日日泡在麻将馆，家务事一概推给小汪。但在麻将馆里和临时拼凑的陌生人打牌，尽管也斗着心眼，相互算计，毕竟筹码不大，输赢也就几百元。但因为赌场隔三差五就把无钱支付赌债的蛮蛮扣留住，不准其回家，小宋不得已就东挪西借地找钱赎人，也时常出入于赌场。时间日久，她便成了赌场的熟客，赌场主不免也要劝她试试手气。本来就好赌的小宋，经不起煽动，竟也一头栽了进去，从而与自己的女儿蛮蛮，成为了驰骋赌场的并肩赌友。

4

在赌博上，小宋和蛮蛮，演绎出了一幕一幕的悲喜剧。

有一天，小汪驾车去一个地方，我问车是谁的？

小汪说是蛮蛮的。

我问蛮蛮还有钱买车？

小汪说前些天在赌场赢了十万，又凑了八万，买了这辆车。

接着小汪又说：估计过几天她又要换车，她觉得这辆车太低档，不够气派，驾驶起来没有面子。她一直嚷嚷着说等她赢了钱，就换一台崭新的奥迪车。

我叹息说：她不工作，不赚钱，消费上倒要向高端看齐，还虚荣得不行。

小汪委托地对我说：安老师，你打听一下，帮忙给她找个对象，让人赶快把她领走，早一天走我就早安生一天。停顿了片刻，小汪喃喃道：谁要是娶了她，谁就倒了八辈子霉。她无论走进谁家，都是一个瘟神。

问起蛮蛮的婚事，小汪说蛮蛮天天都在做白日梦呢！她总是幻想着能有一位富豪包养她，从而供她一辈子吃喝玩乐，养尊处优，却从来不用干活。

我笑道：富豪暗中包养年轻女性，那可是有先决条件的。最起决定作用的条件，就是这位女性得有闭花羞月之貌。蛮蛮长成了那样，除非富豪中有那种恋丑癖者，正常的老板能看上她吗？

我问：蛮蛮一直没有谈恋爱吗？

小汪说：前一阵子有人给她介绍了一个，是毕业不久的大学生，家在农村。这个男孩的家境很差，父母为供他上学，几乎倾其所有，既卖光了粮食，又卖光了牛羊，尽管如此，还在银行欠有贷款。男孩尚处于实习期，收入本来就有限，但和她谈起恋爱后，她要人家给她买这买那，动辄一花费就几千元。和人家吃饭，普通餐馆拒绝进入，而是要进那种富丽堂皇的高档餐馆，而且一点起菜来，不点对的，只点贵的。一周下来，男孩就为她花去两万多元，已流露出招架不住的表情。当然，斩断他们联接纽带的，还不是她的挥霍无度，而是小宋教给她的一段话。小宋让她告诉男孩，一旦结婚，男孩就得和自己的父母一刀两断，不准彼此间有任何往来——男孩听闻此言，扭身而去，自此劳燕分飞。

过了些日子，蛮蛮果真心想事成，买了一辆三十多万的奥迪车。在牌场上，她大获全胜，一夜赢了二十多万。卖掉手头的这辆才开了数月被她视为的低档车，得款四万，又贷款八万，一辆外观铮亮配置齐全的黑色奥迪车，就被她从4S店浩浩荡荡地开了回来。为庆祝家庭用车迈上一个新台阶，蛮蛮特意预定了某酒楼的豪华包间，全家人大吃大喝地狂欢了一通。

但小宋却对车辆的保险费之高而耿耿于怀。她当着我的面抱怨，说保费每年就高达两万多元，如果一年内车不出事故，这笔钱不就打水漂了吗？那样的话，就太吃亏了！于是小宋誓言要找个机会，把车辆开着与某个硬物，比如墙壁，比如大树等，猛烈碰撞那么一下，目的是要把车撞伤，从而以维修车辆的方式，把自己缴纳的保费，从保险公司耗损掉，以求得心理的平衡——小宋最热衷最忙碌的日常事务，就是竭尽所能地多占便宜；同时，她最不能容忍的事，则是别人占她的便宜。

不大修车辆却缴纳高额保费，在小宋的意识里，就是保险公司在占她的便宜。

小宋这样的奇葩思维，听得我哭笑不得。我说你竟然连人的安全都弃之不顾，连车辆的完好无损都无所顾忌，只是为了不让自己缴纳的保费白白落入保险公司吗？你也不想想，人因撞击而受伤，车因撞击而大伤元气，比起那两万元来，究竟孰轻孰重？是两万元重要，还是人车的安全重要？不说人，单说车，一辆好端端的车，经过修理，宛若打了补丁的衣服，还能和当初的完好无损相媲美吗？

然而这辆奥迪车，才开了十天左右，在蛮蛮的兴奋劲还未减退之时，在小宋尚未来得及实施自己的磕碰计划之际，便如一缕微风那样，从他们的手中消失得无影无踪。经询问得知，蛮蛮新近在赌场上输掉一笔巨款，无力偿还，奥迪车便遭到赌场的扣押。

一年半后的某一天，我忽然接到久未联系的小宋的电话，问我在某区法院有无熟人？接着，她向我道出了事情的原委：奥迪车在抵押期间，她一直在筹措资金，想把车赎回来，但苦于手头资金短缺，未能如愿。前不久，小汪承包的工程款到账后，她就按照对方的要求，给他们的账号打去三十万元。钱支付出去，对方依然不给车，说需要再打来十万元的滞纳金。小宋就又打去十万，但这时，对方却想要黑吃黑，矢口否认曾扣押过她们的车辆。四十万元扔出去，却连一颗米粒都没换回，小宋自然是肺都要气炸了。她在打给对方的电话里大骂一通后，被对方拉黑。无奈之下，她拿出来两万元交给律师，让律师协助她追讨车辆。律师带着她去派出所报案，派出所认定此事为经济纠纷，不予立案。从派出所无功而返，请律师吃喝之后，律师建议她去法院打官司——这正是她问我在法院有无关系的原由。

我断然拒绝了小宋的请求。摁掉电话，我心里嘀咕：即使我在法院有关系，但这种涉赌引发的黑吃黑，能摆到法庭的桌面上公开审理吗？别人黑你钱的来龙去脉，敢深究吗？黑吃黑固然属于违法，但参赌，又何尝不是违法呢？我若替赌博人员开脱求情，本身不就已涉嫌违法？

一个月后，小汪告诉我，小宋在法院立案无望，便在绝望中寻找最后的一丝希望，作最后的殊死一搏：她向对方发去信息，扬言要报警，以此来迫使对方还钱。信息发出五分钟后，一个陌生电话打过来，话筒里传出一个陌生男人变异的声音。男人仿佛是在捏着鼻子说话，宣称是当事人的朋友，受当事人委托与她协商妥善处置该事的办法。对方说，给你返还八万元，你保证不要报案，可以吗？小宋满口答应。于是小宋在收到八万元后，就回归平静，仿佛一切都不曾发生过。

我对小宋的所作所为很不理解，我也相信不单是我，而是所有看过以上情节的人，心里都会产生深深的疑惑：有给他们打的三十万元，为何不重买一辆同品牌的新车，而非得要回那辆旧车不可？如此固执为那般？车不是妻子，不是孩子，更换不得。车是消费品，一旦历经风吹日晒，性能就会逐渐减弱，哪能和新车相提并论？不选新的，却选旧的，而且对方要她再支付十万的滞纳金，她毫不犹豫地照办，其最终的结果是，车非但没索要回来，却连律师费请客费等，又搭进去了三十六七万——怎样奇怪的思维逻辑，才能孵化出这等蠢事？！

百思不得其解之中，唯一能够解释小宋如此作为的，就是她的奇葩思维——她惯于不按套路出牌。

小宋不上班，不做饭，也很少管孩子，她的日常安排是：夜里打牌，白天睡觉。在这二者的间隙，她要么去商场购物，要么去美容店美容。

购物，是小宋一大嗜好，但小宋的购物动机，却与众不同：不是因为需要，而是因为要占便宜。

小宋亲口对我说，她路过某处，只要瞥见商场外悬挂有打折的广告，心里便若着火一般，及至于往前冲的双腿，都像注了铅似地无法挪动——她恨不能立刻冲进商场，将所有的降价货物，一股脑儿地揽入怀中抱走。

某一日，小宋给我打电话，让我去她家吃羊肉饺子。我说我不吃羊肉。小宋说那我单独给你剁点豆腐馅，你过来吧！你过来了，我还要送袜子给你。

我去后，小宋暂时放下手中的活计，从灶房里出来，洗手后，从堆在门边的一个大编织袋里，抽出两双袜子递给我，说这是某品牌的袜子，她一次性买了上百双，装了满满的一编织袋。我问她买那么多干嘛？是想从事袜子的倒卖吗？小宋说你看你，安老师，咋就把我贬低成袜子贩子了？我再没钱，也不会去倒腾袜子呀！那天我去开元商场转悠，看到袜子在打折，原价二十五元的袜子，现价才八元。买的人很多，我看得眼红，直接就要了一大包。但袜子买回来后，一家人使劲穿，却一时半会儿也穿不烂几双。一大包袜子堆在那儿占地方，于是见谁就塞给谁两双。

我为小宋算起了账，力求于用算账的方式，让她清醒过来，不要再只算小账而忽略大账，从而弄明白什么是占便宜什么是吃亏。

我说：一百双袜子，每双八元，总计八百元。你家四口人，每人假如穿了五双，共穿二十双。八百除以二十，每双等于四十。也就是说，你是奔着便宜才去买袜子的，但袜子买回来，却因太多不得不将大部分送人，自家人仅穿了其中的少部分。最终，自家人所穿每双袜子的支出，远高于不打折的价位——多少貌似的便宜，都蕴含有吃亏于其中啊！

纵观小宋的大半个人生，就会发现，她几乎都是在占便宜和吃亏的循环往复中度过的。占便宜是她奔往的目标，吃亏是她最终的结局。可以说，她把大部分的精力和时间，都耗费在了追求占便宜的路途，孜孜不倦，乐此不疲，勇往直前，却因此而一次次地掉进了骗子们预设的深坑。从坑里爬上来，她不总结，不反思，也不相信下一个便宜和这个便宜一样，会是美丽的陷阱。上当受骗后。她至多叫骂几声，或叹息自己怎么如此倒霉，就又伸长手指，向着前方她认为的便宜，飞蛾扑火般地猛扑而去。

小宋占便宜，在某种程度上，和生活中那些在超市门口凌晨迎风排队等着领赠品的人一样，并不是一种物质活动，而是一种精神活动。他们，都是期待于通过物质的获取，来获得精神的抚慰和满足。也许他们根本不缺少商场免费赠予的劣质商品，但“我又占了个便宜”的心理暗示，会使他们的内心深处山花烂漫，及至于连走起路来，脚步都能轻盈几许。

从心理学的角度审视小宋和小宋们，就不难得出结论：他们与那些洁癖患者、吸毒成瘾者等，其心理诱因极其类同，明显呈现出一种中魔般的病态症候。像溺水者即使再挣扎，都无法爬上岸那样，他们沉醉于占便宜的欲念和妄想里，既无力挣脱，又无法清醒。占便宜，是个心魔，像蛇一样地盘踞在她的潜意识里，时不时地扭动或摆动一下，啃噬着她的心尖，挑逗着他们的欲望，使他们手痒而心痒。于是实施占便宜的行为，于他们而言，类似于吞服一剂剂的止痒药。

世间的任何东西，一旦心醉神迷过久，就会生瘾——连捡破烂、偷窃等，都能成瘾。很多捡破烂的人捡破烂，不是因为他家里缺钱，而是不捡就心里发慌；同样的，很多偷窃的人偷窃，也不是他不知偷窃的风险，而是他不偷就心烦气躁。

从年轻伊始，小宋就踏上了上当受骗的漫长之旅。九十年代初流行的易拉罐中奖的骗术，就将小宋骗了个精光，及至于连回家购车票的钱，都无力支付。

一听说有便宜可占，表象上无比精明的小宋，脑子瞬间就会被对方描绘的那个诱人的巨大画饼所控制，智商骤降为零，连基本的辨别力和判断力都丧失殆尽。

某一天，小宋低声对我说，不久前她结识了某市市委书记的情妇，人家答应做市委书记的工作，让他把一些大项目工程，交给小汪来做。说这些时，小宋的表情神秘而甜蜜，仿佛她正在半遮半掩而又洋洋自得地偷吃一罐蜂蜜，既怕让人看见，又怕人看不见。

我问：你怎么认识那个情妇的？

小宋说：是在麻将馆打麻将时认识的。

此时的小宋，还是在小区内的小麻将馆里小打小闹的角色，打牌的筹码，不过区区的五元十元而已。小麻将馆简易而吵杂，混迹其中的，多为收入不高的普通市民和外来务工人员，稍有身份者，是不大愿委身于那种环境的。小宋在那家麻将馆出出进进，很是招摇，鹤立鸡群，其因就在于她从头到脚，都无比地金光闪闪。她裸露的脚趾，涂抹着红醉醉的指甲油，手指戴着金戒指，手腕系着金链子，耳朵坠着金耳环，脖子上挂着金项链……打眼一看，就是个有钱的阔太太。

小宋的装束很是犯忌，既暴露了自己的家底，又泄露了自己的智商——有警惕性的人，在公共场合，绝然不会如此地高调。家财不可外露，家丑不可外扬，这是世代先辈们基于血色的教训而总结出来的用于自保的处世秘诀，可惜地是，被当代人如小宋者，将其抛之于脑后。

对于小宋的披金戴银，我可也没少提醒她，但她对我的谆谆良言，姑妄听之，依旧我行我素。我问小宋：你把自己武装到牙齿，是想达到什么目的？是想吸引哪些人的目光？陌生人是不会看你的，因为你和他们的生活不发生任何交集，你在街上和他们迎面相遇，他们最多瞥你一眼，然后很快就将你遗忘得一干二净；熟人看了你的奢华装束也没用，因为你在他们的心目中，其宽窄长短已经定型，他们不会因你的简衣寒食而低看你，也不会因你的锦衣玉食而高看你……你的摆阔显贵，也许能在三类人中间产生作用：一是和你打牌的那些家庭主妇。女性天生的嫉妒心理，要比男性强烈，其表现之一，就是极爱攀比。身处底层而又读书有限的女性，尤为如此。她们，或许因你的阔绰而自惭形秽，进而返回家后，唠唠叨叨地抱怨自己的丈夫没本事，不能给自己创造出和你相差无几的物质优势；

或许她们会在你面前虚情假意地恭维你几句，但心里一定是在唾骂你，甚至是在诅咒你。因为是你，让她们变得黯淡无光，变得颜面扫地。二是饭店的服务员。饭店的服务员大多来自于物质困乏的偏远乡村，自身缺什么，就会在意什么。服务员无疑属于底层社会的一员，但他们最看不起的，恰恰是和他们处于同等阶层的人，于是他们的服务，充满了势利的色彩，看人戴帽——谁穿着光鲜，看起来有权势有财富，他们就对谁献殷勤，连笑容都会无比地灿烂油腻；相反，衣着普通、相貌平平之人，常常会受到冰霜般地冷遇。基于此，小宋的披金戴银，也许会引发他们的周到服务，并使他们滋生出羡慕加嫉妒的复杂情绪。三是小偷。小偷是专叮有缝之蛋的苍蝇，小宋的招摇过市，很容易吸引小偷偷窥的目光。

回归小宋说的结识市委书记情妇一事，我问：你是否已给她花钱了？

这样的发问，基于我对小宋处理这等事务的惯性动作的熟稔。小宋昨天和你还是陌生人，路上相遇，白眼对白眼，但只要和你一搭上腔，并知道在你身上有利可图，就立刻热乎得像一堆熊熊燃烧的干柴，既请你吃饭，又购买礼物相送，以此方式来拉拢住你的身，笼络住你的心。

小宋说：她给我办那么大的事，我不给她花钱怎么能行？她万一不高兴，将项目给了别人咋办？

我问：你给她花了多少钱？

小宋说：不多不多，就一万多。我给她买了条五六千元的项链，又给她买了三千元的进口化妆品，再就是请她吃吃饭和唱唱歌。

我说：我敢百分之百地保证，她是一个地地道道的骗子。

小宋急了，唾沫星四溅地说：真的，真的，是真的！她真的就是市委书记的情妇！

我问：你咋知道她是真的？你对她的过往和来历了解多少？

小宋说：她当着我的面，给市委书记打过两次电话，两个人聊得很热乎。她还把电话放在免提上，故意让我听见他们聊天的内容。她给市委书记说了我们承揽工程的事，市委书记满口答应要帮忙。

我说：你想过这样的问题没有？万一电话那头的人，是扮装成市委书记的她的同伙，或者就是她的丈夫，他们按照提前编排的台词，演着双簧合伙来骗你，你可怎么办？你过去从来没有听到过市委书记的声音，怎么能判断出接听电话的，就是真实的市委书记？

接着我忠告小宋：你赶快打住，这个女人肯定是奔着骗你的钱而来的。第一，市委书记的情妇，不会把自己混迹于一群低端的女性当中，打打小麻将，说说家长里短，嘲笑完西家接着嘲笑东家。如果真有市委书记包养她，她手头会缺钱吗？会来这种地方消磨时光吗？二，假如真是市委书记的情妇，她会严守秘密的，怎么会在公众场合向陌生人提及并炫耀？凡提及和炫耀者，闭着眼睛，都能判断出她百分之百是假的。

最后，我教给小宋辨别真伪的一个定律：凡主动找上门来的好事，基本上都是骗局，对此要提高警惕。你想想，就一个工程而言，多少家企业都在明里暗里地殊死拼抢，哪会有把工程送上门这等好事？

三个月后的一天，小汪找我，言及要向我咨询一件事。我问何事？小汪说出的，还是市委书记的所谓情妇替他们包揽工程之事。

小汪说，那位号称情妇的女人，昨天给小宋说：小宋，你赶快给我的银行卡打上一百万，我明天要亲赴某市一趟，拿那些钱去疏通关系。一亿元的大工程，很多家大企业都在竞争，甚至人家暗中已名花有主了！但我相信，他们有百般武艺，都抵不过我的威力，只要我出面，书记就会把其他公司一一辞掉的。这件事现在运作已经有点儿晚了，因此不能再继续拖延了，我得抓紧时间去操作。

我问小汪：你们是怎么打算的？

小汪说：小宋要给她打一百万，我建议先给她打去一半，也就是五十万。我们拿不定主意，就跑来想听听你的意见。

我说：我敢肯定地是，你早上给她的卡里打去钱，下午她的电话就打不通了，自此她就失踪了，你们这辈子再也休想见到她。她是租住户，漂移不定。她是从哪里来的，又去往了哪里，有哪些社会关系，甚至恐怕连她的真实姓名，你们都一概不知。届时她卷款逃匿，你们到哪里去找她？这不是在睁大眼睛往深渊里跳吗？我苦口婆心地劝说多回，你们就是听不进去，拉都拉不住你们。你们若是不信我的话，就做个试验试一试。别说打五十万了，即使打五万，她都会消失不见的。

我的这番话语，总算被小汪接纳。在小汪的阻止下，小宋那塞满一挎包的钱，终究没打入那个情妇的卡里。情妇看到骗术暴露，再未在麻将馆里出现过，去向不明。

过后算算，情妇尽管骗术未能得逞，但小宋时不时地在请她吃喝和给她赠送物品中，却已付出了近三万元的代价。

小宋占便宜而吃亏的奇遇，多到写都写不完的程度。

小汪和我玩乐时，手里拿着一部苹果手机。我最初以为是他购买的，但某天见到小宋，通过她的描述，我才知道它的真正来历——当我知情时，小汪依旧还蒙在鼓里，原因在于小宋叮嘱我要为她保密，以免小汪知道真相后而痛骂她。

小宋说，某天她在街上溜达，一个年轻小伙子把她拦住，很机警地掏出一部手机，在她面前晃一晃，说：阿姨，你要不要这部手机？苹果牌的，新的，是我偷来的，我低价卖。

小宋一听低价，马上就来了精神，问：是真的还是假的？

小伙子一边说“真的，真的，绝不骗你”，一边给她打开手机演示。小宋目不转睛地盯着手机的屏幕看，并将手机接过来，自己亲自操弄了一番，便确信手机是正牌货，其真实性无可怀疑。接着就进入了搞价环节，小伙子说一千八，小宋说六百；小伙子说一千五，小宋说七百……通过反复拉锯，最终以九百元成交。

小宋手捧捡到的“便宜”，在返回家的路上，用自己的手机给小汪打去电话，声调里洋溢着欣悦与得意：小汪，我给你买了一个新苹果手机。你猜我多钱买的？才九百元！等于白捡了个高档手机啊！

小汪问：你看清楚是真的还是假的？

小宋很自负地说：没问题，是真的，我测试过的。你啥时候回来？

小汪说：我一个小时后就回来。

小宋进入家门，将新买的手机打开摆弄，这才惊讶地发现自己拿回家的，竟然是一台俗称的木头机——手机的模型。

她惊慌失措之余，连忙奔下楼去，遗鞋掉帽地跑到路边，拦住一辆出租车，让司机驾车将自己送往开元商城——小宋唯一信赖的购物场所——到开元商城门口，她以冲锋的速度和架势，奔向出售苹果手机的柜台，将早已攥在手里的钱一把塞给售货员，让他赶快给自己取一台手机。接到手机，她转身就跑，到路边，再拦住一辆出租车，促其一路狂奔地把自己送回家。当她迈进家门五分钟后，小汪便回到了家中。这时候，小宋故作镇静地从包里取出在商场购买的手机，对小汪说：你看看，我九百元给你买的苹果手机，是不是真的，是不是新的？

以上的情节都是小宋亲口对我讲的。小宋讲完，不忘叮咛我：安老师，你可要记着，千万别给小汪说出实情。小汪知道了，会骂我的。

为了她不挨骂，我一直对小汪严守着秘密。

类似的例子，也许在别人身上，一辈子也偶发不了几次，但在小宋的身上，却像家常便饭那样，一年不发生若干次，反倒让人感到奇怪。

很多人把小宋当作笑话看，而小宋，也时常把自己的故事当作笑话对人讲。讲着讲着，别人没笑，她自己却先笑了。

我开小宋的玩笑，说：小宋，你不上班，既不给社会创造物质财富和精神财富，也不给家庭添砖加瓦，貌似一无是处，但实际上，你是有价值的——你的价值，就是给这个不很好笑的世界制造无穷无尽的笑话。

5

小汪和小宋的儿子磊磊渐渐长大，深受现实熏染的小汪，对其倾情极专，用力极猛，和很多家长抱持同等的想法，即不想让他“输在起跑线上”。

客观而论，小宋是没有责任心的人。每天想睡到几点就睡到几点。起床后，不上班亦不料理家务的她，无聊得不知如何度过慢慢悠悠的光阴是好。她的日常安排是，黑夜打牌，白天睡觉，有点儿空暇，不是紧盯着“打折”二字忙于购物，就是去美容院美容——她一次交给美容院十五万办理了钻石贵宾金卡，我责备她太过奢侈，她却振振有词：我交得够少了，有人一次就交了一百多万呢！我说：那样的人，脑子肯定是被硫酸烧了，她即使再有钱，都会被人看不起的。

小宋的飘忽不定，迫使小汪成为家中既当爹又当娘的全能角色。家里的各等大小事务，以及管护和教育孩子等，皆由小汪包揽。小汪买菜做饭，拖地抹桌子，接送孩子上下学，为孩子辅导作业，接送孩子出入各种补习班等，忙得不可开交却又乐此不疲，其内在的隐秘，则在于他很惧怕小宋插手磊磊的教育。在他看来，一是小宋不懂教育，她一插手，就会把西瓜当南瓜地胡乱蒸煮，反而搅乱了自己有关培养孩子的远期规划；二是他怕小宋身上那种像顽疾一样的不良习气，耳濡目染地传导给孩子。

从幼儿园开始，小汪就立下誓言，要把磊磊锻造成木秀于林的杰出人才。他的终极目标，是要送磊磊去美国留学，甚至于定居美国。

小汪对磊磊灌输知识的方式，与当初对磊磊的喂食相似，那就是罔顾他能否消化，能否承受，只是不管不顾地给他尽情填塞——前者，是往嘴里填塞；后者，则是往脑子里填塞。磊磊两岁时，就给他盛一大碗刚煮熟的猪肉，在临睡前喂给他吃，吃得他夜半发起了高烧，呼吸道被感染。而今，磊磊才三岁有余，望子成龙心切的小汪，恨不能一夜之间就让磊磊从一株幼苗，变幻魔术那般地成长为参天大树。他给磊磊请古筝老师、英语老师、绘画老师、书法老师，太极老师等，让磊磊从幼儿园归来后，进入极其密集的学此学彼的状态。这些他尚且觉得不够，又加码发力，自告奋勇地担当起磊磊的国学老师来——买来一堆《论语》《庄子》《孟子》《老子》等录音磁带，并不厌其烦地播放。

每到周末，他就带着磊磊，像赶场子那般，从这个辅导班出来，又进那个辅导班，强逼磊磊依照自己的设计来学习——磊磊仿佛一条大力士手中的湿毛巾，在使劲地卷拧中，似乎体内的最后第一滴水，都要被榨干。

磊磊受之于身高马大的小汪的基因遗传，加之营养过于丰沛，于是个头疯长，身体发福，才八九岁的孩子，猛一看，颇像十六七岁的相扑运动员。

到了上学的年纪，小汪花费五万元，把磊磊送入本市最有名气的一所小学就读。

磊磊忙于课内课外的学习，无时间亦无精力锻炼身体，于是至小学三年级，就已胖得体态变形走样，臃肿得五官都挤成了一团。

但这时候，小汪对磊磊的关心，不再那么滚烫，而是明显地有所降温。除却周末他带磊磊去补课和弹琴外，其余的时间，他基本上都是在麻将场上度过的。每天之每天，日复一日，一到早上十点多，小汪就已和几个常在一起玩的人，提前约定好了集合的时间。十点半，他要么手忙脚乱地做好饭，将其放在锅里，待磊磊回来自己端出来吃；要么给桌子上放上数十元钱，让磊磊拿去买着吃。等这些习惯性的动作做完，小汪就迫不及待地离家出发，赶往两公里外的麻将场，与那些七老八十的退休老干部一起搓麻。下午五点，此麻场收摊，小汪赶往彼麻场继续鏖战。彼麻场若休战，或座位已被人霸占，他才回家管护磊磊。

磊磊放学归来，家里时常空寂无人，他放下书包，便来麻将馆找父亲。小汪一时半会儿结束不了，磊磊就坐在烟雾缭绕的房间外玩弄手机。有时，玩得没意思或玩得疲惫，他打着呵欠，斜卧在一条沙发上沉睡过去。

我多次提醒小汪：这种场合，最好不要让孩子涉足；如此，会对孩子的人生走向，产生极其负面的甚至是致命性的影响。但小汪把我的严肃警告，并不当回事，依然放纵磊磊随随便便地出入于麻将场。

当小汪日复一日地鏖战麻场时，小宋也没闲着，她在另一个麻场，充当着从不缺席的主力队员。那个麻场，与小汪所在的麻场，有着天壤之别。小汪无论是和那些耄耋老人一起搓麻，还是和我身边的朋友一起玩乐，总归属于娱乐的范畴，输赢最多也就几百元。但小宋的麻将场，一锅押金十万，每摸到一个炸弹，就能收获或损失三五万，于是每打出一张牌，都显得那样地惊心动魄。一个通宵，输赢多达二三十万。

毫无疑问，小宋是在以麻将之名，行赌博之实。每天夜色降临，小宋都会提一大包钱，和蛮蛮结伴驾车去某个酒店，躲进某个固定的房间，开始与前来应战的赌徒殊死搏杀。这是一个看不见血色却血流成河残骨遍地的战场。残酷地是，一个人半生或一世的血汗积累，在短短的几个小时里，就会装入别人的腰包而化为乌有。每一个参赌者，满脑子蹦跳的，只有一个字：赢！但任何赌博，都是争夺金钱的游戏。金钱从中转换着，一会儿装入这个人的口袋，一会儿装入那个人的口袋。同样一个口袋，一会儿被大把的钱塞满，一会儿又如饥饿的腹胃，空瘪匮乏。

赢了钱的人赢得眼红，输了钱的人更输得眼红，每个人都神经紧绷并如狼似虎，对他人的一个微小动作，或一声叹息，都格外地警觉和介意，于是几句口角，一个不正常的眼神，都能将一场肉搏战激活——麻将场上的冷战，很容易演绎为麻将场下的热战，牌和牌的较量，时常转化为拳头和拳头、刀子对刀子的对决。

一个赌徒输钱输急了，就怒气冲冲地挥刀朝小宋的一个赌友砍去。多亏他躲避及时，头未被砍中，但右胳膊却耷拉了将近三个月。但这位一天不赌就活不下去的赌友，在骨伤医院仅躺了三天，就又端着一条缠着绷带的胳膊，重返麻场。麻场对他太有吸引力了，诺大的世界在他的眼里是不存在的，是虚幻而不真实的，唯有在牌的一摸一扔间，在钱的一进一出间，他麻痹的神经才因受到刺激而回复知觉。他及他们，早已忘掉了“金钱是对劳动的奖赏”这一普世格言，而是认为满世界的人都在干着尔虞我诈的勾当，都在竭尽所能地把别人的钱从别人的口袋里挖出来，装入自己的口袋。在他们看来，世界就是个赌场，人生就是一场赌博，每个置身其中的人，无论自我装扮得多么地正人君子，究其实都不过是赌徒而已。在这个赌场里，作为赌徒的他们，争相要做赢家，要做豪赌的成功人士。

后来我才得知，小宋奔赴的赌场，竟是自己的女儿蛮蛮开设的。小宋召集各路人马彻夜鏖战，还有着支持蛮蛮生意的意图。蛮蛮在台前开设赌场，小宋在暗中鼎力支持。母女俩在那些赌徒面前，却假装不认识，但私下里，却预先约定很多相互配合的暗号。有时母女同桌赌博，蛮蛮装作打呵欠，若张一次口，小宋就知道她要和一饼；若张两次口，就是二饼……若举一根指头，代表她和一条，举两根指头，代表她要和二条……除了肢体动作，还有语言暗示。在语言上，所喊的和所要的，两者相加刚好等于十。蛮蛮若喊“来个一万”，小宋就心知肚明，明白她要和九万；蛮蛮若喊“三条咋还不来”，小宋就清楚她要和七条。

在一家酒店顶层的角落，蛮蛮包了一个房间，一次性地交付给酒店一年的房费，然后就购置了麻将桌和相配套的桌椅等，接着，便进入”请君入瓮“的环节。蛮蛮邀请赌徒，是有明确选择的，那就是“杀熟不杀生”。那些在地下赌场结识的赌徒，成为她围猎的重点目标。这些人嗜赌如命，赌博成瘾，一招手就会如约而至。重要的是，他们经历过大风大浪，不会因为输掉十万八万就大呼小叫，心疼得宛若刀刃割肉那般。而且，谁可以进入她设置的场子，无疑是经过她悉心考量过的，其中的一个前提条件，那就是他或她，从未与她的母亲小宋打过照面。

蛮蛮年纪不大，但已是赌博界的资深元老，很多进出赌场的人，都耳闻过她的大名。在设立赌局方面，蛮蛮也有着丰富的经验，比如她吆喝来三名看场子的闲人，就是防止有人因输钱而砸场子或挥刀闹事。三名长得壮实的闲汉，赘肉上布满纹身，一个在酒店外负责望风，两个站立赌桌旁，随时听命蛮蛮的调遣。当赌徒在盯着揭来打去的每一张牌时，他们却紧盯着蛮蛮的脸庞。蛮蛮余目的每一次示意，他们都心领神会，并做出相应的反应。他们守候一夜，每人可得一千元的收益。而蛮蛮，每晚则收台费一万五。

某一天，拥有十几家小旅馆的六十多岁的徐老板，一个夜晚输掉上百万元，黎明时分，他在倾囊支付过带来的三十万元后，就以上厕所的名义，抱着厕所外墙竖立的下水管道，滑向一楼外的院子，企图溜走，却被火眼金睛的望风者发现。徐老板赖账的幻想破灭，被押回房间后，招来一顿皮带地猛抽。之后，他遭到了囚禁，直至第二天下午，他儿子送来七十余万元，徐老板才得以脱身。

参赌者输得再多，都不报警，因为他们知道，一旦报警，他们损失的钱财非但无望追回——即使追回，也会被收缴——而且还得面临两项惩罚：罚款和坐牢。

在开设赌局的过程中，蛮蛮接到一个电话——正是这个电话，让她和她的母亲小宋，从赌池中跳进了赌海。

电话显示的是本地号码，但打电话者此时却身处澳门。打电话的人名叫刘海通，三十七八岁，曾是一家小公司的老板，后踏入澳门的赌场，因大输而深陷债务的泥潭，就再也无法从澳门的赌场拔腿。此时刘海通的隐形身份，是澳门赌场的掮客。也就是说，为赌场拉人头，发展新赌徒，既是他的职责，又是他摆脱债务的方式。通过一些常出入于赌场的熟人的介绍，刘海通盯上了蛮蛮这条尚未上钩的大鱼，并搜寻到她最新的电话号码——蛮蛮平均三个月就换一次手机号码，以逃避那些追债者地不懈追踪。

据见过刘海通的小汪介绍，刘海通本是去澳门旅游的，带着好奇心步入澳门的赌场。未料到，他一试手，就赢了两千万。欣喜若狂的刘海通携带两千万元，本打算胜利凯旋，可就在登上飞机前的一刹那，他的欲望瞬间膨胀，脑子里竟闪出这样的狂妄念头：我既然能赢两千万，为何不能赢一个亿再回去呢？有一个亿，后半辈子打着滚花，都花不完的。

人心不足蛇吞象——刘海通在用自己赌场上的起起落落，验证着古人这一戳破人心的俗语，从而将人心的真相暴露无遗。刘海通放弃登机，又返回赌场，然而好运并不如他所愿的那样，永远地降临于他。接踵而至的，是他瀑布般地猛跌狂输。他不但将所赢的两千万悉数输光，而且还输掉了四千多万。正是背负的这四千万的赌债，让他滞留澳门难以归乡，从而沦落成徘徊于澳门赌场外像老鸨一样的皮条客——他像老鸨招揽暗娼那般地招揽赌徒前来澳门赌博，并从赌徒的赌资中，按比例提取所谓的咨询费。

刘海通从自己招募的每一个赌徒身上，都能捞取到五六万元，尽管如此，他距离还完自己的巨额赌债，尚需十几年的时间。刘海通深知赌场的漩涡之深、风浪之急，因此他以惨痛的教训为镜鉴，再也不亲自押注赌博，而只是站立在赌徒的身旁，指导他们下注。赌徒输了，他则抽取一万元的劳务费；赌徒赢了，他则从所赢的钱里提取百分之十的好处费。

刘海通在电话里，向蛮蛮描绘和渲染了一番澳门赌场的美妙，并不时搬出一些虚构的成功案例进行煽风点火式地鼓动，比如郑州的周先生，一次性地赢了三个亿；再比如沈阳的曲先生，所赢的钱不但在沈阳城区全款购买了三栋别墅，还把自己的一对儿女送往美国读书，并分别给他们在旧金山和芝加哥购置了阔绰的房产……蛮蛮哪能经得住这样的诱惑呀？听到这些，她宛若一个广告词所煽情的那样，就“再也坐不住了”。

6

一年之内，小宋伙同蛮蛮，在本市与澳门之间，往返了八个来回。其中，六次是蛮蛮和小宋结伴去的；两次是全家出动，小汪和磊磊亦参与其中；还有一次，是蛮蛮和小宋带着十岁的磊磊前往的。

当我知道此事时，已是第二年的春节过后。小汪约我见面，我见到他后，却发现他眼皮肿胀，满脸被手指抓破的血痕，情绪也极度地低落。

我问他怎么啦？

他说和小宋打架了——就在大年三十的晚上和正月初一，当别人家都在欢度春节之时，他们家却在上演着拳脚相加的武斗戏。他毫不讳言自己动手打了小宋，且下了重手，打得不轻，但小宋也不是省油的灯，她用她那尖长的指甲，抓破他的面颊，让他破了相。

我问为啥事打架的？

小汪就把小宋一年来如何去澳门输钱的情景，给我简约描述了一番，说输掉的钱，总数已有好几百万。车被输了，房被输了，辛辛苦苦做工程的回款也被输了个精光——工程款早上一到账，小宋就会订好下午飞赴澳门的机票，致使工程款连在账面安静地躺上一天的可能性都没有。

我问小汪：在这件事情上，你反思过自己吗？

小汪懵懂，支支吾吾的，显然不明白我所指为何。

我说：你也是澳门赌场的参与者呀！你的出场，本身就是对小宋赌博的一种变相肯定和鼓励。更为严重地是，你们去倒也罢了，还带着十岁的磊磊！毁掉一个蛮蛮你们觉得还不过瘾，还要眼睁睁地把磊磊毁掉?！天下还能找出来这等父母吗?！你们走着瞧，若不赶快斩断磊磊与赌场的联系，并对他进行有效的心理矫正和干预，他将来一定会走偏，一定会出大问题的。

小汪一边咒骂小宋，一边自我辩护，说他本来是不想去的，可在某个凌晨一点多钟，尚在睡梦中的他，被手机短信的提示音惊醒。点开手机一看，是订票信息：小宋在澳门给他和磊磊分别订购了第二天飞往澳门的两张机票。继之，小宋又发来信息，说她昨天赢了七十万，让他带着孩子赶快过来！

小汪对自己带着磊磊前往澳门赌场的借口是：不去的话，机票钱就等于白扔了。

我问：是真赢了七十万吗?你们把那七十万，带回家了吗?

小汪说他和儿子乘坐飞往澳门的飞机，抵达那里后，踏入酒店的房门，床上的确堆积着小山一样的一堆钱。小宋和蛮蛮围着钱坐着，笑逐颜开。她们既像战功卓著的将领，得意地注视着自己的战利品，又像慈祥的母亲瞅着疼爱的婴儿，不时地用手抚摸一下婴儿的肌肤。

母女俩把赢来的七十万摆在床上，就是等着让小汪和磊磊来看的：看看她们此行何等地大获全胜，用区区的十五万，换回浩浩的七十万；看看她们的能耐何其巨大，不上班不交易，仅凭动动手指，就能拥有这堆钱款。

看过笑过，疼过爱过，手发痒心亦发痒的蛮蛮，取出十沓钱，说：这回运气好，我再拿它去试试，也许会捞回更多的钱。捞够一百万，咱们就回家。

但不一会儿，蛮蛮就空着两手回来，又伸手取走二十沓钱，说：那十万权当扔到水沟里了，但我不信这二十万扔进去，就溅不出个水花来。

二十万果然沉入水底，有去无回，蛮蛮又伸手抓钱。一回又一回，一趟又一趟，忙忙碌碌出出进进的蛮蛮，直至将那七十万全部归还给赌场，这才偃旗息鼓。一家人在澳门的海滩转悠转悠，住一宿后，打道回府。

我对小汪说：如果是我，我宁愿损失两张机票钱，都不会听从小宋的召唤。两张机票才多少钱？比起在赌场上百万的狂输，它还算钱吗？更为核心的是，作为一个成年人，一个孩子的父亲，你难道意识不到把年幼的孩子领向赌场，会有怎样的后果吗？现在最严重的问题，在我看来，还不是损失多少钱的问题，而是孩子的认知出现偏差的问题。钱没了，可以重新挣回来；但孩子一旦走向歧路，九头牛都不一定能把他拉回来。

我去单位送稿件，小汪一直与我并肩同行。在路上，小汪把牙齿咬得咯嘣咯嘣地响，那种切齿的恨意，从他急促的呼吸里都能感觉得到。他不止一次地喃喃自语：我要把那狗日的日塌了算了！她把我害死了！

“日塌”二字的指向，令我不寒而栗。于是我以严厉的口气喝止他，让他必须掐灭脑子里摇曳的恶念。一种邪恶的念头，若不加以及时制止，就会像雨后的春笋那样疯长，等长得粗壮时，再想剿灭它并非易事。我对他逐条分析，让他明白如此行为将带来怎样的后果：那肯定不是小宋一个人的葬礼，而是你全家人的葬礼！孩子怎么办？他那么小，谁来抚养，谁来照顾？即使他有幸被收养，得到吃穿方面的照顾，但心灵上的创伤何时才能痊愈？你又怎么办？是逃亡，还是束手就擒？逃亡，你又能逃到哪里去？东躲西藏的日子，难道就不煎熬？束手就擒，将面临着两种法律后果，一是被枪毙，一是无期徒刑。哪怕重刑轻判，获得无期徒刑，都得将自己后半生的大好年华，全部交给监狱。如此这般，合算吗？你选择了小宋，就得为自己的选择负责；你选择了领着儿子去澳门赌场，就要承担相应的后果——做任何事，就像打麻将一样，先把最坏的结果想透彻了，再行动也不迟。

小汪陷入了沉默，只是一个劲儿地咳嗽。

我说我有两个建议，供你参考：一是切断小宋的资金来源。她没钱了，拿什么去赌博？二是先警告她下不为例，若她还不加悔改和收手，你就和她离婚。当然，离婚是权宜之计，只是手段而非目的，目的是逼迫她与赌场彻底地划清界限。离婚时，可以在离婚协议书上注明，两年内她若不再涉足赌场，看在孩子的份上，将重新复合牵手。

小汪说，他们春节期间的打架，三次惊动派出所。派出所的民警上门来，对小宋予以了严厉批评，警告她若不迅速刹车，悬崖勒马，将会受到法律的追究。但小宋却哭着嚷着要派出所追究小汪打人的责任，并没有把民警的话语装入脑子。民警前脚刚走，鼻青眼肿的小宋，就给她在赌场里结识的朋友打电话，扬言她将出钱，让他们纠集一帮人来修理小汪，最好能卸下小汪的两条腿。挂掉电话，时值大年初一的下午，正在怄气的小宋，宛若一股黑色的龙卷风，拉着磊磊的手从家里呼啸而出，然后打的赶往了机场，并飞往广州。小汪推测，广州不过是小宋的一个中转站而已，她真正要去往的目的地，依然是把魂丢在那里的澳门。

和小汪交谈快要结束时，我忠告小汪道：无论何时何地，你都要牢记，钱永远没人重要！人是母鸡，钱是鸡蛋。丢了再多的鸡蛋，只要母鸡还完好无损，就不愁没有鸡蛋；如果为丢鸡蛋而宰杀了母鸡，母鸡没了，鸡蛋也没了。损失一个亿，只要人还在，就能再创造一个亿。人若没了，还要那一亿元干嘛?！

我发自肺腑的一席良言，毫无疑问解开了小汪拧成一疙瘩的心结，小汪愁云堆积的脸上，终于云开雾散，泄露出一丝丝春阳般的笑意。

后来，小汪在多个场合，都在说：每到我绝望的时候，我就会想起老师告诉我的话，钱永远没有人重要。一想到这句话，我就释然了。

我说：世间的诸多悲剧，都是由思维的钻牛角尖造就的；校正一下偏颇的思维，改变一下思维的角度，心宇的气象就会大为不同。心宇阴沉，看到的世界就是灰暗的，面目可憎的；心宇晴朗，看到的世界就是温暖的，草绿花香的。

尽管数次打架，但小宋对赌博却从未收敛。以打架的方式开启的新年旅程，仅一个短暂的春天，她就奔赴澳门五次。她因出入频繁，被升格为赌场的钻石贵宾，每过一段时间，负责联络她并为她提供专项服务的专员，就会给她打来电话，引诱她前去参赌。据小汪说，飞机在澳门一落地，赌场就有专人专车前来迎接，然后送她去超级豪奢的七星级宾馆下榻，且分文不收。所住的房间，足足有一百多平方米，里面从陈设到日用品，皆极为讲究与奢侈。其中，有精美水果，有各等甜点，有品牌香烟，有高档红酒，诸如此类全可免费拿取并享用。若将这些消费殆尽，还可以打电话让服务员继续送来。服务员的态度极其谦恭，脸上始终洋溢着友善的笑容，就连从房门里离开，都是弯腰低头并倒退而出。

小汪说起这些的时候，脸上呈现出一副很享受的神情。他反复强调房间是何其地宽敞，住宿是何其地舒适，却完全意识不到那是深谙赌徒心理的赌场，用来钓鱼的诱饵。

我提醒小汪：你以为那是赌场给你的免费午餐？你也不想想你给赌场缴纳了多少费用？我们如果不参赌，拿着扔给赌场的钱，想住总统套间都能随便住，为何还要落个免费之名，行花费巨资之实？

小汪的话，其实透露出小宋魂不守舍的另类原因。小宋爱赌，不赌就难受欲死，当然是她奔往澳门赌博屡教不改的主因，但至少还有另外一个因素，亦不可忽视，那就是与赌场提供的贴心服务和舒心环境密不可分。小宋是一个贪图享乐之人，她最想过的，正是饭店提供的这种饭来张口衣来伸手的醉生梦死的生活。

小宋的思维早已脱轨，她把人生的风光视作排场，把人生的质量视作享受，把人生的目的视作享乐，把人生的荣耀视作不劳而获而又锦衣玉食。劳动，被她遗忘，更被她看作是愚人的蠢行；享受，在她的观念里，占据有重要的位置。她不但自己如此践行，而且还要教唆孩子如何去投机取巧，以把别人的财富据为己有为本事。她不信任任何熟人，觉得每个人都居心叵测，都怀有图谋她钱财的不良动机，但奇异地是，却对三分钟前才搭上话的陌生人信赖有加，言听计从。如此，她在自己挥金如土之余，宁愿把大把的钱俯首帖耳地交给骗子，也不愿拿出一点用来资助亲友。

很多年前，小汪不足六十岁的父亲，突然被查出患有癌症，且已是晚期。汪父被小汪远途接至西安，在我的联络下，住在一家大医院诊治。大夫经过详细检查，发现癌细胞已严重扩散，连手术都已无法实施。也就是说，汪父已身处生死的边缘，疾病的恶化注定他来日不多。小汪得知父亲的病况，心头仿佛压了一块巨石，异常地沉重和悲愁。汪父是家中无可替代的顶梁柱，顶梁柱一旦脆断，屋子的倒塌则不可避免——其时，小汪八十多岁的奶奶尚且健在，小汪的母亲患有心脏病靠常年服药来维持。重要地是，奶奶与母亲这对冤家对头，关系形同针尖与麦芒，数十年都未能化解，唯有汪父居于其间，像一条减速带和一道隔离墙那般，才不至于让两个水火不容的女人，频繁而剧烈地迎面碰撞。

就在小汪眉头紧锁之际，我于一个夜晚，接到小宋的电话。能听得出来，小宋刚和小汪吵过架，因此她的语气，都带有炸弹爆炸过后芒硝的浓烈的呛味：安老师，我要和小汪离婚！

我问：你俩咋啦？

小宋说：他爸住院，他背过我，竟然从家里拿走两万元交给了医院。这日子没法过了，我要和他离婚！

我没好气地说：你们离吧！我坚定地支持小汪和你离婚！

小宋原本寄望于我能站在她的一边，将谴责的手指戳向小汪，没料到我竟是这等态度，于是在错愕之余，她喃喃地说：安老师，你咋能这样说话呀？

我说：我就这样说话了！实话告诉你，在你和小汪之间，小汪比你有优势得多。小汪人长得帅，又有挣钱的能力，年龄还比你小，他和你一旦离婚，想和他结婚的女人排队呢！你想想你有什么？论姿色，你已人老珠黄，不是靠美容遮掩，你的颜值还残留几许？论挣钱，你有什么技能还是有什么本事？小汪离开你，只能过得更好，不可能过得更差，但你离开小汪，估计一天都活不下去。你以为你是谁？你就是依附在小汪这块肥肉上的寄生虫，自己不创造价值，不挣一毛钱，却过着养尊处优而又无事生非的日子，你以为你吃香的，喝辣的，穿国际名牌的衣服，那都是你的本事？你错了，那全都是小汪提供给你的！

小宋的气焰被我泼去的冷水浇灭，她嗫嚅着说：安老师你也太过分了，把我贬损得一文不值。我给他汪家生了后代，这就是我的功劳！小汪本事再大，没有我他哪来的儿子呀？

我说：我的话也许刻薄了一些，但没有恶意，只是希望你在和小汪闹矛盾时，多检讨一下自己，而不是以家中的君王自居，把自己的话视为圣旨。就说小汪给医院送去两万元的对错，如果让我评判，我认为不但应该送，而且送得太少了！小汪的父亲，年纪轻轻却面临生死关头，作为儿子，唯一正确的做法，就是全力以赴地进行救治，在绝望中寻找希望，哪怕拼尽所有的力气，也要从死神的手中夺回父亲，卖车卖房都在所不惜。钱没了可以再挣，房没了可以再买，但父亲只有一个，失而不可复得。父哺儿少，儿养父老，这是符合中华民族乃至全人类的伦理纲常的。儿羔羊跪乳，在父母危难之时挺身而出，不但不是过错，而且是一种美德。具体到小汪，父亲突发不治之症，他的心里阴霾笼罩，泰山压顶，其无助和悲凉不难想象。你作为妻子，在他最难过和最难熬的时候，不是傍依在他的身旁，给他以精神的抚慰和支撑，却在为两万元计较和闹腾，你想想你做得对吗?

小宋陷入了沉思，没有继续强词夺理。

我说：你若想当一个像样的妻子，明天就去医院，买上鲜奶和水果等，去看望他的父亲，这才是你应该做的。

还好，小宋听从了我的建议，于第二天购买了水果牛奶等，去医院探望了小汪病中的父亲，也不再为小汪给医院送钱而计较。

小宋并非世俗意义上谓之的坏人，也并非是那种蛮横不讲理的人，以我之见，她只是一个思维跑偏的人。她的所作所为，在常人看来很不符合常理，甚至有几分令人生厌，但究其实质，她也是遭受不良社会风气熏染的中毒者，是被利己主义观念俘虏的受害者，简而言之，是一个值得同情的角色，是一颗需要拯救的灵魂。

时隔不久，小汪的父亲因境况不妙，便出院返家，继之而撒手人寰。办理丧事时，一位朋友驾车，驰骋六七百公里，送我赴小汪的家中吊唁。我为何扔下手头的各等紧急事务，执意要亲临小汪家？一是想给小汪以抚慰，让他在精神坠落的低谷，还能感受到人间的真情；二是想让他的乡邻们，目睹到辞职在外闯荡的他，并不孤单，有朋友来往和牵挂。小汪是背着一个挎包离开家乡的，村里人看到他丢掉铁饭碗，背井离乡地远走天涯，免不了会引发坊间的很多议论，甚至不乏幸灾乐祸的嘲讽。他在外混得是风生水起，还是穷途末路，村里人不好直接向他发问，但会通过他回乡时的装扮、他家过事时门口停放的车辆，以及与他交往人的多寡，来进行打量和评估的。乡村是一个熟人世界，邻居家的一声叹息，都会被隔墙的耳朵接听，并很容易转化为他人津津乐道的热烈谈资。当然，不可否认地是，乡村更是一个势利场，谄红蔑黑，是一种固有的见惯不惯的文化生态。谁混得好，媚笑和恭维会滚滚而来；谁很落魄，非但不会得到怜悯，反而是轻蔑会扑面而至。分析这等心理的成因，就不难知道，越是不幸的人，越是期待别人比他更加地不幸。犹如长跑，自己跑得慢，腿若铅注，脚似铅球，于是不是将功夫花在提升自己的跑速上，而是总期盼于别人比自己跑得更慢，甚至是期盼那些跑得飞快的人，半路跌倒，如此，才不至于把自己甩得更远。不幸的人心脆若浮冰，目光三尺近，他们最烦恼最忌恨的，不是自己不强，而是他人太强。他们时常热衷于谈论某某家的倒霉、某某人的失落等等，其语调和表情，充斥着掩饰不住的窃喜，原因则在于，唯有这些，才能给他们带来“我还不是世界上最不幸的人”，或“我虽不幸，但不幸的人大有人在”的心理慰藉。

我去小汪家，看到小宋身穿白孝衫，在院子里飘来拂去，正在给来客或帮忙的人往水杯里添水。小宋去小汪家，也受之于我的鼓动。小宋打来电话问我：小汪父亲过世了，我要不要去他家？我没有正面回答她，而是说：你想想你的身份，看该不该去？你若是他的妻子，他家里过这么大的事，你都缺席，村里人会怎么看小汪？你若觉得自己不是她的妻子，就没有必要去。小宋停顿片刻，说：那我就去。

小汪事后告诉我，小宋这么一去，就让他付出了百万元的代价。

小汪总想藏匿一些私房钱，用以资助父母和弟弟，并应对家里的不时之需。他知道小宋是存不住钱的，有一分就花一分，有千万就花千万，这让他非常地缺乏安全感。然而令小汪苦恼地是，他即使背过小宋克扣一些钱钞，却也无处可藏。家里的空间就那么大，在一见钱眼睛就光芒四射的小宋面前，他连一枚分币都无处藏匿。小汪曾向我提出过，希望我能替他保管存单，但被我婉拒。我之所以不愿替小汪藏钱，一是对自己的身体不是很自信，唯恐自己哪天万一不辞而别，很容易造成他和我儿子的纠纷；二是别人家的财产，我若沾手，极易出力不讨好。我让小汪自己想办法，但小汪告诉我，每到半夜，趁他熟睡之际，与他同床共枕的小宋，就会偷翻他衣服的口袋，连他装在内衣裤兜里的零钞，小宋都会劫掠而去。

小宋因前往小汪家里奔丧，用小汪的话说，就是在村里人以及亲戚面前，小宋给他“长了脸”，于是他无比慷慨地拿出私藏于老家的一百万，将其作为赏金，拱手交给了小宋。给了小宋，小汪又有些后悔，叹息道：才一个月，她就把一百万花了个精光！也没见她买回啥东西，还不是全都交给了赌场？

7

蛮蛮尽管租房居住，但不时就回到小汪这里来，搅扰得小汪难以安生。小汪最担心地是，蛮蛮将自己的那一套做人版本，原封不动地传销给磊磊。

事实确如小汪担心的那样，磊磊的日常表现，与同龄孩子有着很多的不同。他性格有点儿骄横，爱发脾气。他穿衣讲究名牌，连专用于玩乐的手机，都要最为高端的限量版，一部动辄耗资近两万元。

才上小学的磊磊，一聊起国际名牌来，口若悬河，如数家珍。从一件外套，到一条裤子；从一件体恤，到一条短裤，甚至一个棒球帽，一双袜子，一双运动鞋，都是非国际名牌就罢穿。于是他的一件T恤，高达三千多元；一双球鞋，亦三四千元，而手机呢？不但要国际名牌限量版，而且在一年之内，就要更换好几部——这部玩腻了，就喝令小宋给他买部新的，而小宋，在磊磊的淫威面前，乖得像只病猫一样，要脚绝不敢给手，总是竭尽所能地投其所好。

隔一阵子，蛮蛮就把磊磊领走，在她那里住上两三日。蛮蛮领着磊磊购物，领着磊磊进出赌场，领着磊磊去歌舞厅唱歌，领着磊磊去和她的一帮子狐朋狗友彻夜狂欢……蛮蛮的朋友，以三类人为主：一是赌博的，二是吸毒的，三是受过刑事处罚的。各色人等之所以地球围着太阳转，原因则在于把自己塑造成一副“大姐大”模样的蛮蛮，对他们宣称自己是富婆，可以包揽他们的日常开销。

但蛮蛮不造钱亦不挣钱，仅凭开设地下赌场的那点收入，远远供养不住诸多人的吃喝玩乐。手头拮据，蛮蛮就回到小宋的家里，缠着小宋要钱。小宋给她一万，她嫌少，继而又哭又闹；给她五万，她虽不甚满意，嘟嘟囔囔的，但还算能勉强地接受。

某一回，蛮蛮从母亲小宋那里闹来六万元，一转身，就组织了一队人马开赴澳门。一行四人，除她一人为女性外，其他三人，皆为她花重金雇佣的年轻男子。蛮蛮为这次出行，事先做了充足的准备：给每人购买了一套黑色的西服，辅之以衬衫领带，以及黑色的皮鞋等；与此同时，还给每个人，购置了一副黑色的眼镜。她是主人，其他人都是尾随她的侍从。侍从也有分工，一个是保镖，一个是拎钱袋的，一个是专门提醒她要节制的——蛮蛮说当事者迷，旁观者清，她时常被赢钱冲昏头脑，从而管控不住自己，赢了还想赢，于是就想专雇一个人，让其来提醒自己该收手时就收手。甚至必要时，那个人有权将她连拉带拽地强行带离赌博现场。

四个人如何走路，如何站位，都是要进行预先排练的。蛮蛮走在最中间，而且要超前他们半个身位；然后在她的身后，三个侍从并列一排，抬头挺胸而又阔步向前。她一旦手伸向口袋摸烟，左侧的男子立刻驱前给她点火；她若低头瞄一眼高跟鞋，右侧的男子立刻趋向给她系鞋带或擦拭鞋面，总之，她要摆出一副威风凛凛的架势，他们则要表现出一副唯命是从的姿态。

到了澳门，下榻后，她先论功行赏地支付报酬，一人一万。扣除购买来回机票的钱和吃饭喝酒抽烟的钱，她握在手里的钱，仅剩下了寥寥三两千元。怎么办？赌不赌？赌，钱太少；不赌，赶了这么远的路，赌瘾尚且未过就返回，未免觉得有点儿太冤了。几个人一合计，于是决定借钱。向当地专放高利贷者借了十五万，一眨眼，就输了个干净。还不上钱，蛮蛮便被人家扣为人质。放高利贷者打电话给小宋，让她带钱去赎人。小宋一听，开始骂骂咧咧的，声称不管，但到了晚上，睡不着觉，就携带自己紧急筹措的一笔钱款，连夜飞往了澳门。

小汪讲起这个故事，有点儿既好气又好笑。好笑地是，耍了一次威风，却颜面尽失——犹如一个装模作样的伪君子当众尿湿了裤子，犹如一张纸画的虎皮被人在大庭广众之下用一根指头捅破。

蛮蛮的婚事，一直搁置着。今年刚跨过三十门槛的她，在半年前和一个四十六七岁的有妇之夫相识并鬼混在了一起。该男子是个外地人，开有一间小商店，属于为稻粱谋之类。男子生有一儿一女，儿女皆已长大成人，并在老家和老伴一起生活。

谈起蛮蛮与人同居，小汪的嘴角闪现着笑意。小汪说：有个绳子拴她，她至少不会天天来家里骚扰了。

但某个夜晚，蛮蛮哭哭啼啼地回来，说她被那个男人一脚蹬了。问起弃她的原因，蛮蛮说那个穷鬼支付宝里仅有一万元，她就偷着将其转给了自己。那个穷鬼因此而被激怒，就抡起一根棍子将她赶出了房门。小汪一听，头瞬间肿大得像一个巨型南瓜。想了想，他觉得唯有把她送回去，送给那个男人，才是解除自己心忧的唯一办法。于是他抓起电话一番猛打，叫来了小宋的弟弟和表弟，让他们伙同自己，半夜三更地遣送蛮蛮回到那个男人的住地。恫吓加规劝，逼着男人将蛮蛮予以接纳并收留。

我说：蛮蛮和这个有妇之夫这样鬼混下去，不是长久之计呀！她总是要嫁人的，如此以往，还怎么嫁得出去?！

小汪说：不这样不行啊！她在外面欠有上百万的高利贷，不拉个垫背的替她还，可怎么办啊?

……就这个家庭而言，我最为担心的，还是磊磊的未来。蛮蛮生米已做成了熟饭，无可救药，但磊磊的下一步能否沿着正路迈步，还有待于观察，更有赖于小宋觉悟后的痛改前非，更有赖于小汪理性回归后的良好引导。

父母是孩子最初的人生样本，犹如一幅画，父母是什么颜色，孩子就会把自己涂抹成什么颜色；父母画出什么图案，孩子就会画出什么图案。有些颜色，是可以擦掉重新涂抹的；有的图案，是可以修改或重新构图的。但有的颜色，有的图案，一经成型，就异常地顽固，根本无法重新再来。因为人生只是单趟旅行，没有重来一次的可能性。

以上的话语，送给迷途中的小宋，送给有必要做出言行调整的小汪，也送给天下所有的父母。

第十章

母亲是个教唆犯：一个女囚的忏悔录

1

费尽各种周折，在一个友人的联络下，我终于能见到了绰号“母老虎”的张红艳。

张红艳性格暴烈，谁也惹不起，在花冠巷一带，众所皆知——时常为鸡毛蒜皮之事，她不仅自己冲锋陷阵，而且还要呼来一帮狐朋狗友前来助威。好几次，她把人家的店面砸烂还不罢休，硬生生地要让人家赔她的颜面损失费——她说店家让她在大庭广众之下丢脸，就得赔她。

至少六个店家，因为张红艳一而再再而三地前来闹腾，都关门歇业。

奇迹之处在于，张红艳大闹店家，大闹住家，方圆三四公里的范围内鸡犬不宁，却从来没有输过，也从来没有谁到派出所报过案。在当事人息事宁人的心理驱动下，她便宜占尽，总能旗开得胜。

但坐在我面前的张红艳，完全不像传说中的那样——活活一个抡起板斧就大砍大杀的女性李逵，而更像一个拘谨羞赧的小女生。她瘦得像一根茼蒿，面目枯槁，细长的脖子上，有一道斜横的疤痕，眼泡肿胀，目光游离，神情恍惚，并不住地咳嗽。

在长达三个小时的采访里，四十出头的张红艳坐在一张方凳上，始终都没有正面与我对视过。她缓缓地言语，仿佛不是在向我讲述，而是在向我面前的茶杯娓娓叙说。

……我先从我母亲说起吧！我的母亲，是对我影响最大的一个人。我能有今天，不瞒你说，都是她从小教唆和灌输的结果。谁又不想当个好孩子呢？我也想当。可我遇到这样的母亲，只能做一个坏孩子。

我母亲今年六十六岁（张红艳哭泣了起来，在我的安抚下，她情绪才趋于稳定），瘫痪在床，作为她的女儿，按理说我没有在病床前伺候她，至少是不该数落她的。但她确实是给我做了一个坏榜样，也葬送了我的妹妹。

我母亲出生于20世纪的50年代，从小没怎么读书，前半辈子都是在运动中度过的。在历次运动中，她都是红人，甚至就是某一个帮派一呼百应的头头。她声音粗壮而洪亮，批斗起人来，毫不心慈手软，动辄就揪头发、撕耳朵、砸头。她把我爷爷的耳朵，都撕得开裂，缝了五针，至死都留有一道疤痕。我爷爷原本是一个街道的小干部，在家里仅发了几句牢骚，就被她揭发。爷爷劳动改造归来，已是夜晚，在她的召集下，我们家大半夜地还给我爷爷召开家庭批斗会。爷爷垂手站立，奶奶陪站，她不但带头喊口号，还朝我爷爷和奶奶的脸上吐痰，并对他们施之以铁拳。

这些当然我没有亲见，都是我爸爸告诉我的。

她和我爸爸，就是在参加运动时认识的。他们一同下乡，一同返城，也一同失业。比起她来，我爸爸就是个懦夫。就拿失业这件事来说吧，她得到的，就比我爸爸得到的要多得多。我爸爸在无线电三厂，是个卡车司机，人家让他下岗，他领到一万五千元买断工龄的钱款，就乖乖地拎着铺盖回了家。我妈则不然，她在一家纸箱厂当保管员，尽管已将买断工龄的钱装回了家，但她依然天天要去厂里缠闹。她拉着一条大狼狗，谁敢不让她进门，她就放狗咬谁。她把狼狗拴在厂长的门口，逼迫厂长在一张她凭空捏造的借条上签字。她还追到厂长的家里，又哭又闹，砸碗摔瓶，厂长的弟弟前来劝解，她脱光衣服大喊他对自己图谋不轨；派出所的人一来到现场，刚刚还声嘶力竭的她，立刻就倒地装死；她还拿花圈堵住厂长的家门，把厂长年迈的母亲吓得大小便失禁……闹腾了一个半月，天昏地暗的厂长实在招架不住，不得不托人说情，最后以再补偿她五万五而收场。

对于多余出来的这个补偿，她既得意，又失落。得意的是，闹得很有成绩，相当于白白牵回了一百多头肥猪——她下乡归来之初，工作未落实，就在一家屠宰场当临时工，因此总爱拿猪来衡量得失。失落地是，她原本的目标是十万，而五万五比起十万来，还差了一大截。辗转反侧地睡不着，于是她披衣下床，在街头拦住一辆刚卸完沙子的运沙车，坐上司机室，塞给司机一百元，让他把车朝厂子开去。厂子把守大门的人呼呼大睡，她用事先配好的钥匙，打开了大门，并用私藏的钥匙，拧开仓库的铁门。她把仓库里的东西，大到电机，小到灯管，凡能抱动的，都悉数抱走。等她装了大半车的物件，才被守门者发觉。守门者追出来，借着路灯的光亮认出来是她，却又把头像乌龟一样地缩了回去。

拉回来就拉回来了，既没有被查出，也没有被追究，致使她原来已经编排好的用于应对的戏目，竟然没有派上用场——这次偷窃，像一件无比高超的杰作一样，成为我母亲整个人生最值得骄傲和最为得意的辉煌篇章，以至于她时不时地就要拿出来自我炫耀和自我表扬一通。当然，她还免不了对我爸爸来一顿猛烈的嘲笑和挖苦。

她挂在嘴角的日常语则是：抢回来就是自己的，抢不回来就是人家的。

事实是，一个“抢”字，贯穿了她的一生。坐公交，她抢；买打折货，她抢。甚至为抢买一块后臀肉，她都和人打了起来。爷爷和奶奶先后去世，两度过丧事，面对遗物，没有一次她不奋力抢夺的。她和两个叔叔，以及和姑妈，都闹得不可开交。她把爷爷的卧柜或立柜，都用一把短柄斧头当众劈开，翻箱倒柜地翻找爷爷奶奶的存折和金银首饰，从而激起公愤。叔叔婶婶和姑妈姑父，包括我爸爸，全都指责她，但她依然我行我素。她把爷爷奶奶的存折和房产证装入口袋后，却为找不到奶奶的那副银质手镯而指桑骂槐——姑姑承认，奶奶将手镯赠予了自己——论骂人，谁也骂不过她，那些围绕男女生殖器的粗俗言词，在她的嘴里就像发射连珠炮似的。在举办丧事的现场，她的叫骂，引发了一场混战，及至于把派出所的人都招来了。那时候我才十三岁，我和哥哥妹妹，都站在她的一边，成为她的后援力量，既给她帮腔，又帮她打架。

埋葬奶奶后，我爸爸就和她办理了离婚手续，她也和爸爸那边的所有亲戚断绝了往来，也禁止我们与爸爸那边的人有所接触。爸爸独自一人净身出门，既没有带走一根针线，也没有带走我们中的任何一位。我们在她的挑拨下，都认为离婚是爸爸的过错，于是都对爸爸怀有刻骨的仇恨。爸爸每回来看望我们，都敲不开门。然而门一旦打开，一定是一场雷霆风暴。她除却穷尽各种不堪入耳的骂人词句咒骂爸爸外，还会把一盆洗脚水或一盆洗衣水，劈头盖脸地泼向爸爸；甚至会举起一个花盆，或一方凳子，狠劲地砸向爸爸。我们呢，当然都会成为她的战斗队员，朝着爸爸吼骂，朝着爸爸吐唾沫。记得有一回，她见爸爸没带来吃的穿的，却在塑料袋里装来了几本书，好像是四书五经之类，便扑上前去，把塑料袋撕烂，把掉落于地的那些书用脚狠踩，并最终将其扔向了垃圾桶。事后她经常在我们面前控诉爸爸，将他的送书当作一条罪状：你看看，你看看那个嫖客日的，心毒不毒？不给你们钱也就罢了，却要拿书来糊弄你们！书能吃能喝？能买一张手纸还是能买一个萝卜？嫖客日的，心坏透透了！

有手提电话后，爸爸多次打来电话，她都不允许我们接听。爸爸发来信息，都是劝我们要正派为人，不要把人生的路走歪，但我们基于对爸爸的恨意，都把他的话不会当回事的，并议论说那个越发佝偻的老狗，自己连自己的生活都过不好，还指导别人如何做人，这不是很可笑吗？

我爸爸是前年离开人世的，这是我哥哥来探监时告诉我的。临终前，他时而清醒时而昏迷。清醒时，他嘴里不住地在念叨我们的名字，希望能见上我们最后的一面。然而此时，我在狱中，妹妹在狱中，唯有哥哥还是自由身。姑妈打电话恳求哥哥，哥哥也在我母亲的怒斥下，没有前去处理爸爸的后事。我得知爸爸过世的消息，心里抽搐不已，异常难过，眼泪止不住地流淌。不管怎么说，他都是我爸爸啊！

张红艳讲述到此，哽咽难语。我递给她餐纸，她拭去眼泪后，接着讲述。

……现在想来，也许我爸爸是对的。爸爸本来是我们滑向深渊的阻拦索，是我们这些车辆的刹闸系统，但这些，都遭到我母亲的拆除。可笑地是，我母亲事后还跑去和料理我爸爸后事的姑妈大闹，怀疑我姑妈私吞了我爸爸的钱财。但这回，她没占到便宜，我的表哥表弟，合力制服了她，抱着她下楼，把她扔向了院子里的一堆装修垃圾中。当然，她跟他们没完。她的一贯做派都是不打胜仗，决不收兵。但人算不如天算，就在她磨刀霍霍准备第二次冲锋时，她突然晕倒，经检查患了中风，口歪眼斜。住院治疗三个月，迄今时过两年半，现在还卧床不起。

我母亲在中风前的五六年里，找到了自己最为拿手的生财之道。她尽管像刺猬一样，和周边的所有亲戚邻居都没法和谐相处，但还是有一帮气味相投的姐们的。那些人，有的是她过去搞运动时的战友，有的是她下乡时的同伴，有的是她在工厂上班时的同事，有的是跳广场舞时的舞伴，还有大量新结识的老少娘们。她是她们的旗帜，是她们的领头羊，是她们的主心骨。她挥动旗子一摇，那些人就有了前往的方向。验证了“烂棉絮也有塞窟窿的用场”这一民间俗语，这群看起来既无技能又无缚鸡之力的女人，聚合在一起，社会对她们还真是有所需要的。她们能干什么？一句话，她们能哄摊子。她们一到某个场合，刚才还冷冷清清的场面，一下子就一片沸腾。她们哭，哭得天翻地覆；她们抢，抢得地动山摇；她们笑，笑得白云慌乱；她们骂，骂得江河倒流。没有能耐，就是她们最大的能耐。

我母亲带领这帮女人，主要通过两种方式来挣钱：一是替人讨债，一是给人当托。当然，还经常成群结队地去领取各类商场商店开业时的赠品。占便宜，已成为她们日常的主业。

雇佣她们讨债的，主要是那些建筑行业大大小小的老板和工头。某一笔债务，久拖不给，老板无计可施，就雇佣一群人去债务人的单位院子、小区门口，或马路边、法院门外等地聚集，拉横幅，喊口号。这些被雇佣者，被装扮成领不到工资的农民工，以给政府施加压力，也唤起围观者的同情。这些人刚才还嘻嘻哈哈地相互揶揄，但转瞬间就或愁眉不展，或义愤填膺，男人叫嚷，女人哭骂。

我母亲在这个见不得光的地下领域，可谓大名鼎鼎。那些有需求的老板，如果联系到她，就会先请她下馆子喝上一顿。她和老板们谈条件，讲价钱，一般采取的不是人头制，而是打包制——多少天，多少人，总共给多少钱。老板假如给她三万，她给雇佣的姐妹，每人每天发放一百元，到该事件烟消云散，她装入自己腰包的，最少也有上万元。有时候一场蓄谋大唱五幕的戏剧，才开演就闭幕了——要么对方支付了欠款，要么被政府机构强行阻拦——那么，她就会暗自窃喜能赚取一大笔意外之财。

给人当托，主要适用于那些楼盘开业。不知从何时开始，房产商们就变得愈发地不诚实起来，一个一个的楼盘揭幕，都要雇佣一帮人来当托，从而制造出该楼盘生意红火供不应求的假象。我母亲和她的姐妹们，时常被这个楼盘召唤而去，被那个楼盘呼叫而至，进行事先的培训和演练。到了事中，她们只要按照剧本和剧情，扮演好自己的角色就算完成了任务。在售楼大厅挤挤搡搡的人流漩涡里，她们假装看楼，假装购买，假装摇号，假装签订购买协议。有时候，她们还要在黄昏时分，夹着凉席前往，把凉席铺在街边的人行道上，一个整夜都按顺序睡在凉席上，假装是在排队以领取楼号。为售楼当托，每人每次出场，耗时两个小时，获取五十元，夜里横卧街头另算。因我母亲是召集人，她还能额外获得五千元的酬劳。

近些年，商业竞争激烈，昔日的盛景每况愈下。很多店家为招揽生意，都采取了抛扔诱饵的办法，以谋取鱼儿的上钩。于是乎，不是这个店家今日开张送一瓶醋，就是那个店家明日开业送一把伞，或者就是另一个店家后日举办庆典送一个铝锅。我母亲和她的姐妹们，对此十分地热衷。她们四处打探这类好事，并互相通风报信，资源共享，一旦得知哪里有便宜可占，就吆五喝六，像蝗虫一样地涌向哪里。她们一到现场，秩序准会大乱。她们不是去排队领取的，而是去抢夺的。无论前面排有多少人，也不管他人手里是否持有序号，她们都会汹涌向前，伸长手臂去抓取那些赠品，哪怕有人倒地呻吟，哪怕这个踩在那个的肩膀，都在所不惜。这些廉价的赠品，究竟值不值钱，并不重要——也许，她们领到赠品后，见其品质太差而不可使用，一转身将其随手丢弃——重要的是，这些不用付费就能到手的物品，使她们能获得白拿多占的极大的心理满足。

在占便宜的长路上，她们辛苦了大半辈子，也没见谁因此而发财。

在狱中，我反思我母亲，也反思我自己，最终得出的结论，与老祖先的一句忠告不谋而合：占小便宜吃大亏。

张红艳的讲述，令我发笑的同时，也使我不由得想起我一个朋友店面开张那天的情景。

这个朋友姓赵，是从外乡来到这座城市打拼的年轻人。小赵原来从事的是保健品推销，但随着保健品行业丑闻迭出，政策收紧，眼看着营销难以为继，于是他就调转方向，将原来的店面，打算转换为一家土特产商店。也许小赵在保健品领域浸泡日久，积习养成，于是在营销土特产方面，也想沿袭旧路。在土特产商店开张的前夕，小赵为聚集人气，建起了一个微信群，我也被他拉进群里。群里沸腾一片，小赵用发红包雨的方式，鼓动群内的微友，拉更多的人进群。谁拉得人多，谁就会得到额外的奖赏。小赵早上发五十个红包，每个红包二十元；晚上发五十个红包，每个红包三十元，每天支出两千五百元。红包连发五天，小赵耗资过万。按照小赵的如意算盘，这群里的上千人，在开业那天，若每人能购买十五元的店内商品，他就能捞回成本。

这个群真是让我大开眼界——让我知道在当下的世道里，竟然还真存在着职业化的占便宜者。我原以为这些人只是坊间的传说，未料想竟确有其事。这些老老少少无事可做的女人，通过语音大呼小叫，呼朋唤友，在相互传递着几月几号哪家店赠送方便面，几月几号哪家店赠送餐纸和气球。抢到一分一毛红包的人，欣喜若狂；没抢到一分一毛红包的人，牢骚满腹。

小赵的商店开张那天，我因事没去现场，但在群里，就已经知晓场面的混乱。无数的人都在通过语音，在小赵不地道，说话不算数。其因在于，很多人仅为赠送的一瓶醋，或一条一次性使用的薄毛巾，就不辞劳苦地倒换好几路公交车，从数十公里外赶来，雄心满满，却又扑了个空。其心情，犹如鼓胀的红气球被扎了一针似的，一下子就变得萎靡而沮丧。她们为何没有如愿？原因则在于她们抵达商店时，已过了约定的十点钟之前，店里准备的赠品，早已被早来者洗劫干净。这些迟到者极其不满，通过语音发出厉声的指责，且一人之叫喊，引来百人之附和，一时间群里仿佛森林着火那般。个别粗鲁者，还爆出粗口——小赵招架不住，就将群解散。

下午我到小赵的店里，看到很多人还聚拢在店门口嚷嚷不息，死活都不肯离去，而小赵竟然玩起了失踪，店里仅留一位女店员，在独自应对这些人言词的狂轰滥炸。

后来我见到小赵，询问起当时的状况，小赵直叹息这些人素质太差太差，说店里准备了四百瓶醋和四百条毛巾，按理说人人有份。可有的人就是不自觉，领到赠品后，出去转一圈，回来又重新领取；还有的人趁人多混乱，在货架上伸手直接拿取，拿到就往包里塞，塞了再拿，劝也劝不下，挡也挡不住。不到半个小时，所有的赠品就已鸡飞狗跳地消失殆尽，导致后续的来人，店里无物可赠。奇迹地是，没有一个人在店里购买东西——小赵失算了，可谓是丢了夫人又折兵：发红包，损失过万；赠品又损失八九千。

我对小赵说：你的失误，在于你对人性的误判；做生意，人性也是需要核算的成本。

一部分国人，为何如此热衷于抢占？对这一点，我做过专门的观察和分析，得出的结论是：这是由多种因素促成的，单纯地指责这部分人素质低下，尚且失之于偏颇。果子出现变异，就痛斥果子，那样过于简单和肤浅。凡果子，甜果也好，苦果也罢，里面一定蕴含着有关树木的、土壤的、气候的、雨水的、肥料的等多重信息，任何单一化单向度地解读并得出结论，都是片面的、草率的。人也如此，变成这样，或变成那样，并非皆源于个人的主观因素。

好占便宜，是因为总觉得自己时常吃亏；执着于抢夺，是因为曾经历过供应短缺和机会不均。说一千道一万，这等貌似劣迹的超常行为，显然与人内心隐匿的惶恐有关。人为何会惶恐？究其本源，是没有安全感。人对自己的生存，哪怕是在丰衣足食的年代，也是充满忐忑和担忧的。因为忧，就要多占据一些，从而未雨绸缪，有备无患。惶恐犹如密闭于密室的毒蛇，平时可能处于休眠的状态，然而一旦有所风吹草动，就会流窜而出，腾跃不止，咬得人坐立不安。

事实上，相当多的国人，尤其是出生在20世纪中叶屡遭世人诟病的这代人，包括张红艳的母亲，在成长的阶段，都曾亲身体验过物质短缺与供应匮乏所衍生的悲苦，因此更是对获取与占有，有着强烈的冲动和渴望。加之他们又没有机会经受传统文化的熏陶，对“仁义礼智信”和“温良恭俭让”等一无所知，于是从性格也好，心理也罢，普遍呈现出某种狂躁和野性，冷静地想一想，也是能够理解的。

稀缺，以及机会不均，造就了抢夺；如果物质堆积如山，取之不竭，且福利待遇与头衔荣誉个个有份，人心便会像退却的潮水那样，失却抢夺的动力。当然外在的诱因，决然不能将不劳而获和贪吃多占的人性弱点一概抹去。人天生就是好逸恶劳的，就是好吃懒做的，之所以还要像蚂蚁一样地勤快，像耕牛一样地付出，那不是因为高尚，而是受之于不劳动就不得食的社会规则的制约。

很多人喜欢贪吃多占，还不仅是受之于逐利的驱动，而且还与精神的获得感密切相连。看到有人吃香的喝辣的却不掏分文，自己觉得心理就会失衡，并滋生出严重的挫败感和被剥夺感，于是当有机会顺手牵羊时，就必然会奋力向前。别人抱个金砖回家，我抱个砖头回家，遑论砖头有无用场，但对自己的心理，至少能带来少许的慰藉。

2

在张红艳父亲无所作为的袖手旁观里，张红艳的母亲，究竟是如何教育张红艳和她兄妹的呢？继续聆听张红艳的讲述，就会明白绣花针不是一天磨成的，肿瘤不是一日长大的，也会明白好端端的木头，为何会变为朽木；本该清澈的河流，为何会污秽不堪。

……我小时候，其实胆子很小。从我记事起，母亲就是家里的霸王。她叫骂起我爸爸来，口无遮拦，脏话连篇，从来都不用回避我们。我爸爸胆敢还嘴，她就会操起手边的一把雨伞或一把扫帚，朝他的身上打去。我爸爸怕她，总是躲避着跟她说话，如此一来，她更是肆无忌惮。她在辱骂或打骂我爸爸时，我们其实都很惊惧，个个都像遇见猫的老鼠，蹑手蹑脚，大气都不敢出。

我最早学说的话语，就是骂人。比起同龄的孩子，我的骂话装满了肚子，一旦和别人对骂，骂人的脏话，就会一串又一串地从嘴里喷射而出，谁都骂不过我。我那时很得意自己具有良好的模仿能力，竟然跟着母亲学了这么多一招致命的骂人词句。我甚至有一种天下无敌和高人一等的错觉，误以为骂人也是一种人生的竞技项目，可以因出色而获得称赞和奖励。

上小学一年级时，我受到一个小男孩的欺负，却不敢还手。那个小男孩，将我正在写字的笔一把夺去，扔向了窗外，还笑嘻嘻地拧了我的脸蛋。回到家，我把此事说给母亲，她很生气。她牵着我的手，找上小男孩的家门，不问三七二十一，就抽了那个小男孩两巴掌。小男孩啼哭，他的父母质问母亲因何事要打自己的孩子。母亲闭口不语，抬起一脚就蹬在小男孩的腰里。小男孩扑趴在地，两个门牙被门框磕碰掉，从嘴唇蹦了出来。小男孩的父母揪住母亲的衣领，要和她理论。母狮一般的母亲，身子使劲一晃，他们便后退踉跄。母亲狂叫：看清楚老娘是谁！告诉你们，这世上敢欺负我的王八蛋，还没出生呢！

那家人要讲理，母亲不讲，冲着他们咆哮：我从来不认理，你也别给我讲，讲了我也不听。我只认拳头，拳头里面出真理，谁拳头硬，谁就是理！

母亲领我回到家，就告诉我和哥哥妹妹：以后谁欺负你们，你们就照着我做的样子来！你们要做我的儿女，就要厉害，就要让别人怕你，不能认怂，不能服软，不能吃亏。谁打你一下，你打他三下；谁骂你一句，你骂他五句；谁占你一毛钱的便宜，你占他一块钱的便宜。

母亲经常教诲我们要了解世界的真谛：一个狼虫虎豹的世界，是一个强者为王的世界。老虎是山中之王，你们要做老虎；做不了老虎，就做狮子，做豺狼；

这些都做不了，就退而求其次，做蛇做蝎子，只是绝对不能做绵羊和兔子。具体说，就是要厉害，就是要能踢能咬，不能逆来顺受。

母亲是这么说的，也是这么做的。她不断地与人发生摩擦——现在冷静地想一想，几乎每次冲突都是由她挑起的，都是她在胡搅蛮缠，但最终，却都以她的完胜而剧终。最典型的就是有一次，她大呼小叫，宣称自己晾晒在小区衣杆上的袜子，被驴日的偷走了。她因为曾经和我家的东邻打过架，于是就怀疑是那家的那个斜斜眼婊子偷走了袜子。站在楼道里叫骂一番后，她转身回去拿了一把切面刀，跑去咣咣地砸那家人的家门。那家人大概猜测出她来者不善，也举了一把刀出来。然而还未等他们靠近她，她就倒在了地上装死过去。见此情景，那家人退回门去，锁上门。母亲爬起身来，又用刀再次猛砸人家的家门。邻居不知有诈，再次开门出来，而母亲趁此猫下腰，一骨碌地从她家门滚了进去，仰面朝天地躺在她家的地板上又一次装死。邻居打电话报警，警察打了急救电话。母亲被救护车拉往医院，给她挂针的护士前脚刚走，她就拔掉了针头，飞奔回来又一次躺在邻居的地板上。如此这般地大闹三天，邻居饭不能吃，觉不能睡，孩子无法学习，于是在无法招架之际，打电话叫来物业从中调解。调解的结果是，邻居赔她三双袜子，以及三百元的医药费和一百五十元的误工费。

事后，我母亲对我们说：丢袜子纯属子虚乌有。袜子是她趁四周无人时自己悄悄收走的，邻居并未偷，这一点，她心里明亮得跟镜子似的。这次风波，是她故意制造的一场冲突。之所以要这么大闹一场，就是想一箭三雕：一是为上次冲突未占到太大的便宜而复仇；二是故意演给西邻居看，警告这户刚刚搬来的人家，别惹我们，惹了绝对不会有好果子吃；三是趁机敲他们一笔钱。钱不咬手，不管谁的钱，只要拿到自己的手里，就得乖乖地听从自己的调动和指挥。

我母亲最后的总结语是：人只要肯丢掉脸，就不会被饿死，也不愁没钱花！

读小学一二年级时，我的学习成绩，一度排名很靠前，时常徘徊于五六名上下，最好的一次，竟跃至班里的第二名。就在我手捧喜报，回家向母亲报喜，并在心里暗暗发誓要把第一名取而代之时，我母亲的一席话，却一下子扰乱了我的思绪和构想：你傻不傻呀？想当第一名这还不简单？你给第一名使个绊子，让她趴在地上起不来，你不就成第一名了？

怎么才能使第一名趴在地上？这是在很长的时间里，在我的脑子里纠缠不休的问题，于是上课恍恍惚惚，连夜晚做梦，都被这样的念头所惊扰。

我想过给她的饭碗里下毒，可她的饭碗我是接触不到的，况且该怎样获得毒药，都不是我的能力所能解决的。想不出更好的招数，于是我就故意给她找碴，或把我的钢笔偷偷地塞进她的书包，然后向老师举报她是一个小偷，让老师当着全班同学的面，搜查她的书包，以使她丢脸，并气哭她；或在放学的路上，狠劲地推她一把，使她跌入路边的排水沟，从而或鼻青眼肿，或骨折卧床。

在我故意的挑衅中，那个女生的父母怒火万丈，本打算要找我算账，但一耳闻我母亲的恶名，自知惹不起，就只好忍气吞声地作罢，只是迅速地给她联系到一所新学校，将她予以转学。

她走了，我非但没有当上第一名，反而离第一名越来越远。我陷入了嫉妒的泥潭，见不得任何人比我强，听不得老师对任何人的表扬。我神经过敏，自尊自卑，视所有比我优秀的同学为仇敌，脑子仿佛变成了荒草滩和格斗场，杂草丛生，蚊蝇滋长，剑戟闪亮，血光四溅，哪还能静心听课和做作业？当别人都在老师的督促里奔跑的时候，我却掉了队，落在一群人的后面，追赶不上他们，也无心追赶。三年级时，我的学习成绩宛若坐了滑梯，一落千丈，不幸成为班里的垫底。

挨过班主任太多的批评，遭遇各门代课老师太多的白眼，也被绝大多数同学疏离远离，于是我就以母亲教给我的不要脸的姿态，自暴自弃，并时常和低我一个年级的妹妹红丽厮混在一起。红丽的学习成绩也是班里的倒数第一名，我们同病相怜，携手共退。红丽像个假小子，力气比我大，胆子也比我大，她敢于大打出手，连她班里的男生见了她，都宛若老鼠见了猫那般地躲避。我和红丽在一起，除却咒骂老师外，剩下的，就是策划整治这个收拾那个。有好几个月，整个校园都因我们的出格行为而鸡犬不宁，不是这个被我们暴打，就是学校新贴上墙的标语，被我们一把撕烂。

学校派人进行家访，却被我母亲高挥擀面杖，打出了家门。

我和妹妹都仅混到初一，就先后辍学了。母亲安慰我们：知识有啥用？书越读越傻！早早回来挣钱，嫁个好人家，才是正道！

3

无所事事两年后，我成了一个摆摊的夜猫子，成了整日和城管捉迷藏的一块城管眼里的牛皮癣。我和城管斗智斗勇，我怕他们，他们也怕我。他们没收了我的货物，我就跑去城管队死乞白赖地大闹，瘫在地上紧抱队长的大腿不松手，及至把他的裤子都强拽得掉落了下来，并将他的下体抓伤。久而久之，我在城管领域声名大振，及至他们瞥见我，都是睁一只眼闭一只眼。当其他人望风而逃，宛若秋叶被狂风席卷而去时，我却稳坐马路边，岿然不动。我很享受自己的特殊待遇，并深刻地体会到母亲教会我的厉害，在弱肉强食的世界上，是何等的实用。

我天天出摊，风吹日晒，好不容易挣回一百二百，却并不被母亲赏识。在母亲的语境里，我们家最有出息的，当属是我妹妹红丽；最窝囊废的，非我哥哥莫属；我属于不前不后的中间分子，用母亲的话说，不是炮弹，而是弹弓，射不出多大的石子，也惹不出多大的事端。

妹妹张红丽，白天不是在睡觉，就是在和一群不务正业的男女鬼混，但到了晚上，她只要出去溜一圈，就会有所斩获。她拜师学艺，掌握了开锁的技术，附近差不多所有的商店和餐馆，没有哪家未被她光顾过。她把人家的钱物，像自家的东西一样往家里连番搬运。

红丽的偷窃，也是起始于我的母亲。她尚且年幼时，我母亲去商场行窃，就以她作掩护。母亲朝她厚实的棉衣里，塞入各式东西，大到面包洗发水，小到牙刷餐纸。母亲在跨过通道前，先将鼓鼓囊囊的她，抱起放到栏杆外，让她在外面等候。慢慢地，红丽就能独当一面了。无论母亲是否给她传递眼神，她都能“扒货”。当然，常在河边走，哪有不湿鞋？毫无疑问，她也被商场的保安抓过现行。面临窘境，善于演戏的母亲故作惊讶，她在向保安道歉之余，拍打了红丽两巴掌，呵斥她的手怎能如此发贱？接着母亲转而向保安求情，让其看在孩子还小不懂事的份上，就饶过她——最终，保安没收了被私藏的物品，将红丽放走。

红丽十六岁那年，因在公交车上偷人钱包，被便衣抓住，随即被劳教六个月。从那之后，她就成了四堵墙里的常客，出出进进恍若家常便饭。蹲监三年，出来安分守已上个一年半载，就又旧病复发；再坐进去，再旧病复发，再坐进去……她谈了个男朋友，第一次随人家去见公婆，却在中午休息时分，蹑手蹑脚地撬开人家的衣柜，翻箱倒柜地将藏于其中的现金支票以及金银首饰等，统统洗劫一空，然后翻窗逃走。那家人报案后，她被捉拿，获刑四年半。最后一次，她胆大包天，竟然伙同两个惯犯去抢劫金店，被判处十五年的监禁，至今还身在囹圄。

母亲提及红丽，也叹息，也流泪，但从未滋生过愧意，反倒是对红丽的同伙芝麻核桃地交代，颇为痛恨，恨不能扑过去撕烂他那张破嘴。在她看来，只要能瞒住，一切就风平浪静。她说她干了一辈子粘锅揩油之事，却都不曾进去过，原因除却她的演技高超之外，还得益于同伴的嘴，像被针线缝住那样。因此母亲说，选择和谁在一起很重要，跟上铁匠打镰，跟上木匠锯板，跟上一个嘴唇露风的同伙作案，算是倒了八辈子大霉。

我知道我在别人的眼里，也不是什么好东西，属于一个“烂货”，但事实是，我很早就察觉出红丽把人生的路，走得过于离谱。我对母亲把红丽推入火坑，颇有异议。为此，我还和母亲拌过嘴，但母亲却不以为然，在她的观念里，红丽把别人货架上的东西和钱包里的钞票，悉数偷走，那是一种本领，与羞耻无关。母亲抱持的观点是：吃死胆大的，饿死胆小的，世间的东西，本来就归大家所有，无所谓就一定是谁的；谁有本事将其拿回家，那东西就归谁所有。

我出嫁后，每每遇到令我窝火的事情，就会想起我母亲的处置办法，实际上，也就是在不知不觉中模仿着她。同出一个屋檐下，我和前夫也曾锅碗碰瓢盆地闹得不可开交，直至有一回，我趁他不注意，举起一个坛罐，猛烈地砸向他的后脑勺。懵懂中，他歪倒在地，昏迷不醒，多亏医院地全力抢救，他才保住了一条性命。丈夫出院后，以不追究我刑事责任为要挟，逼我和他办理了离婚手续。离婚之事，我没有告诉我母亲，怕她知晓后，又要追到夫婿父母的门上大战几个回合。我不怕大战，连世界大战我都不怯场，但一想到留在丈夫身边的女儿，心就软得跟软柿子一样——我果断地终止与丈夫的纠葛，就是不想对女儿造成更大的伤害。

离婚后，我情绪越发地失控。没有收入，仅像母亲那样，去开张的楼市当个临时演员，或去某个讨债公司充当个假冒讨债人，这等事，可遇而不可求，仿佛懒和尚撞钟，有一下没一下地，糊嘴勉强可以，但从根本上解决不了生计问题。

我犯案的事情，起因其实很小。在公交车上，人很多，我以赴汤蹈火的勇猛，挤上车后，眼尖手快，将一个即将落座的中年男人的座位，闪电般地抢先霸占。那个男人，在挤挤搡搡中，一直站在我的身旁，对我呈现出一副极其不屑的表情。车行驶到半途，一个紧急刹车，他站立不稳，踩了我一脚。如果他能说句抱歉之类的话，或许我就不会那么计较，再或许就不会发生后续的改变我们共同命运的事件。我破口大骂他，他也不示弱，迎面就抽了我一耳光。我扭身掏出藏在挎包里的匕首，朝他的腿连刺三下，刺破了他的动脉血管。血像喷发的火山那样猛烈四溅，连车顶上都是一抹抹的血淋淋。车厢里秩序大乱，乘客们惊骇而凄厉的尖叫声混杂错乱。司机靠边停车，迅速拨打了120和110。但当他们赶到时，都为时已晚，那个与我素不相识的苦命男人，只因为两句口角和一记巴掌，就被我活活地葬送。我也被自己制造的场景吓蒙了，因此既没有逃跑，也没有狡辩，只是乖乖地举起双手，任凭那副冰凉的手铐，将我紧紧地铐住。手铐，铐住的不仅是我的身体，而且是我的命运。

事后我当然悔不当初，但世间没有后悔药。我被判处无期徒刑，几乎要把牢底坐穿。在狱中，我突然喜欢上了读书，越读越对自己的早早辍学，对自己人生的错误选择，后悔而又痛恨不已。我反思自己的过往，总觉得自己在迈步前行的选择题中，从来就没有做对过一道题，每一步，选择的都是一个错误的步骤和一个错误的答案。我迷失得太久了，但醒来后，发现四周已布满密不透风的高墙和缠缠绕绕的铁丝网，身插翅难飞，心也插翅难飞。

我的母亲，本身就是一个悲剧性的主力演员。可悲的是，她从来都是把悲剧当作喜剧来演绎的，且乐此不疲；更可悲的是，她充当了我和我妹妹教母的角色，一手导演出我们共同的悲剧。在相当程度上，我很恨她；但同时，也很同情她。她是一个可怜的人，处处想占便宜，处处想占上风，却从来不知道真正的便宜和上风，究竟为何物。她的所作所为，也许会令人不齿，但她所做的，如同《新约全书》所感叹的那样，恐怕连她自己都不知道。

没有她的教唆和误导，也许我就是一个柔弱的女人，或者哪怕是一个平庸而乏味的女人，居家过着平凡的日子，平平顺顺地度过一生。这样的女人，过去我是瞧不上眼的，但现在，我是多么地羡慕啊！

我现在最担忧的还不是我自己，而是我的女儿。我在复制我母亲的同时，我的女儿也在复制着我。她的脾气也很大，也很争强好胜，也是好占便宜怕吃亏，也流露出流里流气的女江湖的恶习：她和一帮不务正业的混混打得火热，热衷于文身、抽烟、酗酒等。她已被派出所叫去过两次，若再不及时刹车，其脱轨的脚步，就会离监狱的大门越来越近。

……张红艳一提到自己的女儿，就放声痛哭。她撕心裂肺的哭声，既是写给自己的忏悔录，也是写给其他家长的启示录。哭声里，无疑隐含着这样的潜台词：父母啊，你们要格外小心，别因为自己的执迷不悟而把自己的孩子引向歧路，甚至送往监狱！

第十一章

心牢里的姐姐，囚牢里的弟弟

1

我的朋友把常云介绍给我时，说常云很有故事。

可当我推脱掉其他事务，专程赶到常云的出租屋，打算耗费一整天的时间听她讲故事时，常云却像一朵飘忽的云絮，踪影无觅。她的房门上，垂吊着一把老式的铁锁，窗子被室内的窗帘遮蔽得不留一丝缝隙。打电话，她把电话设置在秘书台；询问房东，房东也摇头不知其何去何从。

等不住她，我就撤离，心里直嘀咕她大概属于不大靠谱的女人。在我的评价系统里，作为成年人，失约是一项极其严重的人格缺陷，也是我观察一个人能否交往的首要指标。

傍晚时分，常云给我打来电话，连说三个对不起，并说房东把我来找她的事，告诉她了——房东说我是个烟鬼，坐在楼梯上，一个晌午竟抽了半簸箕的烟头。

我问常云去哪里了？常云说去监狱里探望弟弟了。弟弟突发疾病，监狱里派车专门来接她，要她必须马上随车前往。她见到弟弟，看到他脸色苍白，一副有气无力的模样，心如刀绞。看守告诉她，弟弟患的是尿毒症。这个消息，仿佛一枚地雷在她的耳朵里爆炸，瞬间她感到天旋地转，当场就晕倒在弟弟的病床旁。她被施救了一个半小时，才清醒了过来。但清醒比昏晕更让她感受到锥心之痛。

她的手紧抓着弟弟的手，唯恐自己稍不留神，他就坠落而去。她安慰着他，但心里却一直在撕心裂肺地呐喊：可怜的弟弟啊，你要是有个三长两短，当姐姐的我可怎么办啊？

常云说她的心，仿佛一片玻璃，被突然挥来的铁锤，敲击得碎了一地。玻璃碴藏于胸口，硌得她的心流血不止。她心疼，心像上了发条般地一拧一拧地疼。说话间，常云在电话那端啼哭不已。

五天后，猜想常云的情绪应该有所平复，我再次去往她的出租屋。

常云在夜店里上班，所干的工作只可意会，不可言传。当别人在靠卖力或卖智吃饭时，既无力又无智的她，选择了卖笑卖色。三十三岁的她，尽管在风月场里已属于教母级的人物，但却把自己化妆得像个初次出道的小女童，故作懵懂无邪。但若仔细端详，她眼角的褶皱，还是突破脂粉的覆盖，若隐若现。

此时坐在我面前的常云像卸妆后的演员，完全没有我第一次见她时的浓妆艳抹，而是脸上的雀斑星星点点，眼里的泪花闪闪烁烁。她一提及弟弟，就哇哇大哭，说她其实是在为弟弟活着，若不是牵挂着弟弟，她早就割腕自杀了。她觉得人活着没有一点点意思，尽管天天强装欢笑，但其实心里却霜凝大地。一想到自己若这么一走，弟弟会活得多么地孤单，多么地无依无靠，她就一次一次地掐断心中摇曳不休的自杀的念头。

弟弟的命实在是太苦了！常云哽咽着，从口袋里掏出一张她和弟弟的合影让我看，说这就是她们家的全家福。

照片上的常辉一身旧衣，鞋帮裂开一道口子。他尽管面目清秀，但消瘦而萎靡，一种与年龄极不协调的忧伤，潜伏于他似笑非笑的面容里，让人捉摸不透他究竟是在高兴还是悲愁。

2

常云出生于绵延的群山深处，她的家，位于一道山与山的夹缝里。借着山势的逶迤，在山与山错身时形成的低洼沟壑里，时常有三五户人家藏匿其中。能有十几户人家聚集在一起，就已算得上是个大村落了。号称同处一村，但一户人家距离另一户人家，动辄就二三十里的路程。

常云家所在的村子，名曰栗子沟。栗子沟一带，盛产栗子，野生的栗子，以及人工栽植的栗子，每到秋末，就会被外来的贩子廉价收走。栗子即使满树摇曳，都难以改变这里的蛮荒和穷困。栗子沟缩在山脉的褶皱里，相距镇上十一华里，相距县城七十华里，像是造物主不待见的继子一般，承受着被遗弃的命运。祖祖辈辈的栗子沟人，被赤贫拴住了双腿，被崎岖的路况挡住了脚步，世代坚守于此，很少有人去过县城。县城，在他们遥远而模糊的想象里，应该就是世上至为繁盛的膏腴之地——住在县城里人，都是烧了几辈子高香的人，估计他们连夜里做梦，都高兴得莺歌燕舞呢！

村民们起初住的都是泥墙泥地的土房子，家境略好的人家，后来屋顶上覆盖一层蓝瓦，看起来才有点儿现代生活的气息；家境贫寒的人家，屋顶上仅铺着一层透光漏雨的茅草。山里的气候宛若小孩的脾气，喜怒无常，刚才还天蓝云白，忽然间就黑云翻卷，怒雨倾盆。每一场大雨，对于那些散落于山坳里的房屋，都将面临一次生死考验。暴雨引发的山洪，不定什么时候，就能把一座座村民殚精竭虑才垒起来的土房子，连根拔起。幸运的人家，二十年三十年才遭受一次劫难；而倒霉的住户，仿佛与洪水结怨似的，总被洪水盯住不放，每三五年，房子就要被山洪冲得七零八落。很多的家庭，深陷攒钱、盖房、房子被冲垮、再攒钱、再盖房、房子再被冲垮的轮回中难以脱身，似乎人来到世上，就是为了一件事，那就是垒土筑房。为居住而耗尽毕生的精力，是栗子沟人世代沿袭的宿命。然而每一次筑房，对任何一户积贫积弱的村民而言，都相当于在干枯的骨头里刮油。

传说中的鱼米之乡，其实是既无鱼亦无米。每家每户，固守的，都是斜坡里那一窄绺的薄田，田里或露或埋的密匝的碎石，能将镢头的铁刃，磕出一个一个的豁口。这样的土壤，只能用来种玉米和土豆，难以播撒稻谷。

在常云的记忆里，她家的不幸，总是与山洪有关。某个夏日，一阵雨过后，从沟壑里猛然咆哮着冲出一股洪流，不但冲垮了她家的泥坯房，将家里的锅碗瓢盆和被褥衣物，抛扔得满沟都是。最可怕的是，洪流连爷爷都挟裹而去。站在崖畔上哭泣的常云，看到爷爷在洪涛里翻滚，头撞向一个牛头般的巨石，心揪成了一团。向来舍不得花一分钱的爷爷，看到仅有的家财将要悉数灭失，便像疯了一般地扑向洪水，试图将那个仅装有上百元零钞的钱匣子一把抓在手里，但在强悍的冲击波面前，他的多余举动，不但显得徒劳，而且连命都搭了进去。第二天天气放晴，河滩里漂浮着五具尸体，其中一具就是爷爷的。爷爷被卡在了两根交叉倒卧的朽木中间，一根朽木斜翘的硬枝，戳向他喉咙的深处。

常云一家立刻陷入了天塌地陷的悲痛之中。家没了，他们只好借宿在堂叔家的饲养室里。堂叔是个教师，但三尺讲台，无法安放他那翩翩欲飞的野心。数年前，堂叔私下里申请贷款，在半山里修筑了一座饲养场，既养牛，又养野猪。但图纸上的宏愿和脑子里的构想，一落到地上，便变形走样。堂叔对养殖一窍不通，对市场的起伏跌宕毫无心理准备，于是在牛病猪死以及环保部门、防疫部门接踵找碴的打击下，他将饲养场一关了之。开办饲养场，他意气用事；关闭饲养场，他亦是意气用事。但只凭借情绪而不凭借理智的投资，等于在给自己挖掘陷阱——堂叔被教育部门开除，还背负起二十多万的债务。

然而任何坏事里，都蕴藏着好事。堂叔的胡乱作为，对于堂叔一家人，无疑是一场灭顶之灾，其冲击力和毁灭性，绝不亚于洪水猛兽的来袭。但他腾空的饲养室，之于常云一家，却形同冰天雪地里的阳光，和溺水中的一根救命稻草，具有救赎的恩德。堂叔开出的租金是每年三百，尽管价位足够低廉，但常云家却硬是将其拖欠了八年，怎么都还不起——及至常云挣到第一笔钱，才把拖欠堂叔的陈年积账，一笔勾销。

这次山洪暴发，受灾的远非常云一家，而是多达百余家。单与爷爷一起下葬的人，老老少少足有二三十人之多。那座令村民们谈虎色变的乱坟岗，洪水过后，又新添了馒头般排列的一座座新坟。村民采药也好，砍柴也罢，都不敢接近它，觉得它阴气太重。住得与其相对较近的村民，更在渲染着它的阴森恐怖：半夜被噩梦缠绕并惊醒，迷幻之中，似乎总能隐约耳闻到从它那里传来的粗粗细细的嚎叫声和长长短短的呜咽声。

重要的是，洪灾像一道闸门，开启了常云家的悲剧模式。常云的母亲是从外省嫁到这里的，由于语言交流不畅，加之从饮食的酸辣到日常的习俗等，她都与这里的土著居民，形成显著的落差，因此，自从她踏入这户人家的第一天起，就成了婆婆心目中的扫帚星和极力想要拔除的眼中钉。素爱干净的婆婆，看不惯她一整天都不叠被子，看不惯她昨晚的洗脚水今晨还堆放在院子中央，看不惯她暂时不穿的拖鞋一只扔在这儿一只歪在那儿，更看不惯她把卖鸡蛋钱的一大半，用来给自己买洗发水和雪花膏……看不惯，就指桑骂槐，让在院子里跑来跑去的那只老母鸡，无辜地挨骂蒙冤。常云的母亲也不是那种逆来顺受之人，而是形若爆仗，婆婆一点火，她立刻就噼里啪啦地炸响。两个女人的战争，搅扰得常云的父亲心烦意乱。这个本来就有点儿吊儿郎当的男人，借着婆媳吵架的理由，时常离家不回，半夜三更地躲在一个隐蔽的洞穴里和几个人要钱。赌场上哪有赢家？常云的父亲输光了家里能输的一切，就连常云和弟弟，都变成了坳口那户人家的抵押物——两年里，他若还不上赌资，就得拿他的两个孩子去抵债。

一个早晨醒来，常云发现自己才三个月大的弟弟，躺在床上屎尿糊身，并饿得哇哇啼哭，而母亲和父亲，皆遍寻不见。常云喊来了奶奶，奶奶熬了一钵面糊糊，给弟弟轻灌轻喂，才使弟弟没有被饿死。母亲不见了，察看之下，发现她的衣物也被席卷一空。奶奶这才意识到，那头她一瞥见眼里就冒烟的奶牛，竟于深夜，悄无声息地溜之大吉。突然间失去敌人，奶奶无架可吵，无人可骂，反倒很不习惯。重要的是，就在此时，她才忽然意识到敌人的重要性：失去她这头奶牛，谁来给襁褓中的爱孙喂奶呢？

后经多方打听，得知常云的母亲，跟上一个收购栗子的年轻男子远走高飞了。有人看见那个男子驾驶一辆三轮车，于夜里在一个路口接应她。

弟弟嗷嗷待哺，常云尚且不足四岁。

一个母亲，将一双蛋黄般稚嫩的儿女弃之不管，其所作所为，何其残忍？那些只贪图自己舒服，而无视母亲责任的女性，无论被那些无聊文人如何地美化，盛赞她们是敢于冲破家庭牢笼追求一己幸福的所谓现代女性的楷模云云，皆无法掩饰她们自私自利的人性缺陷。毫无疑问的是，她们是不负责任的，是未经传统伦理塑形的，她们不懂得一个最为基本的底线，那就是自己的幸福，不能损害别人的幸福，尤其是不能致自己的儿女于不幸的苦海。

从母亲失踪那天起一直到现在，常云就再也没有见到过母亲。她的父亲，于一年后也从家里出走，号称出外打工，但不久家里就接到公安局的一纸通知：父亲涉嫌贩毒，被羁押于看守所，该案正在侦缉中。接连遭受打击的奶奶，一病不起，从此就成了个病病歪歪的药罐子。抓不起药，才一棒槌高的常云，就去山上给奶奶采摘草药。她被蜂螫过，被蛇吓过，被狗追过，被一丛荆棘绊倒跌落山崖过。没有吃的，她受奶奶的教唆，去偷摘人家地里尚未成熟的玉米棒子，被人家追到家里来狠揍一顿。最揪心的，还不是她和奶奶饿肚子的问题，而是弟弟一天到晚饿得奄奄一息，面黄肌瘦得不成人样。恰在这个时候，坳口的那户人家寻上门来讨债，说她爸爸打有欠条，承诺若还不起赌债，就把一双儿女交出来抵押；讨债者一副仁慈的模样，说念及她家里的祸事接二连三，人心都是肉长的，于是他们就网开一面，决定饶恕常云，只将她弟弟抱走。奶奶哭了又哭，把爱孙抱起来亲了又亲，然后就把常云的弟弟亲手递到逼债者的手里。常云哭得死去活来，她扑过去，力图于把弟弟夺回来，终因人小力微，不但未能得逞，还被人一脚踹倒在地。

没有了弟弟的哭声，家里比坟墓还要冷寂。常云天天把头埋在被窝里哭，但第二天见到奶奶时，却还要佯装出一副笑容。她现在最怕失去的就是奶奶——奶奶一旦撒手而去，她该怎么办？

事实是，这时候的奶奶，已病入膏肓，吐血不止，时隔不久，她就自行了断，把自己悬挂在屋后的一株低矮的核桃树上。奶奶为自己的这一抉择，无疑做了精心地筹划。她事先打电话给常云的堂姑，以常云中秋节要给她家送节为名，让其将常云接走；然后又给村主任打电话，说她家屋后的树上，有一个巨大的毒蜂窝，让他们派人或联系消防队来处置。村主任当天既没有前来察看，又没有向消防队报告情况，他一喝酒，就将此事忘了。直到第二天清晨一觉醒来，村主任才忽然想起给消防队打电话之事。消防队的人穿着防护面罩，带着软梯和汽油桶，在村主任的领路下赶到这里。毒蜂窝遍寻无踪，却看到一具已僵硬的女尸，歪吊于树。常云奶奶的领口处，别着一张纸，消防队的人将其取出观看，只见上面写有一行字：求求你把我埋了。

这张纸条，是一个收购栗子的贩子为她书写的。贩子不明就里，看到一个不识字的老太太向自己求助，没有多问，提笔就写。

等常云被堂姑送回家，奶奶已经下葬。

六岁的常云被堂姑丢在村部，无处可去，无人收养——村主任为此还在大喇叭上吆喝了几声，询问谁家愿意收养一个漂亮的小女孩。然而他的呼吁，宛若飘向深谷的几缕棉絮，没有唤回任何回响。无奈之下，村主任在村部给常云临时支了一张小床，供她夜里歇息；白天，村主任从家里带点馒头之类，扔给她吃。一到夜里，村部四周黑咕隆咚，山上的树叶在风的摇晃下沙沙作响。常云害怕得睡不着，一夜一夜地都不敢关灯。在一个后半夜，她突发高烧，嗓子眼干得冒烟，很想喝一口水，或者哪怕是一滴水也好，可抓起热水瓶一摇，却发现里面空空荡荡。

村主任寄望于民政部门能把她领走，但民政部门说她父母都还健在，不算孤儿，不符合孤儿院收养的相关规定。村主任便和民政部门的人磨牙，说：你们每月资助她一千元，我就把她养起来。民政部门的人给村主任支着：你给某某某打电话，她办有儿童福利村，专门收留服刑人员的子女……常云讲述到这里，一再隐忍，终于还是哭出声来。经过安抚，她的情绪才稍有平静，但依然和我不予对视，只是对着窗子喃喃发问——仿佛那两扇窗子，一个就是她的父亲，另一个则是她的母亲：你们既然把我们生到这个世上，为什么又这样地不负责任？身为父母，你们难道不知道养育儿女是自己应尽的职责吗？

恢复常态之后，常云感慨道：投胎就像押宝，押中了优质父母，人就有幸福；押中了劣质父母，人唯有痛苦。我从不讳言，我的父母就是劣质父母。

3

常云说就在那一年，她遭到了一个比她大三四十岁的男人的强暴。

她的下体流血不止，在长达半个月里，皆发肿发炎。她获得的回报，是一碗水饺——那碗水饺很香，那种香味在她的记忆里弥漫，至今都未消散。

强暴他的人恫吓她：你若把这件事说出去，我就趁你晚上睡着时，把你扔下山去喂狼。

当我询问强暴她的人是谁时，常云三缄其口，决然不肯透露他的姓名，只是强调她既不想得罪他及他的家人，也不想搞坏一个夕阳西斜者的名声。强暴者过去也算得上在一个区域里有头有脸，而今虎威不再，跨入耄耋之年，且半身不遂，她不忍心使他一世的好名声，被自己的唾沫毁灭。如果他声名狼藉，那么他无辜的儿孙，又将怎样面对世人鄙夷的目光？

常云的善良，甚至善良得毫无原则，从她宁愿自己忍辱含羞，都不愿供出作恶者是谁的这一细节里，就能看出端倪。

常云后来被儿童福利村收留，并在那里度过了七年的光阴。她上到初二，就没再继续读下去。她烈火焚心地思念着弟弟，这种思念，已化为她日日夜夜无法排解的煎熬。因为太过想念和牵挂，无数次，她都在梦里哭醒，泪水濡湿了枕头。

儿童村在平原地带，距离她的家乡很是遥远，于是她就盼星星盼月亮般地盼着自己快快长大，以便有能力去找回弟弟，与弟弟团聚并相依为命。在她的想象里，弟弟在继父继母暴虐的棍棒之下，像待宰的兔子那般蜷缩着，颤抖着，面黄肌瘦，其悲惨的处境，让她一想起来就万箭穿心。弟弟在她的世界里却不可或缺，他是她生命的支点，是她精神的暖光，甚至是她一次次鼓励自己要坚强活下去的唯一理由。

4

常云是从儿童村偷跑出来的，十三岁的她，下决心要步行回家乡去找弟弟。她买了一张地图，但看不懂，只是知道她的家乡在山的那边。她在马路上走，边走边拦车。有十几辆车在她的面前停留，却无一辆车愿意捎她去县城的车站。直至天色已暗，才有一辆破旧的面包车愿意送她去。面包车行驶至一片荒芜之地，车子突然拐进一条乡间小路。满脸络腮胡子的中年司机问她有没有购票的路费？她说没有。司机问她没路费咋坐车呢？她说她打算到车站后乞讨，相信有好心人会帮助自己。

面包车司机说我给你二百元，你要吗？

常云看到司机的目光有点儿凶煞，且霓虹灯一样地闪闪烁烁，已猜出他图谋不轨的意图。她想了想，点点头，只是哀求他轻一点，慢一点，别太像野兽那样猛烈得让她害怕。

司机塞给她二百元，便拉扯她的裤子。

怀揣路费的常云，在候车室里背靠着墙，迷迷糊糊地坐了一夜，第二天一早，乘坐班车回到久别的故乡县城。从县城出来，她边问边走，走到天黑，才跨入堂姑的家里。堂姑有点儿认不出她来，便像考官那样——盘问她爸叫什么，她妈叫什么，以及她爷爷和奶奶的死因。等她回答无误，堂姑才确信眼前的这个丫头，就是自己那个亏先人的毒贩子堂哥的女儿。堂姑安排她住进一间远离主卧的杂物间，并示意自己的女儿别靠近她。堂姑抱怨常云千刀万剐的奶奶，那年千不该万不该地托她去领来常云送中秋节——那是送节吗？送来的是霉运！自从她送唐云回去后，她家里在很长的时间里，都不得平顺。耕牛跌下了悬崖骨折，圈养的兔子被人偷走了七个，就连屋顶，也被大风掀起了一角。唉，真是喝水都牙疼，躺着都闪腰。

常云听出堂姑的弦外之音，是不想让她在自己的家里久留。她尽管心里很难受，却不得不硬着头皮暂住下来。她不在这里住，又能去哪儿呢？就血统而论，堂姑算得上是和自己较亲的亲人了。堂姑和自己的父亲，共有一个爷爷和奶奶。堂姑的妈妈和常云的奶奶，虽为亲妯娌，但关系却很剑拔弩张，在分家时，曾为一棵树的归属，两个都有一把年纪的老女人，这个抓伤了那个的脸，那个咬破了这个的手背。堂姑在母亲去世后，才和常云家来往的，原来可是大路朝天，各走一边。

第三天，常云就在县城找到了工作。她在一个男人的诱骗下，迈进了一家歌舞厅，从此便开始了另一种人生。她需要钱，需要很多的钱——需要钱来活命，也需要钱来寻找弟弟。她觉得唯有钱，才能招来别人的理睬；也唯有钱，才能让自己面对这个叵测的世界时不至于恐惧得浑身发抖。

晚上坐台出台，白天精力若许可，她就去乡下打探弟弟的下落。她认识了一个绰号寇老五的男子，是他骑着一辆摩托车，带着她穿梭于山间，从这个村到那个村，从这个坝到那个坪。寇老五曾在村里开过小卖部，整天骑着摩托车进货，日子久了，练就出了堪比杂技表演般的车技——从横在小河上的一根细木上直直地骑过，手连车头都不用扶——寇老五对常云的家乡很熟悉，他甚至和抱走常云弟弟的那个人一起喝过酒。经他打听，常云得知，抱走她弟弟的男子，将她弟弟转身交给他姐姐扶养。他姐姐生有两个女儿，却膝下无子。

寇老五和常云曾五次到达收养人的家门口，但都没跨进门去。有三次，大门紧锁；有两次，门里拴着的那条狼狗扑了出来，吓得他们魂飞魄散，抱头鼠窜。

尽管无功而返，但寇老五依旧信心满满。他誓言只要常云肯认他做干爸，他哪怕是偷，都要把她弟弟偷回来给她。

常云二话没说，当即扑通一声，跪在了寇老五面前，喊他干爸。

时年三十岁出头的寇老五，是个混社会的，来往着一帮酒肉朋友。寇老五原本是常云的客户，他除却在歌舞厅里玩常云外，还借着干女儿的掩护，不时把常云带到自己的家里来玩，而且玩完后，理直气壮地不付分文——这是一笔交易。表面上没有钱款的往来，但实际上参与的双方皆心知肚明：我用我的皮肉，交换你的力气；我满足你所需，你满足我所求。

寇老五为夺回常辉，也做过相当的功课。就常云而言，她大脑的硬盘里储存的，还是常辉被饿得哇哇大哭时楚楚可怜的模样，而常辉现在究竟长成了什么样子，她即使绞尽脑汁，也未必就能猜得准确。

常云做不到的，寇老五并非就不能做到。寇老五凭借着自身的虎背熊腰和满脸横肉，经常受雇于人去替人讨债，久而久之，梳理出了一整套劫持人质的流程。先是摸底，搞清楚目标的日常活动规律，包括活动的时辰、活动的方位以及其饮食起居等；其次是锁定目标的相貌，不能张冠李戴，不能摘桃取瓜，若如此，不但会失手，而且会繁衍出新的麻烦。

常辉正是被寇老五在放学的路上劫持回来的。此时的常辉正在读小学三年级，年方十岁，现名康嘉旭。

寇老五和两个朋友，驾驶一辆借来的小车，卸掉了车牌，早早地将其停放于常辉上下学必经的一处河滩里。常辉上学，早去晚归，每天来回步行近十里蜿蜒曲折的山间小径，因此，他都是和同村的小伙伴结伴而行的。放学归来，越过寇老五守候的河滩，继续前行七八百米，就能到家。

寇老五等几人合力，抱头的抱头，抬腿的抬腿，把常辉强行塞进车里。其他小伙伴，看到此番场景，个个吓得毛发直立，并如惊弓之鸟般地撒腿狂奔。

常辉更是被吓得魂飞魄散，他声嘶力竭地大哭大叫，脚蹬手扬，企图挣脱束缚，以从车中逃离。寇老五安抚他，说他的亲姐姐在城里等着他，让他不要怕，并宣称自己不是坏人云云，常辉歇斯底里的恐惧和抗争，这才有所减缓。

见到常云，常辉是木然的，是踟蹰不前的。他压根儿就不认识眼前这个所谓的姐姐，更对这个从天而降突然冒出的姐姐，既心怀抵触，也没留存任何记忆。他连自己是被康家抱养的这一事实，都不怎么愿意相信。在他时断时续的记忆里，他有两个姐姐，一个在读初中，一个在外打工。读初中的姐姐每个周末回家，和他一起拔猪草，和他一起灯下写作业；而在外打工的姐姐，过年时回来，总要购买并携带一堆大盒小盒的礼品，而其中必有的一个盒子，姐姐会带着深情的爱意，暖暖地赠送于他。

常云抱住木桩般面无表情的弟弟，就是一顿声嘶力竭地哭嚎，泪水仿佛倾盆大雨，从她那发红的眼眶里瓢泼而下。之后，她从床下拖出一个大包，取出给弟弟早已购买的衣服、鞋子以及各种吃食等，一一摆放在弟弟的面前。她告诉弟弟，自己才是他确切无疑的同胞姐姐，而康家人，不过是十恶不赦的人贩子，是怀有狼子野心的财狼。

就在这时，常云接到寇老五的电话。寇老五的声音显得惶恐而急促，他督促她赶紧收拾东西，和常辉一起下楼，他的一个小兄弟驾车正往她的楼下赶，他将接应他们，并负责将他们送出县境。康家已经报警，警方以绑架人质立案并侦查，形势非常危急。寇老五说他们离开后，他也要去外地藏匿一阵子。

手足无措的常云，牵着惊魂未定的常辉的手，拎着大包小包下楼。她连租房的押金都未顾上向房东索要，就坐上了寇老五小兄弟的车，随车逃往外县。车子未敢在国道上行驶，而是在一条条像盘蛇一般的山间乡路上颠簸，上坡下坡，左拐右突，期间常云多次因晕车而呕吐，但都没有让司机停车。

司机把他们送到百里开外的另一个县域，在一个荒僻的村子里停下来。松了一口气的司机，一边抽烟一边告诉他们：他的大哥寇老五，给他们联系到本村一户张姓人家，他们可以暂时委身于此；等风头过去，真相水落石出，寇老五再接他们回去；张姓人家的儿子张成龙，是寇老五结拜的死党，他们大可放心地在此居住。

于是常云和常辉，就在张老伯的家里住了下来。

张成龙并不在家居住，他们与父母分居两地，在县城安家。张老伯夫妇所住的房屋，年久失修而显得有些破旧，不过被张大妈收拾得倒是颇为整洁。在这个仅有两个人的家里，张大妈里里外外一把手，手脚与唇齿，皆片刻不闲；相比之下，患病多年的张老伯，则显得无所事事。张老伯耳聋眼花，对张大妈的抱怨与唠叨之声，无知无觉，如此在避免你来我往拌嘴的同时，却也使家里的气氛显得格外地冷清。也许是因为孤独的缘故，张老伯对常云姐弟的入住，感到由衷地欢悦。他动辄就要让常辉贴靠住自己，然后挥动朽根般的枯指，在常辉的脑袋上摸来摸去。有时，他脑子仿佛异常混沌，把常辉唤作伯牙——伯牙是他孙子的名字——有时，脑子又拨云见日那般地豁然开朗，叹息常辉大好的年纪，怎么能辍学在家？

张老伯的话，时常能诱出常辉的眼泪。常辉尽管面如土色，沉默寡言，但旁人能看得出来，他是很怀念上学的日子，也很想重新回到康家去复制他过往的生活。震荡，包括生活的突然转弯和心灵的大起大落，对一个孩子鸡蛋般脆弱的心灵，都宛若不可承受的重击，无异于一场人生的劫难和精神的车祸。

张大妈起初对他们很是冷淡，带理不理的，但在某个傍晚，当听完常云冗长曲折而又涕泪涟涟的叙述，她的心一下子就被常云的泪水，浸泡得比湿泥还要湿软。自那以后，张大妈显得格外地热气腾腾，既做好吃的给他们吃，又烧热炕给他们睡，还给常云和常辉，一人缝了一件棉手套。

常云在张大妈家待得惴惴不安，睡不着觉，咽不下饭，她很想知道寇老五的状况，于是就暗中拨通送他们来这里的那个司机的电话。司机传递给她的信息，让她感到五雷轰顶：寇老五已被抓，警察正在开足马力，查找常辉的下落。

时值腊月三十，张老伯和张大妈被儿子张成龙接到城里去过年，家里唯剩下常云和常辉。常云半夜睡不着，远处传来的每一声狗叫，都让她心惊肉跳。她爬起来透过窗子往外看，外面漆黑一片，放完鞭炮的人，大都已经沉睡。她坐起来，下炕收拾完东西，就叫醒常辉，并紧紧地拉住常辉的小手，往屋外走去。出了村子，她给张成龙发去短信，一则让他知道自己已离开他家的老宅，但大门没有上锁；二则告诉他，她在枕头底下压了二百元，算作这些天的吃住费。尚未成眠的张成龙打来电话，询问她要去哪里？她一时语塞，无法作答，原因则在于，她也不知道自己和弟弟，下一步究竟会沦落在何处。

5

历经长达半年的颠沛流离，在秋稻正在插秧的时节，常云姐弟俩稀里糊涂地来到一个海边的小城。

流浪的生涯苦不堪言，但熬过来了，算是不幸中的万幸。一路上，他们坐过三轮车，坐过拖拉机，坐过摩托车，坐过火车汽车；睡过大街，睡过桥下，睡过建筑工地尚未完工的框架楼房，睡过私人旅馆；被人偷过，没钱时又反过来偷过人；被人坑过，反过来想坑人却没有得逞——活下去，是他们首要的目标，也是唯一目标，至于礼义廉耻，在日日复日日的生计困顿面前，显得是那样地无足挂齿。

经过与姐姐耳鬓厮磨的日夜厮守，常辉不但与姐姐已相互熟悉，而且对姐姐拥有了严重的依赖感。他有时冲着常云发怒，有时冲着常云撒娇，完全将其视作一个小妈妈。而常云对常辉，更是像守护一件珍宝那样，宁愿自己忍饥挨饿，也要让他吃饱喝足——就连晚上睡觉，她的手都紧拽着常辉，唯恐有人把常辉从她的身旁夺走。

在一个集市上，他们饿得眼冒金星，困乏无力，于是常云就打起了一个驼背老头的注意，希望他能善心勃发，帮助到自己。常云看老头迎面走了过来，她趋上前，甜甜地叫一声“大爷”。老头满脸疑惑，以为是遇到了熟人的孩子，但左打量又思量，在记忆里搜寻半天，却总也想不起来她是谁。

常云开腔道：大爷，看你自己年纪都这么大了，还背这么大这么沉的一个背篓，你需要帮忙吗？需要的话，我和我弟弟帮你把背篓背到你家里去，你只要给我们一顿饭钱就可以了。

老头迷惑不解，问：你们是干啥的？

常云撒谎道：我爸妈在这里打工，我和弟弟从北方来，一路步行着来找他们，但走着走着，身上的钱就花光了，已饿了两天的肚子。

常云说着，呜呜呜地哭了起来。

老头经不住常云泪弹与蜜语地轮番轰炸，很快就缴械投降。他领他们进入附近的一家餐馆，给他们买了米线和油条。他们吃，他坐在一旁观看，并不断向他们发问：我管了你们这顿饭，但下顿你们吃啥呀？还有，你们晚上有钱住店吗？

常云告诉老头，他们其实是孤儿，无父无母；她来这里，本是想着来打工的，以此来养活弟弟。

常云说着，又是一番啜泣。

老头说：那你们吃完饭不如去我家，我家里没其他人，有吃有住。

他们没有拒绝，尾随老头而去。

老头名叫彭会意，是个退役的老兵，墙上挂满了勋章和证书之类。老头原籍北方某省，复员后被安置到这里的某个单位，退休后，领取着一份不菲的退休金。老头六十岁时，前妻亡故，于是便和这个村里的一个二婚妇女重续姻缘，因此他卖掉城里的房舍，搬离干休所，来到这个村不村城不城的地方居住。然而时隔不久，这位二婚妻子也撒手人寰，抛下孤苦伶仃的他。更为遗憾的是，年轻时由于负伤，他失去了生育能力，膝下无子无女。

彭老先生对常云姐弟的到来，表现出热烈欢迎的姿态。他自夸自己厨艺好，说常辉只要在他这里吃上三个月，这张黄瓢脸，就会变为苹果脸。老头说：你们要是愿意，就长期住在我这里吧！反正这么多间房子空着也是空着，我一个人住也寂寞。

常云问彭老先生的后妻有无子女？他们会不会来干预老头的生活？

彭老先生说：她只有一个儿子，还定居国外了，你让他来，他也不会来的。再说了，庄基地是我要的，房子是我修的，各种证件上写的都是我的名字，他想干涉也干涉不了。

常云看到彭老先生的确很善良，就把自己和弟弟的遭遇，原原本本地讲述了一遍。她说现在最迫切的，就是希望彭老先生能给弟弟联系到一所学校，让弟弟去上学。她和弟弟，都没有户口，估计人家不会收弟弟就读的。

彭老先生说：我想办法给你们上户口，但前提是，你们首先得成为我的义子义女，不然的话，户口就很难申报。

常云连声说：没问题，没问题，从现在开始，你就是我们的爷爷，我们就是你的孙子。我弟弟上学，包括我们住在你家里，都不花你一分钱，我靠打工来支付他的学费和我们的日常开销，在这一点上，爷爷你大可放心。

常云说着，拉着常辉，一起给彭老先生磕了三个头。

从第二天开始，彭老先生就在街道办、民政局和公安部门等之间开始穿梭奔走，搬动各种熟人，调动各种关系。他甚至把公安局局长的老父亲请到家里来喝酒，让他劝说他时任公安局局长的儿子，为常云姐弟的上户口一事开绿灯。这位局长的父亲曾是他的部下，他有恩于他。

折腾了七七四十九天，终于天露曙光：公安局勉强同意，只为姐弟俩中的一个，办理当地的户口。

彭老先生对这样的结果颇为不满，盛怒之下，他差点儿掀翻派出所所长的桌子，但转念一想，路毕竟没有白跑，人家对他这个离休的老干部，多少还给了一点儿面子的，于是他就暂且接受了这样一个并不圆满的结果。

常辉一有户口，便被彭老先生领往一所学校报名。他被安插进四年级的一个班里，而常云，又重操旧业，在一家夜总会里站稳脚跟。

常云的户口五年后也得以解决，其因在于，她与彭老先生名正言顺地登记结婚了。一纸证书，寥寥数语，犹如钉子，把她这样一朵正在盛开的花朵，钉在了彭老先生的这根朽木之上。嫁给彭老先生，是她主动提出来的，她想用这种方式，报答彭老先生的收留之恩。彭老先生心地良善，待她姐弟如同亲生。尤其是常辉曾经身染肺结核，病得奄奄一息。彭老先生出钱出力，为他疗治，并守候在病榻之旁，日夜不离地伺候，这一点，让呼天天不应呼地地不灵的常云，感动得几度泪水涟涟。在她的潜意识里，他就是她们的父亲，是为她们遮风挡雨的围墙，是她们横渡汹涌江河的舟船。她想感谢他，但思来想去，发现自己除却肉身，几乎一无所有，于是她决定嫁给他，做他生命最后一程的陪护者。

没有婚纱，没有仪式，没有酒席，甚至连一个祝福短信都没有收到，三个人仅仅在一家毫无档次的酒店里吃了一顿饭，二十一岁的她，就化为八十一岁的彭老先生的新婚妻子。

那个所谓的新婚之夜，她是在不住地哭泣中度过的。

6

常辉对自己的身世明了于心，因此他性格变得越发地内向，但在学习上，却呈现出一种抓铁留痕的狠劲。他起早贪黑地学，无休无止地学，很快就成了班级的前三名——他想用学习成绩，荡涤周围人抛给他的白眼，并获得老师同学的认可和接纳。学生们起初受到家长的影响，对他这样一个来历不明的小男孩充满偏见，并送绰号给他，名曰“北猪猡”。然而随着他学习成绩愈发地出类拔萃，也随着老师校长的表扬声愈发地频繁响亮，这个绰号，也就逐渐地被人淡忘。

村里人知道常云像地老鼠一样地昼伏夜出，所从事的勾当，是见不得光亮的；而且他们早就私下嘀咕，猜疑这对姐弟对彭老先生绝对是来者不善，虎视眈眈地图谋彭老先生的财产。他们路遇常云，投来的皆是鄙夷的眼神，不是冲着她的脊梁骨指手画脚，就是朝着她渐行渐远的背影努嘴吐舌。

事实上，在长达五年的光景里，常云都以卖淫为生计来源。她和常辉的日常用度，常辉的学费杂费以及补习班的费用，无一不是来自她肉体的交易所得。她其实是一个很羡慕读书人的人，但在风月场厮混许久，身野且心野，加之要为常辉的读书着想,于是自己读书只能化为心中的一个梦想,不敢亦不能将其付诸现实。

常云仅读到小学三年级，但在常辉的指点下，她识字并不少，而且稍微有点空闲，她就抱着一本书阅读。她读书，不是做样子，而是想从书中获取精神的止痛药。因此，她最爱读的书，不是喜剧，而是悲剧。在悲剧里，她在寻找着与自己同病相怜的不幸者；在悲剧里，她受伤的心尚能得到些许的抚慰，并恍然明白人间的不幸者何止于他们姐弟，而是有千万个同病相怜者。在她的幻觉里，世界就是一个悲剧舞台，所有的物事，都带有悲情的色彩，云是愁云，月是愁眉，雨是哭泣，风是哀号……整个世界，皆陷入无涯的苦海。

……聊到这里的时候，常云从床头柜上抓起一本已被翻得掉页的旧书，告诉我说，这部书就是她在彭老先生家居住时，从一个姐妹那里拿到的。读完它，她就再也舍不得归还她。她转战南北，一路走一路抛扔，扔掉了很多东西，但这部书一直被她悉心保存，至今已陪伴她近二十年。

我接过书一看，是法国作家热内写的《小偷日记》。书已很旧，封面像打满补丁一般，横着竖着地缠裹着胶带纸。

我问常云喜欢这部书里的什么？常云说这部书就像镜子，从中能看到自己的影像，并读出自己的命运。

《小偷日记》是热内的自传体小说，其笔下描述的内容，无遮无拦，把一个流浪者肉体的疮疤与精神的黑痣，暴露得一览无余。热内是个孤儿，被社会遗弃，于是他就成了一个流浪儿。为活命，他偷窃、撒谎、酗酒、打架，几乎无恶不作；加之他又是一个性取向异于常人的同性恋者，于是又和一群在性生活方面极其混乱的同性恋者厮混在一起，彼此间相爱又背叛，争夺又抛弃，在异常肮脏的环境里苟且偷生。

热内把自己近乎暗无天日的人生，浓缩成一本书，取名《小偷日记》，并予以出版。此书出版后，立刻引来世界性的追捧，但究其读者的心态，却并不一致：有人只是看客，只图看个热闹而已；有人像发现新大陆一般，惊诧于在灯红酒绿的表象之下，竟然还有这等不堪入目的景致潜伏；有人从主人公的遭遇中，觉察到自己的幸福并庆幸自己没有沦落到这般境地；当然，还有人与热内有着相似的人生际遇，比如常云等，他们是在热内的故事里，窥见自己的样态和宿命，从而引发灵魂的共振和共鸣。

常云告诉我，她最喜欢热内写在书中的一句话，那就是：我要用我的罪，我的恶，来羞辱你们的幸福！

这句话其实无不充满挑衅，无不隐含攻击性，其弦外之音是：当一部分人活得猪狗不如时，那些活得醉生梦死而又春风得意的人，其实是有罪的。换句话说，在一个良性的社会里，任何一个社会成员，都不应该被抛弃，被侮辱，像秋叶一样凋敝，像垃圾一样卑贱。一旦如此，哪怕是少数群体，都不是社会之荣，而是社会之耻；不是社会之福，而是社会之祸。

常云说她的心理世界，从来没有春天和夏天，没有烂漫，也没有炽热，唯有秋天的万木萧瑟，和冬天的霜凝大地。

常云未与彭老先生正式成为夫妻前，她从不伸手索要彭老先生一分钱。彭老先生为她和常辉花的钱，她都一笔一笔地记在一个本子上，期待自己某一天有能力偿还时，把钱还给他。常辉的上学费用，皆为她另类的付出所得。

当然，常云也通过查询电话，和寇老五接续上了联系。寇老五告诉她，尽管公安始终未能追踪到他们的下落，也已经查明常辉是非法赌场抢夺而去的抵债物，但还是硬着头皮给他判了两年有期徒刑。问题的关键，还不是坐牢，而是在侦查阶段，他遭受了太过蛮横太过凶恶的非人道折磨。他的一只脚因此而落下残疾，至今走起路来一瘸一拐的……常云闻听，禁不住地唏嘘。她索要来寇老五的账号，一次性地给他打去五万元，以作补偿。寇老五对五万元并不感兴趣，他开有石料场，哪怕闭着眼睛，每年的收入都有七八十万，区区的五万，还不够给他喂养的两条狼狗买骨头吃呢！这回坐牢，没有化为寇老五日后生活的绊脚石，相反，却成为他叱咤江湖的雄厚资本。那些混社会的人，辍学的人，打工半途失业的人，甚至没钱娶媳妇的人，都朝他聚拢而来，向他磕头跪拜，拥戴他为大哥。他们给他点烟，给他沏茶，朝他媚笑，喊他寇哥。他若出门，前呼后拥，场面颇为壮观：有人给他摇扇子，有人给他拉车门，有人在前方为他开道，踢翻摆在路边售卖的一笼油桃；有人在后方为他扫除威胁，指着一辆贴近他车的三轮车夫的鼻尖呵斥。如此这般，寇老五的威风，很快就在县城内外传开，渐渐地，他成了一个区域谁也惹不起的角色。

寇老五谈及自己由小变大由弱变强的过程，免不了要提及常云。他不时向人感叹道：这个下贱的女人祸害了我，也成全了我。没有她，我不会在监牢里忍受皮肉之苦；同样没有她，我也不会像今天这样跺一下脚，半个城都摇晃。

寇老五与常云建立联系后，就喝令常云回来，与他一起生活。常云强调自己的难处，比如她已是彭老先生的合法妻子，常辉还在读书需要她来照顾等等。但这些话，并不能扭转寇老五一根筋般的固执与倔强，他在屡劝常云无果后，便给常云发出了通牒：限她在五日之内，以风驰电掣的速度，迅速赶回家乡，以做他的老婆，否则，她就要承担严重后果。

寇老五坐监期间，他的原配妻子与他离了婚，他的身旁，尽管并不缺乏萦绕四周的年轻貌美的女性，但却缺乏一个能做老婆的人。老婆的功能，不仅限于陪睡，还有很多项内容，比如洗衣做饭、收拾屋子、生养孩子以及迎来送往等。在寇老五看来，从小就独立生活的常云，无论是吃苦耐劳，还是料理家务，皆为合适的妻子人选。

常云对寇老五的答复是：等彭老伯去世了，她就回去嫁给他。

寇老五对此很是恼怒，咆哮起来：你马上给我回来！你欠我的，必须用你的后半生来偿还！

常云挂掉电话，但寇老五的信息却接踵而至：我会派人把你绑回来的！

7

常云是五年前，从南方回到北方这座省城的。为谋生，她租了一间店面，从事美甲美容的营生。

她很想念家乡，但一直未敢踏足，原因在于寇老五一直对她贼心不死。

她更换了电话号码，甚至隐姓埋名，极其希望自己能化为一缕风，不被寇老五捉住，也不被曾经的熟人遇见。

她远嫁外省的母亲，据说患有脑梗，差点儿丢掉性命，她犹豫再三，也只是在打听到确切的地址后，给她汇去了三万元钱，并没有前去探望她的意愿——在她的感受里，自己早就是个失去双亲的孤儿，而那个至今还活在人世的患病女人，与自己毫无瓜葛。

她的贩毒而被判处无期徒刑的父亲，因病而获得提前出狱。但他的身体出狱了，心还在狱中。据说他拖着病病歪歪的身体，四处打听儿女的下落，期待能找到他们。无果后，既无住处又无分文的他，整日在监狱的墙外徘徊，央求监狱重新把他收监。再无果后，他持刀拦路抢劫一位刚从商场里出来的妇女，被旁观者报警后，他不逃跑，笑嘻嘻地等待着警察前来抓他。这回他终于如愿以偿，不但把身心还给了监狱，也把性命交付给了监狱。

八年前，常云失去了彭老先生。彭老先生与她共同生活了四个花开花落的春秋，她视他为父亲。葬埋彭老先生时，她哭得死去活来，觉得身后的靠背倒塌了，留下了巨大的虚空。彭老先生不仅在她走投无路时收留了她，最重要的是，也在精神上给她以救赎。是他，让她灰烬一般的心，又慢慢地燃烧起来，从而有了些许的火，有了微茫的光；是他，让她懂得这个世界不是她想象中的那样——是一颗恶性的肿瘤，而是还有绿茵，还有花朵；是他，纠正了她对人性的误判，让她知道善良的存在，宽厚的价值；是他，改变了她对世界仅存的满腔怨恨的敌视，让她试图从另一种角度去看待人世间的种种纷纭，从而学会与自己的过去作别，与势不两立的世界和解；更是他，把她从污水池里拽上岸来，让她选择了另一种方式和姿态去面对生活的崎岖与坎坷。

她为彭老先生守孝三年，在把常辉送入大学的门槛之后，携带彭老先生遗留给她的十五万存款，以及旧房买卖所得的四十多万款项而鸿雁北归。她之所以要回故乡的省城，与常辉就读的大学不无关系。常辉报考的大学，为省城的一所重点理工大学，所学专业为铸造。

常辉平日里住校，唯有节假日，才回到常云的租住地，与她短暂地相聚。在常云的观察里，常辉越发像一个闷葫芦，即使与她同屋睡眠，都一声不吭。他的所有心思，犹如机密那般地封锁于保险箱中，绝不肯泄露一丝一毫。常云询问他在学校的状况，他很不耐烦，即使偶有回答，也敷衍搪塞，不外乎三个字：好着哩！常云追问得多了，他脱口而出的，常常是一连串颇为厌烦的反问句：你问那么多干嘛?！我告诉你我遇到这样那样的难题，你能替我解决吗?！你解决不了，却问东问西的，不是吃了萝卜操淡心吗?！

常云把常辉性格愈发地生硬冷倔，仅仅视作他课程重压力大的情绪反应，从来都不知晓常辉的思维，其实已钻入漫长的黑暗隧道而无力走出。在那条黑黢黢的隧道里，常辉独自一人孤独而绝望地爬行，感到天地已崩溃，人心似蛇蝎。

在中学里，常辉用自己遥遥领先的学习成绩，为自己营造出一层微薄的光环。这层肉眼看不见的光环，既托举着他的梦想和尊严，又抵御着来自外界的可能的歧视和伤害。那时候，他尽管心里也冷风飕飕，但终究还能靠烤火取暖，来维系精神的正常运转。但到了大学里，他的境遇已今非昔比：光环退却，人际关系疏远冷淡，没有谁在意他，也没有谁留意他，那些来自不同阶层的同学，仿佛各就各位似的，鲍鱼和海参抱成一团，谷子与糜子聚集在一起，唯独不三不四的他，似乎遭到所有群体的集体遗忘和共同遗弃。他的身世，不知何故，竟在校园里传播开来，及至同宿舍的同学，都心知肚明他的父亲是个死在监狱的毒品贩子。

他是毒贩的儿子，是囚犯的儿子——这样的断语，既像青蛙一样，在他的脑子里蹦跳不息，又仿佛一根系在他心脏的绳子，时不时地就被某种力量拽拉一下，让他感到揪心地疼痛。渐渐地，他越来越疑神疑鬼，越来越离群索居。人家对他的随意一瞥，都能化作刺向他的匕首；别人的窃窃私语，都能化为对他不怀好意的非议；他人对某一种社会现象的谈论，都能化为对他含沙射影的炮击……他的心脆弱得仿佛一枚鸡蛋，任何一次轻微的磕碰，都能使其破碎。

他没有朋友，对所有人都心怀敌视。尤其是同宿舍的王某和李某，更为他咬牙切齿地嫉恨。王某的父亲是个官员，母亲是家医院的科室主任。生长于这样的家庭，长相英俊的王某，不但一袭名牌，出手阔绰，而且被许多女生所明里追求和暗中倾慕。每隔三四天，打扮精致的王某母亲，就要来宿舍看望一次儿子，除给儿子带来各种零食饮品外，还要帮儿子洗衣刷鞋。王母每回带来水果糕点，都要给同宿舍的同学人人有份地分发，也从未遗漏过常辉。然而令王母不解地是，当其他同学津津有味地狠咬大嚼之时，常辉却怎么也不肯伸手去接她诚心诚意的馈赠。常辉见王母递来吃食，反而将头扭向一边，对其不理不睬。有两三次，王母见他如此的态度，便将给他的那份水果，放在他的床上。但等王母前脚出门，他后脚就将水果拎出去扔向厕所外的垃圾桶里。他的这个举动，被同宿舍的同学，包括王某，都悉数看在了眼里。后来，王母来宿舍，就不再赠送吃食给他。

李某的父母都是商人，经营着一家建材批发公司。李某的父亲，黑瘦黑瘦的，最初也不过是个打工者而已，摆过地摊，开过饭馆，在摸爬滚打若干年后，才注册了一家公司，并逐渐积累起相对厚实的财富。越是底层的人，一旦翻身，就越容易炫富露富，企图用这种方式，消解人们对自己固有的成见。那些披金戴银的行头，宛若广告牌一般，无非是想对更大范围的人群广而告之：请不要再戴着有色眼镜小瞧我，我已成了有钱的阔人，而不再是你印象里的穷光蛋。

穷在街头无人问，富在深山有远亲——阔佬们炫富的过错，也不能由阔佬们独自承担,而应由社会势利的文化氛围和阔佬们缺乏内敛自律的品行,来共同担责。

李某的父母属于好不容易才走向富裕的新贵，加之他们接受教育的层级偏低，体现于日常的做派上，就是极其地口大气粗和耀武扬威。李母来给李某送限量版的手机，在宿舍里，刚与王某的母亲相遇和相识，就媚态毕现。热乎得像失散多年的一母同胞姐妹似的。但一转身，李母却对其他同学，视而不见，仿佛他们压根儿就不存在似的。尤其是当她得知住在李某头顶上铺的，竟然就是毒贩的儿子时，其眼神弥散出的鄙夷之光，比锋利的刀子还要刺痛常辉。

接下来，李母就把王母叫出门外，嘀嘀咕咕了好半天，但他们窃窃私语的喧嚷之声，还是透过门的裂缝，钻进斜倚在被褥上装作读书的常辉的耳孔。常辉听得很明白，李母正在煽动王某的母亲，要她跟她一起去找主管宿舍的校方人员，请求给他们的孩子调换宿舍。王母毕竟是个读书人，据说还是个基督教徒，她当场就否决了李母的提议，说出身有高低，但人格皆平等，同学之间，要尽量融合尊重，而不要分化隔离，那样是不好的。王母甚至很同情常辉，说他爸的事归他爸，就这个孩子而言，已够不幸的了，我们怎么能如此待他？

常辉把他们的对话，悉数听进耳朵，而他的内心，则波涛翻滚。他数度冲动，都想冲出去卡住李母的脖子，但最终还是因于怯懦而罢休。但他对李某和其父母的仇怨，就此像种子一样地埋在了心田。他们对他的排斥与轻蔑，一概转化为催生种子发芽生长的孵化器和催化剂，随着日月的推进，种子在心底的深处，已成长为一棵粗壮的毒树。

他就一夜一夜地失眠，神经衰弱到无法上课听讲的程度——在昏昏沉沉中，老师一张一合的嘴巴，仿佛动画片中的木偶发出的哑语，没有一句能灌进他的耳膜。

晚上睡不着，白天在打盹，这样的日子，让他觉得痛不欲生。他深刻地感受到人生的没有意义——即使权柄在手，号令天下，或者家财万贯，妻妾成群，都是没有意义的。人生本来就是一个过程，过程完结了，人也就该走了。

每个夜晚都令他畏惧。他越是担忧睡不着，就越发地睡不着。睡不着，脑子里像幻灯片那般，最容易闪现的，不是李某母亲那张可憎的势利面孔，就是李某父亲挂在脖子上的那条时不时要用手抚摸一下的金链子。当然，姐姐拉着他奔跑乃至乞讨的画面，动辄也一一浮现。每当他想起和姐姐的过往，就泣不成声；每当他想起李某的父母，就烈火焚心，恨不能将他们全部剁成肉泥。李某大概受到父母的影响，在原来就疏远他的基础上，更加地提防他，躲避他，仿佛对于李某而言，他就是瘟疫。

李某的父母就李某这么一个宝贝孩子，对他们最有力的还击，就是毁掉李某——这个恶毒的念头一经在常辉的脑子里闪现，就如魔影般地驱赶不走。

俄罗斯的文学巨匠托尔斯泰在《复活》里，探讨过人性的多样性和复杂性问题。他把人性之善和人性之恶，比作人脑子里中的两个动物。当一只动物沉眠而另一只动物清醒时，人的思维，就会被这只清醒着的动物所左右；若两只动物都清醒时，它们就会处于撕咬和打架的状态，常常更为强势的一方，能占据人心灵的领地。人是靠思维驱动的高级动物，思维的方向，决定着人行为的方向。当人的心灵被善念的潮水弥漫时，人会像一个降落尘世的天使，对世间的一花一草、一人一物，都无不充满怜惜和慈悲；反之，当人的心灵被恶念俘获时，人会像一个面目狰狞的怪兽，面对缤纷世界，面对手足同类，就会滋生出一种欲毁之而后快的强烈念头……按照托翁的观点，世间没有纯粹意义上的善人，也没有纯粹意义上的恶人，每个人都是一块集善恶于一体的杂色布。那些看起来无比残暴无比凶狠的恶徒，其实是受心中的魔兽驱使的迷路者，他们需要的是救赎，是呼唤，是拉他们一把的热手，而不是踢他们一脚的冷脚。当他们心中的善念被唤醒，当善念强大到能够制服恶念之时，一个貌似无可救药的小人，完全可以转化为心怀大爱的君子。

如果善念沉眠而不被唤醒，无所制约的脱缰恶念，就会像洪水泛滥，于是悲剧的发生就在所难免。

常辉在黑暗的隧洞里匍匐许久，却很少有人留意到他精神的异常。鲜有人靠近他，罕有人留意他，少有人递给他一句温情的话语或送给他一团阳光明媚的微笑，更别提有人肯向他伸出救援之手了。他接收到的，都是疏远与躲避、嘲笑与轻蔑。疏于与人来往，他的性格越发地孤僻，越是孤僻越是爬不出隧道。

渐渐的，一个带有污蔑性的绰号，在校园里传开。那个绰号名曰：常神经。

未经调查取证，常辉就断定“常神经”三个字，发源于李某。

当李某的名字，在常辉受负面情绪支配的脑子里翻腾不已时，他再也无法抑制住自己的愤怒：我要搞死他！

血腥的惨剧发生在冬日里的凌晨。趁李某熟睡之际，常辉抽出早已藏在被褥下的锋利砍刀，借着月光，朝李某的头部猛砍五刀。李某嘶哑地吼叫了两声，便一命呜呼。王某最先被惊醒，他翻身下床，摁亮灯盏，看到李某身下的床板和地面，犹如血的湖泊，不由得大喊大叫起来。王某见手提血刃并满身血污的常辉后退着打算逃跑，便奋不顾身地冲上前去，欲将常辉扼住。已砍红的眼的常辉，对着王某的胸脯，就是两刀。

常辉逃走了。校方领导和公安人员先后赶来。

王某被急救车紧急送往医院救治，而李某，则在父母的哭天抢地中，被送往了冷森森的殡仪馆。

王某因抢救及时，尽管脾脏破裂，但终究保住了性命，但可怜的李某，却化为了常辉复仇的殉葬品。李某是父母唯一的儿子，无比疼爱的心肝宝贝，辛勤打拼的精神支柱，就这样以血腥的方式与父母亲不辞而别，他们的撕心裂肺、痛彻心扉，及至神情恍惚、精神错乱等，都不难想象。

探索这桩悲剧的根源，就李某的父母而言，当然也有该负的责任，但责任毕竟是轻微的，是有限的。作为暴发户中的一员，他们因教育匮乏而导致的眼界和思维，无疑还停留于农民加市民的层面，于是在有钱之后，就想摆阔，就想炫富，就想逃离自己曾经的那个阶层，并与那个阶层划清界限，并以这种姿态，希冀于获得他人的高看，也是情有可原的。和大多数暴发户一样，他们的摆阔与炫富，显示的，不是他们的自傲，恰是他们的自卑。他们被人瞧不起的时间日久，被人忽略和轻视的日月漫长，于是在取得所谓的成功之后，就头重脚轻地漂浮起来，忘乎所以地耀武扬威起来，以上等人自居，也算不上是多大的过错——世间的凡俗之人，不是圣人，也不能用圣人的标准去苛求他，都有衣锦还乡的心理隐衷，也都有渴望被尊敬被认可的精神诉求。

最看不起农民的，不是世代生活在城里的城里人，而是从农民摇身一变为市民的新城里人。

最看不起穷人的，不是世代丰衣足食的大户人家，而是宛若乘坐升天梯一般突然从一贫如洗变为家财万贯的新富人。

李某的父母，基于对自己孩子安全的担忧，致力于让孩子更换宿舍，也无可厚非。天下所有的家长，都希望自己的孩子远离危险，身处绝对让人放心的环境里学习和生活。他们错就错在即使有让孩子调换宿舍的念想，也不该那么大张旗鼓地张罗，更不该释放那些针刺般的眼神和冰雹般的讥言……这些，之于本来心灵就异常化的常辉，像是在给汽油递去擦燃的火柴。

常辉的无辜在于他像一棵弱苗，遭遇了本不该遭遇的风吹雨打，承受了本不该承受的天寒地冻。他的心理轨道严重地背离常情常态，想要扭转，也不是以他个人之力所能完成的。

任何一出悲剧，都是由编剧、导演以及诸多的因素推动的，而杀人者常辉和被杀者李某，以及身负重伤的王某，都不过是身不由己的演员而已。

8

常云从南方回到属于家乡的省城后，目标很小，愿望不多，只是想让自己和常辉的生活，恢复正常人的常态。常辉考上大学，她已相当知足，并多次去寺庙里烧香还愿——她把常辉的有出息，视作佛祖的保佑，视作上苍对他们的饶恕。

不赐予，但饶恕，在常云看来，已是上天莫大的恩德。

她没有远大的理想，不奢望出人头地，不期盼升官发财，她所有的努力，不过是想过上普通人的正常生活，不再为苟活而像老鼠那样蛰伏逃窜，也不再为保命而像猎物那样东躲西藏。她想和世间的所有人一样，衣食无忧，平凡而又幸福。

她租了一间门面房，开了一家美容店，开业尚且不到三周，就被常辉的极端暴力事件，又一次拖进了煎油锅，成为被火烤被油炸的一只挣扎的蚂蟥。她一夜又一夜无眠地哭泣，甚至偷买来敌敌畏企图自杀。她的痛无人能够体会——那是一种痛在骨缝里的痛，是想喊却怎么也喊不出声的痛。她被公安人员叫去，在审讯室里坐了一天一夜。也是在那里，她见到了胡子拉碴一言不发的常辉。她与他对视的一刹那，瞬间昏倒在地。等醒来时，她已躺在医院的急救病床上。

在一个姐妹的鼓励下，她抛却了自杀的念头，变得像铁石一样地坚硬，并一门心思地投入到营救弟弟的行动中去。她找律师，找熟人，花光了所有的积存，换来的，仅仅是常辉的死缓刑期。她转让了店面，又向寇老五借贷六十五万，将其全部赔偿给李某的父母。好在王某的父母，在她跪地的哭诉里，原本就偏软的心肠变得更为柔软，放弃了对赔偿的追究。王某父母的做人境界，很是值得称道。他们都是海归派，也都是基督教徒，懂得宽恕和救赎的意义。他们不但不对常辉穷追猛打，不对常云横加指责，反而暗中帮助起了常云姐弟。他们除找法官说情外，还捐给常云一部分资金，以帮助她渡过难关。他们告诉常云，常辉的偏执，不是常辉的罪错，而是常辉的悲剧。常辉是害人者，亦是受害者，他是被不幸的命运推向审判台的。

王某的父母，给常云灰天黑地的内心，注入的些许的亮光。她不但认王某的母亲为干妈，而且也随王某的母亲迈进教堂，向上帝忏悔并祈求力量。

寇老五借钱给常云，那是有前提条件的：要么她在三个月内翻倍还他一百三十万，要么就把自己作为抵债物拱手交给他。常云选择了后者，和他签订了卖身协议，承诺一旦把常辉的事情处置完毕，就回去和他办理结婚登记手续。

常辉在狱中并不好好改造，既绝食又与其他犯人发生纠葛，令看管他的狱警十分头疼。常辉对狱警很直白地说，他的所作所为，只是求得一死。他本来满怀憧憬地期待着自己能被判处死刑，从而一了百了，谁知得到的，却是刑期中最差的一种结果：欲死不能，欲活不成。半死不活，远比死更为难受。

于是当他被查出患有尿毒症时，他虽因体内的尿液无法排出而憋得难受，但心里却是欢喜的，脸上浮现着笑意。常云去探望他，哭成了泪人，他却硬是一滴泪都未从眼里涌出。他的面目仿佛冬日的戈壁滩，眼睛则像两孔废弃的矿洞。

常云给我讲述到这里，眼泡已哭得肿胀，像被蜂螫了一般。她徒自哀叹：纵然费尽千辛万苦，能救得了常辉的命，却救不活常辉已经僵死的心。

我安抚常云，让她鼓起勇气好好生活，不要再深陷噩梦之中。但我清醒地知道，我的言词是无力的，恐怕连一片用于拭泪的纸巾的功效都不及。

采访结束，踏上归程，我的心里五味杂陈，并波涛汹涌。

在常云姐弟的故事里，隐含着太多的“假如”——然而令人唏嘘的是，“假如”永远都只是马后炮，并不能改变事件的原貌和走向。水已泼向了地面，再多的“假如”都无法将其收回；生米已经做成了熟饭，再多的“假如”也不能促其复原。然而即使这样，却也不能忽略对“假如”的寻踪，更不能轻视追问的意义。如果不对悲剧的来龙去脉进行勘探与梳理，如果不对断裂的桥梁进行物理学分析和解构，从而查找出成因，诊断出病根，那么悲剧就会前赴后继地接续而至，无数的人还要为此源源不绝地付出沉重的代价。

假如常云姐弟的父母，哪怕有一个是具有责任心的人，他们的孩子，就不会落到如此悲惨的境地。但遗憾的是，他们都严重失职，在孩子最需要父爱母爱的时候，双双缺席，一个逃匿，一个坐监。这对父母，无论自身有多大的难处，都是该被唾弃和谴责的对象。他们枉为人父，枉为人母，没有对自己的孩子，尽到最为基本的抚养义务。贫穷不是逃避责任的借口，追求自己婚姻的幸福也不能以牺牲儿女的幸福为筹码。许多上无片瓦下无立锥之地的父母，即使是沿街乞讨，都对自己的儿女不舍不弃。他们讨来的最白的馒头，最好的衣饰，自己宁愿饿着冻着，也一定要让自己的儿女吃饱穿暖。父母的意义，不仅在于生育儿女，还要养育儿女，给儿女构筑暖巢，为儿女遮风挡雨，为儿女的前行铺路推车。任何一个中途迷失的孩子，无一不或与父母之爱的缺失、或与父母之爱的不当、或与父母教育方式的欠妥相挂钩。

假如常云的奶奶，能更有理性一些，更有胸怀一些，在教育儿子上宽严有度、教育有方，在对待儿媳上不刻薄，不斤斤计较……她的儿子就不会深陷歧途，并最终踏上贩毒的不归路；她的儿媳或许不至于他人一招手，就随风而去。婆媳之间锱铢必较，还偏要分出个输赢不可，执意要把一缕微风酝酿成一场风暴，要把心有间隙的亲人转换为不共戴天的仇人，这是多么地可悲！陷入争斗的她们不知道的是，在她们唇枪舌剑甚至于殊死的拼杀里，根本不存在所谓的赢家。她们争的是面子，却丢了更大的面子；她们在为几个果子而争得面红耳赤，却全然不知道果树的根部已经松动枯朽。她们只懂得进攻，不懂得退让，带来的恶果，却要让蹒跚学步的幼儿和襁褓中的婴儿来终生咀嚼和吞咽。

假如开赌场者能够被及时地发现和查出，常辉就不会当作抵押物被抢走。在姐姐的身边，也许他会拥有另一种人生，常云也不会因此而走上另一条道路。

对常云来说，限于她的年龄，她对常辉只有亲情层面上的需要和理解，却读不懂他精神的气象图谱。在常辉两度被抢夺的时候，她关注的，也许仅为常辉有没有受到皮外之伤，却对带给他心灵的震荡和伤害，浑然不觉。作为年幼的姐姐，她以为给弟弟吃饱穿暖，供弟弟上学，就已足够，完全想不到弟弟一路走来，那颗流血的心，从未痊愈。

一双父母，亲手埋葬了他们的儿子，并把他们的女儿推向了深渊——但愿常云姐弟俩的故事，能成为一剂猛药，给天下更多的父母以振聋发聩的警示。

第十二章

一个轰动一时的典型案例，背后隐藏着怎样的真相

——对一则典型案例的观察与分析

1

这是一个轰动一时的典型案例。

一个激情杀人案，经过网络的热炒与放大，尤其是将当事人的家庭背景与案件挂钩后，案件的走向，更是万众瞩目。

滔天巨浪般汹涌的口水，几乎要将网络淹没；口诛笔伐的喊杀声，几近地动山摇。情绪化的口诛笔伐，让理智隐身，变得忽略不计。在谴责杀人暴徒的时候，躲在荧屏背后指手画脚的，恰是无数的言辞暴徒。每个人都像法官，每个人都站在道德的制高点上，进行着严厉的网络审判。

舆论，是龙卷风，可以不分青红皂白而又无所顾忌地荡涤一切。

风暴的酿成，是由多种能量聚合的，远非杀人这么简单。杀人，只是一根明线，而无数根隐线，藏匿于明线的背后，推动着明线的熊熊燃烧。其中，有对贫富差距不满的发泄，有仇官仇富郁闷的发作，有对自身权益遭受损害的怒吼……而所有抽打的鞭子，都落在了杀人者的头上，好像他就是一切过错一切罪恶的源头，更好像处决了他，整个世界就会天朗地润。

2

当一个与我的孩子同等大小的孩子，犯下不可饶恕的罪错，面临生死之时，我以渺小之身，利用微博的虚拟空间，为他发声求情，希望保他一命。我的理由有如下的四点：其一，在我的眼里，刚刚二十出头的他，还是个心智不很成熟的孩子。任何孩子，都会犯错，只是他犯的错，违逆天理国法，理应为此遭到重罚。但领刑死缓或无期，何尝不是对他的严重惩罚，何必一定要他以命相抵？其二，如果他的死，可以换回受害者的生，那我对他的死表示支持。因为，在二者只能选其一的时候，活着的人，应该是无过错的一方。但问题在于，后果已无可挽回，血案已经铸就，他的死，并不能让受害者起死回生，又何以在伤及一命后，再折损一命呢？其三，我是一个人道主义者，我反对任何形式的杀戮，也反对任何伤及生命的行为。在我看来，每个人都是上苍的孩子，只有上苍才有权处置或没收人的生命。其四，我以为，宽恕是人性中最有光亮的一抹暖色……我的微博发出后，半个小时之内，阅读量就上了二十万，留言多达一万条。留言的主基调，不是诅咒就是大骂，而且用词极其粗野，让我从中对网民的素质，甚至对一个族群的素质，产生严重地怀疑。没有人认真将我所说的话读完，明白我在说什么，反正只要你呼吁刀下留人，我就开骂，而且骂得越难听就越过瘾。

我们距离真正意义上的文明，究竟还有多远？这是这则微博带给我的向天发问。

3

案件的后果很严重，但情节并不复杂：青年小薛（化名）驾车路过一条人烟稀少的路段，大概因为心不在焉，将一个在某单位从事保洁工作的农村中年妇女李月（化名）撞倒在地。倒在路边受伤的李月，正告小薛，他是逃不掉的，因为她已记住了他的车牌号。惊慌失措的小薛，本来有着多种选择，比如可以拨打110报警，比如可以呼叫120救护车，比如打电话让父母前来帮忙解决问题，甚至哪怕驾车逃逸等，都不至于将事件的情节朝失控的方向推进。遗憾的是，在所有的选项中，他选择了最为糟糕也最为恶劣的那一项：毁灭别人，也连带着毁灭自己！

他掏出一把水果刀，朝着妇女连刺八刀，直至将受害者刺死。看到四周无人，路边亦无监控，于是他抱着侥幸心理，驾车逃之夭夭。然而他失算了，忘记了“人在做天在看”的古老训言，也忘却了法律对一个杀人者，怎能轻易地抬手放过？

他被抓了。镜头里的他白皙、瘦弱，戴副眼镜，战战兢兢，一个标准的文弱书生的形象。据参与采访的记者报道，他是某音乐学院大一的学生，平时内向腼腆，喜欢化妆，还带有某些女性的性格特质。但就是这样一个立志在音乐方面向纵深掘进的孩子，却用他那双弹钢琴的纤细之手，残忍地将一个偶遇的无辜者的生命剥夺。

他杀人，一半是源于残暴，一半是源于恐惧——甚至，后者所占的比例更大更重。他残暴，是因为他没有生命意识，极端地自我与自私，只是想到自己将要面临的不堪后果，却从未站在对方的立场上，想到他所杀的人，是别人的女儿，是别人的妻子，是别人的母亲。

他的恐惧是毫无疑问的，但究竟恐惧什么呢？面对镜头，他所说的一句话，已将他战栗的内心，暴露无遗：我只想着逃走，唯恐被我父亲知道后受到责罚！

一个孩子，从小到大最依赖的就是自己的父母。父母是自己精神最坚固的靠山，也是自己躲避风雨时那面最为可靠的屋檐。按理讲，他出了车祸，遇到了难题，依自己尚不成熟的心智和毫无化解危机的能力，最应做的，就是给父母打去电话，咨询一下他们自己面对这种境况，接下来该如何应对和处置。但他不是，他不但未求助于父母，而且最怕他们知情。此时此刻，他昏胀头脑里的极度畏惧，不是源于法律的惩罚，而是父亲的私刑——诸如这般，显然不是空穴来风。

据调查此案的记者公开披露，他的父母，尤其是父亲，在他的成长中，一直扮演着一个活阎王的厉害角色。他稍有犯错，就会遭到与其所犯错误不相匹配的重罚。也就是说，他做错的，本来只是一粒芝麻，但父亲却要用西瓜的处罚额度，来惩戒他。如此，给他带来了极其严重的心理阴影。某一回，他犯了个微不足道的小错，父亲就自设监狱，把他关进黑暗潮湿的地下室里，整整三天不让他出来伸伸懒腰和见见阳光，就连吃饭，都是到了饭时，将饭从窗口里给他递进去。

4

从记者披露出来的这件小事，不难窥见小薛扭曲的心态，是在怎样一个扭曲的环境中生成的。父亲凌厉的威严，陪伴了他短暂人生的全部路程。他只能规规矩矩，不许乱说乱动，一个孩子孩童时玩乐的天性，在父亲的暴虐面前，遭到了封存。于是他怯懦、惊恐、规矩，唯父亲的眼色和脸色是瞻，唯恐因于自己的不慎，讨来父亲的呵斥、怒骂和拳脚。久而久之，他在情感上，与父母就产生疏远与隔离，有情绪不敢在父母面前发泄，有心理困境不敢向父母透露，遇到日常的难题也不敢向父母求助……他完全深陷于孤独和自闭状态，有泪不往外流而是往内流，有话不是往外说而是往内说，有伤不是借助于外界的治疗而是依赖于自己的默默舔舐。

说一千道一万，他是一个有严重心理疾患的孩子。外人只看到他像女孩子一样地爱化妆，言谈举止拘谨而扭捏，但很少有人去深究他为何会成为这样？作为一个男孩子，他为何像戴了手铐脚链那般，没有男孩子活蹦乱跳的基本常态？为何不像其他男孩子那样，可以大声地朗笑，可以肆无忌惮地相互戏谑，可以呼朋唤友吆五喝六地出去游荡？可以肯定的是，他的种种表现，犹如冰冻，绝非一日之寒，而是由持久的风霜和寒流促成的。有怎样的精神根基，就会有怎样的人生样态，这一点，毋庸置疑。

在同学的眼里，他好打扮，爱化妆，活得精致而唯美，但所有这些，在我看来，不是他的自傲，恰恰是他的自卑。他无法融入群体，又担心被群体抛弃，于是就用打扮和粉饰自己的方式，来吸引别人的眼球，来小心翼翼地维护着自己堪比窗户纸一样浅薄而可怜的自尊。

5

我从不怀疑小薛的父母深爱小薛这一事实。爱自己的孩子，是天下所有父母共有的天性。

因为爱，父母替他规划了人生，送他踏上进修音乐艺术的道路；因为爱，在一些低收入家庭尚且在为孩子的学费和老人的药费愁眉不展时，生活优裕的他们，早早就给小薛购买了昂贵的钢琴等乐器；因为爱，他们才对小薛如此严厉地管教，用无形的绳索把他捆扎起来，用看不见的模具将他固定起来；也因为爱，他们处罚小薛的方式就超乎寻常，甚至用上了家法私刑。

他们寄望于小薛按照他们给出的模型来塑造自己的人生，却从来没有征求过小薛的意见，更没有体恤过小薛的感受。

当爱不是以协商、平等、尊重及和颜悦色的方式出现，而是以逼迫、压服、武断和拳脚相加的样态来表达时，爱，其实已转化为一种实质意义上的暴力。如此，对初涉人世的孩子，会造成相当深重而长远的负面影响，比如人格扭曲、性格怯懦或暴虐、对外部世界的恐惧，以及遇到大事小事都无所适从等。

小薛的父母，也许在“望子成龙”欲望的蛊惑和支配下，期待打造出一个完美的孩子，并为孩子铺就一个繁花似锦的灿烂未来，却浑然不知，他们已把小薛的思维引向了黑暗的隧洞，让小薛在压抑和窒息中，摸黑匍匐前行，并一步一步地靠近粉身碎骨的危险悬崖。

小薛的出事，貌似偶然，其实隐含着命运的必然。

可以后退几步，假设一下：如果小薛的父母在小薛犯错时，能意识到孩子犯错是孩子成长中的不可或缺的正常现象，并以正常家长的正常态度正确处之，不那么苛责与严厉，小薛就不会对父母充满惧怕，从而极有可能在遇到车祸的无助中，向父母发出求助的信号，而不至于满脑子浮现的，都是父亲那双咄咄逼人的犀利之目和怒狮般的挥舞之拳。父母训诫孩子的，永远都是不准这样，不准那样，却从来没有告诉孩子，如果遇到像车祸这样的紧急景况，该怎样处置才最为妥善和对自己最为有利。

小薛的极端行为，也从一个侧面，泄露出教育——不管是家庭教育，还是学校教育——的致命缺陷。家长也好，老师也好，都在孩子的耳边，高分贝地叫嚷着“分数”二字，似乎分数就能决定一切，却很少将生命的意识、人性的意识、道德的意识等，像春雨润土那样，滴灌进孩子的心灵，从而唤醒他们对生命的敬畏和对道德的坚守。在小薛的眼里，那个躺在地上受伤呻吟的妇女，仿佛不是一个活生生的人，而是一块拦路的石头，是一团纠缠的乱麻，只要将其搬移和斩除，便能万事大吉。生命，在一个孩子的意识里，被轻贱到如此地步，被漠视到如此程度，的确令人感到无比地震惊。

因此，完全可以说，小薛的极端化罪错，并非是小薛一人酿造的，而是由家庭环境、学校教育以及社会风气共同作用下推动的。

小薛的悲剧，自然也就不是他一人的悲剧，而是被害者及其亲属的悲剧，是小薛父母的悲剧，是教育的悲剧，是社会的悲剧，是人性的悲剧。

目睹一出悲剧，如果停留于谴责当事者个人品质的层面，无疑过于肤浅；如果将其视作热闹，来一场轰轰烈烈的围观和起哄后，就将其置之脑后，该吃则吃，该喝则喝，该睡则睡，而不从中有所借鉴和醒悟，那么即使这一场悲剧已经闭幕，但下一场类似的悲剧还会在排练之中。

6

我不相信小薛是网友口中的“坏人”。在我看来，他就是一个既单纯又自私的孩子。他的单纯，表现在他不谙世事的深浅，不懂江湖的复杂，不知遇事该如何化解；他的自私，表现在他考虑问题只是站在自己的角度，没有替他人设身处地地着想，没有体察作为同类的他人所承受的痛苦。他想用八刀解决问题，但最终，他用八刀在结束别人生命的同时，也将自己拦腰终结。

面对千夫所指的网络怒涛，面对儿子年轻的遗体，不用猜想都能知道，他的父母是万箭穿心的，是肝肠寸断的，是痛不欲生的。

他之所以被推向风口浪尖，与传闻中他父亲的职位，有着无法割除的因果关联性。有人爆料，他的父亲颇有权势，权倾一方，钱多如毛，于是那些仇官仇富者，就以他为靶子，来发泄对世道不公的怨恨。于是乎，他被宽恕的后路被斩断，硬生生地化为公众不满情绪的靶子和祭品。

我为被他伤害的人感到悲伤，也为他年轻殒命感到惋惜和哀痛，更为他的父母中年丧子而深感同情。

任何一个生命的逝去——哪怕他罪不可赦——都是一场悲剧，而不是一场欢宴，不值得欢呼，更不值得敲锣打鼓地狂舞！

中国很早就有“严父慈母”之说，仿佛做一个父亲，就该板着面孔，不苟言笑，在孩子面前呈现出一种凛然不可冒犯的架势。但严父之严，该严到怎样的程度呢？却并无统一的标准可以遵循，全凭父亲的自行把握。很多怀有古旧观念的父亲，或接受教育相对较少的父亲，均把“严”字挂在心头，并视作为人父的标准装备，于是他们一味地严厉，孩子稍有出格，就粗暴对待，要么拳脚相向，要么罚跪罚站，乃至于剥夺其吃饭和睡觉的基本权利。他们把这种行为，当成是对孩子的爱，岂不知，这是一种带有病毒的爱，为现代教育理念所诟病和抛弃。真正的爱，是遵从孩子的个性，允许孩子的犯错，理解孩子的苦痛，满足孩子对尊严的渴望。高明的父母，都是在肯定孩子而不是否定孩子，都是在宽慰孩子而不是苛责孩子，都是在孩子犯错时与孩子平心静气地探讨犯错的原因和以后避免犯错的措施，而不是一顿咆哮，一番责骂，一袭暴力。

我很想联系到小薛的父母，意欲厘清小薛的成长轨迹，从而回答我心中，包括公众心中淤积的疑问：他为什么会做出这等伤天害理之事？我始终坚信，果子的甘甜或苦涩，与树有关，也与气候有关，而我的努力，就是想搞清究竟是怎样的树木和气候，才造就出小薛这样的孩子？然而多方打探，终究未果。朋友劝我别那样，说他们的伤口，也许还未痊愈，而我的打扰，形同又将他们稍许合拢的伤口撕开，朝其撒盐——想想也是，便作罢。

第十三章

你若是太阳，儿子就活得很有光芒

——我与儿子的聊天实录

我儿子今年三十岁，1989年10月出生。

前几年儿子研究生毕业，现在市级某事业单位上班——他报考事业单位时，同时填报了三家单位。三场考试，他的笔试皆为第一名。

儿子上小学时，校外的各类辅导班已如星火燎原，大多数学生和家长皆被卷入其中。我征求他的意见，问他是否愿意参加某个辅导班？他摇头，表示不愿意，我就没有强求他。从小学入学，到高中毕业，儿子从未跨进过某个辅导学校或某个辅导班的大门。在读小学和中学时，他最发愁的课程是英语，但考入大学后，在大一时，他就通过了国家四级英语考试；大二时，又通过了六级英语考试——那些从小就在英语辅导班出出进进的孩子，未必就能取得这样的成绩。

说这些，我的目的，不是为夸耀自己的儿子，而是想借此提醒家长：参加辅导班，不一定真的就会对提高孩子的学习成绩有所帮助。以我之见，培育孩子的学习能力、学习习惯和学习兴趣，远比把他往辅导班里强拽硬拉更为重要。

儿子就读初中和高中时，我去开家长会，听到家长介绍起督促自己孩子学习的“丰功伟绩”，不胜惊讶和唏嘘：半夜十二点，孩子依然没有做完作业；家长面对频频打盹的孩子，既寸步不离地贴身监督，又大骂不止地挖苦威逼；十二点半，孩子才迟迟入睡；凌晨五六点钟，又被父母从床上拉起来，逼其坐在课桌前学习……多少年悠悠过去，但家长的描述，依然像一幕幕的活剧，在我的脑子里反复播映。在剧中，我依稀感受到家长的气急败坏，也清晰目睹到孩子的愁眉苦脸。

反观我儿子，从来都不熬夜。下午五点半他回到家，趁大人做饭的时间，他将作业的大部分已经做完。晚饭过后，他再学习一个小时，赶八点，就合上了书本与作业本。八点至九点，他陪母亲看一个小时的电视，九点就准时上床睡觉——这样作息时间，多年雷打不动，连中考前夕也不曾例外。

在和儿子的相处中，我从未动粗过，甚至连轻微地呵斥他，几十年里，也不过区区的两三回。平日里，我都是心平气和地面对他，哪怕认为他有错，也只是蜻蜓点水地给他指出来，然后就赶快打住。对于一个自尊心极强的孩子，些许的批评或指点，就足以引起他心理的震动，并不需要咆哮如雷。可以肯定的是，训斥与打骂，是处罚孩子犯错的下策，其效果，并不必然是正面的。当然，唠叨也不失为下下之策。无休无止地唠叨，犹如无休无止地拉扯松紧带那样，天天拉，拉扯久了，松紧带就会失去弹性。千句万句口干舌燥地唠叨，家长的愿望，在于强化孩子的记忆，但在孩子那里，却化为了他习以为常的耳旁风，其实际效果等于零或等于负值——反而极有可能催生出孩子的逆反心理，从而使他以叛逆的姿态，在迈向错误的歧路上，更加地铿锵有力而理直气壮。

闲暇之余，我是很少和儿子谈及学习的。我们时常坐在沙发上，像朋友那样无拘无束，没有预设话题地随意聊天。我和他，有时聊聊中国社会的人情世故，有时聊聊国际形势，有时聊聊今昔生活的变化。儿子的观念，与我不尽一致，我也对其既不矫正，也不争辩。我知道，一个年龄阶段有一个年龄阶段的认知，不能苛求不谙世事的少年和饱经沧桑的老人，对生活怀有同等的感受，对现实抱持同等的评判。即使是同龄的成人之间，由于阅读量的差别，以及拥有信息量的多寡，其价值观也很难整齐划一。儿子从小接受的是正统的教育，于是出于一腔纯粹的正义感，对美国的霸权以及西方曾经对中国的欺侮，颇为耿耿于怀。这样的态度，直接决定了他人生之路的抉择。我委婉地提醒他，让他可以考虑去海外留学，却遭到他的断然拒绝。到后来，他上了大学，随着读书量的增加，对西方的看法，也已不再那么负面，但还是不大愿意去海外学习和定居。这时候，他变换了一种理由，而且语气很诚恳：我爸爸妈妈仅我这一个儿子，我走了，万一你们有个病有个灾的，谁来照顾他们？

很多地理的、历史的、世界的、军事的、宗教的等知识，都是在聊天中，我传导给他的；他听着生动新鲜，于是也就很乐意接纳。

儿子上小学时，我就告诉他：你要明白什么对你是最为重要的。有三样东西，你必须搞清楚它们的顺序，不要将其前后颠倒。一是身体健康，二是心理健康，三是学习成绩。也就是说，身体健康和心理健康，排在学习成绩前面，比学习成绩更为重要。前两者若或不达标，或缺位，学习成绩即使再云飞天外，都无济于事。因为，前者是后者的基础。要牢记的是，永远不要因为学习，而忽略身体与心理的承受能力。要多运动，要多和同学们交流互动，遇到困难要多朝好处想，每有负面情绪要学会遗忘和排解。心理健康，具体而言，就是凡事都不要极端化。极端化，用民间的话语描述，就是钻牛角尖。一有挫折，就万念俱灰，似乎都要活不下去；一有成就，就得意忘形，似乎无所不能，感觉既能上天摘月，又能下海捉鳖。极端主义之于社会和民族，是一种危险的存在，它可以致千万人的生命和命运于不堪和悲惨；极端情绪之于个人，其危害性也是不可低估的，它能促成人心理的绝望，促成人情绪的爆炸，也能将人本该万紫千红的心灵底色，化为灰烬或冰窖。很多孩子学习很用功，成绩很突出，但因为心理出现问题而一事无成——这样的状况，无疑令人痛惜。要调适心理，就要学会朝后看。什么叫朝后看？就是当人绝望的时候，就要回头看看那些尚且不如你的人，也许情绪就会舒缓许多。想一想，这个世界上有多少残疾人，而你没有残疾，说明你并不是上帝的弃儿，你无疑是幸运的；想一想，这个世界上还有多少人穷得碗里没饭身上无衣，而你碗里不缺食身上不缺衣，你无疑不是最倒霉的；再想一想多少人在病床上呻吟，多少人在监狱里失去自由，多少人酷寒天露宿街头，你还有什么可抱怨的?！人的幸福感和落差感，都是比较出来的。走自己的路，能走多快走多快，能走多远走多远，自己的生活自己安排和做主，无须太在乎他人的评判，如此，你就会轻松很多。即使要与人比较，也既要和你身前的人比较，也要和你身后的人比较。和身前的人比较，你会产生前行的动力；和身后的人比较，你会增加自信心。

心理要健康，关键是心胸要豁达开阔，不为一时一事的得失而计较，不为一物一名的有无而烦恼。看到他人如花盛开，就鼓掌；看到他人跌倒，就扶他一把；看到有人超过自己，可以追赶，但不可以羁绊；看到有人落后自己，就给他以鼓劲加油，让他不要失去希望……心理健康的人，一定对世界对他人怀有爱意和暖意，内心一定洋溢着感恩的情怀和体恤的宽谅。

身体健康、心理健康以及学习成绩之间的顺序要摆放正确，就涉及自我管理的问题。自我管理，包括自我管理好自己的身体，自我管理好自己的情绪，自我管理好自己的日常生活，自己管理好自己的欲望等。身体的自我管理，时常和生活的自我管理交织在一起，包括作息时间合理科学地安排、对吃喝的斟酌与对运动的把控、对危险的避让与对陷阱的甄别等。也就是说，要懂得该在增添衣物时要增添衣物，该在进食饮水时进食饮水，该在睡觉时睡觉，该在避让时避让，该进取时进取，该退却时退却，从而有效地保护自己。要做到这些，就要具备常识，也要具备分辨力。就拿食品来说，哪类食品添有添加剂，哪类食品因烧烤而含有致癌物，都要做到心中有数。情绪管理就是要做到遇事先要冷静，情绪要在合理的区间摇晃，不要使其形成狂潮和怒涛。一有情绪上的起伏，立刻就要设法在心中筑起防洪坝，以避免失控的情绪淹没理智。欲望管理，就是做事做人都要脚踏实地，不要想入非非，更不要受之于欲望的蛊惑而铤而走险，要懂得天上不会掉馅饼，任何财富的积累，所有幸福的获得，都来自自己的劳动，而不是投机取巧和违法乱纪。

儿子读初中时，我告诉他：在这个世界上，只有两样东西是属于你的，其他的，从本质上讲，都不归你所有，你只是临时的保管者而已。这些东西，即使暂时被你据为己有，也很有可能因为这样那样的原因而离你远去。哪两样东西是你的呢？一是你的身体，一是你的智慧。皮之不存，毛将焉附，没有健康的身体，万事皆空，一切理想和抱负，都会化为云烟和虚无。身体犹如耕地，有了它，才可以在里面耕耘，想栽树就栽树，想种麦子就种麦子，想养殖就养殖。身体是前提，身体之后，还需要拥有智慧。智慧为何？它是由知识、见识、阅历等聚合而成的分析问题和解决问题的能力。智慧不是财富，但可以创造财富；智慧不是道路，但它可以开辟道路。智慧不是精明，也不是伎俩，而是读透世事通晓利弊后所做出的有关进退和取舍的最佳选择。一场战乱，或一个政权的更替，足以让人或流离失所，或多少辈人营造的家园，毁于一旦；一场地震，可以让豪奢的别墅倒塌；一场火灾，可以让屋内的财物化为灰烬；一次失窃，可以让多年的积蓄瞬间消失……但只要还拥有健康的体魄和智慧的大脑，从零开始，一切都会重新拥有的。

在这方面，犹太人给天下人做了很好的示范。二战前，善于经商的犹太人，是世界上最为富裕的一个族群。但到了二战，身处欧洲的犹太人遭到纳粹的屠杀，四处逃亡，六百多万人惨死，那些保住性命者，却已一无所有。所有的财富，包括镶嵌在嘴里的金牙，都悉数被刽子手掠夺。但战争的硝烟散去后，犹太人在复国主义的召唤下，很快就在祖先曾经生活过的中东沙漠的深处崛起。一块弹丸之地，满地沙尘，极目荒芜，但而今，却翠绿汹涌，姹紫嫣红，流淌着牛奶和蜂蜜的甜香。凭借智慧，犹太人在强敌的围困中站稳脚跟；同样是凭借智慧，犹太人在各个领域，包括农业、军事、科技、教育、医药等，皆有着极为卓越和极其顶尖的优异表现，并对整个人类社会，做出了杰出的贡献。单诺贝尔奖的获得者，犹太人就数以百计。追根溯源，不难发现，犹太人的智慧，与其重视教育有着莫大的关系。犹太人的阅读量，为天下之冠，人均年阅读量，达七十多本书；紧随其后的是日本，人均年阅读量五十多本；相比之下，中国人均年阅读量，实在是少得可怜，才区区的半本书。读书的多少，无疑与智慧的盈亏成正比。

从犹太人身上可以看到，一个强健的体魄，远比满屋子的财富重要；一个优异的头脑，远比一张数额巨大的存单更有价值。体魄与头脑的相辅相成，才能书写灿烂而优裕的人生。很多体育项目输掉比赛，很多战争以失败告终，表面上看是技不如人，或体不如人，但其实质，是智慧的缺乏，是大脑的短路，是文化的落后——比如踢足球，一个小学毕业生和一个大学生，对飞到自己近旁的球，其处置的方式和处置的结果，会迥然不同；也对暂时面临的困境和劣势，有着不一样的心理承受力——对一个个体而言，真正的财富，不是家里的陈设，不是银行的存款，不是保险柜里的钱钞，而是人的本身，包括人的身体，人的素养，人的美德，人的智慧，人的能力。

在与儿子的闲聊中，儿子告诉我，现在的很多学生，都是为考试而学习。平时吊儿郎当，不是上网打游戏，就是谈恋爱会哥们。唯有考试前夕，才一阵忙碌，又是网络搜索答案，又是手捧复习题死记硬背。中文系的学生，不读原著，只浏览内容提要；化学系的学生，不亲手做实验，而是照抄网上的实验数据……我告诉儿子：当别人都不用功学习的时候，你要狠下功夫学习。学习，不是为老师学习，也不是为家长学习，而是为充实和提升自己。有无过硬的本领，有无扎实的学业根基，一到社会实践中，就原形毕露，高下立现。实践犹如拳台的拳击赛，不是靠自吹，不是靠证书，就能击败对手，而是要靠日常磨砺所积攒的功夫。学习上的应付差事，考试上的投机取巧，最终被欺骗的不是别人，而是自己。知识是人精神的粮食，一个人在读书阶段不好好读书，相当于在该吃饭的时候不好好吃饭，其结果必然是营养的缺乏。学习是学生的天职，不好好学习，相当于农民不好好种地，工人不好好生产，军队不好好打仗，商人不好好赚钱，都是不尽本分、不守土有责的体现。走向社会，没有人再在意你毕业于哪所学校，手持的是何种文凭，你能否站稳脚跟，能否被认可和尊重，依赖的是你的实际能力和工作表现，而不是其他。是干货，还是水货，磕碰一下就立见分晓；是骡子，是骏马，拉出来遛一遛就能知其端详。

事实是，儿子听从了我的建议，在学业上不曾荒废。他的学习成绩，很快在实践中得到验证——研究生毕业后，他被一家研究设计院录用，并在很短的时间里，就木秀于林地突显而出。同被录用的研究生，面对摆在面前的课题，常常眉头紧锁，抓耳挠腮地不知所措，而他不仅能独当一面，而且还要帮助其他人解决难题和完成任务。能者多劳，他当然很累，经常加班，最不可思议的一次加班，回到家已是凌晨三点半。在敬业与辛劳中，他得到单位的认可，被评为院级先进个人，同时还获得一份特殊的待遇：唯有他和另一个员工，可以和研究院签订无固定期限合同，而其他人，依据规定，和研究院签订的聘用合同最高期限为五年；五年之后，他若表现良好，研究院再与他续签五年。而儿子呢，一次签多少年皆由自己决定，想签二十年就签二十年，想签三十年就签三十年。

谈到现在的社会风气，儿子对道德的滑坡和人心的沦丧也颇为感慨。我告诉他：哪怕社会是个污水池，我们都要努力地做一滴清水；哪怕全世界的人都不诚实，整个社会信用垮塌，我们依然要诚实做人，诚信做事。我们的微薄之力，也许无法改变现实，无力扭转现状，但做怎样一个人，却完全可以自我做主。诚实，表面上仿佛处处都在吃亏，但最后算总账，却是在占便宜。人不是天生就虚伪的，虚伪是环境对人的异化。人之虚伪，有时是基于自保，有时是基于自利，但就人的天性而言，即使某个人虚伪无比，但他的内心深处，依然保持着对诚实的渴望和守望。就像强盗不愿与强盗为邻那样，一个虚伪者，对另一个虚伪者，从骨子里也极尽轻蔑和排斥，不愿与其为伍，而是希望与诚实的人相处相交。于是在虚伪的氛围里，诚实的人最容易获得认同，取得他人的信任。日久见人心，靠要小聪明，可以得逞一时，但很难得逞一世。做一个堂堂正正的诚实人，自己既活得踏实，又能被周围的人敬重，一旦自己遇到困难，愿意伸出援手的人会很多，何乐而不为呢？

在谈到相处之道时，我告诉他：心里要清醒，嘴里要糊涂；做事要清醒，利益要糊涂。很多人信奉“难得糊涂”，但对“糊涂”二字的内涵却一知半解。这里的“糊涂”，是一种假糊涂，而不是真糊涂。也就是说，在不糊涂之处佯装糊涂，在看透之时而不点透。遇到事情，要做到心中有数，从而在处理上有计划、有步骤、有逻辑、有目标，不可西瓜芝麻一把抓；但遇到是非，遇到利益，却不要较真。是非再缠绕，只要等一些时日，都会被时间卷走，从而像烟雾那样地飘散，到时候，谣言与事实，都会露出马脚。人生本来就是一本糊涂账，因此利益也就无所谓多，也无所谓少，够吃够喝就可以了，没必要去追逐，更没必要滋生吃亏的心理。适度地后退一下，谦让一下，丢掉利益，却能赢得人心，保全原有的人际关系。几十年了，我从没有因为利益和人翻过脸，也从没有因为利益和某个人闹得不可开交，不也活得好好的，没见碗里缺饭，身上缺衣呀！

谈到待人之道，我告诉他：一不要歧视穷人；二不要歧视残疾人；三不要歧视囚犯。世间之人，没有谁愿意成为穷人，就像万米长跑，没有谁愿意落人之后。但犹如十个指头伸出来不一般齐那样，人的能力、运气以及外在提供给他的机遇和环境，并不等同，于是就出现付出同等的努力，而收获却云泥有别的景象。比如两个人，同等的天赋、同等的起点，同等的教育水准、同等的节俭勤劳，但由于居住环境和外围关系的差异，多年之后，两者的生活境遇，悬殊得令人难以置信。前者安家于城里的别墅区，后者租住在杂乱的城中村；前者的兄弟姐妹以及亲戚中，端着国家饭碗的人比比皆是；而后者的兄弟姐妹以及亲戚，日子都过得捉襟见肘，一家比一家穷困潦倒。前者有官衙的靠山鼎力相助，要风得风，要雨得雨，财色兼得，名利俱收；后者呢，默默无声，依然为孩子的学费而焦头烂额，为老人的医药费而苦苦挣扎。就人而言，没有谁愿意被时代奔驰的列车遗弃，成为褴褛而枯槁的穷人。成为穷人，不是穷人的过错，而是他们的不幸。穷人需要的是善意的帮扶，而不是恶意的歧视。再说残疾人。比起穷人，比起囚犯，残疾人最为无辜。造成贫穷的因素固然很多，但个人能力的不足与身心的懒惰，也不可排除；而囚犯，除却少数人是被陷害被冤枉的无辜者，大多数人还是有罪有错的，他们自然就要为自己的罪错，承担相应的责任。但残疾人却毫无过错，他们也许因为天生的畸形，也许因为后天的灾殃，而成了命运的不幸者。对于他们，一不要看不起；二不要疏远，三要能帮就尽量地伸手以帮——既给他们以物质的援助，又给他们以精神的扶持。残疾人大多心理敏感而自卑，而这种自卑，很容易转化为极度的自尊。旁人一个无意的眼神和一句无心的言语，都能化为刺向他们的匕首和扔向他们的炸弹，从而引燃他们愤怒的情绪。一旦遇到他们发脾气，也要理解他们，不要与其计较。最后再说说罪犯。除却那些被冤枉者、被陷害者，以及因为政治诉求而身陷图圄者，比如南非的曼德拉、中国的陈独秀等外，就刑事犯而论，他们或轻或重，都做过一些危害社会和危害他人的坏事的。这些人就其行为，应该受到鄙视和谴责，但就其作为一个生命体的人，就其成长的背景和现实的处境，却应受到同情。究其犯罪的根源，可谓名目繁多，并不统一：有人因为贫穷，有人因为读书太少，有人因为家庭破碎，有人因为自小家长的教育方式不当，有人因为生而不幸形成性格的孤僻与偏激，有人因为曾经受害而带有强烈的复仇心理，有人因为自我管控失效而情绪失控冲动……每一个犯罪，都是观念与思维走偏的产物，也是由多种因素聚合而成的，其责任，不仅仅应该让具体的犯罪实施者来承担。对待罪犯，要抱持怜悯之心，不要简单化地给他们贴上“坏人”的标签，将其扫入自己精神的垃圾堆。

无数次地与儿子促膝交谈，我自以为是有效果的。有关儿子的成长，我曾应《家庭》杂志之约，写过一篇名为《儿子的成长地图》的文章——现将此文附于其后，也许能给阅读本书的朋友，带来一些有益的启迪。

附：

儿子的成长地图

戴红领巾

儿子出生在一个早晨，太阳即将喷薄而出，因此我给他取名“朗”，希望他一生充满阳光。

儿子两岁时，我调到了省城西安；不到五岁，他妈妈也尾随我至西安。但儿子暂时被搁置在老家的县城，归他外公和外婆照顾。

每到周末，我和妻子仿佛倒班一样，总要乘坐长途班车，轮流着回县城看望儿子。我一旦回去，岳父岳母就从我家的单元房里离开，留下我陪护儿子。

某个夜晚，我和儿子并排睡在床上，儿子颇为神秘地告诉我：六月一日，我们班的学生要戴红领巾了。

我问：全部学生都戴吗？儿子说：不是，班里五十个学生，二十人可以戴红领巾。

不足六岁的儿子此时正在上小学一年级，多次考试，他的学习成绩都在班上排列第一；只有一次，他有点儿疏忽，考了班里的第三名。

我问：戴红领巾的学生里有你吗？

儿子喃喃道：我想应该有我吧！

从儿子的语调里，我咂摸出了他对戴红领巾的渴望与憧憬。但我却赶快给他降温，唯恐他的渴望变成失望，憧憬变成碰壁。我对儿子说：戴上了是好事，戴不上也没关系，学习好才是最重要的。

儿子附和着我，说：就是，就是，戴不上也没关系。

六月一日恰好是个星期天，儿子的妈妈专程回去给儿子过节。那天，儿子的外公、外婆、舅舅等人，都聚集在我们家里，做了一桌丰盛的饭菜，翘首期盼着儿子戴着红领巾归来。等有许久，儿子终于出现在了门口，但他的脖子上，却光光的，并未悬挂红领巾。泪珠在儿子的眼眶里打转，岳父即刻明白发生了什么。岳父急忙冲上前去，一把抱住了儿子，把他抱下楼去，言称要去给他买零食吃。岳父安慰他，说很多人都没有戴过红领巾，但人家依然能干大事。岳父还编造说：毛主席也没戴过红领巾，他不照样成了全中国的领袖？

但守候在家里的岳母却差点儿被气得生病。岳母是一位小学教师，她怎么都想不通，班级的第一名，为什么连个红领巾都戴不上？我们住三楼，而二楼那位小女孩的到来，更是给岳母的伤口上撒了一把盐，让她越发地难过。小女孩和我儿子同班，我儿子的成绩单上，总是一百分一百分，最差也是九十九九十八分，而女孩却只是六七十分。然而，女孩的脖子上，却有红领巾在飘拂。不懂事的小女孩，到我家来，就是为了炫耀。

第二天，岳母就去找儿子的班主任，想问个究竟。岳母问班主任我儿子在学校表现怎么样？年轻的女班主任说：非常好，很明晰事理，很有礼貌，从不和别的学生打架，学习也很好。岳母问：既然那么好，二十个学生戴红领巾，怎么就没他呢？班主任说：戴红领巾也不能只让表现好的学生戴，给那些后进的学生戴，为的是激励后进。岳母直言不讳，问我们邻居的小女孩究竟是先进还是后进？班主任也直言不讳，说那个小女孩的姑姑就在这所学校里教书，抬头不见低头见，小女孩的姑姑打了招呼，她岂能置之不理？

数日后，我见到岳母，岳母讲述完她去找班主任的经过，然后就责怪起了我，说我对儿子的事漠不关心，别的家长一听说孩子要戴红领巾，都闻风而动，请客送礼，托人找关系，唯独我好像没事一般；校长还是我的学生，而我的孩子却连个红领巾都戴不上，丢不丢脸呀？我和岳母开玩笑，说她在这所学校也有许多熟人呀，干吗不动用动用？

几个月后，我回老家，和儿子同床共寝。

儿子说：爸爸，我没戴上红领巾都怪你。

我问：怎么就怪我了呢？

儿子说：我老师让我向你要书，你没给她，她生气了。

经儿子提醒，我才恍然想起他老师索要签名书的事来。我的书出来后，一时间，索书者众，让我难以招架。几十本的样书很快就散发一空。我从书店里源源不断地买书送人，但毕竟顾此失彼。要命的是，儿子只是在我面前淡淡地提起老师的愿望，而我姑妄听之，随后就将其遗忘。我自然没想到，这一册小书，和儿子在班级的处境挂了钩。

儿子上二年级时转学至西安。因为各方面表现优异，他很快就戴上了红领巾。他不但被选为了班干部，而且成了学校的少先队中队长。而此时，我却从来没有去拜见过他的班主任。

儿子的吝啬与豪爽

也许因于天性，儿子从小就懂得节俭。

儿子上小学的前几年，住在我单位的办公室里；后来搬了家，我们拥有了一小套房子。

中午吃饭，他回到我单位，我的习惯做法是，给他一顿饭钱，三块或五块，让他自己去寻找餐馆。儿子就是从这三元五元里克扣着五毛三毛钱，然后把克扣所得，偷偷地装进自己的一个大茶叶筒里。等到年末，他妈妈取出那个茶叶筒，倒出塞得满满的纸币分币，摊了一张床，和他一起进行清点。这时，我才知道这个茶叶筒的存在，也才知道儿子是在勒着裤带过日子。清点的结果更是让我大吃一惊：一毛两毛钱，一元两元钱，一年时间，儿子竟然累积了八百多块。

儿子高兴地冲着我说：爸爸，下学期的学费你就不用替我交了，我拿我积攒的钱交。

后来我知道，儿子为了攒钱，可谓费尽心机。

从单位到我居住的小区，大概三公里，四站路，只有一辆中巴公交车可以抵达。中巴车三站路五毛钱，四站至六站路之间，需要一块。没有任何人给我儿子点拨，但他自己却悟出了其中的不合理。于是他乘车，为了节约五毛钱，总要步行一站路。

我心疼他，劝他不要跑那一站路了，出门直接坐车；我说你爸爸再穷，也不至于缺少那五毛钱呀！但儿子很执拗，不听我的。聊起此事，儿子也是蛮有理由：坐三站五毛，仅仅多坐了一站，就要多付五毛，多不合算？他甚至对公交的定价机制有了意见，扬言要给公交公司打电话。

但有那么两个月，儿子却有点儿大手大脚。从他偶尔的叹息里，我知道他的手头有点儿紧巴。我给他的钱量，没有增加，也没有减少，而物价还是原来的物价，他怎么就不够花了呢？这个谜底，一直到我见到他班主任时，才徐徐揭开。班主任一见我就夸奖他，说他品质好，善良有爱心云云。我问班主任他做什么了吗？班主任说她管辖的班里有位同学，名字叫锋。锋老家在温州，父母在西安做生意，锋也就随父母在西安的这所学校里借读。数月前，锋的父母突然闹起了离婚，先是他的母亲失踪了，后来他的父亲也失踪了。锋在西安没有亲戚，仅有一个被他称作姑姑的人，时不时对他进行照料。所谓的姑姑，和他不沾亲不带故，只是他父亲的朋友。姑姑像懒和尚敲钟，有一下，没一下，她并不能保证锋的一日三餐，于是锋经常性地饿肚子。在锋交困之际，我儿子默默地和锋走在了一起。每到吃饭时间，他都与锋一同进餐。钱不够，他们就吃最便宜的饭菜。如此这般，他坚持供锋吃饭长达两个多月。

开始，儿子对所有人保密。但没有不透风的墙，先是他的老师知道了，后来他的妈妈也知道了。儿子和他妈妈约定，要对我予以隐瞒，致使我稀里糊涂，一直被蒙在鼓里。当我从老师那里听说了此事后，回去问儿子，儿子却很淡然，说锋可怜，他总不能看着自己的同学挨饿呀！

写到这里，我还得插叙儿子与锋的一段往事。某一天，儿子的班主任慌慌张张地跑到我单位来，把我从办公室里叫到楼下。班主任面带愧色，她告诉我，儿子受伤了，头被磕破，正在一家门诊部里治疗呢。我赶到门诊部，看到儿子的头上有个血口子。医生在血口子上缝了三针，正在对它进行包扎。制造儿子伤痛的孩子不是别人，正是锋。在玩耍时，锋狠劲推了儿子一把。儿子倒地，后脑猛然与讲台的砖棱相碰，头上才有了这个血口子……

有一天我打算外出，却被儿子的妈妈叫住了。我转回身，问有事吗？儿子和他妈妈相互推搡着，似乎有话要说，但却都不想自己把话说出口。儿子妈妈经不住儿子的纠缠，她妥协了。儿子妈妈说：你儿子想向你要钱呢，他不好意思直说，却让我给你说。

我问：要多少？

儿子妈妈说：你给八十算了。

八十块钱，在我给儿子的零花钱里，从来就没有这样的记录。

我问：怎么要那么多呀？

儿子妈妈说儿子执意要给锋买一双凉鞋；天热了，可锋的脚上还穿着一双胶鞋；给锋买鞋，按儿子的要求，还不能买便宜的地摊货，必须和自己脚上穿的凉鞋一模一样。

我掏出了一百元钱，给了儿子的妈妈，建议她尽快去给锋买凉鞋。接着，我对儿子说：孩子，你做得对，爸爸会永远支持你的爱心。

儿子卖房

转眼间，儿子十八岁了，俨然成了一个小伙子。

高考完毕，填报了志愿，接着就是漫长的假期。儿子与我商量他怎么度过假期，我建议他出省旅游，逛逛名山，看看大海，彻底放松放松。但儿子显然已经胸有成竹，他说他想打工。我说打工也好啊，锻炼锻炼，未尝不是好事。

儿子拒绝我给他联系单位，他想靠自己的本事吃饭。他趴在桌子上，写了一份简历，复印了若干张，然后就到街上去投递。他的主要目标是餐馆，思忖着端盘子的工作应该最为好找。

但一周过去，未等来一家餐馆的电话。忍不住了，他跑了几家餐馆去询问，但人家的回答基本相同：他们不要短期工，要的是长久工。

我责怪儿子太老实，为什么要说自己一月后辞职，就说长期干不就得了？儿子瞪着我，似乎不认识眼前这位有教唆嫌疑的父亲，他质问道：为了自己的工作，就给人家撒谎，那怎么可以呢？

终于有一天，儿子喜气洋洋地回来，在饭桌上自豪地宣布：我找到工作了。

我问什么工作？

儿子回答为一家房地产公司散发传单。这家房地产公司开发的楼盘，盘踞泾河北岸，位居高陵区境内，距离西安的北三环至少十五公里，可以说比远郊还要远郊。因此，在儿子乐观之时，我却为他能否创造业绩捏着一把汗。按照公司的规定，业绩与报酬挂钩，而业绩的主要指标是积分：顾客打一个咨询电话，积一分；带着顾客到售楼部去一趟，积三分；累计够一百八十分，才能拿到六百元的底薪；如果累计一百七十九分以下，这个月就是白干。

儿子每天早早地起床，洗脸刷牙之后，他就在一个大塑料瓶里，灌满白开水，然后一只手拎着塑料瓶，另一只手拎着一个纸袋，纸袋里塞着厚厚的一叠传单，七点二十，他准时跨出家门。

七月下旬，西安酷热难耐，持久地不下雨，空气仿佛烈火熊熊，地面如同烙铁发烫。每当儿子顶着暮色疲惫地归来，我都发现他衣服上的汗渍腾云驾雾，因频繁拭汗，脸上横七竖八地划满了一道道的印痕。

我不止一次地劝说儿子别去了，体验生活的目的不是已经达到了吗？

但儿子坚决不同意半途而废。他不退场的原因，不是怕人家不给他报酬，而是一个劲儿地强调自己既然答应了人家，就得遵守诺言；再说了，售楼部经理对他那么好，他怎么能辜负人家的信任呢？还有，尽管满大街都站立着他的同伙，但那些人能坚持一周的都甚为稀少，差不多都是干两三天就喊苦，接着就逃跑。每天都有无数个求职者上岗，每天都有无数个退却者失踪，儿子每天几乎看到的都是些新面孔。

某个夜里，儿子趴在桌子上，耗费了一个多小时，在传单上签上自己的名号，然后走出房间稍事休息。我把他叫到客厅，告诉他，我打算帮助他。儿子问怎么个帮助呀？总不会和他一起站在骄阳下的街边向路人散发传单吧？我说我拟向一些朋友打招呼，让他们向售楼部打咨询电话，如此，他的积分不就容易完成了吗？儿子听了我的话，面红耳赤，他先是接近于恼怒，接着近乎哀求。他指责我不相信他的能力，把他往弄虚作假的歧路上引导；然后又舒缓了口吻，说：爸爸呀，算我求你了，你不要那样好不好？这回轮到我面红耳赤了，我向儿子发了誓，保证不介入他的事务。

儿子当然也向我讲述他发传单时的遭遇，后来他把自己的遭遇，写成了一篇文章，使我更加清晰地窥探到了他的内心感受。发传单，类似于游击战，得眼观六路，耳听八方。除了盯着来来往往的行人，迅速判断出他所处的社会阶层，有没有购房能力，更重要的是，需要对城管严加防范。一旦发现城管，就夺路而逃；逃不及，不但传单被没收，而且很有可能遭受皮肉之苦。某一天，城管仿佛从天而降，捉住了儿子，差点儿将他的胳膊扭断。

委屈与羞辱，并不仅仅来自城管，更多的，则是来自于那些行人。行人形形色色，有教养的，没教养的，混杂着，从衣着装束上并不能分辨清楚。有些行人，连传单也不接，就疾步而去；有的接了传单，当着儿子的面，或将传单随手扔在地上，或把传单撕个粉碎扬向空中。更有甚者，有的人冲着儿子，一顿劈头盖脸地训斥和臭骂。

当然，散发传单，也遇到了很多善良的人。儿子与清洁工、卖冰糕的、卖红薯的等等都成了熟人，那些人和他聊天，给他望风，一旦发现城管，就立刻向他通风报信。有的基督教徒，还动员儿子加入教会。有对老年夫妇，为儿子的诚挚所感染，专程跑到售楼部去，不为买房，却是为了在领导面前夸赞儿子——儿子为了说服他们，一路追踪，陪伴他们走了五华里的路程。

儿子的敬业从以下两个情节中可见端倪。

我外甥到我家来，在600路车上，发现了我儿子。儿子正在公交车上给人散发传单，他在密集的人群中穿梭，大汗淋漓，喋喋不休地向人家讲解楼盘的各种优点。外甥捂着嘴笑，但他没有打断儿子的讲述。外甥向我感慨：在公交车上向人散发传单，他还是第一次遇见。

听说我儿子考上了大学，身居故乡村庄的堂兄，一定要来西安表达自己的心意。堂兄很少出家门，他对西安无比陌生。好在堂兄的儿子——我的侄子——在西安附近的一家工厂上班，他经常来我家。侄子在长途客运站接到堂兄，就给我打电话，我让他们在市图书馆门前的广场等候，我将赶往那里和他们会合。

摁掉堂兄的电话，我又向儿子打了个电话——我知道他就在那一带活动——让他中午十二点在图书馆门前等我，我打算请堂兄吃饭，届时他也跟上一起就餐。

十二点零五分，我赶到了图书馆门前。我发现了他们，但他们却没有发现我。儿子与堂兄父子彼此都不认识，他正在利用等我的空闲，见缝插针，向堂兄父子推销房子呢。我喊了一声，他们扭头朝我看，当知道真相之后，都不好意思地笑了起来。

一月过去，儿子积四百六十分，远远高于一百八十分的及格线。令人称奇的是，他竟然推销出去了三套房子。当多数人连六百元的底薪都拿不到时，他却拿回来了两千八百多元。

儿子第一次领到薪水，自然高兴，高兴之余，他就盘算起了给我买什么，给他妈妈买什么，给他外公外婆买什么，给他舅舅姑姑买什么……总之，凡关心过他的人，他都要用礼物去答谢。当他询问该给我购买什么时，我对他说：孩子，我用不着你感谢，你的业绩，就是给我购买的最好的礼物。

随便与不随便

儿子最爱说的一个词是“随便”。问他吃什么，他的回答是随便；问他穿什么，他的回答依然是随便。

儿子在吃和穿上非常地不讲究，甚至有点儿马马虎虎。他从小就不挑食，碰到什么就吃什么。偶尔家里改善伙食，餐桌上摆上了鸡腿或排骨，但他却挥动筷子，将最大的那块鸡腿或排骨，一定要夹着放到我的碗里或他妈妈的碗里。为此，我们可没有少推来让去。

儿子高中最后一年住校。周末回家休憩一天，临返校时，我总要给他带这样或那样的水果。有一次，我陪他出门，在院子里，恰好碰到有人给我送来樱桃，我随手就将那盒樱桃强行塞到了他的手里。几天后他从学校里返回，我问他樱桃好吃吗？儿子连连说好吃好吃，但脸上却洋溢着别样的笑容。我问他笑什么，他掩饰着，说没笑什么。我再三追问，他才揭开了笑容背后的秘密：他连一颗樱桃也没吃上，樱桃是什么滋味，他浑然不知。他拎去樱桃，被守候在宿舍的同学这个一把，那个一把，五马分尸一般，抓了个精光，他只有坐在床沿，看着别人津津有味地吃。

从樱桃事件里，我知道了更多的内容。我每次给他带去的水果，他吃进嘴里的都仅为一个两个，其他的，则成了他同学口里的美食。刚开始，他让着别人吃。按宿舍的人头分发，一人一个。那些同学起初接他的水果，还都有点儿不好意思，但渐渐的，习惯成自然，他们甚至对水果的到来产生了期待。每到周末的傍晚，同学们都聚集在宿舍里，翘首期盼着儿子拎来水果犒劳。后来，风声传播开去，外宿舍的同学也蜂拥而至，以至于常常发生抢夺水果的大战。

没有抢到水果的同学免不了嘴歪眼斜，对儿子滋生抱怨。

同学抱怨儿子，儿子就抱怨我：要么给他拿更多的水果，要么就别拿；拿的水果不够瓜分，让他不落好也就罢了，还要莫名其妙地得罪人。

儿子的衣服都是几十元一件的便宜货。高考完毕，十八岁的儿子正值青春年华，我虽不鼓励他追求时尚，但却不想让他总是那么寒碜。为了奖赏他高考的辛劳，我把他领进了一家大型超市，打算给他挑选一件像样的衣服。我看中了一件上衣，问他对衣服的颜色款式满意吗？儿子点头。可就在我和售货员搞价之际，儿子却突然变卦了，声称他不喜欢那件衣服。我明白，他开始点头，是因为不清楚衣服的价格；现在变卦，是嫌衣服太贵。三百多元的衣服，打个折，也就二百六七十元，可这些钱，在他的眼里仿佛天文数字。他叫嚷着，甚至冲着我发火，逼迫我放弃了购买。

出了超市的门，儿子给我讲出了他的道理：多跑几站路，到批发市场去，同样的钱，既可以给他买一件，也可以为我买一件；为什么要用买两件衣服的钱，去购买一件衣服呢？

临过春节，一朋友送我一张购物卡，购物卡上的面值为一千元。我思量着，要用这张购物卡给儿子买一身过节穿的衣服。

某一天，我领着儿子，跨进了购物商店。这家商店，以进口货为主，价格的昂贵闻名四方。我们在里面转来转去，被一件件衣服上的标价吓蒙了。一件衣服，动辄三万五万。找到最便宜的一件外套，质地看起来不怎么样，但打完折，却要六千多。我们自然是一边叹息，一边从商店里退了出来。

我给儿子说：咱们还是到大街上买吧；反正买衣服是一个任务，非得完成不可。

儿子同意，于是我和他就在大街上转悠。步入一家商场，看到一件悬挂的衣服，标价三百八十元，我劝儿子将它买下。儿子这回没有执拗，他默许了。拎着衣服回家，我问他今天怎么舍得让我花钱呢？儿子笑了，说还不是那家天价商店的错？天价商店缭乱了眼睛，麻痹了的神经，以至于使他对三百八十元钱，竟然失去了知觉。

儿子当然也有不随便的时候，比如他在学习上不随便；他每次离家返校时在拖地倒垃圾上不随便；他大清早为同学排队买票或者到车站接送同学等等，一点儿都不随便。他的舅母生病动手术，手术室外站满了人。儿子本来帮不上忙的，但他一定要放弃上学，守候在那里。我批评他，他却辩驳说：舅母平时对我那么好，她处于痛苦之中，我却逃之夭夭，像话吗？我说：我和你妈难道不能代表你？儿子说：你和我妈表达的是你们的心意，我表达的是我的心意。

从小学到高中，儿子获得了无数个奖状，但每一张奖状，都被他拿回来，偷偷地压在了床板的凉席下面，让我们一个学期一个学期地不知情。我们知晓，都很偶然——有时候是在学校召开的家长会上听说，有时候是他妈妈在整理床铺时发现。

但上了大学，儿子却突发奇想：他要自己创办一个学生社团。和我讨论了几次，他把自己社团起名为“博闻社”。说干就干，他迅速拟起了社团的章程。当他把起草好的章程拿给我看时，几乎吓了我一跳。章程厚厚的一叠，六七十页，从总则到细则，一章章，一节节，一条条，密密匝匝。我和他开玩笑，戏谑他不是在起草一个社团的章程，简直就是在拟订一个国家的宪法。

递交了章程之后，儿子就三番五次地去找社团的管理部门，希望社团能获得批准。一趟趟地跑，一次次地催，得到的答复基本相同：出于对学生聚集容易引起事端的担忧，退回博闻社的申办材料。但儿子坚决不放弃，他一次去求情不行，就去一百次，但屡屡碰壁，让他高昂的情绪，逐渐地低落消沉。

某个星期天，在饭桌上，儿子说：爸爸，我给你说一件事，你可别嘲笑我啊！

我说：说吧，我谁都不会嘲笑，怎么会嘲笑你呢？

儿子说：我办社团办失败了。

我安慰他，说办社团的过程对他而言，就是一个锻炼的过程，从这个角度思考问题，不能不说他已经有所收获；还有，如果带着玩乐的心理办社团，成功与失败，都会无所谓；再说了，人干任何一件事，不外乎成功与失败两种结果，成功了不奇怪，失败了也很正常，世界上哪有只成功不失败的人和事呢？

我以为，儿子嘴里的失败，就给他办社团之事画上了句号。谁知道，过了些日子，儿子告诉我，他创办的“博闻社”已经成立了——他不懈地去找管理者，不懈地去说服人家，终于获得了管理部门的恩准。

社团成立了，而他更加忙碌了。我问他办社团有什么收获？他说最明显的收获，就是敢于站在一群人面前讲话了；过去他上台发言脸就红，现在已没有了丝毫的胆怯。当然，成立了社团，他的经济更加拮据了。他有时背过我，向他妈妈哭穷，说自己一顿饭才花两元钱，其他的钱，要么办了活动，要么请了团员吃饭。但不论自己经济上怎样捉襟见肘，都不愿增加我对他的金钱额度。

儿子自然也在想着自谋生路。休息时间，他就去门外那些小餐馆，不是为了吃饭，而是为了去找老板谈判。苦口婆心地动员与规劝，二十个老板答应与他合作。每个餐馆出资一百元，而他呢，为每家餐馆写上寥寥的几句广告语，并在广告语下方，注明餐馆的地址电话等等。二十条广告语，印制在一张大纸上，复印五百份，星期天，他带着团员去街上散发。总算没有赔本，凡参与的团员，每人分得五十元的报酬，可他自己呢，仅仅装回了十五元钱。

第十四章

合格的家长，是灯火，亦是路标

——浅谈家长应具备怎样的精神要素

但凡熟悉我的亲朋，都知晓我有爱管闲事的毛病。

写这部书，无疑就属于管闲事的一部分——未受邀请，却把目光瞅向别人的家门，为别人家的孩子操心，立足于别人家的幸福和执着于为他人指点迷津。

爱管闲事，赞之者谓之曰“热心肠”，贬之者斥之曰“吃饱了撑的”。

就我的天性而言，我并非那种“打听生日吃满月”的好事之徒，甚至时常幻想能过一种不闻哭声笑声耳根清净的遁隐生活。然而现实世界不是烂漫的童话，也不是抒情的诗文，而是烟熏火燎的，是油盐酱醋的，是吃喝拉撒的，是曲里拐弯的，是山重水复的，是坑洼不平的，是趋炎附势的，是美丑皆俱的……作为在现实世界里呼吸和行走的生命体，我难以对眼前发生的各等悲喜和苦乐置若罔闻，并“休管他人瓦上霜”地袖手旁观。一颗不忍之心，驱使我总是被搅缠进各种闲事中而无法抽身。管闲事，我是受之于自己内心的逼迫和策动，怪罪不了别人。

我管过的闲事，杂七杂八，不胜枚举，比如给人介绍对象、为人联系医院、为人联系贷款、助人落实项目资金、帮人办理特殊行业营业执照、帮人修改并发表文章，帮人获取宅基地证和领取结婚证，甚至还帮人升官加爵等。其中，做公益性的心理辅导，是我的日常“闲事”中，最为重要的一项“闲事”。如果说其他“闲事”，皆源于迫不得已而为之，但这项“闲事”，却是我的主动选择。

“闲事”不闲，也不轻，它宛若一件沉重的货物，被我扛在自己的肩上，似乎永远都卸不下来。

管闲事，有苦有乐，有失有得。最大的失去，是对时间的挥霍和浪费；而最大的获得，则是从管闲事中，洞察到社会的气象，勘探到生活的原色，触摸到人心的温度。不潜入大海的深处，即使在海边徘徊和观望千年，也难以真正了解大海的脾性。

在做公益性的心理辅导中，我接触到大量眼神凄迷精神恍惚的孩子和家长，他们在耳鬓厮磨的日常互动中，悄然地形成了一种很奇异的共处模式：一个是另一个的痛苦根源。孩子因为家长而痛苦万状，家长因为孩子而愁肠百结，于是就相互对立着，相互折磨着，彼此间的关系仿佛一个死结那样，靠自身的能力决然无法将其解开。

客观而论，孩子的问题，无一不是家长的问题；世间本就没有所谓的“坏孩子”，唯有教育方式不当的家长和教师。因此，我的结论是：要教育孩子，先要教育家长；欲要救救孩子，先要救救家长。多少可爱的孩子，都是被深爱他们的父母葬送的。于是教育家长，给家长们指一指路，让他们迷途知返，既是在拯救孩子，也是在拯救家长，甚至是铺垫未来中国社会的霞光。基于这等良好的初衷，我开始了这部书的写作。

套用托尔斯泰《安娜·卡列尼娜》开篇的话语，那就是：优秀的家长是形似的，糟糕的家长各有各的糟糕。优秀的家长，他除却懂得关爱，还一定懂得尊重、倾听和循循善诱，而不是时而糖果，时而棍棒，通过奴仆的顺从和征服者的蛮横，将自己的意志强加在孩子的头上。

很多家长津津乐道于“不能让孩子输在起跑线上”，岂不知这句口号本身，就是荒谬绝伦的，是值得大加讨伐的。

就我而言，曾经从事过教育工作，在教学的第一线，站立讲台六七载。后来尽管离开学校，但从未减弱过对教育的观察和思考。在各类报刊，我撰写过有关教育的文章，数以百计。加之，又业余从事公益性心理辅导，因此可以肯定地是，我对中国教育的现状是熟稔的，对中国家长望子成龙的焦虑是深谙的，对中国孩子们的压力和苦痛也是了然于胸的。

中国当代的孩子，既是幸运的，又是不幸的。幸运的是，他们生活在一个物质极度丰裕的年代，不再像他们的祖辈或父辈那样，为一瓢食一缕衣而殚精竭虑；但同时又是不幸的，他们一出世，就被父母抛进了应试教育和素质教育双山压肩的竞技场，像一个一个的小马驹那样，在父母的鞭抽和社会的起哄中，沿着一条看不见的赛道撒腿奔跑，连停歇和喘息的机会都没有。他们的童年被挤占，玩乐被没收，被过早地抛进学习成绩的血拼之中，担当起光耀宗族的重任。他们是人，却被赋予龙和凤的超高期待；他们是孩子，却领受到攀岩登峰的使命。

家长的殷殷之心是可以理解的。但问题是，有多少家长懂得教育？有多少家长深知孩子成长的规律？孩子和树木一样，成长皆有周期，既不可任其荒疏，亦不可胡乱修剪。我们的家长，或受限于接受教育的不足，或即使接受过高等教育，也因为专业的阻隔和错位，而对教育孩子表现出十足的蒙昧无知。然而他们，每个人却又都充当着孩子生命初始阶段的启蒙老师和驯兽师傅。不懂教育，却要担当教育的职责，这无疑就形成了一种悖论。因为不懂，才没头没脑地极易跟风，像抢购某种短缺商品似的，一听到吆喝声，就慌手慌脚地一哄而上，唯恐把自己挤出队外。

邻居的孩子怎样，我的孩子就怎样；同事的孩子如何，我的孩子就如何——在我接触的案例中，这等向左看齐向右看齐的家长，一抓一大把。有的打工者家长，起早贪黑地辛苦一年，才挣五六万元，但却在孩子的教育方面，像赌徒一样不惜血本地狂砸赌注，给孩子报名多达十几个辅导班，孩子戴着一副圈圈套圈圈的眼镜，这个辅导班出，那个辅导班进，单薄而又困乏的身姿，看起来无比地让人心疼。与他们聊，他们说正因为自己才小学毕业，出来找工作也只能干一些力气活，不是在货场里搞搬运，就是在饭店里端盘子。如此之举，就是惧怕孩子将来重复自己的命运。孩子，成为他们下注的筹码；他们，则形同赌红眼的赌客。有的家长，一年搬迁三四次家，只为孩子能进入传说中的好学校就读。他们忍受着学区房节节攀升的高价，也完全不顾及搬来搬去的烦琐，以及给孩子造成的情绪跌宕，只图自个脸面的光彩和心理的满足。有的家长，天天跑书店，给孩子买回来的各种复习资料垒起来像长城逶迤，并逼着孩子读这个演练那个……孩子从一年级开始，就透支身体，既没有时间锻炼身体，又严重地睡眠不足。

在一场看不见的暗自较劲的长跑比赛中，没有哪位家长甘愿让自己的孩子掉队。他们为孩子增加各种补给品，为孩子大包大揽一切家务，为孩子购买五花八门的参考书，为孩子申报乱七八糟的培训班，以及为孩子请来走马灯一般鱼贯而入鱼贯而出的家教……其目的只有一个，就是让孩子加油跑，使劲跑，以超越更多的孩子。然而作为自然之子的人，和自然界的万事万物类同，其成长的规律性不可违逆，拔苗助长只能适得其反。违反自然属性栽培的树木，成活率很低；即使得以侥幸存活，也是既难结出甜果，也难长得挺拔，更难最终成为栋梁之材。任何速成品，必然速朽，人亦莫不如此。性急煮不熟饭，以野蛮的方式培养孩子，必然带来孩子成长中的节外生枝和叶黄根朽——以为给孩子制造天堂，岂不知却将孩子推向了地狱；以为在给孩子酿制甜蜜，岂不知却让孩子喝了一肚子的毒液。父母是孩子的监护人，但若稍有不慎，就监守自盗，变成阉割孩子的刽子手。不恰当的爱，失却尺度的教育，其实是另一种形式的葬礼。

要教育孩子，先要教育父母——这是我一以贯之的观点。

要救救孩子，先要救救家长——这也是我一以贯之的观点。

好孩子都是鼓励出来的——这更是我，也是众多教育专家持之以恒的观点。

诸多的家长，都是以圣人的标准来要求孩子的，力求于孩子的完美，容不得孩子有些许的短缺和犯错。为达到目的，他们像初来乍到的饲养员那样，不管三七二十一，只是毫不间断地给他们的嘴里填充饲料，枉顾他们小小的胃口，能否容纳和消化，于是喝奶的年龄给喂养柔韧的面条，喝粥的年龄给喂养大块的排骨，其结果，要么会喂养出一个与其实际年龄反差很大的臃肿不堪的胖子，要么会使其因消化不良而疾病缠身。

世界上没有一个坏孩子，只有教育方式不当的父母和老师——这也是我矢志不移坚持的论点。

任何一个孩子精神世界的炎症，都是社会病症的投影；任何一个孩子的跌倒，都源于领路者的误导。孩子出现问题，既是家庭的不幸，也是社会的不幸，更是孩子自身的不幸。

我们的家长，真的应该扪心自问：我是一个合格的家长吗？

当然，家长像赶牛一样地挥动鞭子，也不能全怪家长，与社会整体教育方向的位移，与社会浮躁的气息，皆密不可分。该反思的，还不仅是家长，还有教育框架和教学大纲的设计者。

那么，家长如何做才是科学有效的呢？

我的建议之一是，家长要教育好孩子，先要读懂自己的孩子，并理解孩子间的差异性，对差异性从心理上予以承认和接受。不是所有的孩子都能成为姚明和郑海霞的，也不是所有的孩子都能成为比尔·盖茨和马云的，更不是所有的孩子都能成为爱因斯坦和牛顿的。有的孩子是苍劲的松树，有的孩子是蓬勃的杉树，有的孩子是沉默而繁硕的柿子树，有的孩子是有花无果的桐树，甚至，有的孩子就是一根野草，一支芦苇，或一丛荆棘。

要读懂孩子，先要观察孩子，留意他在哪些方面富于天赋并怀有兴趣。必须承认地是，孩子并不千篇一律，而是有着明显的差异性，包括天资、禀赋、个性、兴趣等，皆千差万别。因材施教，才是教育的良方。力图于将所有的石头，都当玉石雕琢，无疑是不切实际的妄想。

有的孩子，总爱摆弄家里的物件，将其拆卸了再安装，安装了再拆卸，并在这方面表现出明显异于其他孩子的天赋，也许他将来就会成为卓有造诣的物理学家或优异的工程师；而有的孩子对物件毫无兴趣，却对音乐的急缓起伏格外地敏感，并自觉不自觉地随节拍而手舞足蹈，也许他会将来成为演奏家或舞蹈家；有的孩子天生就多愁善感，心理细腻，善于察言观色，并拥有良好的悟性，且在书面语言的表达方面极具优长，也许他将来会成为出色的文学家；有的孩子对烹饪无比地热心，对其演示一遍某道菜肴的制作过程，他立刻心领神会，并模仿得分毫不差，也许他将来会成为杰出的烹饪大师……孩子犹如小动物，每类动物都有各自的特长，赶着鸭子上鸡架，或拽着猴子去拉车，或逼着母猪去爬树，注定白费气力。发现自己孩子天赋的倾向性，加以因势利导，才不会陷入种豆而妄想得瓜的迷思。

我的建议之二是，要把孩子当作独立的个体，而不是当作你可以任意摆布的私人专属物品。孩子一经脱离母腹，就属于父母之间的第三人，有独立的肉身，有独立的头脑，有独立的个性，有独立的人格，既不是父母的附庸，也不是父母可以随意处置的私有摆件。父母不要像保姆那样对孩子的一切事务进行包办，也不要像监狱长那样喝令孩子必须服从和听从自己。凡涉及孩子的事情，事先要与孩子进行有效的沟通和协商，多倾听孩子的意见，如此做出的决定，孩子才能自愿自觉地执行。

我的建议之三是，要允许孩子调皮、好动，甚至犯错，包容孩子的缺点。有人说，世间之人，只有两类人不会犯错：一是尚未出生的人，一是已经过世的人。凡为人，包括圣人，包括成年人，当然也包括那些对孩子百般挑剔与苛求的家长，皆难以十全十美，都会有这样那样的缺点和不足，也都有偷懒、撒谎、占便宜、发脾气等恶习。自己犯错，自己原谅自己，却为何就不能原谅孩子？不少家长向我控诉起自家孩子的顽皮好动来，满腹幽怨，说他或她，打碎这个，弄坏那个，你推搡我，我追逐你，放着宽阔的路不走，偏要在某个坎棱上摇晃而过或从某个窄缝里侧身钻过。我告诉他，孩子不调皮，不好动，那一定是身体出现了某种症状。孩子不调皮谁调皮？孩子不好动谁好动？调皮与好动，之于孩子，是一种极其正常的生理现象，也是一个年龄阶段的必然表现。当孩子十五六岁过后，大人让他乱动他也未必肯动，让他喊叫他也未必吭声。

很多家长，一遇孩子犯错，哪怕是微小之错，不问三七二十一，就暴力相向，其惩罚的烈度，远超于孩子犯错的程度。某天我在路边的一个小面馆吃面，坐在餐馆门口开票的老板，是位中年女性。时值中午放学，她十二三岁的儿子与同班同学结伴来到餐馆。那个同学向老板打小报告，说她的儿子早上被老师罚站了。老板闻之，最为妥当的处置方式，是等到无人时，问问儿子，搞清楚为何老师要罚站他，他究竟犯了怎样的错，然后给儿子以应有的开导和规劝。但这位老板不是这样，而是未等那个告密的同学话音落下，她就抬起右脚，朝着站立于门口的儿子的后腰，狠狠地猛踹过去。儿子猝不及防，飞身扑爬在冰冷而僵硬的人行道上，嘴唇被道沿磕出一道血口子。看着孩子遭受这样的虐待，我心如刀绞，本想劝说母亲几句，却因怕引起她的强烈反弹而作罢。我当时心里的条件反射是：做这等低素质人的孩子，真是命运的不幸！

很多家长说：我是给他好心不给他好脸。而我则认为，既要给好心，也要给好脸。只给好心，等于给了一半的好，好并不完整。别小看了好脸，它能直接影响孩子心情的阴晴。家长的脸上阳光灿烂，孩子的心宇也会莺歌燕舞；家长的脸上阴云笼罩，孩子的心宇必然雾霾重重。一天到晚垂吊着一张冰冻三尺的南瓜脸，说话的口气或如匕首锋利，或如生铁冷硬，孩子的情绪能好吗？没有良好的情绪，又如何能静心地读书与钻研？换位思考，即使是家长自己，天天面对的是他人僵硬的表情，能不感到心情压抑？

我的建议之四是，要学会倾听，搞清楚孩子之所想与所求。很多家长自顾自地说话，一副高高在上劳苦功高的架势，视自己无所不能，视孩子幼稚无知。这样的家庭，时常母亲抱怨唠叨，喋喋不休；父亲发号施令，语气粗暴武断。共同之处在于，父母都没有耐心，甚至没有想过俯下身子，像密友那样地与孩子掏心掏肺地聊天交流，倾听孩子内心的声音，搞明白孩子究竟在喜欢什么，在厌恶什么。在家里，孩子的发言权被忽略，被遮蔽，他（她）刚一吱声，就会被呵斥声拦腰截断。事实上，每一个人，包括低龄的孩子，一旦以人的姿态站立，就有了相对独立的意识和心灵。这样的意识和心灵自成体系，自我封闭，与父母毫不重叠和交集。父母之喜，并非他之喜；父母之爱，并非他之爱，父母之怒，并非他之怒，父母之忧，并非他之忧。在这样一个自我的世界里，他储蓄着自己未曾出口的心里话，掩藏着自己不肯外泄的小秘密，即使面对父母，他也不会轻易把心房的锁子打开，以规避来自父母的横加干涉和无端惩戒。一般情况下，父母越是粗暴，孩子心灵的袋口扎得越紧。很多父母，不是想着以自己的和蔼诚恳，赢得孩子的信任，从而促使孩子向自己袒露心迹，而是或像逼供的刑警，以凌厉的口吻，喝令孩子将自己心中的私藏与私密，和盘托出；或像采集情报的密探，蹑手蹑脚，鬼鬼祟祟，从孩子的细枝末节和闪烁其词中，刺探和窃取孩子心灵深处的情报。其实，要了解孩子，完全不必那样拐弯抹角。作为涉世未深的孩子，他们比起城府极深的大人来，要相对单纯和透明许多。家长需要做的，就是以心换心，以情换情，以爱换爱，从而把自己与孩子相处成亲昵无间的知心朋友，既无尊卑之别，又无话不谈，同时要能容忍孩子的撒娇，还能原谅孩子偶尔情绪失控时的蛮不讲理。

只要父母取信于孩子，孩子就愿意把自己的喜怒与好恶，毫无保留地倾诉给父母听。父母听完孩子的内心道白，不要急于得出“这样是对的”“那样是错的”的结论，而是要和孩子耐心进行探讨，告诉他从哪个角度思考问题，或面对问题时怎样的处置方式，才更为合理，并对孩子的偏执和偏颇可能带来的不良后果，进行剖析和指出。

父母不仅是孩子的衣食父母，更应当是孩子的精神伙伴。当孩子的心灵掉入冰窟的时候，父母是他的救赎者，给他以捞救，给他以温暖；当孩子的心灵沉入黑暗的时候，父母是他的擎灯者，给他以光明，给他以勇气；当孩子的心灵误入歧途的时候，父母是他的导航者，给他以指引，给他以勇气；当孩子的心灵陷入迷惘的时候，父母是他的陪伴者，给他以抚慰，给他以鼓励……当父母愿意倾听孩子心声的时候，孩子才愿意倾听父母的建议，也才能接纳父母的批评。父母若高高在上，颐指气使，剥夺孩子发声的权力，那么，父母即使言语再泛滥成灾，即使再苦口婆心，但到了孩子那里，皆会化为无关紧要的飞尘。

孩子在成长中出现各种问题，比如偷懒、撒谎、偷窃、暴虐等，父母最好的处置方式，则是把孩子叫至一个相对独立的空间，以保护孩子的尊严。接着用和善的语气与孩子沟通，帮助孩子分析成因，并指出长此以往的后果。如果孩子回心转意，就鼓励他努力地去改正，并告诉他：人都会犯错，犯错不可怕，真正可怕的是知错不改；我坚信你会努力地改掉自己的这些不足，成为一个在各方面都很优秀的人。很糟糕的处置方式，则是那种大发雷霆地怒吼和责骂。而最为恶劣的处置方式，则是要么把孩子逐出家门，不给吃亦不让住；要么就是将其拉过来一顿暴打，使其皮开肉绽。暴力，包括语言暴力和肢体暴力，从来都是处理问题等而下之的下策，它可以使人暂时地后缩与臣服，却难以使人真正地心悦诚服。心中的根须未曾拔除，割草就沦为了权宜之计，一遇时机适宜，野草还会在心里悄然地疯长。

孩子一旦与父母离心离德，就会与父母渐行渐远。尤其是那些在父母看来屡教不改的孩子，一旦流落社会，就会重新寻找自己的安全屏障和精神依托，于是很容易受到由不良青年组成的团伙的引诱，并混迹其中。他像蜜蜂寻找到新的蜂箱那样，以那个团伙为新巢穴，给羸弱的自己寻求力量，以抵御潜在的风险；以那个团伙为靠山，给孤独的自己寻找傍依，以抵御被世界的抛弃。虎狼少群居，那是因为虎狼自身足够强大，但弱小的人却有所不同——人天生就是群居动物，在群体中呼吸，在群体中显示成就，也依靠群体来排解寂寞和治疗悲伤。

在这方面，父母尤其要严加警惕。我们眼中的不良少年，其实都是一些在成长中遭遇各式挫折的可怜孩子——要么是家庭破碎，他们得不到基本的关爱；要么是父母教育不当，他们负气出走；要么是父母习惯使用暴力，他们落魄逃离。他们结伙谋生，抱团取暖，其实质是一种弱者的自助模式。当别人都厌弃他们的时候，被厌弃的他们不相互厌弃；当主流世界都看不起他们的时候，被看不起的他们却彼此看得起。他们以兄弟相称，面临困难共同解决，面对侵害同仇敌忾，一块面包共同分享，一杯热水轮流共饮。

我的建议之五是，要学会向孩子认错和道歉，不要摆出一贯正确的姿态。世间之人，没有谁能一贯正确，包括家长。专横的家长，习惯于自以为是，在教育孩子的过程中犯错的概率极大，比如冤枉孩子，比如滥用暴力，再比如过度惩戒等等。有的家长，记忆中放在某处的钞票不见了，想当然地推定是孩子偷窃的，于是不问青红皂白，对孩子就是一顿暴打。孩子不承认，换来的，不是他的立刻住手，以及“是不是搞错了”的内心反问，而是更为加剧和强化的暴力。孩子承认要打他，不承认更要打他，一边打，还一边不许孩子为自己申辩，视申辩为态度顽固。很多这样的例子，事后证明皆为冤案。然而真相已昭然若揭，父母却或基于一己的面子，或基于一己的惯性，并不向孩子道歉和认错，以为是小事一桩，过去就过去了。岂不知，孩子的心理阴影已经聚拢，若不及时驱散，阴影就会固化，从而会陪伴并影响他的一生。父母只是顾及自己的面子，却从来没有顾及过孩子的面子；只是图自己一时的痛快淋漓，却丝毫未曾换位思考：我若没有错却被人打得鼻青眼肿，我会有怎样的心理体验和情绪反应？

即使是小狗，你蹬其一眼，踢其一脚，它也会憎恶你，仇视你，并以报复的姿态朝你狂吠，何况孩子呢？孩子是人，他们即使年龄小，却也有面子，也有尊严，更有人格。哪怕是父母，都无权对其面子进行剥夺，对其尊严进行蹂躏，对其人格进行践踏。

小心翼翼地保全孩子的面子，尽心尽力地维护孩子的尊严，极尽所能地成全孩子的人格，是天下每位父母都应完成的作业。

认错和道歉，是家长和孩子相处中必不可少的环节。父母不总是对的，也不总是有理的。一旦误解或冤枉了孩子，就应立刻放下身段，向孩子诚恳认错，如此，才能及早化解孩子心中的肿块，并重新疏通孩子与自己之间的阻隔，使孩子的心和自己的心相互地贴靠与相依。

一个最浅显的道理就是：当孩子情绪低落，郁郁寡欢，他能伏案专心学习吗？他即使装模作样地貌似在学习，但实际上，早已魂不守舍，心飞天外。

建议之六是，要给孩子以应有的自由，不要在他们的脖子上拴绳索，在腰身上系紧束带。很多父母，视孩子为自己的裹兜，一寸不离地紧贴着孩子，一则是在关心着孩子的冷暖，一则是在监视着孩子的一举一动。这种情态，完全忽略孩子作为一个独立的个体，本该拥有的基本自由。家长可以扪心自问地想一想：假如你被他人寸步不离地贴靠着，被他人无处不在地监视着，你的感受何如？能感觉到舒服和惬意吗？

孩子做作业，母亲坐于一旁，目不转睛地盯着他，连他打个呵欠和摆弄一下钢笔，都要提醒甚至直至抱怨，他如何能心无旁骛地完成好作业？孩子想吃什么不吃什么，想和哪些朋友玩不和哪些朋友玩，都要得到批准和遭到管控，他如何能愉悦？

正确的做法应是：要给孩子预留出能让他自由活动的空间和时间，以供他自由支配自己的一切，爱蹦跳就蹦跳，爱打滚就打滚，而父母，则远远地望着他，以防止受到侵害；只要他行驶于正常的轨道，不栽跟斗，不滑倒在地，就仿佛隐身一般地不予干预；但当他一旦走偏，或受到惊吓时，父母则能立刻现身于他的面前，给他提供切实有效的帮助和抚慰。

建议之七是，切忌用否定性的语言评价孩子，更不能当着外人的面数落孩子。我在做孩子的心理辅导时发现，要矫正父母的偏执，远比矫正孩子存在的问题，更为艰难。没有父母的改变，孩子即使想改变也改变不了——孩子心中刚被点燃的火苗，猛不丁就会被父母泼来的一瓢冷水，活活地浇灭。

有位母亲，怨妇一般，一提起他的儿子就摇头不止，逢人絮叨不休，把自己的儿子说得一无是处，似乎孩子的身上，体无完肤般地毫无优点，没有任何值得她欣赏和肯定的地方。我接触孩子后，感觉孩子并非如她所言。孩子天资聪明，之前学习也很上进与努力。但无论他在父母面前怎样竭力表现，都难以被肯定，反而得到的，是母亲事无巨细地抱怨与斥责。久而久之，他躲进网吧逃避，并滋生出网瘾，三天五天地不回家，学习成绩自然也就一落千丈。我劝导孩子数次，其父母传递给我的信息是，孩子的表现，比之过往，已有明显的变化，比如不再去网吧，而把心思放在弥补由于逃课造成的课业的缺漏上；再比如也懂得了自己在家中的责任，学习之余自己动手拖地板和洗自己的脏衣服等。

耳闻此消息，我自是欣然。但有回我去他家，目睹的一则景象，却让我为其母亲的冥顽不化而忧心不已。我走近他家时，母亲站在门口，在给邻居数落自己的孩子。大门敞开着，在家里正在做作业的孩子，把母亲的一言一词，听得明明白白：唉，你的命咋就那么好？老天咋就把一个好儿子许给了你？而我好命苦，要下一个冤孽，天天气我，学习不用心，懒得和猪一样！唉，他若能有上帅帅（邻居孩子）的一角，我都偷着笑呢！

不要否定孩子，尤其是不要当着外人的面否定性地评判孩子，更不在孩子中间进行对比，这是教育孩子的大忌——这样的忠告，我至少不低于五次在这位母亲面前强调过，但她依然故我。她像瘾君子那样，仿佛一日不数落孩子，就憋得难受，就活不下去似的。读书很少的她，也许要和人交往，要和邻居闲聊，却找不到共同话题，于是在有限的素材里，只好把自己的孩子当靶子，推出去来一番批斗。

世界上有两类母亲格外醒目：一类是以夸自己的孩子为己任，一类是以贬自己的孩子为职业。前者，她的孩子宛若一块和氏璧，美玉无瑕，无论她走到哪里，都要把话题引导到谈论孩子的方面，并趁机把碧玉掏出来，夸大其词地向人炫耀一番。而后者，像祥林嫂，像怨妇，一路走一路抱怨，而孩子，则化为她恒久不变的抱怨对象。前者与后者，其言其行，实则都是一种病态反应——是她们深陷只见树木不见森林的精神迷踪，而自己对其却浑然不知。

坐在沙发上，我对这位母亲进行了一番不留情面地批评。心无愧，也就言无惧。我说孩子现在自己给自己洗衣服，回家后还帮你做家务，难道这不是他在努力地改变吗？你想让他一步登天，转瞬间就变成你理想中的样子，有这种可能吗？要把铁棒磨成针，不是一天就能做到的。任何孩子的进步，无一不循序渐进。他今天往前走一步，明天就有可能走三步，重要的是他在朝着一个正确的方向迈步，这比什么都重要。作为母亲，你最应做的，是要能敏锐地觉察到儿子的点滴进步，并为他颁奖，而不是泼冷水。你冷水一泼，他刚迈出的腿，就又会重新缩回来。假如你今天大声地表扬了他，并对他不尽人意之处予以委婉地提醒，明天他就会克服今日之不足，越来越好；如果他明天比今天又有所长进，你继续高声地表扬他，他后天就会变得无比地出色……每个孩子，内心都藏匿着能获得父母肯定的渴望。如果孩子无论如何表现，父母反馈给他的，都是一种否定性的评价，甚至于冷嘲热讽，心中结冰的他，也只能选择破罐子破摔了。

就是这个孩子，由于我不懈地推动，其心理与行为的变化，近乎天翻地覆，由过去的吊儿郎当，转向在学习上的刻苦用功。令人称奇地是，期末考试，他各科成绩的总分排名，竟然从昔日倒数的位置，一跃成为全年级的第一名。期末的总结会，学校邀请全体家长前来参加，而他则像明星一样地光彩夺目。在校长的总结报告里，他数度被点名表扬。在接下来的颁奖中，他不但第一个登台领奖，而且代表获奖者做大会发言。然而遗憾的是，即使是在这样一个让他风光无限的场合，他的父母却都未来参会。当别的家长皆陪伴在自己儿女左右的时候，他身旁的两把椅子，却空空荡荡。事后，他母亲给我打来电话，控诉他羊角风又犯了。我问怎么啦？他母亲说他领奖回来，飞起一脚，就把屋门踢烂了。我问你们为何要缺席孩子的家长会？她说她和几个姐妹，早已约定要去购买打折的化妆品，时间上冲突了。我问化妆品重要，还是孩子重要？她说关键是过了这个村就没有了这个店，正好那天化妆品打五折，如果错过了，就再也买不到这么便宜的东西了；家长会，一学期要开好几次，以后去参加就可以了，反正参加也是白参加，无非是听一通老师的唠叨，自己像傻子一样地干瞪眼地傻坐那么一回。

我问孩子的父亲——私营企业主——为何也没去？她说他中午喝多了酒，一觉睡起来，把开家长会的事竟然给忘了。

我苦笑，并带有情绪地说：你们辜负了孩子，还反过来说孩子辜负了你们！孩子踢烂屋门，我觉得理所当然。孩子拼死拼活地学习，在很大程度上，就是想把自己的蝌蚪变青蛙，展示给你们看，从而让你们知道，他并非就是你们口中不可救药的浪子，而是一个优秀的能为你们脸上增光的儿子。可你们倒好，这个去买化妆品，那个睡觉，你们不觉得羞愧吗?！你们盼望着改变孩子，重塑孩子，可你们自己有所改变吗?！

建议之八是，哪怕再难，理由再充分，都要多陪伴孩子。家长要矢志牢记地是，对孩子最大的爱，就是陪伴。家长是富翁也罢，是乞丐也罢，只要能让孩子依偎在自己的身边，孩子就是幸福的；否则，哪怕金山银山，之于稚嫩的孩子，皆形同废墟。很多家长，以为孩子创造幸福的名义，远离孩子而去，使孩子滋生出被抛弃的幻觉，使孩子体味着彻骨的孤独和无助的悲凉，其结果非但不能让孩子感受到幸福，反而在孩子的心中，深埋下不幸的祸根。一个孩子少年时期形成的伤痛，终其一生，都难以治愈。

肌肤之亲，不是简单化地给予，而是耳鬓厮磨地依偎，是日日相见地守望，是手牵手地同舟共济，是心连心地不离不弃。

我接触过大量有心理问题的少年，他们中的不少人，因为触犯法律，已被关押在看守所。看到这些孩子，已为人父的我感到无比地痛惋。分析他们心理症结的成因，显然与他们的父母脱不了干系。他们中，很多都是留守儿童。他们刚一出生，尚未脱离襁褓，就被迫于生计的父母弃扔于故乡，与风烛残年的爷爷奶奶相依为命。他们哭嚎的歇斯底里，他们思念的肝肠寸断，他们跌打损伤的疼痛难忍，皆难以得到及时而充足地抚慰……久而久之，他们由怯懦走向叛逆，以叛逆来抗议父母的久别不归，以叛逆来反抗命运对自己的不公，以叛逆来阻挡莫测的伤害，以叛逆来宣示自己的醒目存在和彪悍力量。叛逆过度，又由于从小就缺乏规则的教化与训练，于是就变得像脱缰的野马，及至踏入犯罪的泥淖。

很多经商者，殚精竭虑，疲于奔命，以自身的劳苦打拼，执着于给儿孙积攒更为充裕的财富，以使他们能躺在自己亲手编织的安乐窝里享受清福。受这种动机的支配，他们早出晚归，以一种生命不息战斗不止的劲头，不是被套牢于酒场而推杯交盏，就是在奔波的路途下高铁上飞机。他们为攀附上某个权势人物而欣然，为疏通某个环节而自得，为签订某个合同而陶醉，却唯独忘却自己年幼的孩子，因为缺失父母的陪伴而郁郁寡欢。对于孩子来说，父母财富的多寡与有无，和自己无关。他们理解不了财富，也不需要财富。层叠的山珍海味，琳琅的名贵珍品，在他们眼里皆为无用之物，远不及父母的陪伴，能让他们拥有安全感和幸福感。当一门心思赚钱的父母，在赚得钵满瓢溢之际，再掉过头来给予孩子以倾城之爱时，已为时已晚。孩子的人格形态与心理状态一旦定型，再要重新塑造，不比登天容易。错失了最佳时机，孩子的心理已生米做成熟饭，已经偏离人生的正常轨道，那些厚积的财富，非但不能如父母所愿，助其过上更为殷实更为风光的生活，反过来还很有可能成为其跌向深渊的有力推手。金钱，并非一定就能造福于人，关键是看操持在谁的手里——若操持在思维出现症状的人手里，它很有可能就是自杀和杀人的屠刀。

研究表明，就童年的感受而言，富翁儿女的生活，并不见得比乞丐儿女的更为甜蜜和幸福。很多乞丐，哪怕走乡串户地沿门乞讨，都绝不会丢下自己的孩子不管不问。乞丐的孩子若得到父母的日夜陪护和强力庇佑，其心理健康的程度，远胜于那些一年到头日思夜想却难以见上父母的富翁的孩子。

很多外出打工者，把孩子弃扔于家，委托爷爷奶奶照料。打工者的“一把辛酸泪”，为生计所迫的无奈，为改变生存环境的辛劳，我们目之所见，并感同身受。令人惋惜地是，在“熊掌和鱼不可兼得”的时候，他们中的多数人，皆择“熊掌”而弃“鱼”。大量的留守儿童，在没有父母陪伴的日月中，度过了荒凉的童年，从而在既缺少关爱又缺少指引的迷惘中自生自灭。留守儿童的犯罪率，是正常家庭儿童的数十倍。父母再难，都不要忘却和忽略孩子的感受和期盼，更不能以“为了孩子”之名而陷孩子于苦海。“为了孩子”，不是单纯给予他以物质的应有尽有就万事大吉。孤独的心灵，必然催生和孵化出孤僻的性格和偏执的人格。

建议之九是，父母不要唯分数论，以分数的高低来评判孩子的优劣。为分数是瞻，以分数论高下，不仅是当下家长们思维的度量衡，而且是整个社会的心理病灶。考取高分，就一俊遮百丑，仿佛所有的缺点都不存在；考取低分，就一票否决，似乎满身的优点都不值一提。分数是孩子升学的阶梯，但不是人生一路高歌的通行证。分数高的孩子，并不一定就金光大道，前程似锦；分数低的学生，也不一定就路断桥塌，步履维艰。一旦跨出校门，分数，乃至于文凭，都有一个重新被社会接纳和认证的过程，高分数与高文凭，并非就不马失前蹄。适应环境的能力和化解矛盾的能力，以及克服困难的能力，对每个初涉社会的孩子，都是一张张看不见需要重新作答的考卷。每个家长，都应成为自己孩子的发现者，多看孩子的优点，并懂得“行行出状元”的千古之理。孩子特长于做木工，家长就助推其做木工，使其将木工做到极致，成为当代的鲁班；孩子喜欢唱戏，家长就助推其唱戏，使其将唱戏唱到绝顶，成为另一个“梅兰芳”……世间的每一个行业，都得有人去做，哪怕是去做烤瓷牙，去做扎纸花，只要做到最好，都不愁没有饭吃，也都算光阴没有虚度、生命不曾辜负。

文化巨匠胡适先生曾在他写的《我的母亲》一文中，深情地回忆道：“如果我学得了一丝一毫的好脾气，如果我学得了一点点待人接物的和气，如果我能宽恕人，体谅人——我都得感谢我的母亲。”

从胡适先生的文字里不难看出，孩子是母亲的仿制品，母亲是孩子效仿的样本。母亲的修养，决定着孩子的教养。而一个有教养的孩子，在世俗的评判里，也许未必有多么的成功，未必显得多么的出类拔萃，却骨子里有谦卑，言行中有尊重，交往中有体贴，心底里有善良，不仅活得真诚，活得坦荡，而且能体悟出生命的本意，从而使自己成为一道光、一抹绿、一个路标、一座灯塔。

附录：书评

一本双栖于教育与文学之间的开山力作

—— 安黎《那些家长》读后随感

鹿丁联

安黎先生历经一年有余，辛勤采访，在短短的时间内，井喷似地推出了《那些家长》一书。其勤奋与高产令人惊叹；其思想与文采让人叹服。书中的访谈选材典型独到，视角新颖；叙述事件脉胳清晰不杂不冗，阐析透彻，鞭辟入里，切中肯綮，启人心智。通观全书，既有独到新颖的教育理念与见解，又有着切实可行的教育举措与建言；既有着融哲思、知识、文学于一炉的多维度的思维导引，又散发着温软的人性关爱与悲悯的情怀关照。其语言质朴淳厚，飞扬着灵动与风趣。这既是一部开启教育与文学通道的纪实性散文力作，还是一本双栖于教育与文学之间的开山巨著！同时也是一部既具现实底色，又有思想光华，兼具人性温度，具有艺术性与实用性的家庭教育启示录。它为当代的中国教育与文坛，增添了一道别样的风景。

就内容而言，这些访谈案例基本可以划分为三组，其中的第一章“我是照亮你的灯光”，第十三章“你若是太阳，儿子就活得有光芒”，在内容及风格上十分接近。在这两章中，安黎先生怀揣着喜悦，回顾着两个家庭各自成功的教育历程，放飞着在循循善诱中重塑孩子人格的喜悦，分享着通情达理、深谙教育规律的家长，用温暖明亮的鼓励与陪伴，和孩子一同成长的趣事与心路。给我们以莫大的启迪与帮助。

总还记得，春节过后的正月十一，我打开书卷仅整体翻阅了一遍自序与目录后的那种惊叹。这并非我想象中的一般性的教育类书籍，其情感、理念、语言及思考……都超出了我的预料！我迫不及待地进入了第一章的阅读，几乎一夜无眠。我的思绪萦绕在王昭若父子俩的往事中，萦绕在安黎先生的书写中。我被感染着，激励着。于是就将《那些家长》的读后随感，记录了下来。原作共十四章，我便按其章节读着写着。竟有了一本书就写下了十四篇大约三万余字评论的纪录。仅第一篇被一网站推送后，点击率就高达66万次之多。

在第一章中，安黎先生描述了一个名叫王昭若的男孩，在其父母那春风化雨般的培育下，不仅收获了看得见的考试成绩——某年某省的文科高考状元，而且收获了看不见的作为一个人的综合素养和全面发展。作者这样写道：很多老师一提及王昭若，都说他是学校运动会的长跑冠军，小有名气的文史哲百科全书。而这样一个学霸，在著名大学的校园里，竟“骑着一辆自行车，装束极其普通，衣着都是那种像是在地摊上随手捡起的廉价货，脚上的运动鞋仿佛还隐隐约约地有所破裂。”普通得几乎都让记者生疑，可他“眼睛里释放出的亮光，就能把自己和凡夫俗子，瞬间区别开来。那双目光是坚毅的、执着的，同时也是纯净的、温暖的。”这镜头般的特写，把王昭若的形象一下子定格在读者的心目中。让我们不得不追随着作者的笔触，走近王昭若及他的家庭、他的世界。

高考结束后，家境比较宽裕的王昭若便去餐馆打工。当他拖着铅球似的双脚回家告诉父母想打退堂鼓时，父亲忠告他要“遵守承诺，对人家负责，对自己负责”。于是，他就在那嘈杂的餐馆里干到合同到期，并得知中了“高考状元”之后！如此坚毅质朴，晓理明事纯朴无华的王昭若，正是在父亲王子凯的悉心开导下成长起来的。在父亲眼中，打工是完成另一份作业，交付另一份答卷。聪明人通过打工，磨砺坚毅的意志，借此观察世态人情，当作向社会学习的机会。在这即将迈入大学门槛的关键时刻，王父的循循善诱，给儿子王昭若及时地补了一节难得的心理教育课。

王昭若的家庭是和谐幸福的。出身于书香门第的母亲杜可然，是一个相夫教子的典型。作为知识女性的她，与丈夫一样，教育理念新颖，用公平、尊重、独立和理解为儿子创设了良好宽松的成长环境。在父亲王子凯不能把孩子的少年时代浓缩为学习再学习，而应当让其放飞心灵放飞理想的教育理念的引导下，王昭若没有重蹈中国式孩子们的上课补课的覆辙，而是利用节假日锻炼身体，游山玩水，阅读杂书……即使成绩貌似拉了下来，父母依然按照孩子成长的天性，顺其自然地引导着。即使与班主任老师意见相悖，即使面对升入高中时校方给出的优越条件，他们都能始终如一地毫不动摇地坚守着自己的教育理念。父亲王子凯和儿子天南海北地闲聊，启发儿子思考问题和分析问题的能力；他给儿子提出五花八门的问题，激发儿子的好奇心与查阅资料的能力；他陪着儿子跑步，举办家庭运动会，还举办颁奖仪式，甚或将儿子制作的奖状悉心保存；儿子每天去学校时，他们都会轮流吻他，将热爱与鼓励送他作伴……而当孩子因做家务不小心打碎了东西，抑或因叛逆而有意损坏物品时，则视具体情况或表扬或要求赔偿……听述着王昭若父母悉心培育儿子成长的琐碎往事，我们不禁也认同着安黎先生的感慨："天赋仅是一个人的先天条件，而不是过程的绚烂和终点高度。""灯油再优质，若缺少一根火柴的擦燃，它就不会闪亮。"有着天赋的王昭若，在父母的有效而合理地开发下，他健康快乐地成长着。正读初二的十五岁的少年，"仅日记就写了满满的十五本，摞起来有半人高"！他的作文，"其逻辑的严密、立论的高远、词句的讲究、论据的扎实，以及文辞的丰饶新颖，令老师赞叹不已。每次作文讲评，都恍若王昭若的节日——其作文被老师高调夸奖，被学生争抢传阅。"

而更让我们钦佩的是，王昭若的父亲对高一时儿子邀请同学小唐同住租赁房子的态度。本来租赁单元房是为了儿子学习安静照顾方便，可儿子自作主张邀请小唐同住。王子凯夫妇得知后，不仅不责备抱怨，反而夸奖儿子。还主动联系到小唐打工的父母，邀请他们到家聚餐，并悄悄地塞给小唐父母一笔钱，让其供给小唐读书。王昭若及其父母的真诚与爱心，既化开了对穷富阶层怀有偏见的小唐的心结，也让儿子具体地感受到善良与真诚那春风化雨般的作用，还让儿子认识并领悟到人文环境的深层含义与优化人文环境的意义。王昭若的父亲就是这样，以博大悲悯的人文情怀，影响着儿子，感化着他人。其人格境界和人格魅力，皆令人钦佩景仰！

不仅如此，王昭若的父亲王子凯对考入一流大学的认知，相当精辟。在得知儿子是"高考状元"时，便领着儿子避开舆论宣传，果断地予以"冷处理"——携子出游，关掉手机。尤其是在儿子人生的关键时刻，及时地进行了"立德、立言和立功"的思想教育。那不厌其烦的条分缕析，那旁征博引的阐述，既展现出高深的学识，博大的胸襟，良好的素质，更影响并引导着儿子王昭若的人生观和价值观，其客观、冷静、深刻的分析，无疑给儿子上了一堂生动形象的思想教育课！而作者安黎先生，则怀着极大的热情与关爱，又让这些闪烁着思想火花的、怀有仁爱之情的和智慧之光的赠言，变成了精美的精神养料，滋养着广大读者饥渴的心田！民间有句俗语说得好：父母的高度决定着孩子的高度，父母的胸怀丈量着孩子的胸怀，父母的格调影响着孩子的格调。王昭若的父母正是用善良与博学，培育出儿子的内在修素养之高！他给我们的感染与启迪应该说是多层面多维度的。

在第十三章中，安黎先生怀着同样的喜悦，追述着自己家庭教育的成功经验，分享着用光芒和温暖，引领孩子前行的喜悦。那种带着甜密和欢快的叙写与回忆，使我不止一次地联想起王昭若父子间的一些零碎而又美好的片段。托尔斯泰的那句“幸福的家庭是相似的”的话语，也不时地引发着我的共鸣。因为，遵循教育发展规律与生命成长的轨迹，遵循着循循善诱的育人理念，像园丁一样，手持关爱的花壶，润物细无声地培育着稚嫩的幼苗，用耐心和爱心培土、剪枝、扶正；像阳光一样，用光芒和温暖，引领着孩子前行……这样的家庭教育，无疑是成功的蓝本，是可以复制粘贴借鉴的。安黎先生用自己对家庭教育的正确理念，躬身地践行着，培育出了一个出类拔萃的儿子，从而使自己成为一道光、一抹绿、一个路标、一座灯塔，而且还引导着成千上万个正在走出教育的误区的家庭，步入或逐渐回归家庭教育的正轨。我们分享着并被感动着。

在《那些家长》一书中，安黎先生将镜头更多地聚焦于那些问题家庭，叙写出了他们的不幸与辛酸。作者整整用了十一个章节，从多个角度多个层面铺写着，剖析着。他以极其冷峻严肃的笔锋，为其把脉诊断，疗治着那些“问题家长”的心智，救赎着迷途的羔羊，警示着类似的家庭。在这些章节中，安黎先生所叙写的“问题少年"回归正路的典型案例，给人以极大的心灵震撼。和第一章中的优秀学子王昭若相比，这些篇章读来略显沉重压抑一些。

比如第二章中的刘凯乐，一个聪颖而俊秀的小男孩，他的生活本应与其小名“乐乐”一样快乐愉悦！但是叛逆期的他：挥砖砸向老师的后脑勺而被校方开除；于是成了左邻右舍眼中的“坏孩子”；于是以顽劣少年之盟主自居自得，无事生非，向往着成为黑社会的老大……无能的母亲用猫叫般的诺诺之音唤不醒他赖床般的恶习，心焦的父亲强行拽他起床而被抓住领口扭打一团……看人则神情轻蔑，头扭一边，嘴唇抽动，目光斜瞪，如同铁钩子般的冷漠与邪恶。

面对这类无人敢管敢教的“问题少年”，家长无助无奈，他人有心无计。谁能拯救这些迷途的羔羊？用什么办法才能唤醒他们的纯真，促使他们心中的良善复苏？怀有悲悯情怀与社会担当的安黎老师，以身示范，耗费了大量的时间和精力，以极大的耐心，用倾心之爱，终于唤醒了乐乐这类迷途的“羔羊”走上人生的正道。

不仅如此，安黎先生还以惊人的耐心与爱心，唤醒了误入教育歧途的家长。在第六章“聆听，需要正确的姿势”中，他将关注点投放于一个租赁自家房子的打工者身上。于是，一个漂泊无定的年轻人，因为聆听，有了生存的港湾；一个矛盾四起，夫躲妻嫌、婆媳不和、孩子叛逆的家庭，因为聆听走向了祥和；两个无计可攀、无计可施的打工仔，因为聆听，一个“技高绝尘”，收入颇丰，一个身兼数职，成为硕士，欲考博士；一个曾经摔门而出，夜不归宿的少年，因为聆听，跨进名校，考入大学。

阅读过安黎作品的读者会发现，在安黎先生的身上，有一种强烈的悲悯情怀，有一种根深蒂固的公平意识，有一种对人类平等相待的期待和关注。他通过对社会的观察和感悟，在用文字表达对社会关爱的同时，把对平民百姓的关爱放在心头，并身体立行地去践行这种关爱。比如与徐西栋因房租而交往，对方提出降 50 元，他则主动降 100 元。他心软情柔，总是设身处地地为下层劳动者着想。正因为如此，他才与房客徐西栋一家有了深交和神交，有了倾吐和聆听的机缘。

在与徐西栋一家交往互相倾听的过程中，我们深切地感受到了安黎先生悲天悯人的同情仁爱之心。安黎先生就是这样一个用心灵之光化解冰山雪屋的人。他不仅使“问题少年”“问题家长”回归正路，而且探索并践踏出了一条引导“问题少年”“问题家长”回归正常生命轨道教育轨道的路径！读着安黎先生笔下判若俩人的乐乐和徐西栋夫妇，我一直在想：假若在“乐乐们”的人生的叛逆期，没有遇到安黎先生的关注与倾心相助，其命运轨迹朝向又会指向哪里？这一个“假若”敲打着我们沉重的心扉！碰到“问题少年”，碰到他人棘手之事，伸手相助，是一种“成就”，也是一种“拯救”！成就他人，也是成就自我；拯救了他人，也就拯救了心灵！安黎先生给我们的启迪不仅仅是文字，更是爱心和行动！

而相对于侥幸的“乐乐们”，那个被强势母亲培养成学霸和“考试机器”，最终用凄美一跃，将生命定格在19岁年轮上的林月丹；那个被父亲用大把金钱娇惯和纵容的东东；那个承载着一家两代人钢琴之梦幻的小雪；那个被母亲人格缺失，造成三代人不幸命运的女囚及其孩子们；还有那由于父母失职而四处沦落逃离的常云姐弟……则有着更多的不幸与劫难！面对这些众多不幸的孩子及其家长，安黎先生哀叹着，诉说着，并揭开其伤痕，诊断其病根，以引起疗治与警示！阅读着这些含血带泪的文字，不能不触发我们的思考，引发我们生发出对人性的叩问，对家庭教育的关注，乃至于对大的教育环境的叩问！

我们还欣喜地发现，安黎先生简直就是一个优秀的心理医生和卓越的社会实践家。他总是入情入理地分析家庭教育过程中的一些症结，并能及时地开出治愈这些症结的灵药妙方。在第十四章中，他以朴实无华的文字，为陷入教育困境不知所措的家长们，提供了九条建言。所蕴含的道理深厚醇美，耐人寻味，令人百听不厌，百读不烦。那精密的逻辑思维，对事物独到而精辟的见解，关注弱势群体，关注天下家庭和孩子的拳拳爱心，读来是那么地感人肺腑。在这一章节中，他再三强调，很多家长放不下身段，不懂得聆听孩子的内心所需，一味地按照自己的意愿给孩子设计前程，往往适得其反。而家长需要做的，就是以心换心，以情换情，以爱换爱，从而把自己与孩子相处成亲昵无间的知心朋友，既无尊卑之别，又无话不谈，同时要能容忍孩子的撒娇，还能体谅孩子偶尔情绪失控时的蛮不讲理。父母不仅是孩子的衣食父母，更应当是孩子的精神伙伴……

我们聆听着安黎先生的一条条建言，一段段讲述，在享受优美文辞的同时，既受着教益，又感知着他的期待，他的爱心，他的智慧和人格魅力！

作者简介：鹿丁联，西安市灞桥区人。庆华中学退休教师，作文辅导名师，陕西省作家协会会员，《西安晚报》专栏作家，在《西安晚报》开设高考作文辅导专栏十二年。参编十多部教育教学类书籍。擅长于散文与文学评论。有数百篇作品见诸《华文月刊》《西安晚报》《西安日报》《金融日报》《惠州晚报》《阳光报》《写作导报》《中学生文萃》《三秦都市报》《中学语文教学通讯》《灞柳文学》等各大报刊。2020年10月号《华文月刊》封面人物、重点推出作家。被誉为“文学青年的启蒙者”“语文教师的榜样”。著有《教育、文学与我》（待出版）。